U0029604

John
le Carré

Tinker Tailor Soldier Spy

ECUS
Publishing House

鍋匠 裁縫
士兵 間諜

約翰・勒卡雷——著
譯——董樂山

07——勒卡雷作品

目次

鍋匠，裁縫，
士兵，水手，
富人，窮人，
乞丐，小偷。

一首英國兒童在數算鈕扣、櫻桃核、雛菊花瓣時會唱的傳統童謠。

第一部

1

說實話，要不是杜佛少校這個老頭在陶頓賽馬場上突然中風死去，吉姆根本不會來到索斯古德學校。他沒有經過面試就在學期中來了。時間是在五月末，不過從天候來說，誰都沒想到已是五月末了。他是透過專門為預備學校介紹教員的一家不太可靠的介紹所來的，暫時應付一下杜佛老頭的課，等找到合適的人再說。「是個語言專家，」索斯古德在教員休息室對大家說。「臨時的。」他把額上的一綹頭髮往上一撩，有點為自己分辯說。「姓普里多，」他把字母一個個拼出來，「P-r-i-d」——法語不是索斯古德的專長，因此他看了一下手裡的紙條——「-e-a-u-x，名叫吉姆。我想他幫我們應付到七月沒問題。」教員們不難聽出他話裡的暗示。吉姆．普里多是教員裡的窮白人。他跟以前的勒夫戴太太和馬特貝先生屬於同一類，都不怎麼樣。勒夫戴太太有一件波斯羔羊皮大衣，頗受年輕人崇拜，結果卻是個開空頭支票的女人。馬特貝先生是鋼琴家，但在為合唱團練唱伴奏時被叫了出去，協助警方進行調查，就目前所知，他至今還在協助，因為他的衣箱還放在地下室等待處理。好些教員，其實主要是馬喬里班克斯，主張開箱檢查。他們說，其中一定有一些大家都知道的失物，例如：阿普拉米安的黎巴嫩母親的銀框相片、貝斯特－英格拉姆的瑞士軍用折刀、女舍監的手錶。但是索斯古德板著他那沒有皺紋的臉，堅決不為他們的請求所動。他從他父親那裡接手管理這所學校不過五年，可是這五年已經讓他學到，有些東西最好還是鎖起來為妙。

吉姆．普里多在某個星期五的滂沱大雨中到達。大雨像大砲硝煙似地從昆托克山的褐色山溝裡滾滾而下，流過空曠的板球場，滲透到快要傾圮的校舍砂岩石墻基裡。他是在剛吃過午飯不久後到的，開著一輛紅色的阿爾維斯牌舊車，後面拖著一輛旅行住房用的拖車，原來是藍色的，幾經易手，如今已說不上是什麼顏色。索斯古德學校裡午後一片寧靜，上課的日子裡每天從早到晚都吵吵嚷嚷的，唯有這時才有片刻的安靜。學生們都被打發到宿舍裡午休了，教員們則坐在休息室裡一邊喝咖啡，一邊看報紙，或者改作業。索斯古德在替他母親朗讀小說。因此，整個學校裡只有小傢伙比爾．羅契親眼看到吉姆到達，看到阿爾維斯牌汽車從坑坑窪窪的汽車道上孜孜地濺著水開過來，車頭上冒著氣，擋風玻璃上的雨刷不斷掃劃，後面的拖車在水潭裡顛簸地跟著。

那時羅契還是個新生，大家認為，如果不說他天賦有什麼缺陷，至少也有點笨。他在兩個學期裡已經換過兩個預備學校了，索斯古德學校是第二個。他是個胖乎乎、圓滾滾的孩子，患有氣喘病，大部分午休時間都跪在床頭，趴在窗口像窗外瞭望。他的母親住在巴斯，生活闊綽；大家都認為他父親是全校最有錢的家長，這樣顯赫的地位卻教兒子吃了不少苦頭。羅契既然來自父母分居的家庭，就天生是個喜歡留神觀察的人。羅契觀察到吉姆沒有在校舍前面停下，卻繼續往前開，一直開到馬廄那邊。可見他對這個地方的布局早已瞭若指掌。後來羅契想他一定先來勘查過地形，或者研究過地圖。他開到馬廄那裡之後也沒有停下，仍保持原來的車速，一直向溼草叢中開去，接著就翻過土墩，倒栽蔥似地掉進大坑裡，沒了蹤影。羅契原來以為吉姆開得那麼快，拖車會跟著前面的車子折成直角掛在坑邊上，可是結果卻像一隻大兔子翹起尾巴跳進洞裡，就此沒了蹤影。

大坑的來歷在索斯古德學校裡傳說紛紜。它位於果園、果房和馬廄之間的一片荒地，看上去不過是地凹了一塊，雜草叢生。北面有幾個小土墩，每個土墩都有一個孩子的身子那麼高，上面有一叢叢的灌木，一到夏天就長得密密麻麻。就是由於這些小土墩，大坑成了孩子們遊戲的好地方，因之出了名，關於它的傳說隨每一屆的新生的想像力而異。有一年說，這些小土墩是露天銀礦的遺跡，於是大家都起勁地開始挖掘寶藏。又有一年說，這是羅馬帝國時代的一個堡壘，於是大家都揮舞棍棒、投擲土塊，在這裡布陣廝殺。也有一年說大坑是戰時的炸彈坑，土墩是炸彈開花時被埋在裡面坐著的人體。實際情況卻要平淡無奇得多。六年前，也就是索斯古德的父親突然與城堡旅館女職員私奔之前不久，他發起修建游泳池，動員學生挖了一個大坑，一頭深一頭淺。但是募捐到的錢總是不夠實現這個雄心，因此就在別的計畫上零零碎碎地花掉了，像是替美術課購置了一台新的投影機，在學校地窖裡人工培植蘑菇等等。愛挖苦的人甚至還說，那對私通的情人最後逃到女方故鄉德國時，還捲走了一部分捐款。

吉姆不知道這些事情。事實是，他選擇索斯古德學校裡那個在羅契心中有著神怪傳說的角落，完全是碰巧。

羅契趴在窗口上等著，不過沒再看到什麼了。阿爾維斯牌汽車和拖車都已陷在坑裡，要不是草地上有車輪的紅泥濕印，他很可能以為這一切全都是自己在做白日夢。但車輪印是實實在在的東西，因此午休結束打鈴時，他穿上長筒雨靴，冒雨蹚水到了大坑邊上，爬到高處往下望。吉姆身穿軍用雨衣，頭戴一頂很特別的帽子，帽沿很寬，像非洲獵帽，但是毛茸茸的，一邊捲起，像個放蕩不羈的海盜似地滿不在乎，上面的雨水就像順溝而下那麼直灌下來。

阿爾維斯牌汽車這會兒出現在馬廄院子裡；羅契始終沒弄明白，吉姆是怎麼把車弄出大坑的，但是拖車卻還是在下面坑裡，就在原來預定挖得比較深的一頭，停在磚砌的坑底，吉姆坐在車門踏級上，用一個綠色塑膠平底杯喝酒，一隻手揉著右肩，好像碰到了什麼地方似的。這時大雨如注，從他的帽沿上直灌而下。帽子抬了一下，羅契看到一張赤如烈火的臉，褐色鬍子被雨水黏在一起，像兩撇犬牙，在帽沿的掩映下，他的臉色顯得更紅了。臉上盡是橫一道豎一道的皺褶，又深又彎曲。羅契突發奇想，他一定在熱帶的什麼地方挨餓過，餓癟了以後又飽餐一頓，才把身上填補起來，因此臉上有這麼多皺褶。他的左臂仍橫在胸前，右肩高聳在頸後。但整個蜷縮的形狀靜止不動，像一頭凍僵的動物，凝住在背景前：羅契一時又突發奇想，希望這是一頭牡鹿；一種高貴的動物。

「你這小子是誰？」問話的聲音非常像個軍人。

「我叫羅契，先生。我是個新生。」

帽影下面紅磚一般的臉打量了羅契大半天。接著，讓羅契感到放心的是，他的臉色和緩下來，露出了狼一般的笑容，左手仍按在右肩上，又慢慢地按摩起來，同時又就著寬口塑膠杯喝了一大口。

「新生，噯？」吉姆對著杯嘴說，仍在微笑，「這我倒沒想到。」

吉姆站了起來，把駝著的背轉向羅契，仔細檢查起拖車的四條支腿。這次檢查非常嚴格，把車下的彈簧搖晃了半晌，又把裝扮奇怪的車頭不斷抬高一些，以不同的角度，在不同的地方墊上幾塊磚頭。在這當下，春雨如注，下個不停，淅瀝淅瀝地打在他的雨衣上、帽子上、拖車車頂上。羅契注意到，在這一切動作中，吉姆的右肩紋風不動，高高地鼓在他的頸後，好像雨衣底下塞了一塊大石頭似的。因此，他心想，吉姆是不是一個大駝背，凡是駝背的人是不是都像吉姆那樣容易碰痛。而且他還注意到一個普遍規律，值得記住，以後可以應用，背駝的人走起路來步伐跨得大；這是為了要保持平衡。

「新生，是嗎？我可不是新生，」吉姆一邊拉一拉拖車的一條支腿，一邊繼續說，口氣要比剛才友善多了，「我是個老生。你要知道到底多老，那麼我告訴你，像瑞普・凡・溫克爾[1]一樣老。還更老一些。有朋友嗎？」

「沒有，先生。」羅契簡單地回答。學生在做否定回答時都用這種有氣無力的口氣，肯定的話是讓問話者說的。可是，吉姆卻什麼都沒說，羅契突然覺得有一種奇怪的親切感，一種希望感。

「我的名字叫比爾，」他說，「我受洗時的正式名字就叫比爾，可是索斯古德叫我威廉。」

「比爾，是啊。沒付的帳單。有人這麼叫過你嗎？」

「沒有，先生。」

「反正名字不錯。」

「謝謝您，先生。」

「我認識不少叫比爾的，他們都是好樣的。」

這樣，兩人都算是做了自我介紹。吉姆沒有把羅契攆走，因此羅契也就在坑邊上待著，透過他被雨

1 美國小說家華盛頓・歐文筆下《李伯大夢》裡、一覺醒來已過二十年的主角 Rip van Winkle。

水淋濕的眼鏡往下望去。他驚訝地注意到，磚塊是從黃瓜架上卸下來的。有幾塊已經鬆了，吉姆一定又弄鬆了一些。羅契很高興，居然有人剛到索斯古德學校就敢這樣自作主張，真的挖起學校牆角用在自己身上。特別讓他高興的是，吉姆打開了自來水水龍頭取水，因為那個水龍頭是學校特別規定誰都不許碰的東西：碰一下就會被罰一頓揍。

「喂，比爾，我問你。你有沒有剛好帶著彈珠什麼的？」

「什麼，先生，什麼？」羅契摸摸口袋，有點茫然。

「彈珠，老兄。圓圓的玻璃球，那麼小的。難道現在學生不玩彈珠啦？我上學的時候，我們可是會玩的。」

羅契沒有彈珠，可是阿普拉米安卻有一大堆，從貝魯特用飛機運來的。羅契花了大約五十秒鐘急忙跑回學校，冒了極大的風險搞到一顆，又氣喘吁吁跑回坑邊。他一到坑邊就遲疑了起來，因為在他心目中，大坑已經是吉姆的產業了，羅契要下去得取得他的許可。但是吉姆已經進到拖車裡，所以羅契稍微等了一下，就躡手躡腳地從坑邊走下去，從門口伸手把彈珠遞進去。吉姆一時沒瞧見他。他正喝著杯裡的酒，呆望著窗外天上的烏雲在昆托克山頂聚合又散去。羅契注意到，這個喝酒的動作實在很困難，因為吉姆要站直身子對著杯嘴喝，不容易做到。要達到這個角度，他得把佝僂的身子往後仰。這時雨又下大了，像小石子似噼哩啪啦打在拖車上。

「先生。」羅契叫他，但是吉姆動也不動。

「阿爾維斯汽車的毛病是，他媽的沒有避震彈簧，」吉姆終於開腔道，與其說是對著他的客人，不如說是對著窗戶說的。「你開著車，等於屁股就挨著路面白線，誰都會變成殘廢的。」他往後一仰，喝了一口。

「是啊，先生，」羅契說。他沒想到吉姆居然以為他會開車。

吉姆已經摘下帽子。他的淡褐色頭髮剪得很短；有幾塊地方剪刀下手太狠了點，露出一道道刀痕，都集中在一邊，因此羅契猜想，吉姆是用他那條好的胳膊自己剪頭髮，這樣一來，他看上去更是歪一邊了。

「我給您帶了一顆彈珠過來。」羅契說。

「很好，謝謝你，老兄。」他把彈珠接過去，放在他硬梆梆的粗糙手心裡慢慢滾動。羅契立刻知道他對什麼東西都非常在行；他這號人物對什麼工具、什麼傢伙都非常得心應手。「這車不平，你看，比爾，」他仍一心一意地端詳著彈珠說，「一頭斜。像我一樣。你看。」他轉身到大窗戶那邊。大窗戶下面有一條鋁邊，承接流下來的水。吉姆把彈珠放在上面，看著它朝一頭滾去，落到地板上。

「一頭斜，」他又說，「朝車尾一頭斜。這可不行。喂，喂，你這小傢伙，你滾去哪裡了？」

羅契邊彎下身去找彈珠，邊注意到這拖車一點都不舒適。儘管車內收拾得特別乾淨，隨便誰都可以是它的主人。車裡有一張床、一張凳子、一個船上用的爐灶、一個液化汽缸。羅契心想，甚至連一張他妻子的照片都沒有。羅契還沒碰見過單身漢，不過索斯古德先生除外。他能找到僅有的屬於個人的物品，是掛在門上的一只網袋、放在床畔的針線包，一個自製的淋浴噴頭，用餅乾筒打了洞，乾淨俐落地焊接在車頂上。桌上有一瓶無色的酒，不是杜松子酒就是伏特加，因為羅契在假期到他父親住的公寓度週末時，他父親喝的就是這種酒。

「東西向看起來還可以，但南北向肯定是一頭斜，」吉姆試了試其他的窗框，「比爾，你擅長什麼？」

「我也不知道，先生。」羅契木然地說。

「得有個專長，人人都是這樣。足球踢得怎麼樣？比爾，你會踢足球嗎？」

「不會，先生。」羅契說。

「那麼，你是個書呆子？」吉姆漫不經心地問，哼了一聲，倒在床上，喝了一口杯裡的酒。「不過我說，你一點也不像書呆子，」他有禮貌地又補了一句，「不過你愛獨來獨往。」

「我也不知道。」羅契又重複了一遍，朝著打開的門挪了半步。

「那你最擅長的是什麼？」他又喝了一大口，「你總有個專長，比爾，大家都這樣。我最擅長的是打水漂。祝你健康。」

此時此刻向羅契提出這個問題，很不得當，因為羅契正一天到晚為這個問題苦惱。他最近甚至懷疑自己在這世上究竟有沒有什麼目標。不論在學習或玩樂上，他都覺得自己有嚴重的欠缺；甚至學校生活中的日常事情，例如疊被子、收拾衣服，他也覺得自己不能勝任。而且他也不夠虔誠：索斯古德老太太這麼對他說；他在教堂裡不該常常板著臉。對於這些缺點，羅契都怪自己不好，但是他最自責的，是破壞了父母的婚姻，他應該早有預見，採取步驟來防止的。他有時甚至想，是不是有更為直接的責任，例如，他是不是天生邪惡、破壞成性、懶散成習，因為他的這種惡劣性格才造成父母的不和。他在以前那個學校，曾想用大聲叫喊來表明這一點，甚至假裝羊癲瘋，他的姑姑有這毛病。他的父母為此特地見了面，商量了一下，他們是通情達理的人，常常這樣做，最後決定讓他轉學。因此，在一輛拋錨的拖車邊上，由一個他幾乎崇拜的人——而且和他一樣也是獨來獨往的人——無意中向他提出這個問題，差點讓他招架不住。羅契覺得臉上的血往上湧，鏡片上霧氣迷濛，拖車開始融化為一片苦海。羅契也沒弄清楚，不知是吉姆注意到了這一點，還是怎麼的，只知他突然轉過身去，駝著的背面向他，他走到桌邊，一邊說幾句補救的話，一邊又喝著杯裡的酒。

「反正，你觀察很仔細，這一點沒有問題，我可以告訴你，老兄。我們獨來獨往的人都是這樣——沒有人可以依靠，對嗎？沒有別人看到我。你在那邊坑上一出現，讓我嚇了一跳。以為你是會變魔法的。我敢打賭，比爾．羅契是全校觀察最仔細的人。只要帶著眼鏡，是嗎？」

「是的，」羅契感激地表示同意，「我是這樣。」

「那麼，你就留在這裡，留心觀察，」吉姆命令道，又將非洲獵帽戴上，「我要出去修理一下支腿。好嗎？」

「好的，先生。」

「那彈珠呢？」

「在這裡，先生。」

「它一滾就叫我，好嗎？朝北，朝南，不管它朝哪個方向滾。懂嗎？」

「懂，先生。」

「知道哪一邊朝北嗎？」

「那邊。」羅契馬上伸出胳膊，隨便指著一個方向。

「對。那麼，它一滾你就叫。」吉姆又說了一遍，接著就走進雨中。一分鐘後，羅契覺得腳下的地板在搖晃，當吉姆在使勁扳一條支腿時，他又聽見了一聲不知是痛苦還是憤怒的咆哮。

•

在那年夏季的學期裡，學生們替吉姆取了一個外號。他們試了好幾個名字，最後才人人滿意。他們先叫他「騎兵」，因為他有點兒軍人氣概，有時喜歡無傷大雅地罵幾聲，常常獨自在昆托克山間閒逛。儘管如此，「騎兵」沒有叫開。後來他們又叫他「海盜」，有一陣子還叫「燉牛肉」，那是因為他愛吃辣，當他們列隊走過大坑到教堂去做晚禱時，總有熱氣騰騰的咖哩、蔥頭、辣椒的香味朝他們撲鼻飄去。叫他「燉牛肉」也是因為他的法語道地，大家認為法語就是連湯帶水的。五年級乙班的巴斯克萊能把他的法語學得維妙維肖：「你已經聽到所提的問題，伯格，艾米爾在看什麼？」——右手痙攣地一揮——「別瞪著眼睛看我，老兄，我又不是施魔法的。Qu'est-ce qu'il regarde, Emile dans le tableau que tu as sous le nez? Mon cher Berger, 你要是無法馬上答出一句清楚的法語，je te mettrai tout de suite à la porte, tu comprends, 你這傻蛋？[2]」

不過這種嚇人的威脅，不論是用法語或英語說，都從來沒有實行過，反而奇怪地增加了他身上的溫和神態，這在大人身上只有透過孩子們的眼光才能看到。

但是，他們對「燉牛肉」也不滿意。這個外號缺乏其中包含的潑辣勁兒，沒有考慮到吉姆熱愛英國的感情，要浪費他的時間，用這話去逗他準沒錯。傻蛋斯巴克萊只要敢對陛下說一句不敬的話，讚嘆一下哪個外國地方的美妙，尤其是熱帶國家，那麼吉姆的臉就會馬上漲得通紅，一口氣說上三分鐘身為英國人是多大福氣的大道理。他明知道他們是在逗他，但還是上了鉤。他說完他的大道理後，常常露出懊喪的笑容，自言自語說什麼上當啦、不及格的話，還有有人臉上要不好看了，因為要挨罰，多加作業，不能去踢足球了。但是他確實熱愛英國；因為說到頭，終究沒有人為此吃了虧呀。

「全世界最好的地方！」他有一次大聲叫道，「知道為什麼嗎？傻蛋，知道為什麼嗎？」斯巴克萊不知道，於是吉姆拿起粉筆，在黑板上畫出地球。他說，西邊，是美國，盡是貪婪的傻瓜，糟蹋了他們得天獨厚的條件。東方是中國和俄國。他對它們不加區別：工作服、勞改營、沒完沒了的長征。在中間是英國……

最後，他們想出「犀牛─Rhino」這個外號。

這一半是與「普里多」諧音，一半是指他喜歡在野外生活和他對體育運動愛好，這是他們常常看到的。他們早起脫光衣服，排隊等淋浴時，冷得唆唆發抖，就可以看到一大清早「犀牛」已經散步回來，

2 法語：「你鼻子底下那張圖裡的埃米爾在看什麼？親愛的伯格，你要是無法馬上答出一句清楚的法語，我就立刻把你攆出門，懂嗎？」

駝著的背上背著帆布包，大踏步地從峽谷巷走過來。晚上就寢時，他們可以瞥見手球場塑膠頂篷裡，他不知疲倦地朝混凝土牆上擊球的孤影。有時，黃昏氣候溫暖，他們可以從宿舍窗戶中偷看他打高爾夫球。他常常是先向他們讀一本隨手從昏暗的圖書館抓來的極其英國味的冒險小說，像比格爾斯、派西．威斯特曼或者杰弗里．法諾爾的小說，而後才去打高爾夫球，帶著一根舊得一蹋糊塗的鐵頭球棍，在場地上走來走去。每次擊球，他們在他扭過背使勁向前揮球棍時，都等著他發出哼哧的一聲，他從來沒有教他們失望過。他們保持了完整的紀錄。在教職員板球賽上，他打到了七十五分才下場，有意把球打得高高的，送給右後方的斯巴克萊。「接住，傻蛋，接住——發出去。好球，斯巴克萊，好孩子——你待在那裡就是為著這個。」

儘管他天性寬厚，但是大家都公認他非常了解犯罪心理。這方面的例子不少，最能說明的一次發生在學期結束前幾天，斯巴克萊在吉姆的廢紙簍裡發現一張隔天考試的試題，他就拿出來租給考生，每次收取五個新便士。許多學生付了錢後，在宿舍裡連夜用手電筒照著，背誦答案，一夜沒睡好。但是實際臨考時，吉姆發的卻是完全不同的試題。

他坐下來大聲道：「這一份試題，大家都免費。」接著就翻開《每日電訊報》安詳地讀起施魔法的人的最新見解。他們明白這是指幾乎任何有頭腦的人，哪怕他只是一個為女王利益寫文章的人。

最後還有那個貓頭鷹事件，在他們對他的看法中，這另有意義，因為這件事牽涉到死亡，而對於死亡這個現象，孩子們的反應各不相同。有一個星期三，天氣還冷，吉姆提了一桶煤進教室，就在壁爐中升起火來。他背對著爐火，坐在那裡取暖，一邊讀著一篇法語聽寫題。先是壁爐煙囪掉了一些髒土下來，他沒有理會；接著就掉下那隻貓頭鷹。那是一隻很大的穀倉貓頭鷹，肯定是因為在杜佛的時代，多年以來，不論夏冬，從來都不清除煙囪裡的積塵，牠就在煙囪裡做起了窩，如今給煤煙熏得昏頭昏腦，在煙囪裡拚命撲翅掙扎，已經弄得全身發黑，精疲力竭。牠掉在煤塊上，又滾到地板，嘴裡嘰嘰呱呱，身上一陣哆嗦，接著就癱倒在那裡，好像是魔鬼的密使。牠的身子蜷縮，翅膀張開，胸口還有點呼吸，眼皮上蒙著髒土，但是髒土縫裡那雙發呆的眼睛，卻直瞪瞪地望著那些學生。沒有人不敢感到害怕，甚至眾人心目中的英雄好漢斯巴克萊也嚇到了。不過吉姆除外。他一言不發，馬上拾起那隻飛禽，拎到外面去。他們像船上的偷渡客似地，屏氣凝神聽著外面的動靜，卻聽不到什麼聲音，直到最後才聽見走廊那頭的水龍頭在放水，顯然是吉姆在洗手。斯巴克萊說「他在撒尿了」，這句話引起一陣不安的哄笑。但是他們下課魚貫走出教室時，發現在大坑旁邊的混合肥料堆上，貓頭鷹被扔在那裡，完全死了，等待埋葬。膽子大一點的人上前一看，發現牠脖子已經折斷。只有獵場看守人才會這樣乾淨俐落地弄死一隻貓頭鷹，這話是蘇德雷說的，因為他家才有獵場看守人。

•

索斯古德這個學校裡的其他人，對吉姆的看法卻不那麼一致。鋼琴家馬特貝先生的陰魂不散。女舍監跟比爾．羅契站在同一邊，認為吉姆了不起，需要特別照顧：他的背那麼駝，但卻行動自如，真是奇蹟。馬喬里班克斯則說，他是喝醉酒時被公共汽車壓的。在吉姆表現突出的那次教職員板球賽上，指出那件厚運動衫可能來歷不明的，也是馬喬里班克斯。馬喬里班克斯不是板球隊員，但是他和索斯古德一起走過來看比賽。

「你認為那件運動衫來路是正大光明的，還是順手牽羊來的？」他大聲問道。

「李奧納德，你這話可太不公道了。」索斯古德責備道，一邊不斷拍著他的獵犬的脅腹，「咬他，琴妮，咬這個壞人。」

但是等到索斯古德回到書房裡時，他已沒有笑意，老是覺得放心不下。冒充牛津大學出身的人，他能對付，就像他自己在唸書時，就遇過不識希臘文的古文老師和不懂神學的牧師一樣。這種人在證據面前知道瞞不過去，就會支持不住，終於痛哭流涕，自動告退求去，或者願意降薪留職。但是真正有成就卻隱姓埋名的人，他還沒碰到過，不過他已經知道自己是不會喜歡他們的。他查了一下大學年鑑，就打電話給斯特羅爾和梅德萊介紹所裡一個叫斯特羅爾先生的人。

「您到底想了解什麼？」斯特羅爾先生大聲嘆了一口氣說。

「也沒有什麼特別想了解的。」索斯古德的母親在刺繡，假裝沒在聽，「只不過，既然要一份書面簡歷，那就得要完整，不要有遺漏。更何況我們付了仲介費。」

索斯古德這時忽然想，是不是把斯特羅爾先生從沉睡中叫醒過來之後，他又睡著了。

「非常愛國的傢伙。」斯特羅爾先生終於開腔道。

「我可不是因為他愛國才聘請他的。」

「他一直沒工作，」斯特羅爾輕聲細語地說道，聲音好像是從煙霧騰騰中透過來的，「住了院。脊髓的毛病。」

「這話不錯。但是我想他過去二十五年裡總不見得都是住在醫院裡吧。真討厭。」這最後一句話，是對他母親說的，他的手掩著話筒。這時他忽然覺得斯特羅爾先生又睡著了。

「你只雇用他到這個學期末，」斯特羅爾輕聲說，「如果你不喜歡他，屆時辭退他不就得了。你要的是代課老師，給你的也是代課老師，你說要便宜的，給你的也是便宜的。」

「話雖是這麼說，」索斯古德理直氣壯地反駁，「但我可是付了你二十鎊金幣的介紹費；我父親跟你來往也好多年了，你們總得給我一定的保證啊。你在這裡是這麼寫的——我讀給你聽——你在這裡這麼寫：『受傷前曾在海外任職，從事商業探勘工作。』把一輩子的工作用這麼一句話帶過，未免也太含糊了，你說是不是？」

他的母親一邊刺繡，一邊點頭。「可不是嘛。」她大聲接腔道。

「這是第一點。我還要說一點——」

「別多說了，親愛的。」她母親提醒他。

「我知道他一九三八年在牛津待過。為什麼沒念到畢業？出了什麼事？」

「我記得那時候大家的學業好像都中斷了，」斯特羅爾先生隔了許久才又說，「只是你太年輕，恐怕記不得了。」

「這麼多年他總不會是在牢裡吧。」他母親沉默許久後又說，一邊仍低著頭刺繡。

「他一定是在別的什麼地方。」索斯古德鬱鬱不樂地說，目光越過大風吹刮的花園，呆呆地朝著大坑那邊看著。

•

整個暑假裡，比爾．羅契輪流住在他爸爸和媽媽那邊，很不自在，他始終惦記著吉姆：不知他的背疼不疼；他現在沒有課，只有半個月的薪水，不知道在做什麼掙錢；尤其是下學期開學後，他是不是還會在學校裡教課，因為比爾有一種說不出的感覺，覺得吉姆生活在地球表面上很不平穩，隨時隨地都可能掉下去，深不見底；他擔心吉姆跟他自己一樣，沒有自然的地心引力吸住他。他回憶了他們初見面時的情景，特別是吉姆問他有沒有朋友的話，他很擔心，生怕就像自己辜負了父母的慈愛那樣，也辜負了吉姆的情誼，主要是因為他們之間年齡的懸殊。因此，吉姆可能已經到別的地方去找友伴了，他彷彿看到了吉姆的淺灰色眼睛在別的學校裡東尋西覓。他也想像吉姆跟自己一樣，也曾有過自己所愛戀的人做了對不起他的事，因此想找個人來代替。但是想到這裡，比爾．羅契的想像力就進了死胡同：他無法想像成年人怎樣互相愛戀。

除了瞎想，他沒有什麼事情可做。他查看了一本醫學書，又向母親打聽關於駝背的情況，他很想偷一瓶父親的伏特加，拿到索斯古德學校當作禮物，但是他又不敢。最後他母親的司機把他送到可恨的台階上時，他連再見也沒說一聲，就拚命地飛快跑到大坑的頂上。看到吉姆的拖車仍在下面老地方，覺得無限地高興，只是拖車比以前更髒了，旁邊還新翻了一塊地，大概是要種過冬的蔬菜的。吉姆正坐在車門踏板上對他憨笑，好像他已聽到比爾來了，在他出現在坑邊之前就擺出歡迎的笑容似的。

就在這個學期，吉姆給羅契取了一個外號。他不再叫他比爾，改稱大胖。他沒有說明原因，而羅契呢，也無法反對，在取名字的事情上一般都是這樣的。羅契則以吉姆的監護人自命；他心目中自稱是攝政王；代替吉姆的那個離去的朋友，不管那朋友可能是誰。

2

不像吉姆·普里多，喬治·史邁利先生天性不擅在雨中趕路，尤其是在深夜。說真的，他很可能是比爾·羅契將來長大成人最後定型的樣子。矮胖結實，年紀最多剛到中年，從外表來看，他屬於倫敦常見的那一類與世無爭、溫和馴順的人。他的腿短，步履一點也不靈活，他的衣著質地講究，卻不合尺寸，這時已淋得溼透。他的大衣有一種老光棍的味道，那種黑的料子和鬆軟的織法似乎是為了保存水氣。或者是他的衣袖太長了，或者是他的胳臂太短了，就像羅契一樣，他穿上雨衣，袖口總是幾乎蓋沒了他的手指。為了體面，他不戴帽子，因為戴了帽子讓他顯得滑稽可笑，確實是這樣。「像個小雞蛋。」他美麗的太太在最近離開他不久前就這麼說過，她的評語往往產生長期效應，這次也不例外。因此雨水在他厚厚的眼鏡片上不斷形成大滴的水珠，使他只得一會兒低頭，一會兒仰頭，才能看清維多利亞車站那已經被煤煙熏黑的拱門旁的人行道。他朝西走，要回他住的契爾西住宅區。他的步履，不知什麼緣故，略有遲疑，如果此時吉姆·普里多從黑暗中走出來問他有沒有什麼朋友，他大概會回說，什麼朋友不朋友，能叫到一輛計程車就不錯了。

「羅迪說話沒完沒了。」他自言自語，一陣急雨又落在他那胖乎乎的臉頰上，流到他已經溼透的襯衫裡，「我為什麼不起身就走？」

史邁利一陣後悔，再次檢查自己落到目前痛苦處境的原因，結論是：這完全是自作自受。如此冷靜的態度與他秉性謙恭是分不開的。

這一天從一開始就很不順利。頭天晚上睡得太遲，他今早特別晚起，自從去年退休後，這已慢慢成了習慣。他發現咖啡已經喝完，就到雜貨店去排隊，結果等得失去耐心，於是決定索性去辦一下個人生活上的一些事情。早上郵差送來的銀行帳單顯示，他的妻子已經把他每月養老金提取了大部分。他想，好吧，那就賣掉點什麼東西。這個決定有兒意氣用事，因為他的經濟狀況不錯，負責他的養老金的那家小銀行按月付款，從不拖延。但是他還是把他在牛津大學讀書時收藏的格林美爾斯豪森[3]著作的一冊初版珍本包了起來，鄭重其事地往寇松街的海伍德．希爾書店去，他在那裡和老闆偶爾做過幾筆和氣的買賣。他在路上越想越氣，在公用電話亭裡跟他的律師約定下午去見他。

「喬治，你怎麼能這麼庸俗？沒有人會和安鬧離婚的。送束花給她，然後來我這裡吃中飯。」

這個勸告讓他的精神稍微振作了一些，到海伍德．希爾書店時心境已很愉快，但是迎面卻碰上羅迪．馬丁台爾，他正好從瓊佩理髮店每週一次理完髮出來。

不論從職業、社交上來說，馬丁台爾都不夠資格和史邁利有來往。他在外交部的交際部門工作，任務是設午宴招待別人連在柴房也不願招待的外賓。他是行蹤不定的單身漢，一頭灰髮，動作靈活輕捷，這是胖子的特色。他喜歡在上衣翻領扣眼上插朵鮮花，穿淡色衣服，稍有機會就喜歡拉拉扯扯，裝得好

3　十七世紀德國作家，著有一本關於三十年戰爭的自傳體小說。

像和白廳[4]的機要部門關係很熟的樣子。幾年前他曾叨陪末座，參加了白廳一個統一調度諜報工作的小組，但這個小組不久就解散了。他因為有些數學才能，戰時也曾在祕密工作圈子的邊緣上徘徊；一度在圓場與約翰．蘭斯伯里一起參加過一項曇花一現的密碼工作，這件事他老是沒完沒了地提起。但是戰爭已是三十年前的事了，史邁利有時就得這樣提醒自己。

「哈囉，羅迪，」史邁利說，「真高興見到你。」

馬丁台爾說起話來有種上等階級講心裡話時旁若無人、大聲嚷嚷的習慣，在國外度假時，曾經不止一次弄得史邁利很尷尬，連忙搬出旅館，找地方躲了起來。

「好傢伙，這不是諜報大師他本人嗎！他們說你已經到聖加倫修道院之類的地方，和僧侶們一起閉門研讀中世紀手稿了！快坦白告訴我。我要知道你究竟在幹些什麼，一點不漏。你身體怎麼樣？還仍舊愛英國嗎？你那漂亮的太太好嗎？」他游移不定的目光在街上掃來掃去，最後落在史邁利脅下那本裹起來的格林梅爾斯豪森的著作上，「我敢打賭，這一定是你要送她的禮物。他們說你寵壞她了。」他放低聲音，可是依然震耳，「我說啊，你是不是又回來幹老本行了？可別告訴我這都只是掩護，喬治，是掩護嗎？」他尖尖的舌頭舔著他小嘴巴的濕嘴唇，接著，像一條蛇一樣，又消失在嘴縫裡了。

這樣，史邁利儘管責備自己太蠢，還是同意當天晚上到曼徹斯特廣場上、他們兩人都是會員的一家俱樂部吃晚餐，這樣才好不容易把他打發掉。史邁利平時對那家俱樂部視為畏途，避之唯恐不及，原因之一，就是馬丁台爾也是會員。到了晚上，他在白塔飯店吃的中飯仍飽飽地還沒消化掉，因為他的律師是個從不虧待自己的人，認為唯有一頓豐盛的美餐才能讓喬治擺脫意氣消沉。馬丁台爾根據另一種方式，得出了同樣的結論，於是有四小時之久，他們前面擺著史邁利不想吃的菜餚，交談著一些熟人名字，好像他們是被人遺忘的足球隊員一樣。先是談到史邁利以前的導師傑比第：「我們的莫大損失，願上帝保佑他。」馬丁台爾喃喃地說，但是根據史邁利所知，馬丁台爾從沒見過傑比第，「唉，真是個行家，你說是不是？可說是個真正有才學的人。」接著又說到劍橋大學出身的法國中世紀專家菲爾丁：「真有幽默感！頭腦清楚！非常敏銳！」接著是東方語言學院出身的斯巴克，最後是斯蒂德－阿斯普萊，這俱樂部就是他為了逃避像羅迪．馬丁台爾這種俗物而成立的。

「你知道，我認識他可憐的兄弟。頭腦簡單，四肢發達。心思都用在別的方面去了。」

史邁利就在酒意朦朧之中聽著這些廢話，還不時附和著「是啊」、「不是」、「真可惜」、「沒有，他們一直沒找到他」，有一次還讓他臉紅了半天：「別這麼說，你過獎了。」最後，馬丁台爾終於談到一些最近的事：權力替換和史邁利的退隱。

不出所料，他從老總最後幾天的日子說起：「你的老上司，喬治，上帝保佑他，他是唯一能把自己名字保密的人。當然，對你是不保密的，他對你從來沒有隱瞞什麼吧，是不是，喬治？他們說，史邁利和老總親如兄弟，一直到死都是這樣。」

「他們過獎了。」

「別急，喬治。你忘了我是個老鳥。你和老總就是那樣。」他胖乎乎的手做出一個象徵結婚的動

4　倫敦街名，政府各機關多集中在此地。

作，「這就是你給攆出來的原因，不用騙我，這就是比爾・海頓謀得到你的差使的原因。這就是他、而不是你，當上派西・艾勒林的助手的原因。」

「你要這麼說，我也沒辦法，羅迪。」

「我要這樣說。我要說的不只這些，可多了。」

馬丁台爾俯身靠過來時，史邁利聞到了瓊佩理髮店特有的一種刺鼻香水味。

「我還要說的是，老總根本沒死，有人看到他了。」他連忙搖手，不讓史邁利否認，「讓我把話說完。維利・安德魯瓦沙在約翰尼斯堡機場候機室裡碰到他。不是陰魂，有血有肉。維利因為天氣太熱而在酒吧買杯蘇打水喝，你最近有沒有見到維利，他胖得像顆氣球。他轉過身來，老總就坐在他旁邊，一副布爾人[5]的穿戴，難看得嚇死人。他一見到維利就溜掉了。你覺得怎麼樣？所以我們都知道了。老總根本沒死。他是被派西・艾勒林和他的三人幫排擠掉，因此到南非躲了起來，願上帝保佑他。但是，你不能怪他，是不是？誰都想平平安安度過晚年，你怎麼能怪他？我就不怪他。」

史邁利精疲力竭，神經越來越麻木，老半天才聽明白這種謠言的荒誕無稽，一時竟說不出話來。

「胡說八道！我從沒聽過這麼荒唐的事情！老總死了。他是長期患病後，心臟病發而死的。而且他最不喜歡南非。除了色雷、圓場、勞德板球場以外，他什麼地方都不喜歡。真的，羅迪，你不能散播這樣的謠言。」他大可再加一句：是我在去年耶誕節前夕，獨自看著他在倫敦東區某個火葬場下葬的。那個牧師說話還口吃。

「維利・安德魯瓦沙總是愛說瞎話，」馬丁台爾毫不在乎地沉思說，「我也這樣跟他說過：『完全是胡說八道，維利，你應該覺得難為情。』」好像他不論從思想上或口頭上，從來沒有相信過這種愚蠢的謠言似的。他馬上又說：「給老總的棺材釘上最後一根釘子的，大概是捷克事件吧。那個可憐的傢伙，背上挨了一槍，把事情鬧到上報，聽說他與比爾・海頓一直很親密。埃利斯，我們得叫他這名字，儘管我們知道他的真實姓名，就像知道自己的姓名一樣確實，我們還是得這麼叫他，可不是嗎？」

馬丁台爾很賊，他等著史邁利接話，但史邁利不想上鉤，於是馬丁台爾心生一計。

「不知怎麼，我對派西・艾勒林當頭頭總是不太放心，你呢？喬治，這是因為年齡的關係，還是只因為我天性不易輕信他人？你善於相人，一定要告訴我。我覺得我們一起出道的這批人都不適合掌權。這是不是一個線索？如今很少有人能讓我心悅誠服，我總是認為派西顯然是這樣的人，尤其是有了那個老狐狸老總以後。他人緣好，誰都不把他當一回事。只要一想到他從前在『旅客』酒吧裡閒蕩，口裡還啣著他的大菸斗，給一些頭兒買酒喝，那就行了。說真的，誰都不想把背信棄義的事做得太露骨，你同不同意？還是只要能成功，就不在乎？他們到底有什麼竅門，喬治，他有什麼祕方？」他專心一意地說著，傾身向前，目光貪婪而興奮。除此之外，只有吃喝才能讓他這麼激動，「靠屬下的才智過活；可是，這也許就是如今做領導的本領。」

「真的，羅迪，我沒法幫你的忙，」史邁利有氣無力地說，「我從來不知道派西是個有影響力的人物，你明白，我只知道他是個——」他想不出用什麼詞形容才好。

5　南非荷蘭裔移民的後代。

「是個向上爬的人，」馬丁台爾提示道，目光炯炯發亮，「一天到晚盯著老總的黃袍。如今他黃袍加身，大夥兒也都擁戴他。那麼誰是他的左右手呢，喬治？」是誰在給他立功勞呢？從各方面聽來，他幹得很不錯。海軍部裡的機密文件閱覽室裡，用各種古里古怪名稱成立的小組委員會裡，不論派西到白廳哪一條走廊，全都替他鋪了紅地毯，一些次級大臣們得到上級的特別表揚，名不見經傳的人無緣無故得到了大獎章。你知道，這，我以前都見過。」

「羅迪，我無法幫你忙，」史邁利依然這麼說，邊要起身，「真的，我愛莫能助。」但是馬丁台爾卻攔住他，用一隻油滋滋的手把他按在桌邊，同時又說得更快了。

「那麼誰是狗頭軍師呢？肯定不是派西自己。我也不相信美國人又開始信任我們了。」他的手抓得更緊，「是狠勁十足的比爾．海頓，我們當代的阿拉伯勞倫斯，上帝保佑他。你瞧，是比爾，你的老對手。」馬丁台爾的舌頭又伸了出來，梭巡了一會兒又縮進去，留下一絲薄薄的笑意。「我聽說你和比爾有一段時期曾經什麼都不分彼此，」他說，「但是他一向不是正統派，對吧？天才永遠不會是正統派的。」

「史邁利先生，您還要什麼嗎？」侍者過來問道。

「其次就是博朗德：褪了色的純潔希望，紅磚大學[6]的教書先生。」他仍不放開史邁利，「如果不是這兩個人謀劃的，那就是個退休的人，對吧？我的意思是說，一個假裝退休的人。如果老總已經死了，那麼除了你以外，還會有誰呢？」

他們穿上大衣。看門的已經下班了。他們得自己從空蕩蕩的棕色衣帽架上取下大衣。

「羅伊．博朗德不是紅磚大學出身。」史邁利大聲說，「如果你想知道，那麼我可以告訴你，他上過牛津的聖安東尼學院。」

史邁利心想，老天爺幫忙，我能做的最多就是這麼些了。

「別傻了，親愛的。」馬丁台爾不高興地說。史邁利令他失望：他面有慍色，像是發覺上了當一樣；面頰下部出現令人看了難受的下垂皺褶。「聖安東尼學院當然是紅磚大學，同一條街上有一小塊砂岩石也改變不了這一點，即使他是你的門下。我想他現在已經投到比爾．海頓門下去了——別給他小費，是我請客，不是你請客。比爾現在是他們的前輩——以前也是。能夠讓他們圍著他團團轉。不過，他有他的魅力，可不是嗎？不像我們有些人。我說啊，這是做明星的資質，屬於極少數出類拔萃的人。有人告訴我說女人無不完全拜倒在他面前。如果女人可以下拜的話。」

「晚安，羅迪。」

「別忘了向安問好。」

「我不會忘的。」

「那麼別忘了。」

雨現在已經下得很大，史邁利全身溼透，而且上帝為了懲罰他，還把倫敦街上的計程車全都藏了起來。

6 與用砂岩建構的牛津、劍橋相對而言的新辦大學。

3

「純粹是缺乏意志。」他自言自語，一邊彬彬有禮地謝絕了一個站在門口的女人的招徠，「與其說是有禮貌，不如說只是軟弱而已。馬丁台爾，你這個頭腦輕浮、裝腔作勢、愛說大話、沒有骨氣、不事生產……」他跨了一大步，想避開一個看不清的障礙物。「軟弱，」他繼續說，「無法擺脫所有羈絆去過獨立自主的生活，」——一潭髒水濺了他一腳——「還有感情上的牽掛，其實都早已失去原來的意義。不管是我和我的妻子、和圓場、和倫敦的生活。計程車！」

史邁利向前衝了幾步，可是已晚了。兩位小姐擠在一把雨傘下笑著，早已上了車，只見到胳膊和腿的一陣閃動。他陡然拉起黑色大衣的領子，繼續孤獨地前進。「褪了色的純潔希望，」他生氣地喃喃自語，「街上的一小塊砂岩。你這個愛說大話、喜歡到處打聽的厚臉皮——」

這時他想起自己把格林梅爾斯豪森那本書忘在俱樂部了，但為時已晚。

「唉，他媽的！」他大聲罵道，為了出氣，還停下腳步連罵幾聲，「他媽的，他媽的，他媽的。」

他決定要賣掉倫敦的房子。剛才在遮篷底下的自動售菸機旁等大雨停下時，他就做出了這個重要的決定。他從各方面打聽到，倫敦的房價飛漲。那很好，把房子賣了，用一部分所得在考茲伍茲買幢鄉間小屋。還是在伯爾福德？那兒來往車輛太多。斯蒂普爾．阿斯頓？那是個好地方。那麼他就以性格怪僻，說話東拉西扯，喜歡離群索居的面目出現，但是也有一兩個討人喜歡的習慣，例如在街上走動時常常自言自語。也許有點不合時代潮流，但如今又有誰合時代潮流呢？不合時代潮流，但是也不背棄自己的時代。畢竟，到了一定時候，人人都得選擇是要前進，還是向後退？現在的風一會兒這樣刮，一會兒那樣刮，你不隨風倒，並沒有什麼不光采。還是要有主見，堅持不動搖，做自己那一代人的中流砥柱。如果安回來，那麼他就把她送到門口請她走。

或者，不一定請她走，這要看她是否回來心切。

在這種前提的慰藉下，史邁利到了國王路，他在人行道上停了一會兒，好像要過馬路似的。馬路兩邊都是華麗的精品商店。在他前面是自己住的貝瓦特街，一條死巷子，他從頭走到底，總共只有一百一十七步。他當初搬到這裡時，這些喬治時期的建築有一種敗落敝舊的美，年輕的夫婦靠十五鎊過一星期，在地下室裡還不敢聲張收個不付稅的房客。可是現在卻有鐵欄杆保護下層的窗戶，每幢屋子的路邊都擠著停了三輛汽車。史邁利出於長期養成的習慣，走過去時一一看了一眼，哪輛是熟悉的，哪輛不然；不熟悉的汽車中，有哪輛又是安裝了天線和多一面鏡子，哪輛是監視者喜歡的那種無窗小貨車。他這麼做，部分原因是要考驗自己的記憶力，為了保持頭腦不至於因為退休而萎縮，就像以前他在往大英博物館的公車上熟記沿途的商店門牌號碼一樣；也正如他背得出自己家中每層樓梯共有多少級，十二扇門每一扇朝什麼方向開一樣。

但是史邁利這麼做還有第二個原因，那就是他害怕，這是職業間諜到死都甩不開的祕密恐懼。由於過去經歷那樣複雜，連自己也記不清結下了多少怨仇，總有一天仇人會找上門來跟他算帳。

在這條街的盡頭，有個鄰居帶狗出來散步；她看到他，抬起頭來說了一句不知什麼的話，但是他沒有理她，心裡知道大概又是關於安的話。他穿過馬路。他的房子一片漆黑，窗簾仍像他出門時那樣拉上。他爬上六級台階，來到門口。自從安走了以後，他把打掃屋子的女人也給辭退了：除了安之外，沒有別人有鑰匙。門上有兩道鎖，一道是班漢牌死鎖，一道是朱伯牌管匙鎖，還有兩片他自製的小木片，只有指甲那麼大，一片塞在上面門梁縫裡，一片塞在班漢鎖的下面。這是他在出外勤時留下的習慣。最近，不知什麼原因，他又開始使用；也許是為了不要因為她突然回來而吃一驚。他用指尖一摸，兩片小木片都在那裡。於是他開了門鎖，推了進去，腳下碰到中午塞進來躺在地毯上的郵件。

他心想，是什麼雜誌到期了？《德國生活與文學》？《語言學》？他想應該是《語言學》，這早就到期了。他打開門廊的電燈，彎身翻看了一下郵件。一封是他的裁縫寄來的帳單，記的是一套他沒有訂製的衣服，他懷疑很可能那衣服正穿在安情人的身上；一封是亨萊一個加油站寄來的汽油帳單（才十月九號就沒錢了，他們在萊亨幹什麼呀）；一封是銀行來信，說的是關於密德蘭銀行伊明翰分行為安·史邁利夫人開戶取款的事。

他對著這封信問，他媽的這兩個人在伊明翰幹什麼？真是天曉得，誰會去伊明翰跟姘頭幽會？這伊明翰是在哪裡？

他正在思量這個問題時，目光卻落在傘架上一把沒見過的雨傘上，這是一把綢傘，傘把上有手工縫製的皮套，上面有一個金環，但是沒有物主的姓名縮寫。他的腦袋裡很快閃過一個念頭：既然這把傘是乾的，那麼一定是在六點十五分下雨前就放在那裡了，因為架上也沒有水跡。而且這把傘很講究，雖然不新，傘尖不鏽鋼包頭還沒有擦劃過的痕跡。因此，這把傘屬於一個行動敏捷的人，甚至是年輕人，像安最近的一個情人。但是既然這個傘主人知道門上塞的木片，又知道進屋以後放回原處，而且還頗為機靈，在推門打亂了（而且無疑也讀了）郵件以後，又把信放在門邊靠著，那麼他極有可能也認識史邁利；他不是安的情人，而是一個像他自己那樣的職業特務，一度跟他親密共事過，而且就像行話所說的那樣，認得出他的「筆跡」。

客廳的門虛掩著。他輕輕地又推開了一點。

「彼得？」他問道。

他從門縫裡看進去，靠外面路燈的光，看到沙發一頭伸著一雙穿著麂皮鞋子的腳，懶洋洋地交疊在一起。

「我要是你，喬治，我就不脫大衣了，老兄，」說話的聲音很親切，「我們還要趕遠路呢。」

五分鐘後，穿著一件寬大的棕色旅行大衣，喬治．史邁利鬱鬱不樂地坐在彼得．貴蘭姆的敞篷跑車的客座上。那件大衣是安送他的禮物，是他唯一乾燥的大衣。原來彼得把車停在附近另一個廣場上，所以他先前沒有發現。他們的目的地是阿斯科特，那是個以女人和賽馬著稱的地方。不過做為內閣辦公室奧立佛．拉孔先生的宅邸所在，就不太有人知道。拉孔先生是各類不同委員會的高級顧問、諜報事務的總監督。或者，用貴蘭姆那有失尊敬的話來說，是白廳的管家。

比爾・羅契在索斯古德學校裡，躺在床上睡不著，心裡在想，他每天盯著吉姆，最近終於有了效果。昨天吉姆令拉茲吃了一驚。星期四他又偷了寄給阿隆遜小姐的信。阿隆遜小姐教提琴和《聖經》，羅契因為她脾氣溫柔而巴結著她。據女舍監說，園丁助手拉茲是個D.P.，而D.P.不會說英語，或是說不了幾句。女舍監又說，D.P.的意思是不同的人[7]，反正是戰時從外國來的。但是昨天吉姆和拉茲說了話，他要拉茲幫忙搖車前的起動桿，而且是用D.P.的母語跟他說的，反正是用D.P.說的話跟他說的，拉茲當場高興得跳了起來。

關於阿隆遜小姐的信，這件事要複雜一些。星期四上午從教堂回來後，羅契到教員休息室去拿班上的練習簿時，當時牆邊桌上有兩封信，一封是給吉姆的，一封是給阿隆遜小姐的。吉姆的那封是以打字機打成，阿隆遜的那封是以手寫，筆跡倒是有點像吉姆自己的筆跡。羅契看到這兩封信時，教員休息室裡空無一人。他就自己動手取了練習本，正要不作聲地退出去時，吉姆從另一扇門進來了，他是早上散步回來，滿臉通紅，氣喘吁吁。

「快走吧，大胖，上課鈴已經響了。」他俯身在牆邊桌子上。

「好的，先生。」

「天氣有點變化不定，是不是，大胖？」

「是的，先生。」

「好啦，快走吧。」

到了門邊，羅契回頭看了一眼。吉姆已經直起身子，打開那天早上的《每日電訊報》。桌上空了。

兩封信都不見了。

是不是吉姆給阿隆遜小姐寫了信，又改變主意？也許是求婚？比爾．羅契又有了一個想法。最近，吉姆弄了一部舊打字機，是一部破爛的雷明頓牌，他自己動手修好的。他是不是用那部打字機打了一封信給自己？他難道這麼寂寞，自己寫信給自己，還偷別人的信？想到這裡，羅契便睡著了。

7　displaced person，戰時難民。也可說是 different person 的縮寫。

4

貴蘭姆懶洋洋地開著車，但是開得很快。車廂裡充滿各種秋天的氣味。月光皎潔，田野上瀰漫著霧，寒氣襲人。史邁利心想，不知貴蘭姆多大年紀了，他估計是四十歲，但是在朦朧之中很可能以為他是個在河上划船的大學生；他操縱排檔拉桿，動作瀟灑，好像他是在水裡一樣。無論如何，史邁利有些生氣地想，這輛車對貴蘭姆而言未免太年輕了。他們風馳電掣地開過倫尼梅德，開始爬上埃格漢姆山。他們已經開了二十分鐘的車，史邁利問了十多個問題，得到的答覆卻不值一文錢，現在他心中有了一種不敢正視的恐懼，久久不散。

「我覺得真奇怪，他們沒有把你和我們一起攆出來，」他很不愉快地說，一邊把大衣下擺裹得更緊一點，「你具備一切條件：工作表現出色，忠心耿耿、處事謹慎。」

「他們讓我負責『剝頭皮』。」

「唉，我的上帝。」史邁利打了個寒顫說道。他拉起胖乎乎的下巴周圍的衣領，不禁想起布里克斯頓，還有那個當作剝頭皮組大本營的陰沉、嚴峻的校舍。剝頭皮組的正式名稱叫「旅行組」，是冷戰初期老總在比爾．海頓的建議下設立的，當時暗殺、綁架、訛詐成風。他們的第一任頭頭是海頓提名的。這是個小單位，大約只有十一、二個人，專門處理一些突擊任務，如果由國外長駐人員來幹，不是太骯髒，就是太危險了。老總總是這麼教誨人，諜報工作要做得好，必須慢慢來，而且要看有沒有一種文雅的風度。但是剝頭皮組對他這條原則卻是個例外。他們動手可不是慢慢來的，而且也不文雅，因此反映了海頓的氣質，而不是老總的氣質。而且他們都是單槍匹馬行動，因此被安頓在一個沒有人瞧見的地方，圍牆上還插著碎玻璃，拉有鐵絲網。

「我問過你知不知道『橫向主義』這個詞嗎？」

「當然不知道。」

「這是目前最『熱門』的理論。我們本來是逐級上下的關係。現在是橫向合作關係。」

「這到底是什麼意思？」

「你在的時候，圓場是分地區管理的。非洲、附庸國、俄國、中國、東南亞等地區；各個地區由自己的頭頭率領，老總高高在上，掌握一切。你還記得嗎？」

「聽起來已如隔世。」

「現在呢，全部集中領導，叫做倫敦站。地區取消，實現了橫向主義。比爾．海頓是倫敦站長，羅伊．博朗德是他的第二把手，托比．艾斯特海斯像條哈巴狗似地在他們兩人之間來回奔跑。他們是國中之國。他們什麼都保密，不跟普通人來往。這倒是讓我們更放心了。」

「聽起來，這主意倒是不錯。」史邁利說，刻意不去理會對方的影射。

他的腦海裡再次泛起許多記憶，他忽然有一種特別的感覺：這一天，他好像是一天當兩天度過似的，一天是在俱樂部和馬丁台爾共度，一天是現在和貴蘭姆在夢中度過。他們駛過一座松樹養育林。樹林縫裡，月光都成了一條條的。

史邁利問道：「埃利斯有沒有什麼信——」但是他又改用比較試探的口氣問：「埃利斯有沒有什麼消息？」

「還在隔離中。」貴蘭姆簡短地答道。

「哦，是啊，當然了。我無意打聽，只是想知道他有沒有可能通過審查？他的身體倒是復原了；他還能走動嗎？據我所知，背部受傷可不是好玩的。」

「他們說他的情況很好。安還好嗎，我忘了問。」

「很好，很好。」

車廂裡一片漆黑。他們已經離開大路，彎到一條石渣煤屑路上。兩邊都出現了黑色的樹影，出現了燈光，接著是個高聳的門廊，樹梢頭上是一棟破舊敗落的房子尖頂。雨已經停了，但是當史邁利下車呼吸新鮮空氣時，他聽到四周盡是雨水淋溼樹葉的蕭蕭聲。

是啊，他心想，上次我來到這裡也下著雨；那時候，吉姆．埃利斯的名字是頭條新聞。

•

梳洗過後，他們在高花板高聳的衣帽間觀看拉孔的爬山用具，這些就亂七八糟地放在一個薛拉頓式的五斗櫃上。他們現在圍成半圓形坐著。面對著一把空椅子。這房子是方圓幾里內最難看的一棟，拉孔沒花多少錢就買到了。他有一次曾稱之為「伯克郡行宮」，他向史邁利解釋，「是一個菸酒不沾的百萬富翁蓋的。」客廳很大，彩色玻璃窗戶有二十呎高，大門口古松參天。史邁利環顧周圍一些熟悉的擺設：一架大鋼琴上堆滿樂譜、穿著僧袍的教士的古畫、一疊鉛印的請帖。他四處找劍橋大學的船槳，發現它就橫掛在壁爐上方。壁爐裡還燒著火，但是在那麼大的壁爐裡顯得很小氣。寒酸的氣氛蓋過了貴氣。

「你的退休生活過得怎麼樣，喬治？」拉孔問道，好像是對著一個耳聾的老姑奶奶在大聲嚷嚷，「你不會覺得與世隔絕嗎？要換作是我，就會有這種感覺。惦念自己的工作、自己的老夥伴。」

拉孔的個子又高又瘦，態度生硬，有些孩子氣，據圓場才子海頓說，是個教會和間諜圈子裡的人物。他父親是蘇格蘭教會的顯要人物，母親則出身貴族。有時比較時髦的週日報紙寫到他，會說他是「新派人物」，因為他年輕。他因為鬍子刮得太匆忙，臉上有些刮破。

「我過得很不錯，謝謝你的關心。」史邁利客氣地說。為了再敷衍幾句，又說：「是啊。是，我當然很惦念。你呢？一切順利嗎？」

「沒什麼大變化。一切非常順利。夏綠蒂得到羅迪安學校的獎學金，很不錯。」

「那很好。」

「你的太太呢？她還是很漂亮吧？」

他的表情也有點孩子氣。

「是很漂亮，謝謝你。」史邁利很灑脫地想用同樣的口氣回答。

他們都看著那個雙扇門。他們聽到磁磚地上鏗鏘的腳步聲遠遠傳來。史邁利猜，是兩個人，都是男的。門打開了，出現一個半明半暗的高大人影。史邁利一眼又瞥見後面還有一個人在照應，黑頭髮，矮個子；但是進屋子的只有前面那個，一進來就有一雙看不見的手把門關上。

「請在外面把門鎖上。」拉孔叫道，接著他們聽到鑰匙所上的喀嚓聲，「你認識史邁利吧？」

「是，我認識。」那個人影從陰暗處朝他們走過來時說，「我記得他曾經派過任務給我，是不是呢，史邁利先生？」

他的聲音像南方人一樣柔和，但無疑有殖民地的口音。「我是塔爾，先生。檳榔嶼來的里基．塔爾。」

爐火一閃，照亮了他半邊臉上不自然的笑容，可是卻把眼眶照成了一個空洞。「還記得嗎，一個律師的兒子？你一定記得，史邁利先生，我的第一片尿布還是你換的。」

這時，奇怪的是，他們四個人都站著，貴蘭姆和拉孔在一旁看著，好像教父教母一樣，而塔爾握著史邁利的手，握了一次又一次，最後為了拍照又握一次。

「你好嗎，史邁利先生？真高興見到你。」

他終於鬆開史邁利的手，轉身到指定給他的椅子。史邁利這時心想，是的，里基．塔爾這號人，這種事情很可能發生。遇到塔爾這號人，什麼事情都可能發生。他想道，我的上帝，兩小時前我還在對自己說，我要在過去之中尋找庇護。他覺得口渴，心想，這可能是恐懼的緣故。

十年？十二年前？這天晚上他很難有什麼時間感。那時，史邁利的任務之一是審查新人：未經他點頭認可，誰都無法入選，未經他在課表上簽字，誰都不能受訓。冷戰正熾熱，剝頭皮組的人員供不應求，圓場在國外的常駐人員奉海頓之命物色人選。雅加達的斯蒂夫・麥克爾伏提出了塔爾。麥克爾伏是個老手，以航運代理商為掩護，他看到塔爾喝醉了酒，怒氣衝天地在碼頭上要找一個拋棄他的小姐，名字叫羅絲。

據塔爾自稱，他和一夥比利時人混在一起，在各島嶼和北方海岸之間走私槍枝。他不喜歡那些比利時人，也厭倦了走私槍械，尤其教他生氣的是，他們還搶走了他的女朋友羅絲。麥克爾伏估計他可以接受法律的約束，年紀也輕，可以訓練，幹那些剝頭皮的勾當。他們平時就躲在陰鬱的布里克斯頓學校圍牆後面，必要時就出來幹那種暴力勾當。在經過必要的調查後，他們把塔爾送往新加坡接受複查，接著又送到薩勒特的育成所三查。這時，史邁利插手進來，擔任一連串面談審查的主持者，這種審查有時是很不客氣的。薩勒特育成所是個訓練所，但地方很寬敞，還可以充當其他用途。

塔爾的父親是住在檳榔嶼的一位澳洲律師。母親則是戰前從布拉德福德跟著一個英國劇團去到東方的小演員。史邁利還記得，做父親的性好傳播福音，常在當地的教堂講道。做母親的在英國有犯罪紀錄，不過不嚴重，塔爾的父親大概不知道，要不，知道了也不在乎。戰爭爆發時，夫妻倆為了孩子疏散到新加坡。幾個月後，新加坡淪陷，里基・塔爾就在彰崎監獄裡在日本人的監視下受教育。在彰崎，做父親的見人就傳播上帝的福音，如果日本人不迫害他，和他關在一起的人也會樂意代勞。戰爭結束後，一家三口回到檳榔嶼。里基想讀法律，但他更常幹的還是觸犯法律，做父親的一時生起氣來，狠狠揍了他一頓，想打掉他靈魂中的罪惡。塔爾離家出逃，到了婆羅洲，十八歲就成了個正式的槍枝走私販子，在印尼群島周圍無險不冒，麥克爾伏就是在這時候遇到他的。

等到他從育成畢業時，馬來半島已經發生變亂。塔爾奉令回去混入槍枝走私販子當中。他幾乎是一去就碰到了他的比利時老朋友。他們替共產黨運送槍枝也忙不過來，顧不得問他這陣子是去了哪裡，而且他們正好也缺人手。塔爾要切斷他們的聯繫，幫他們送了幾次貨，然後某天晚上把他們都灌醉，打死了四個，其中包括羅絲，放火燒了他們的船。他在馬來半島混了一陣子，又完成一兩次任務，就被召回布里克斯頓，重新訓練一下之後，被派往肯亞執行特殊任務，簡單說，就是去捉拿茅茅[8]領賞。

到了肯亞之後，史邁利有一陣子就沒再見過他了，但是他記得一兩件事，因為這一兩件事很可能成為醜聞，得向老總報告。那是在一九六四年，塔爾被派去巴西，跟一個境況很困難的軍備部長索取賄賂。塔爾搞得太露骨了，那位部長心生畏懼，向新聞界透露了風聲。當時塔爾用的是荷蘭人的名義，這事誰都不知道，可是卻被荷蘭諜報機關知道了，他們很生氣。一年後在西班牙，塔爾根據比爾．海頓提供的線索，知道有個波蘭外交官被一個舞女迷了心竅，便向他進行訛詐——用剝頭皮組的行話來說，就叫火燒。第一次的收穫不錯，塔爾受到嘉獎，還得了賞金。但是當他回去進行第二次訛詐時，那個波蘭人向自己的大使館寫了一封自白書後，就跳樓自殺了——不知是不是受到了慫恿。

在布里克斯頓，他們常常說他容易招禍。當他們圍著那低低的爐火坐下來時，從貴蘭姆尚未成熟但已衰老的臉上表情來看，他們在背後說他的話可能還要難聽得多。

「好吧，我想先坐下來再說。」塔爾邊輕快地說著，邊敏捷地坐了下來。

8　當時肯亞反英獨立戰士組織的名稱。

5

「這事發生在六個月前。」塔爾開始說。

「在四月，」貴蘭姆插言，「從頭到尾說得精確些，好不好？」

「好吧，發生在四月，」塔爾不動聲色地說，「布里克斯頓平靜無事。我們在這裡靜候待命的，我估計，大約有五、六個人。」彼得．森布里尼從羅馬回來，西．范霍佛剛在布達佩斯幹了一仗，」——他露出一個惡作劇的笑容——「大家閒著無事，就在布里克斯頓休息室打乒乓、玩撞球。對不對，貴蘭姆先生？」

「正好是淡季。」

據塔爾說，香港站這時突然發來急電要人。

「他們說，有一個蘇聯低階貿易代表團在香港，為莫斯科市場搜購電器用品。有個代表在夜總會裡拋頭露面，名叫鮑里斯，詳細情況，貴蘭姆先生知道。以前沒有紀錄。他們已經盯了他五天，代表團預定還要待十二天。從政治上來說，由當地的弟兄來處理就太棘手了，但他們認為突然找到他頭上去，可能奏效。收穫不見得會很大，但這有什麼關係？也許可以把他當存貨買下來，是不是，貴蘭姆先生？」

當存貨的意思是轉賣給別國的諜報機關，或是跟他們交換，這是剝頭皮組常做的低層叛逃人員的買賣。

貴蘭姆沒有理會塔爾，他說：「東南亞是塔爾負責的區域。他正好閒著沒事，因此我派他去實地調查，發電報回報結果。」

每當別人一說話，塔爾就陷入夢境。他的目光呆滯，看著說話的人，眼裡升起一層霧，要定一定神才能重新說話。

「於是我照貴蘭姆先生的吩咐去做了，」他說，「我一向都聽吩咐的，是不是，貴蘭姆先生？我真的是個聽話的人，儘管有時有點衝動。」

他在隔天晚上、也就是三月三十一日星期六起飛，用的是澳洲護照，自稱是汽車推銷商，他的手提行李箱夾層裡還放著兩本沒用過的瑞士護照，以備逃跑之用。這是兩份緊急文件，可以按情況需要填寫，一份是給鮑里斯的，一份他自己用。他住進九龍金門飯店，到附近不遠處，在一輛車裡和香港的情報員碰頭。

說到這裡，貴蘭姆側身向史邁利輕聲說：

「塔夫蒂．西辛格，是個小丑，前皇家非洲步兵團少校。派西．艾勒林派的人。」

西辛格根據一個星期來的監視，給了他一份鮑里斯動向的報告。

「鮑里斯真是個怪物，」塔爾說，「我搞不懂，他每晚狂飲，沒斷過。他已經一個星期沒睡覺，西辛格派去盯梢的人，腿都已經幾乎站不直。白天他還跟著代表團視察工廠，參加談判，完全是個年輕有為的蘇俄官員模樣。」

「多大年紀？」史邁利問。

貴蘭姆插進來說：「他的簽證申請填的是一九四六年生於明斯克。」

「一到晚上，他就回亞歷山德拉旅館，那是遠在北角的一間破爛舊房子，是代表團的駐地。他和別人一起吃飯，到了九點左右就從側門偷溜，攔計程車趕到九龍一帶夜總會集中的地區。他最愛去的是皇后道一間叫『貓的搖籃』的酒店，他請當地商人喝酒，一舉一動就像個大人物，一直待到午夜。他從『搖籃』出來後，又直接殺到灣仔，到一個叫『安琪兒』的地方，那裡的酒水便宜些。他都是孤身一人。『安琪兒』開在地下室，是水手跟遊客愛去的小酒館，鮑里斯似乎很喜歡那個地方。他一般要喝三、四杯酒，留著帳單收據。他大多喝白蘭地，有時會來杯伏特加，換換胃口。他和一個歐亞混血兒有過一次勾搭，西辛格派去監視的人找過她，打聽明白是怎麼回事。她說，他覺得很孤獨，坐在床上哀嘆，說他的老婆不識他的天才。這確實是個突破，」他譏諷地加了一句，拉孔這時撥弄了一下煤塊，火勢大了一些，「那天晚上我到『搖籃』去，親眼看看他。西辛格派去監視的人喝了杯牛奶睡覺去了。他們不想知道。」

有時，塔爾在說話時身子動都不動，好像是在聽他自己的錄音帶一樣。

「他在我之後十分鐘到了，帶著自己的女伴，一個高大的瑞典金髮女人，還有一個中國女人跟在後面。裡面很暗，所以我移到附近的桌位。他們要了威士忌，鮑里斯付的帳，我坐在六呎遠處，眼睛看著那個蹩腳的樂隊，耳朵聽著他們的談話。那個中國女人沒開腔，都是那個瑞典女人在說話。他們說的是英語。那女人問鮑里斯住在哪裡，鮑里斯說是怡東酒樓，這顯然是鬼扯，因為他明明跟代表團住在亞歷山德拉。好吧。亞歷山德拉是家小旅館，說怡東酒樓好聽一些。他們到午夜時分就散了。鮑里斯說他要回去了，明天很忙。又是說謊，因為他其實沒回去——這叫什麼來著，傑克爾和海德[9]，對了！——換了裝出去尋歡作樂的那個正派醫生。因此，鮑里斯究竟是誰呢？」

一時沒有人理他。

「是海德。」拉孔看著他搓得發紅的手說。他又坐好以後，雙手放在膝蓋上。

「海德，」塔爾重複道，「謝謝你，拉孔先生。我一直都覺得你是個有文化修養的人。於是我趁他們付帳時趕緊先出去，趕在他之前到了灣仔，在他還沒有到『安琪兒』之前就先到那裡。這時，我已經十之八九知道他有問題。」

塔爾用他乾癟的細長手指一一數說理由：第一，他從來不知道有蘇聯代表團能不帶一、兩個搞保安工作的猩猩監視團員，不讓他們到尋歡作樂的場所去。鮑里斯怎麼能一晚接一晚溜出來？其次，他看不慣鮑里斯大把大把花外幣。這有違蘇聯官員的脾氣，他堅持說：「他們根本沒有外幣能給他花。要是有，早就給他老婆買假珠寶了。第三，我不喜歡他那樣說謊。他這個人太油腔滑調。」

於是塔爾在「安琪兒」等著，果然，半小時後，他的海德先生獨自來了。「他坐定後點了一杯酒，什麼也不幹，就是坐著喝酒，作壁上觀。」

又是史邁利得到塔爾的青睞。「你認為這是怎麼回事，史邁利先生？你明白我的意思嗎？我注意的

9　英國作家史蒂文森作品《變身怪醫》（*Strange Case of Dr Jekyll and Mr Hyde*）當中有雙重人格的主角。

是一些小事情，」他仍舊對著史邁利推心置腹地說，「就以他坐的地方來說，說真的，先生，要是我們在那兒，我們也不會比鮑里斯坐在更合適的地方了。他離出口處和樓梯最近，可以一目瞭然地看清楚入口處和店內的所有活動，他是右撇子，因此左邊有道牆保護。鮑里斯是個職業特務，史邁利先生，這點毫無疑問。他是在等接頭的人，可能是充當信箱，或是在放線釣魚，等我這樣的笨蛋上鉤。反正我是這樣覺得：敲詐一個貿易小代表是一回事，朝著中心[10]訓練出來的老手揮大腿又是另一回事了，對不對，貴蘭姆先生？」

貴蘭姆說：「自從改組以後，剝頭皮組就沒得到任何要收買雙重特務的指示。一碰到這樣的對象就得馬上轉給倫敦站。這命令是比爾．海頓親筆簽發的。如有一絲反抗，就要解職。」他補上一句，特別說給史邁利聽：「按照橫向原則，我們的自主權極其有限。」

「我以前也幹過雙面間諜，」塔爾坦白說，聲音裡有一種好人受了委屈的味道，「請相信我，史邁利先生，他們都是一幫不好惹的人」

「肯定是。」史邁利說，把鏡框往上一推。

塔爾發電報給貴蘭姆說「未成交」，就訂了回國機票，上街採購去了。他後來又想，反正飛機要星期四才飛，他在離開前不妨去鮑里斯的房間偷點東西，把本撈回來。

「亞歷山德拉還真是個破爛地方，史邁利先生，它在馬寶道上，有一排木頭陽台。至於門鎖，一見到你就自動打開了。」

因此塔爾沒多久就進了鮑里斯的房間，背抵著門，等眼睛習慣黑暗。他站著還沒動手就聽見床上有個女人睡意朦朧地用俄語和他說話。

「是鮑里斯的老婆，」塔爾解釋，「她正在哭。好吧，我就暫時稱她伊琳娜。貴蘭姆先生有詳細資料。」

史邁利已經在表示不同意了：他說不可能是妻子。中心絕不會讓夫婦同時出國，他們一向是留下一個，派一個去——

「也許是露水夫妻，」貴蘭姆挖苦說，「沒有正式結婚，但是長期同居。」

「如今世界有很多事情都是顛倒過來的。」塔爾的臉上堆笑，不對任何人，更不是對著史邁利，但是貴蘭姆又白了他一眼。

10　書中對KGB的代稱。

6

史邁利在這次見面從一開始就保持一種老僧入定的莫測高深模樣，不論是塔爾講的故事，還是拉孔或貴蘭姆偶爾的插話，他都不為所動。他靠著椅背坐著，短腿蜷縮，腦袋低垂，胖乎乎的雙手交叉放在鼓鼓的肚子上。他低垂的眼皮在厚厚的鏡片後面已經闔上。他唯一的動作是拿下眼鏡，用領帶的綢襯裡擦一擦。這麼做時，他的眼睛看上去彷彿浸泡過，赤裸裸的，讓見者很不好意思。但現在，他插嘴的話和在聽了貴蘭姆解釋之後發出像老學究那樣空洞的聲音，對其他在場的人變成了一種信號，引起一陣移動椅子和清嗓子的聲音。

拉孔第一個說話：「喬治，你喜歡喝什麼？要我給你倒杯威士忌嗎？還是別的？」他請人喝酒的樣子顯得很熱心，像是要給人吃治頭痛的阿斯匹靈。「我剛才忘記問了，」他解釋，「喬治，來一杯提神吧。畢竟是冬天呀。是不是有點涼？」

「我很好，謝謝你。」史邁利說。

他倒是想喝點新煮的咖啡，但他不好意思開口。他也記得拉孔家的咖啡很難喝。

「貴蘭姆呢？」拉孔接著問。不，貴蘭姆也覺得不能喝拉孔的酒。

他沒有問塔爾要喝什麼，塔爾就繼續說下去。

他說，他對伊琳娜竟在房裡沒有驚惶失措。他在還沒進屋前就已先想好退路，他立刻採取行動。他沒有拔槍，也沒伸手摀住她的嘴；他沒有搞這套把戲，只說他是為了一件私事來找鮑里斯，他很抱歉，但是他要坐下來等鮑里斯回來。他用很道地的澳洲口音——非常適合一個從南半球來、生氣的汽車銷售商——解釋說他不想多管別人的閒事，但是他絕不讓一個連尋歡作樂的錢也沒有的死俄國人，在一夜之間就把他的女人連錢一起偷走。他越說越氣，但是把聲音壓得很低，看那女人的反應。

塔爾說，事情就是這樣開始的。

他進鮑里斯的房間是十一點三十分，離開時是一點三十分，還說好隔天晚上再見面。這時候情況已完全顛倒過來了。「不過請注意，我們可沒做什麼不規矩的事。可以說完全是君子之交，對不對，史邁利先生？」

這種無心的諷刺似乎觸動了史邁利的心事。

「對。」他了無生氣地同意。

伊琳娜出現在香港並沒有什麼特別，西辛格也不是非知道不可。塔爾這麼解釋。她也是貿易團的正式團員，她是收購紡織品的專家。「想起來真令人不敢相信，她比她的老頭還更合乎條件。她完全像個孩子，從我的喜好類型來說，有點像個女學者，但她年輕，不哭時的笑容動人。」塔爾奇怪地有點臉紅，「跟她在一起很有趣。」他堅定地說，像是在跟別人的相反意見爭辯，「澳洲阿德萊德來的托馬斯先生出現在她的生命裡，正好在她為那個死人鮑里斯發愁得不知所措之際。她以為我是從天而降的天使。她能找誰說說她丈夫、而那個人又不會藉機害她呢？她在代表團裡沒有談得來的人，她說甚至在莫斯科也沒有能信賴的人。沒有切身體會的人是不會了解，你邊到處跑、又要邊保持破裂的關係是什麼滋味。」史邁利又陷入沉思出神的狀態，「旅館一間接一間，城市一座接著一座，甚至不許隨便和當地人談話，或是對陌生人微笑，她就是這樣形容她的生活。史邁利先生，她認為這種生活實在太痛苦了，因此暗地裡不知道哭過多少次，而且床頭總有一個伏特加空酒瓶為證。為什麼她不能像個正常人那樣生活呢？她不斷自問。為什麼她不能像別人一樣享受陽光？她喜歡遊覽，她喜歡外國孩子，為什麼她不能有自己的孩子？一個生來自由、無拘無束的孩子？她不斷地說：生下來就無拘無束，生下來就自由。『我是個樂天的人，托馬斯。我是個正常、喜歡交際的女人。我喜歡與人來往！我喜歡他們，既然我喜歡他們，我為什麼要欺騙他們？』她接著又說，但問題是她很早以前就被挑選來做這種工作，這就把她冷凍成了個老太婆，與上帝隔絕。因此她才喝酒，痛哭一場。這時她彷彿已經忘了她的丈夫，而且還為發了一頓脾氣表示很抱歉。」他說話又遲疑起來，「我嗅得出來，史邁利先生。她身上有金子。我一開始就嗅得出來。各位，大家說知識就是力量，伊琳娜就有力量，也有才能。她可能有點固執，但還是能把自己所有的一切拿出來。如果我遇到慷慨大方的女人，我能憑直覺感覺得到，史邁利先生。我有這方面的才能。這個女人是慷慨大方的人。我也不知道怎麼解釋我的直覺才好。有的人能嗅出地底下有水……」

他似乎在等待有人能表示共鳴，因此史邁利就說：「我明白。」伸手搔一搔耳垂。

塔爾帶著一種奇怪的依賴表情看著史邁利，他沉默了好一會，最後說：「我隔天早上幹的第一件事就是退掉機票，換了旅館。」

史邁利突然睜大眼睛：「你對倫敦那邊是怎麼說的？」

「我沒說什麼。」

「為什麼？」

「因為他是個自作聰明的傻瓜。」貴蘭姆說。

「我怕貴蘭姆先生會說『立即回國』。」他答道，會意地看了貴蘭姆一眼，但沒有得到回報，「你知道，很久以前，我剛出道那時曾經犯過錯，中了美人計。」

「他上了一個波蘭女人的當。」貴蘭姆說，「他當時也說直覺那個波蘭女人慷慨又大方。」

「我知道伊琳娜不是美人計，但是我現在怎能期望貴蘭姆先生相信我呢？沒有辦法。」

「你告訴西辛格了嗎？」

「沒有。」

「你延遲回國，向倫敦提出什麼理由？」

「我原訂星期四起飛，我估計國內的人要到下個星期二才會想起我，特別是鮑里斯是隻『死鴨子』。」

「他沒提出理由。『管家』算他星期一曠職，」貴蘭姆說，「什麼規章制度他都違反了。不是規章制度的也違反了。到下一個星期三，就連比爾．海頓也發了脾氣。我只得硬著頭皮聽著。」他悻悻地說。

無論如何，塔爾和伊琳娜隔天晚上碰了面。第三天晚上又碰面。第一次碰面是在一家旅館裡，沒什麼進展。他們設法不讓別人看到，因為伊琳娜怕得要死，不僅怕她丈夫，也怕代表團裡的保安人員，塔爾叫他們猩猩。他請她喝酒，她謝絕了，還全身哆嗦。第二次碰面的那晚，塔爾還沒放棄，仍等著她慷慨大方起來。他們搭電車到了維多利亞山頂，擠在穿白色短襪和頭戴遮陽帽的美國太太們中間。第三次他租了一輛車，帶她在新界兜風，最後因為距離中國邊界太近，她突然害怕起來，於是又折返回到港口這邊。不過，她還是很喜歡這次兜風，不斷談到沿路景色的美麗，還有那魚塘和稻田。塔爾也喜歡，因為這次出遊向他們倆都證明了，沒有人在盯他們的梢。但是用他的話來說，伊琳娜仍舊沒有打開心房。

「現在我要告訴你們，事情進展到這個階段，有一件非常奇怪的事。我一開始就假裝是澳洲人托馬斯，跟她鬼扯了不少關於在阿德萊德郊外的綿羊場，還有城裡大街上有玻璃落地窗的房子，在燈光照射下『托馬斯』三個字，她不相信我說的。她點著頭敷衍了一會，等我把話說完，她接著說『是啊，托馬斯』，『不，托馬斯』，然後就說別的了。」

第四天晚上，他開車到俯瞰北岸的山頂，伊琳娜這時告訴塔爾，她愛上了他，還說她是莫斯科中心的人，她和她丈夫都是，而且她知道塔爾也是同行；她從他警覺的態度，聽人說話時的眼神貫注，可以看得出來。

「她以為我是英國諜報上校。」塔爾板著臉說，「她一會兒哭，一會兒笑，我覺得她大概快要瘋了。她說起話來一半像是廉價小說中瘋瘋癲癲的女主角，一半又像是有教養的好小姐。她最喜歡英國人。她老是說，英國人是君子。我買一瓶伏特加給她，她一下子就喝掉半瓶。為英國君子乾杯。鮑里斯是主角，伊琳娜是他的配角。這是一齣夫妻搭檔的戲，總有一天她要跟派西．艾勒林談，告訴他一個大祕密。鮑里斯其實是在收買香港的商人，附帶替當地蘇聯常駐站傳遞情報。伊琳娜當通訊員，譯出微點通訊，幫他收發無線電報，速度極快，讓別人無法竊聽抄收。理論上是這麼計劃的，懂嗎？那兩個夜總會，前一個是他和本地聯繫碰頭的地方，後一個是萬一接不上頭的退路。可是鮑里斯實際上只想喝酒，追舞女，澆愁解悶。或者出去散步，一去就是五個小時，因為他沒辦法和他的妻子共處一室。伊琳娜只能哭著等他回來，或者喝得爛醉，想像自己單獨坐在派西的壁爐旁，把她所知的一切內幕全盤托出。我在山頂上坐在汽車裡，讓她不停地說著。我沒有動，因為我不想打斷她。我們看著港口上暮靄漸降，可愛的月亮升了起來，農夫們帶著扁擔和煤油燈走過。我們只需要等亨弗萊·鮑嘉穿著晚禮服登場了。我的腳踩著伏特加酒瓶，讓她說下去。我一動也沒有動。這是事實，史邁利先生，這就是事實。」他以希望別人相信、卻又無可奈何的口氣說著。然而史邁利的雙眼緊閉，對任何懇求都無動於衷。

「她就這樣開了頭，」塔爾解釋道，好像這是突如其來的事，他沒有參與，「她把她一生的經歷全告訴我，從出生一直到遇到托馬斯上校，也就是我。父母、初戀、入選、受訓、失敗的婚姻等等。她和鮑里斯受訓時編在同一組，從此就沒分開過，成了一種難解難分的關係。她告訴我她的真實姓名、工作化名、旅行時和發電報時的假名，接著拿出手提包，給我看她那套變戲法的道具：可以暗藏密碼報告的鋼筆、祕密照相機等等，應有盡有。『派西看到了不知會怎麼說。』我順著她這麼說。那些都是大量生產的貨色，不是什麼精緻的東西，不過材質還是上等的。最後，她全盤說出蘇聯在香港常駐站的全部情況：跑腿的、安全聯絡站、信箱等等。我費了好大勁兒才記住。」

「你還是記住了？」貴蘭姆沒好氣地說。

是的，塔爾同意：他差不多記住了。他知道她並沒有將全部情況都告訴他，但是他也知道，一個女人剛成年就當了特務，要講真話不容易，他想，作為開端，她已經不錯了。

「我有點同情她，」他又用那種虛偽的坦白口氣說，「我覺得我們倆的頻率相同，互相沒有干擾。」

「可不是嗎。」拉孔難得插了一句話。他臉色蒼白，但那究竟是因為生氣，還是因為從百葉窗窗縫射入的晨曦灰光所造成的，就不得而知了。

7

「現在我的處境很尷尬。我第二天、第三天又跟她見面，我心想，就算她現在還沒精神分裂，那麼也快了。她一會兒說派西要在圓場給她一個高級職務，在托馬斯上校領導下工作，還拚命跟我爭應該給她中尉還是少校當。一會兒又說從此不要再做間諜了，她要種花養魚，跟托馬斯過太平日子。接著她又忽然想起修道院，說浸信會是最偉大的教會，她的母親出身農民，她知道。這是她告訴我的第二大祕密。我問她，那麼，第一大祕密是什麼？她不肯說。她只說，我們處在致命的危險之中，這個危險之大，連我想也無法想像，我們倆都沒有希望，除非她跟派西兒私下密談一下。『我的天，到底是什麼危險？你到底還知道什麼我不知道的事？』她很得意，想表現一下，但是我一追問，她又閉口不言了，我怕得要死，生怕她回去跟鮑里斯坦白。而且我的時間也不夠了。那天已是星期三。貿易代表團預訂星期五飛回莫斯科。她搞暗號很行，但是我怎麼能信任這樣的神經病呢？史邁利先生，你知道女人一墜入情網是什麼樣子。她們很難……」

貴蘭姆打斷他的話。他命令道：「你別岔題，行嗎？」塔爾不高興地停了一會兒。

「我所了解的是，伊琳娜打算叛逃——照她的說法是跟派西密談。她還有三天時間，她越快脫身，對誰都越好。要是我再等下去，她就可能改變主意。因此我採取行動，直接去找西辛格，他一大清早剛打開店門我就去找他。」

「星期三，十一日，」史邁利喃喃道，「倫敦時間是凌晨。」

「我想西辛格一定把我當成了鬼。我對他說：『我要直接跟倫敦通話，跟倫敦站長本人。』他拚命和我辯論，反對我這麼做，不過最後還是同意了。我坐在他的桌前，在用一次就得扔掉的拍紙簿上擬了電報密碼，西辛格像隻病狗一樣看著我。我們得讓電報偽裝成像是一封外貿密電，因為西辛格是以做貿易為掩護。這多花了我一個小時。我有些緊張，的確有點緊張。然後我把剩下的拍紙簿燒了，由電報機上發出密電。這個時候，全世界沒有旁人，只有我知道那張紙上的密碼是什麼意思，甚至西辛格也不知道，只有我知道。我要求按照緊急事態處理，給予伊琳娜叛逃者的待遇。我堅持要給她從來沒提出過的條件：現款、國籍、新身分、不大事宣揚、一個安定生活的地方。畢竟，我可說是她的業務代表，是不是，史邁利先生？」

史邁利抬眼一看，似乎因為這話是對他說的而感到吃驚。「是的，」他很客氣地說，「是的，可以說你就是這樣的人。」

「要是我的理解沒錯，他也有份。」貴蘭姆咬著牙輕輕地說。

聽到這話，或者猜到了這話的意思，塔爾生了氣。

「這完全是造謠！」他叫道，臉漲得通紅，「這是……」他瞪了貴蘭姆一會兒，又繼續說他的故事。

「我介紹了她截至當時的經歷和她能接觸到的機密，包括她在中心的工作。我要求派審查人員和空軍的飛機來。她以為我會要求在中立國與派西．艾勒林親自碰面，但是我認為我們這樣是徒勞無益。我建議他們派出艾斯特海斯手下一兩個『點路燈的』來照顧她，最好還有個醫生。」

「為什麼要『點路燈的』？」史邁利厲聲問道，「他們是不許處理叛逃者的。」

「點路燈的」是托比．艾斯特海斯手下的人，駐地不在布里克斯頓，而是在阿克頓。他們的任務是為第一線活動提供後勤支援、監視、竊聽、運輸安全聯絡站。

「啊，史邁利先生，自從你走了以後，托比的地位提升了，」塔爾解釋道，「他們告訴我，甚至他的街頭藝術家[11]也都開凱迪拉克。而且，要是有機會，還搶剝頭皮的飯碗，對不對，貴蘭姆先生？」

「他們已經成了倫敦站之下的主力了。」貴蘭姆簡短地說，「這是橫向領導原則的一部分。」

「我估計審查人員需要半年功夫才能將她審問完畢。不知什麼緣故，她對蘇格蘭著了迷，很想在那裡度過餘生。跟托馬斯在一起。在高原上養兒育女。我的電報發給倫敦站，用單位的名義，發的是急電，限官員親自處理。」

貴蘭姆插進來說：「這是最高限度機密的新規定。目的是要跳過密碼室裡的處理。」

「但不是在倫敦站？」史邁利說。

「這是他們的事。」

「我想，你大概已經知道比爾．海頓得到了那個職位？」拉孔轉過身來對著史邁利說，「倫敦站

11 意指跟監者。

長？他實際上是他們的活動總指揮，就像老總在的時候派西擔任的一樣。他們把名稱都換了，所以你不太清楚。你知道，你的老夥伴對名稱可是很在乎的。貴蘭姆，你應該向他介紹一下，讓他了解狀況。」

「我想我了解情況，謝謝你。」史邁利有禮貌地說。他對塔爾裝出一種睡意朦朧的樣子問道：「你剛才說，她說到一個大祕密？」

「是的，先生。」

「你在發給倫敦站的電報中有沒有提到這一點？」

他碰到了要害，毫無疑問。他找到一個一碰就痛的地方，因為塔爾皺了一下眉頭，向拉孔又向貴蘭姆投出疑問的一瞥。

拉孔猜到了他的意思，馬上聲明：「史邁利什麼都不知道，除了你在這屋子裡告訴他的之外。」他說，「對嗎，貴蘭姆？」貴蘭姆點頭稱是，看著史邁利。

「我把她告訴我的話如實告訴倫敦站。」塔爾悻悻然回答，像是被剝奪了講個動聽故事的機會似地。

「確切的措詞是什麼？」史邁利問道，「我不知道你是否還記得？」

「『自稱有攸關圓場利益的進一步情報，但尚未透漏。』大概如此。」

「謝謝你，非常謝謝你。」

他們等待著塔爾繼續說下去。

「我也要求倫敦站長通知這裡的貴蘭姆先生，我一切安全，沒有曠職。」

「他們通知了嗎？」史邁利問。

「沒有人對我說什麼。」貴蘭姆挖苦地說。

「我等回覆等了一天，到晚上還沒接到。伊琳娜正常地工作了一整天。你知道，這是我堅持要她那麼做的。她想假裝發燒，躺在床上，但我不同意。代表團在九龍有工廠要參觀，我叫她跟去，別露出馬腳。我要她發誓不再碰酒。我不希望她在最後一分鐘鬧出意外。我要她在脫逃前保持正常。我一直等到晚上，才又加發了一個急電。」

史邁利朦朧的目光盯住他面前那張蒼白的臉。「你當然收到他們的回電了吧？」

「『電悉。』就這麼一句。我通宵未睡，急得出汗。到天亮都還沒接到答覆。我想，也許皇家空軍飛機已在途中。我想，倫敦大概是為了謹慎起見，要等到一切齊備之後才會通知我。我的意思是，你離他們這麼遠，也只能信任他們。不管你對他們有什麼看法，你只能信任他們。我的意思是，他們有時的確是可靠的，對不對，貴蘭姆先生？」

沒有人接話。

「我是在為伊琳娜擔心，懂嗎？我敢肯定，再等一天，她就要垮了。最後答覆終於來了，卻根本不是答覆。這是拖延時間：『請告知她工作部門、莫斯科中心裡以前的聯繫人和熟人的名字、目前上司的名字、參加中心的日期。』還有其他一些問題，我也記不得了。我馬上擬了回電，因為我跟她約好三點鐘在教堂碰頭——」

「什麼教堂？」又是史邁利問。

「英國浸信會教堂。」令大家奇怪的是，塔爾又臉紅了，「她喜歡到那裡。不是做禮拜，只是去轉轉。我在門口裝作若無其事地等著，但是她沒有露面。這是她第一次失約。我們約好要是沒有碰上，三小時後就到山頂去，然後按一分鐘五十級的速度下山再回到教堂，直到見到面為止。如果她出了事，就把泳衣掛在窗戶上。她是個游泳迷，每天游。我趕到亞歷山德拉，沒有泳衣。我還有兩個半小時的充裕時間。除了乾等，沒有別的辦法。」

史邁利說：「倫敦站給你的電報等級是什麼？」

「是速件。」

「但你的電報是最速件？」

「我的兩次電報都是最速件。」

「倫敦來的電報有人署名嗎？」

貴蘭姆插進來：「電報不再署名了。外勤人員和倫敦站打交道是把它當作一個單位的。」

「你自己譯的嗎？」

「不。」貴蘭姆說。

他們等待塔爾繼續說下去。

「我在西辛格的辦公室裡等，但在那裡不受歡迎。他不喜歡剝頭皮的，而且他在中國大陸有件要緊的事，怕因為我而被破獲。因此我坐在咖啡館裡等，我忽然想到不妨到機場去一趟。這是隨便想到的，好比你可能會想『不如去看場電影吧』。我叫計程車司機開快點。我連殺價也沒有。好像瘋了一樣。我在詢問處前也不排隊，直接到前面打聽飛往俄國或過境俄國的班機。我來不及看航班表，就問一個中國職員，但是打從前一天就沒有班機飛俄國，下一班則要到今晚六點。但這時我靈機一動。我一定得知道呀。那麼包機呢？不屬於正常航班的那些客機、貨機或過境的飛機呢？從昨天早上起就沒有飛機去莫斯科嗎？真的沒有嗎？這時有個小姐答覆了，她是中國籍的空姐。她喜歡我，明白吧。她存心幫我忙。她說兩個小時前有一架蘇聯飛機臨時起飛。只有四名乘客上機。大家注意的是個病人。一個女人，處在昏迷狀態。他們得用擔架抬她上機，她的臉上綁了繃帶。有兩個男護士和一個醫生和她一起走，就是這幾個人。我打電話到亞歷山德拉，這是最後一絲希望了。伊琳娜和她的冒牌丈夫都還沒退房，但是房裡沒有人接電話。那家倒楣的旅館還不知道他們已經走了。」

也許音樂早已開始演奏了，但是史邁利現在才注意到。這房子裡四處傳來不完整的片段：有吹笛子的、有錄音機上放的兒歌、有演奏得比較老練的提琴曲。拉孔的幾個女兒都醒了。

8

「也許她生病了，」史邁利遲鈍地說，主要是對著貴蘭姆，不是別人，「也可能是昏過去。護送她的人也可能的確是護士。聽起來，她的情況夠糟的。」他又補了一句，斜眼瞥了一下塔爾，「畢竟，從你發出第一封電報到伊琳娜離開香港之間只有二十四小時。根據這樣的時間安排，你很難把原因歸咎於倫敦。」

「正好可以這樣，」貴蘭姆看著地板說，「時間固然很緊，但剛好足夠，要是倫敦有人——」他們都等著他把話說完，「要是倫敦有人手腳快。當然了，莫斯科的手腳也得快。」

「史邁利先生，我也是這麼想。」塔爾得意地說接過史邁利的話，不去理會貴蘭姆，「史邁利先生，我也是這麼說的，里基，別急，我說，如果不小心，你就徒勞無功了。」

「也有可能是俄國人無意中發現了，」史邁利堅持己見，「保安人員發現你們在往來，於是把她弄走。你們那樣往來，他們沒有發覺才奇怪。」

「也可能她告訴了她的丈夫，」塔爾提示，「先生，我也懂得一點心理學。我知道夫妻之間鬧翻以後會發生什麼事。她想惹他生氣，所以刺激他，看他怎麼反應。『你想知道你在花天酒地的時候我在幹什麼嗎？』——說些這樣的話。鮑里斯一怒之下，向猩猩報告，他們揍了她，押送她回國。所有的可能性我都想到了，這你可以相信我，史邁利先生。說真的，我都一一想到了。任何一個男人遇到女人拋棄他，都會這樣的。」

「還是言歸正傳吧，好嗎？」貴蘭姆壓低嗓門生氣地說。

於是塔爾又繼續說道，他現在承認，足足有二十四小時，他像瘋了一樣。「我一般不會常這樣，是不是，貴蘭姆先生？」

「也夠常的了。」

「我很懊喪。可以說是很惱火。」

他認為就快到手的一大塊肥肉竟無緣無故給搶走了，因此很生氣，盛怒之下，不顧一切跑到那些常去的地方瞎闖。他到「貓的搖籃」，又到「安琪兒」，到天明時分，已經去過十幾處其他地方，而且還不論沿路上碰到的幾家。他還去了亞歷山德拉一趟。他想和那幾個搞保安的猩猩吵一架。等到清醒過後，他想起了伊琳娜，想起他們在一起的時光，決定在飛回倫敦之前到他們倆約定當信箱的地方去看看，說不定她在走之前給他寫了信。

一半是因為沒有別的事可做。「一半是大概因為我實在放不下心，萬一她的信留在牆洞裡沒有人去取，而她又束手無策，只能乾著急。」他這麼補充一句，真像個知過必改的好孩子。

他們有兩個地方交換信件。第一個是在旅館不遠外的一處建築工地。

「見過他們用竹子搭的鷹架嗎？真是巧妙至極。我見過這種有二十層樓高的鷹架，苦力扛著預製混凝土構件爬上去。」他說有一根沒有用的竹樁，大約有一個人的肩膀那麼高。伊琳娜要是真抽不出時間見他，就用這竹管做為信箱，但是塔爾趕到現場，竹管是空的。第二個地方是在教堂座位後面，他說：「是他們放小冊子的書架下面。這個書架原本是個舊衣櫃。如果你在教堂裡跪在後排，伸手摸一下，有一塊板子是鬆的。背後有個洞，盡是垃圾和老鼠屎。但是我告訴你，這真是最保險不過的信箱。」

他說話停頓了一下，大家的眼前就出現了如此情景：里基，塔爾和他的莫斯科中心情婦一起跪在香港一所浸信會教堂的後排座位。

塔爾說，他在這個信箱裡找到的不是一封信，而是整整的一本日記。字跡清楚，兩面書寫，因此墨水常滲透過去。寫得很匆忙，但沒什麼塗改。他一眼就知道那是她神智清醒時寫的。

「不過，這裡的這本不是，這本是我抄的。」

他瘦長的手指伸進襯衫裡面，取出一只皮夾，上頭有一條很寬的皮帶繫住，他從裡面取出一疊摺得皺巴巴的紙。

「我猜她是在被揍之前把日記送到那裡，」他說，「或許還在那兒做了最後一次禱告。這是我自己翻譯的。」

「我不知道你還懂俄語。」史邁利的這句話別人沒有在意，但是塔爾注意到了，他馬上露出笑容。

「唉，史邁利先生，幹這行當總得要有一項專長，」他打開那疊紙解釋道，「我學法律可能不怎麼行，但多學一種外語肯定是有用的。我想你大概知道詩人是怎麼說的吧？」他抬起頭來，面露笑容，「『多掌握一國語言就是多掌握一個靈魂。』先生，是個偉大的國王說的，查理五世。我的父親記得很多名言，這一點不是我在吹噓，不過奇怪的是，他除了英語以外不懂任何外語。要是你們同意，我把日記唸給你們聽。」

「他一句俄語也不懂，」貴蘭姆說，「他們倆都是以英語對談。伊琳娜學過三年英語。」

貴蘭姆說這話時，抬頭望著天花板，拉孔看著自己的手。只有史邁利看著塔爾，塔爾對於自己開的小玩笑咯咯地笑著。

「都準備好了？」他問道，「那麼我就開始吧。『托馬斯，你聽好，我現在告訴你。』她總是稱呼我的姓，」他解釋，「我告訴她，我叫湯尼，但她總是叫我托馬斯。『這本日記是我給你的禮物，萬一他們沒有等我和艾勒林談話就把我帶走。托馬斯，我寧可將我的生命給你，當然還有我的肉體，但是我想更可能讓你高興的，只有這可憐的祕密了。請好好利用它！』塔爾抬起頭，上面寫的是星期一，她寫了四天日記。」他的聲音平板，甚至有些倦意，「『在莫斯科中心，傳說很多，上級很不滿意。特別是一些小蘿蔔頭，他們想顯得重要，裝作一副什麼都知道的樣子。我在加入外貿部之前，有兩年是在捷爾任斯基廣場的總部管理檔案。那裡的工作很單調，托馬斯，氣氛很不愉快，當時我還沒結婚。他們鼓勵我們互相猜疑，不能跟任何人講心裡話，一次也不能，這真讓人憋得難受。我底下有個辦事員叫伊夫洛夫，他不管社會地位和職務都比我低，但由於氣氛逼人，我們倒是很談得來。對不起，我們有時只有通過肉體交談，你應該早點出現的，托馬斯！伊夫洛夫和我有好幾次一起上夜班，最後我們決心違反規定在大樓外面見面。他跟你一樣是金髮，托馬斯，我喜歡他。我們在莫斯科一個貧民區的餐館裡見了面。在俄國，他們一直告訴我們，莫斯科沒有貧民區，這是瞎說。伊夫洛夫告訴我他的真名叫勒洛特，但他不是猶太人。他給了我一些咖啡，那是他在德黑蘭的朋友偷偷帶給他的，他很討人喜歡，還給了我幾雙絲襪。伊夫洛夫告訴我，他對我很傾倒，說他以前待的部門負責保管中心的所有外國間諜的檔案。我聽了大笑，對他說根本沒有這樣一個部門，那是有些愛作夢的人在瞎想，以為中心的所有祕密全都集中在一個地方。唉，也許我們都是這種愛作夢的人。』」

塔爾朗讀又中斷了。「這裡又是另一天。」他說，「一開始她說了一大堆『托馬斯，早安』啦、禱告啦，還有一些情話。她說，女人寫信不能沒有對象，所以她寫給托馬斯。她的男人一早就出去了，她有一個小時。我唸吧？」

史邁利的嗓門裡咕嚕了一聲。

「『我第二次和伊夫洛夫碰頭，是在他妻子一個表兄弟的房子裡，他是莫斯科國立大學的教員。屋子裡沒有別人。這次碰面極其祕密，幹了一件我們在報告裡稱為犯罪的事。我想，托馬斯，你自己一定也幹過一、兩次這樣的事！這次見面時，伊夫洛夫還告訴我下述這件事，目的是想鞏固我們倆的關係。托馬斯，你注意聽著。你聽過有個叫卡拉的人嗎？他是個老狐狸，是中心裡最狡猾、最神祕的人，我們俄國人甚至連他的名字也不懂是什麼意思。伊夫洛夫雖然告訴我這件事，但是他怕得要命，因為據他說，這牽涉到一個大陰謀，也許是我們最大的陰謀。伊夫洛夫說的事如下。托馬斯，由於這是極度機密，你只能告訴你最信賴的人。絕對不能告訴圓場裡的任何人，因為在這個謎解開之前，任何人都不能輕信。伊夫洛夫說，他先前說曾在外國間諜檔案部門工作，這話不是真的。他捏造這件事只是為了向我炫耀他詳知中心的內幕，讓我知道我愛上的不是個無足輕重的人。實際情況是，他曾經擔任卡拉的助手，參與過卡拉的一個大陰謀，曾以大使館司機和助理譯碼員的身分為掩護，駐在英國，從事陰謀活動。為此，他有個工作上的假名叫拉賓。這樣，勃洛特就變成了伊夫洛夫，再變為拉賓：可憐的伊夫洛夫，他對此還很得意。我沒告訴他，拉賓在法語裡是什麼意思[12]。一個人的財富地位居然以名字多寡計，這也是很少見的。伊夫洛夫的任務是為一個地鼠服務。所謂地鼠就是潛伏很深的間諜，之所以叫這個名字是因為他在西方帝國主義內部挖了很深的地洞，這次是個英國人。地鼠對中心很寶貴，因為要打進去很費時間，常常要花十五、二十年的功夫。英國的地鼠大部分是卡拉在戰前招募來的，出身都是上層階級，甚至有對自己的出身感到厭惡的貴族，結果私底下成了狂熱分子，比他們一些懶懶散散的英國工人階級同志還更狂熱執迷得多。有的甚至要申請入黨，還是卡拉及時制止他們，引導他們做特殊工作。有的曾在西班牙與佛朗哥法西斯主義作戰，為卡拉物色人才的人在那裡發現他們之後推薦給卡拉。有的是在戰時俄英結成同盟時招募來的。有的是因為西方在戰後沒有實現社會主義而感到失望……』這裡好像斷了。」塔爾看著自己的稿子說，「我在這裡寫了『斷了』兩字。我推測是她先生比預計早回來。墨跡都化開了。誰知道她把這玩意兒塞在什麼地方。床墊下面也說不定。」

如果這話他是當笑話說，並沒有引起笑聲。

「『拉賓在倫敦服務的那個地鼠，代號叫傑拉德。他是卡拉招募來的，他是一個極大陰謀的目標人物。據伊夫洛夫說，只有極有能力的同志才有資格為地鼠服務。因此，伊夫洛夫、也就是拉賓雖然在大使館裡看似無足輕重，常常受到種種侮辱，比如在舉行招待會時和女侍一樣站在酒吧後面侍候客人，但

12　Lapin，在法文裡意為兔子。

實際上他卻是個要角，格里戈爾．維多洛夫上校的祕密助手，後者在大使館工作用的假名是波里雅科夫。』」

史邁利這時插話，要塔爾把名字拼出來。塔爾好像演員在台詞說了一半被人打斷而不高興，粗魯地說：「P—o—l—y—a—k—o—v，聽清楚了嗎？」

「謝謝你。」史邁利不為所動，仍舊很有禮貌地回答。他的態度明確顯示這個名字對他而言沒有任何意義。塔爾又繼續說下去。

「『維多洛夫本人是個極其狡猾的職業老手，伊夫洛夫這麼說。他作為掩護的職務是文化參事，他與卡拉說話就是用這個身分。作為文化參事的波里雅科夫，籌組蘇聯方面派人到英國各大學和團體講學，介紹蘇聯的文化情況。一到晚上，他作為格里戈爾．維多洛夫上校的工作，則是根據卡拉從中心發來的指示，與地鼠傑拉德聯繫，發給指示，接受彙報。為此，維多洛夫上校、也就是波里雅科夫要用一些人去跑腿，可憐的伊夫洛夫有一陣子就是其中之一。不過實際控制地鼠傑拉德的，還是在莫斯科的卡拉。』」

「寫到這裡真的亂了，」塔爾說，「她是在夜裡寫的，不是喝醉，就是嚇怕了，這一項寫得亂七八糟，說到走道有腳步聲，猩猩們對她瞪白眼。這部分就不譯了，好不好，史邁利先生？」他得到點頭許可後又繼續下去：「『為了地鼠的安全，採取的措施極其周密。從倫敦發到莫斯科中心給卡拉的書面報告，即使在譯為密碼以後，也分成兩半，由不同的通訊員發送，有的是在大使館正規公文下用隱形墨水書寫。伊夫洛夫告訴我，地鼠傑拉德有時提供的機密資料，連維多洛夫、也就是波里雅科夫一時也應接不暇。有很多都是拍成照片，但沒有沖洗出來，一星期常有三十卷。底片若是沒按規定的方法打開，就會曝光。有的資料則是地鼠在極其機密的會面時講的話，用特製的錄音帶錄下，只有特製的複雜機器才能播放，這種帶子如果曝光，或是用的機器不對，也會全部洗掉。這種會面都是緊急性質的，每次總是不同的、突然的，我只知道這一點，還有都是在越南遭到法國侵略最嚴重的時期；在英國，極端反動派又掌握了政權。而且據伊夫洛夫，也就是拉賓說，地鼠傑拉德在圓場裡是個高級官員。托馬斯，我把這件事告訴你，是因為我既然愛你，我就決定要敬重所有的英國人，尤其是你。我無法想像一個英國紳士會是賣國賊，不過，當然了，他完全有權加入工人階級的行列。而且我對圓場任何一個人員的安全都擔心。托馬斯，我愛你，你知道這件事後可要小心，這也可能會害了你。伊夫洛夫是個像你一樣的人，即使他們叫他兔子……』」塔爾沒有把握地說，「最後有一點……」

「讀下去。」貴蘭姆輕聲說。

塔爾把那一疊紙稍微拿高一些，仍舊平鋪直敘地唸道：「『托馬斯，我把這件事告訴你，也是因為我害怕。今天早上我醒來時，他就坐在床邊，像個瘋子似地盯著我。我下樓去喝咖啡時，保安人員特里波夫和諾維科夫像野獸一樣看著我，無心吃東西。我想他們在那裡一定很久了，還有一個香港站來的阿維洛夫跟他們坐一起，他還是個孩子。托馬斯，你有沒有不小心走漏了什麼？你是不是瞞著我把不該說的也說了？現在你可以明白，非艾勒林不可。你不必責備自己，我猜得出來你告訴了他們什麼。我內心是自由的，你只看到我壞的一面：喝酒、害怕、撒謊。但是我內心裡有一種新的幸福光芒在燃燒著。我常在想，祕密世界是個與世隔絕的地方，我被永遠放逐到一個半人半獸的孤島。但是，托馬斯，這不是個與世隔絕的地方。上帝讓我看到，它就在這裡，就在實際世界的中間，實際世界就在我們周圍，我們只要打開門走出去就能得到自由。托馬斯，你一定要永遠去尋找我已經找到的光明。這就是愛情。現在我要把這本日記拿到我們的祕密地方，趁目前還有時間，把它放在那裡。親愛的上帝啊，希望時間還來得及。上帝在教堂裡給了我庇護。請你記住：我也在那裡愛過你。』」他的臉色極其蒼白，他的手在拉開襯衫把那疊紙放回皮夾裡時是顫抖、潮濕的。「還有最後一句，」他說，「說的是：『托馬斯，你怎麼不記得童年時代的禱告文了？你父親是個偉大的好人。』我對你們說過，」他解釋道，「她瘋了。」

拉孔這時拉開窗簾，白晝的光瀉了進來。窗戶對著一個小騎馬場，潔姬．拉孔，一個梳著辮子、戴著帽子的胖胖女孩正騎著她的小馬，小心翼翼、慢慢地跑著。

9

史邁利在塔爾離開之前，問了他一些問題。他的目光沒有看著塔爾，而是近距離地看著眼前，他發腫的臉因為這起悲劇而顯得有些洩氣。

「這本日記的原本在哪裡？」

「我把它放回那個信箱了。史邁利先生，我是這麼想的：我找到日記時，伊琳娜回到莫斯科也已有二十四小時了。我推測她準備接受審問時應該也沒剩幾口氣了。他們可能在飛機上就拷打她，著陸後又來一遍，等那些壯漢吃過早餐，就開始審問。他們對膽小的就來這一套：先拷打再審問，對不對？因此很可能過不了一兩天，中心就會派人到教堂去搜查，對不對？」接著又是一本正經的樣子，「而且我也有自身的安全考量。」

「他的意思是，莫斯科中心要是認為他沒見到日記，就不會急著想割斷他的喉嚨。」貴蘭姆說。

「你有將日記拍照嗎？」

「我沒帶照相機。我花了一塊錢買了本筆記，把日記內容抄在上面，把原本放了回去。整整花了我四個小時。」他向貴蘭姆看了一眼，在白晝的光線裡，塔爾的臉上突然浮現內心的深刻恐懼，「回到旅館時，我的房間被翻得一蹋糊塗。他們把壁紙都給撕了下來。旅館經理叫我趕快搬走。他不想知道內情。」

「他帶著一把手槍，」貴蘭姆說，「他不讓槍離身。」

「說得沒錯，我槍不離身。」

史邁利同情地咕嚕一聲，好像消化不良一樣。「關於你和伊琳娜的幾次見面：祕密信箱、安全暗號、萬一無路可走的退路等等。這些是誰先提出來的，是你還是她？」

「是她先提出來的。」

「安全暗號是什麼？」

「肢體語言。如果我敞開襯衫領子，她知道我已觀察過地方，一切安全。如果扣上扣子，就取消碰頭，到約好的第二次時間和地點。」

「伊琳娜呢？」

「手提包。左手，或者右手。我先到那裡，在她能看見我的地方等她。這樣她就能選擇見面還是分手。」

「這些事都發生在六個多月前。那麼，你這六個月來都在幹什麼？」

「休息。」塔爾粗魯地回答。

貴蘭姆說：「他嚇怕了，躲了起來。他逃到吉隆坡躲在某個小山村裡。他自己是這麼說的，他有個女兒叫丹妮。」

「丹妮是我的小乖乖。」

「他與丹妮和她母親待在一起，」貴蘭姆說，當作沒聽到塔爾說的話，這是他的習慣，「他在世界各地都有老婆，不過現在這個好像最得寵。」

「你為什麼選擇這時候來見我們？」

塔爾沒說話。

「你不想和丹妮一起過耶誕節嗎？」

「當然想。」

「那麼發生什麼事？你在怕什麼？」

「有謠言。」塔爾慍慍地說。

「什麼謠言？」

「吉隆坡來了個法國人，四處放話說我欠他錢，要請律師來對付我。我根本沒欠誰錢。」

史邁利轉過身來問貴蘭姆：「圓場還把他當成叛逃者嗎？」

「大概是吧。」

「他們到目前有什麼行動？」

「這不歸我管。我聽到小道消息，說倫敦站前陣子針對他開了幾次作戰會議，但是沒有請我去，我不知道結果如何。我想大概和以前一樣，沒什麼結果。」

「他現在用的是什麼護照？」

塔爾已準備好了答案：「我一到馬來西亞就把托馬斯的護照給扔了。我想托馬斯不合這一個月莫斯科的口味，我還是馬上把他做掉為妙。我在吉隆坡讓他們給我弄了一本英國護照，名字叫普爾。」他把那本假護照拿給史邁利，「還滿划算的。」

「你為什麼不用你的瑞士護照？」

又是一陣謹慎的沉默。

「是不是他們在搜你的旅館房間時弄丟了？」

貴蘭姆答道：「他一到香港就把護照藏起來，這是例行的做法。」

「那麼你為什麼不用？」

「因為編了號，史邁利先生。雖然是空白護照，但有編了號。老實說，我有點害怕。如果倫敦知道這號碼，莫斯科可能也知道，我想你大概明白我的意思。」

「那麼你怎麼處理你的瑞士護照？」史邁利仍舊好脾氣地再問一遍。

「他說他扔了。」貴蘭姆說，「更有可能是他賣了。或者換了現在這本。」

「怎麼扔的？你是不是燒了？」

「是的，我燒掉了。」塔爾的聲音有點緊張，一半是威脅，一半是恐懼。

「所以，當你說那個法國人在打聽你的時候——」

「他是在打聽普爾這名字。」

「但是，除了偽造那本護照的人以外，還有誰聽說過普爾？」史邁利邊問，邊翻著護照。塔爾沒有說話。「告訴我你是怎樣來到英國的。」史邁利提議說。

「從都柏林繞過來的。這不成問題。」塔爾承受的壓力太大時，撒謊就很不靈光。這也許得怪他的父母。他沒有現成的答案，就回答得太快，有現成的答案，就回答得太硬。

「你怎麼到都柏林的？」史邁利邊問，邊檢查護照中間一頁的海關戳章。

「靠美女。」他恢復了自信，「這一路上都是美女。我認識一個小姐，她是南非航空的空姐。我的一個好朋友讓我搭貨機到好望角，那個小姐把我藏起來，然後拜託一位駕駛員免費把我帶到都柏林。東方那邊的人都還不知道我已離開了半島。」

「我正在全力調查。」貴蘭姆看著天花板說。

「你最好小心點，」塔爾朝他那頭不客氣地說，「因為我不想讓不該知道的人去調查我。」

「你為什麼來找貴蘭姆先生？」史邁利仍在檢查普爾的護照。它看上去是本已經用過的舊護照，翻了很多次，裡面登記的不是太滿，也不會太空。「當然，除了你害怕以外。」

「貴蘭姆先生是我的上司，」塔爾一本正經地說。

「你有沒有想到，他可能會直接把你轉給艾勒林？畢竟，對圓場高層而言，你是一個通緝犯。」

「當然有。可是我認為貴蘭姆先生和史邁利先生您一樣，不喜歡現在的新安排。」

「他也很愛英國。」貴蘭姆解釋道，帶著辛辣的諷刺味道。

「是啊，我有點想回國。」

「你有沒有考慮過去找貴蘭姆先生以外的人？比如說，為什麼不找海外駐館？這樣你就少點危險。麥克爾伏還是巴黎站的站長嗎？」貴蘭姆點點頭，「你瞧，你大可去找麥克爾伏先生。當初是他把你找來的，你可以信任他：他是老圓場人了，你大可以安然無事地待在巴黎，不用到這裡冒生命危險。啊，老天，拉孔你快過去！」

史邁利已經站了起來，一隻手捂著嘴巴，眼睛望著窗外。在小跑馬場裡，潔姬．拉孔趴在地上尖叫，一隻無主的小馬在樹叢中猛衝亂跑。就在他們看著時，拉孔的妻子，一個長頭髮的漂亮女人，腿上穿著冬天的厚襪，跳過籬笆，把孩子抱了起來。

「她們老是摔下來，」拉孔不快地說，「小孩子摔不壞。」而且毫不客氣地又說，「喬治，不是每個人的事都需要勞你操心。」

他們慢慢地又坐下來。

「如果你到巴黎，」史邁利又說，「你會走什麼路線？」

「同一條路線到愛爾蘭，然後大概從都柏林到巴黎的奧利機場。不然你要我怎麼走：從海上走過去嗎？」

拉孔聽到這番話氣紅了臉，貴蘭姆怒吼一聲，站了起來。但是史邁利似乎毫不在乎。他又拿起護照，慢慢翻到前面。

「你是怎麼樣和貴蘭姆先生連繫的？」

貴蘭姆代替他回答，說得很快：「他知道我在什麼地方停車。他了留一張字條在車上說他要買這輛車，署名是他工作的名字特侖奇。他提了一個碰頭的地方，並且暗示我要在向別人兜售之前暫時保密。我帶了法恩去替我把風——」

史邁利打斷他的話：「剛才在門口的是法恩嗎？」

「我們談話的時候，他替我把風，」貴蘭姆說，「從那以後，我們見面就一直帶著他。我聽了塔爾的報告之後，從公用電話亭打給拉孔，要求見面。喬治，這些情況咱們另外再談吧？」

「打給拉孔是打到這裡，還是打到倫敦？」

「打到這裡，」拉孔說。

貴蘭姆停了一會才說：「我恰巧記得拉孔辦公室裡一個小姐的名字。我提到她的名字，說她要我趕緊找他聯繫，關於一件私事。這麼做不太好，但在當下我只能想到這樣。」他又補充，打破了沉默，「他媽的，沒有理由認為電話有人竊聽。」

「有各種理由認為電話有人竊聽。」

史邁利闔上護照，就著旁邊一盞破舊的檯燈查看它的裝訂。「真不賴，是不是？」他輕鬆地說，「真的很不賴。一定是個行家作品。我找不到一點毛病。」

「別擔心，史邁利先生，」塔爾伸手拿回護照，不客氣地說，「這不是俄國製的。」走到門口時，他臉上又恢復了笑容，「你們知道嗎？」他對這間長長的屋子另一頭的三個人說，「伊琳娜要是說得沒錯，你們就需要徹底重建圓場了。因此，如果我們大家齊心協力，就可以一起從第一層幹起。」他在門上開玩笑地敲了一下，「親愛的，開門吧，是我，里基。」

「謝謝你！現在沒事了！開門吧！」拉孔大聲說。一會兒後，就聽到了鑰匙的轉動聲，在外面把風的法恩的黑影出現在他們的視野裡，接著迴響在空蕩蕩的屋子的腳步聲漸漸消失，伴隨著遠處潔姬·拉孔的哭聲。

10

這幢房子一面是練習騎馬的小圍場，另一面是草地網球場，隱藏在樹林中間。球場不是太好，沒有常割草。春天時，草地被冬季的積水浸透，沒有陽光照進來把它曬乾。到了夏天，球飛出去也會消失在樹葉叢中。今天早上，從整個花園裡掃進球場來的結霜落葉，厚可沒腳。但是在場外，在順著長方形的鐵絲網外的山毛櫸間，有一條小徑，史邁利和拉孔就在這條小徑上漫步。史邁利披上了他的旅行大衣，拉孔卻只穿他那套破舊的衣服。也許就是因為這個緣故，他的步子邁得又大又快，每一步都走在史邁利前面，因此不得不停步等個子矮的史邁利趕上。一趕上來，他又急著邁步，結果又走在前頭，他們這樣趕了兩次，拉孔終於打破沉默。

「一年前，你為了一個類似的想法來見我，我幾乎把你攆了出去。我想現在應該向你道歉。當時我太大意。」他沉默了一會，想著自己那次的失職，「我那時指示你停止所有調查。」

「你對我說，這種調查違憲。」史邁利也遺憾地說，彷彿也想起那個可悲的錯誤。

「我是這麼說的嗎？我的天，我真是太誇大其詞了。」

屋子那裡傳來潔姬不斷的哭聲。

「你從來沒有過吧，是不是？」拉孔馬上問，頭轉向哭聲傳來的方向。

「你說什麼？」

「我是說孩子，你和安沒有孩子吧？」

「沒有。」

「姪子、外甥呢？」

「只有一個姪子。」

「你的？」

「她的。」

史邁利環顧四周的玫瑰花叢，斷了的鞦韆、潮濕的沙坑、在晨光中醒目刺眼的紅房子，他心想，我彷彿從來沒離開過這裡，我們從上次談話後彷彿一直都還在這裡。

拉孔又道歉了：「是不是可以說，我不是完全信任你的動機？你瞧，我當時心裡想，是老總指使你來見我的。這是他戀棧不去，想排擠派西．艾勒林的辦法——」他又向前跨出大步，手腕向外揮著。

「不是，我可以向你保證，老總根本不知道。」

「我現在明白了。但我當時不明白。對你們這種人，真不知道究竟何時該相信，何時又不該。你們有截然不同的標準，是不是？我的意思是，你們不得不那樣。這一點，我是同意的。我無意妄下斷語。畢竟我們的目標一致，即便方法不同。」——他跳過一個小溝——「有一次，我聽人說，道德規範就是方法。這種看法你同意嗎？我想你大概不會同意。我想，你會說，道德規範就寄託在目標之中。但是很難知道你的目標是什麼，問題就在這裡，尤其你若是英國人的話。我們不能要求你們這些人來為我們決定政策，是不是？我們只能要求你們推行政策，對不對？又很微妙吧？」

史邁利不再追著他走。他一屁股坐在一個生鏽的搖椅上，把大衣裹得更緊了，於是拉孔只好回來，欠著身子坐在他身旁。他們兩人一起跟著下面的彈簧咯吱咯吱地搖著。

「為什麼她選中塔爾？」拉孔終於自言自語道，撥弄著他纖長的手指，「要找一個人聽她的懺悔，我看沒有比這個人更不合適的了。」

「我看，這個問題你得去問女人，問我們沒有用。」史邁利的心裡又在想伊明翰究竟位在哪裡。

「唉，是啊。」拉孔馬上同意道，「這一切都是個謎。我十一點要去見大臣，」他低聲告訴史邁利，「我得讓他知道，他是你在議會的表兄弟。」他又補充了一句，勉強加上這個涉及私人的笑話。

「比爾．海頓也是安的表兄？我們倫敦站那位傑出的站長？」他們以前也已經開過這個玩笑了。

「是啊，根據另一條家系，比爾也是她的表兄。」他完全沒必要地補上一句，「她出身一個古老的家族，這個家族有很穩固的政治傳統。年代久遠，也就分布得更廣了。」

「傳統？」拉孔喜歡把含糊其詞的話搞清楚。

「家族。」

史邁利聽見樹林外面汽車駛過的聲音。整個世界就在這樹林之外，然而拉孔卻有這個紅色的城堡和基督教的倫理觀，後者能給他的不過是個爵士的封號、同輩的尊敬、優厚的年金和一、兩家大公司理事的掛名差使。

「我反正要在十一點鐘去見他。」拉孔站了起來，他們又在一起走了。史邁利忽然覺得在早晨新鮮的空氣中飄來「埃利斯」的名字。有那麼一陣子，像坐在貴蘭姆的車裡一樣，一種奇怪的不安感襲上他的心頭。

「畢竟，」拉孔說道，「我們倆的立場都很光明正大。你認為埃利斯被出賣了，因此要求追查。大臣和我認為這件事完全是老總辦事無能——說得客氣點，這也是外交部的看法——因此我們要換一把新掃帚。」

「唉，我相當理解你兩難的處境。」史邁利這句話與其說是說給拉孔聽的，不如說是說給自己聽的。

「那我很高興。喬治，可別忘了：你是老總的人。老總喜歡你，不喜歡海頓，他後來失去自制，幹這件特別冒險的事時，是你給他撐門面的。不是別人，是你，喬治。諜報組織的頭頭和捷克人打私仗，可不是常見的事。」舊事重提顯然還是令人不快。「要不是那樣，我想倒楣的也許就是海頓了，但是你正好首當其衝，而——」

「而派西．艾勒林正好是大臣的人。」史邁利的聲音很輕，拉孔只好放慢腳步來聽他說。

「你也知道，要是你有個懷疑對象，就不是那樣了！你沒有指出任何人！沒有具體目標而進行調查，後果可能不堪設想！」

「而新掃帚掃得更乾淨些。」

「你是說派西．艾勒林？總而言之，他做得很好。他拿出來的是諜報，不是醜聞。他嚴格遵守職責，博得顧客信任。據我所知，他還沒有侵犯捷克領土。」

「有比爾．海頓替他防守，誰不會？」

「老總就不會。」拉孔的這一拳很有力。

他們走到一個空游泳池前停了下來，站在那裡看著深的那一頭。從黑漆漆的深處，史邁利好像覺得又聽見羅迪．馬丁台爾含沙射影的話：「海軍部裡的機密文件閱覽室裡，用各種古里古怪名稱成立的小組委員會裡……」

「派西的那個情資特別來源還活躍嗎？」史邁利問道，「叫什麼巫術資料或什麼的？」

「我不知道你也在名單上，」拉孔說得一點也不高興，「既然你問起，我就告訴你吧，仍舊活躍。巫師情資來源是我們的主要依靠，他的情資仍用巫術這個名稱。圓場好多年沒交來這麼好的資料了。根據我的記憶，可說從來沒有過。」

「還是需要經過那套特殊處理嗎？」

「當然，但現在發生這件事，我想我們無疑要採取更嚴格的預防措施。」

「如果我是你，我就不會這麼做。傑拉德可能嗅出味道不對。」

「這就是關鍵，不是嗎？」拉孔馬上回說。史邁利心想，這人精力過人，不可想像。剛才還像個連腰板都挺不直的瘦弱拳擊手，戴著一副過大的拳擊手套；這會兒他卻出拳把你打到場邊的繩圈上，帶著基督徒的同情眼光看著你。「我們不能動手。我們不能著手調查，因為調查手段全都掌控在圓場手上，甚至可能就在地鼠傑拉德的手裡。我們不能監視、偷聽、拆信。要做這些事情，得用艾斯特海斯手下點路燈的力量，而艾斯特海斯本人就跟別人一樣也是嫌疑對象。我們不能訊問，我們不能限制某個人查閱機密資料。這些舉動會有讓地鼠心生警戒的危險。喬治，這是個最古老的問題：誰能充當偵查間諜的間諜？誰能打草不驚蛇？」他開了一個笨拙的玩笑：「只有地鼠。」說的是內心的旁白。

史邁利一時來了勁，往前跨步，在通向小騎馬場的那條小徑上，走在拉孔的前頭。

「那麼就找圓場的競爭對手，」他回頭大聲說，「找安全部門。他們是專家，會幫你忙。」

「大臣不會同意的。你很明白，他和艾勒林對這個競爭對手有什麼看法。也難怪他們。如果讓一些前殖民地官員來檢查圓場的文件，不如讓陸軍來調查海軍算了！」

「根本不能這樣比。」史邁利不同意。

但是拉孔這個模範公務員卻已準備好了他的第二個隱喻：「那麼好吧，大臣寧可屋漏，也不願意讓外人來把他的堡壘拆掉。這麼說總行吧？喬治，他有充分的理由。我們有情報員在外面，一旦保安部門的人插手進來，他們就完了。」

現在史邁利放慢腳步了。

「有多少？」

「六百上下。」

「鐵幕後面呢？」

「估計是一百二十。」凡是數字，凡是各種各樣的事實，拉孔從來不含糊，這是他工作的本錢，從灰色的官僚主義大地中挖出來的黃金。「從財務報告來看，目前他們幾乎都很活躍。」他跨了一大步，「那麼，我可以告訴他你願意幹，是不是？」他相當輕快地說，好像這個問題僅僅是形式，在適當的方格裡打個勾就行了，「你願意擔任這整頓內部的工作？對以前的、以後的，採取必要的措施？這畢竟是你這一代的，這是你的責任。」

史邁利已經推開小騎馬場的柵欄門，進去之後又隨手關上。他們兩人就在搖搖晃晃的欄杆兩邊面對著。拉孔臉上有些紅暈，帶著一種依賴的笑容。

「我為什麼要說埃利斯？」他找話說，「那個可憐的傢伙明明是叫普里多，我為什麼說埃利斯事件？」

「埃利斯是他工作的名字。」

「當然了，那些日子裡不斷出事，讓人連細節都給忘了，」他停了一會，揮著右臂向外一甩，「他是海頓的朋友，不是你的朋友？」

「他們戰前一起念牛津。」

「後來戰時和戰後一直是圓場的同伴。出了名的海頓－普里多搭檔。我的前輩不斷提到他們。」他又問，「你跟他從來沒親近過？」

「普里多？不。」

「我是說，不是表兄？」

「拜託，」史邁利粗聲粗氣地叫道。

拉孔又顯得尷尬起來，但是他另有目的，因此目光死盯著史邁利。「沒有感情上的原因或其他原因，讓你覺得不適合擔任這個工作吧？喬治，你一定得說清楚。」他有些擔心地要求，好像他最不希望人家說清楚似的。他等了一會，就又不在乎了，「不過我看不出有什麼真正理由。我們總有一部分是屬於公家的，不是嗎？社會契約互相都有約束力，我相信你一直都知道。普里多也是。」

「你這話是什麼意思？」

「唉，喬治，他中了槍，背上中了一槍，即使在你們的圈子裡，這也是很大的犧牲吧。」

•

史邁利獨自站在小騎馬場的另一端，在低垂的樹下邊喘著氣，邊想弄清楚自己的心情究竟是怎麼回事。就像舊疾復發，他的氣憤突如其來。自從退休後，他就一直以為自己已與氣憤絕緣了，凡是會引起氣憤的事，他都小心避開：報紙、以前的同事、馬丁台爾那種閒聊。他一輩子靠的是自己的機智和驚人的記憶力，現在卻把所有時間全用在遺忘上。他強迫自己從事學術研究，當他還在圓場工作時，這不失為一個有用的散心方法，但如今失了業，卻沒有什麼事情可以讓他散心了。什麼都沒有。他簡直要大聲呼喊：沒了！

「把那裡給燒了，」安曾經這麼建議，她指的是他的藏書，「把房子燒了也可以。但是可別意志消沉。」

如果她說的意志消沉是指隨俗從流，她一眼就看出那是他的目標。他越來越接近保險公司廣告所稱的遲暮之年了，他真的努力想成為一個靠退休俸為生的模範；雖然沒有人感謝他這種努力，尤其是安。

他每天早上起床時，或是每天晚上就寢（多半是獨宿）時，總是提醒自己，他從來不是「缺我不可」的。他已經努力習慣這樣的看法：在老總當家的最後幾個倒楣的月份裡，危機一個接著一個，令人暈頭轉向，眼看事情搞得不可收拾，他自己是有責任的。如果說，他職業上的自我現在起來責問自己：你明知道那地方出了問題，你明知吉姆．普里多被出賣了——還有什麼比背上中了一兩顆子彈更確鑿的證據？——那麼他的回答是，即使他真的知道，那又如何？即使他是正確的，那又如何？他會對自己說：「如果認為只有一個胖胖的中年間諜才能拯救這世界，那未免太狂妄自大了。」但是，他有時卻這麼對自己說：「我還從沒聽說過，有誰在離開圓場時沒留下一些未了事務的。」

只有安不肯接受他的結論，儘管她無法了解他的推論。事實上，她在這種職業問題上很認真，只有女人才如此，她真的逼著要他回去，重操舊業，不要輕易退讓。這當然不是說她了解什麼真實情況，但是有哪個女人因為不了解情況而罷休的？她全憑直覺，而且因為他不按照她的感覺去做而瞧不起他。

而現在，就在他就快開始相信自己的想法之際（做到這一點，並不是因為安迷上一個失業演員而容易一些），誰能料想到他過去生活中的陰魂又一個個闖進他的小天地，拉孔、老總、卡拉、艾勒林、艾斯特海斯、博朗德，最後還有比爾．海頓本人，把他又拉進這個花園，高興地告訴他，他一直稱為虛妄的東西全都是確實的？

「海頓，」他對自己一再重複說，無法再去抑制洶湧而來的記憶。即使這個名字令他像聽到雷聲一樣震驚。「我聽說你和比爾曾經什麼都不分彼此的。」馬丁台爾這麼說。他看著自己粗短的手指在打顫。年紀太老了？無能為力？害怕追逐？還有害怕他最後會揭發出來的東西？「要無所作為總是有許多理由，」安喜歡這麼說，實際上這是她為自己多次行為不檢而愛用的藉口，「但是要做一件事，卻只有一個理由。那就是因為你想做。」還是不得不做？安會竭力否認，她會說，脅迫，不過是做你想做的事的另一種說法，或是不做你怕去做的事的另一個說法。

•

不大不小的孩子哭起來比哥哥姊姊的時間更長。潔姬．拉孔趴在她媽媽的肩上，抑制自己的疼痛和受了傷的自尊心，看著客人離去。先走的是兩個她以前沒見過的男客，一個是高個子，一個是黑頭髮的矮個子。他們坐上一輛綠色小貨車離開。她注意到沒有人向他們揮手，甚至沒有人為他們送別，接著是她父親坐自己的車走了；最後是一個長得好看的金髮男客和一個矮矮的胖子，穿著一件十分肥大的大衣，好像披在馬背上的毛毯，他們走到停在山毛櫸樹下的一輛跑車。她真的以為那個胖子一定是出了什麼事，因為他跟在後面走得很慢，而且很痛苦。接著，她看到那個好看的男人替他打開車門，他似乎從夢中醒了過來，匆匆地搶前一步。不知什麼緣故，這個動作刺激到她。她覺得一陣傷心，又號啕大哭起來，她的母親怎麼樣都安撫不了她。

11

彼得．貴蘭姆是個講義氣的人，他自覺的忠誠決定於他個人的愛憎。至於在其他方面，他的忠誠早就奉獻給圓場了。他的父親是個法國商人，戰時曾為圓場的一個諜報網做過間諜，由他的母親，一個英國女人，負責密碼部分。八年前，貴蘭姆還以航運職員的身分為掩護，在法屬北非指揮一批自己的情報員，這在當時是一項非常危險的任務。他最終被破獲，手下的諜報員被處以絞刑，他於是轉為內勤，人也邁入中年。他在倫敦替人當助手，有時替史邁利當助手，也負責指揮過少數幾次以國內為基地所進行的活動，其中還有一個「女朋友」網，但正如行話所說，這些女朋友們互不知情。等到艾勒林一幫人當權，他就被排擠，打入布里克斯頓冷宮了，他猜想大概是因為他的關係不對，其中包括史邁利。到上星期五為止，若是要他報告一下自己的經歷，他一定會這麼說。關於他與史邁利的關係，他說起來是樂此不疲的。

那些日子裡，貴蘭姆主要住在倫敦的碼頭邊，他和一票招募人員偶爾能遇上一些波蘭、俄國，或是中國的海員，他就從中拼湊一個較下層的海員諜報網。有空時，他就坐在圓場二樓的一間小辦公室裡，和一個名叫瑪麗的漂亮女祕書說說笑笑解悶，這樣的日子過得也不錯，只是送上去的報告沒有人理。拿起電話來不是占線，就是沒有人回答。他隱約聽說上面出了事，但這是常事。例如大家都知道艾勒林和老總兩人在勾心鬥角，但多年來他們兩人除此之外就很少搞別的。他跟大家一樣，也知道捷克破了一個大案，外交部和國防部聯合發表聲明，推說並不知情，剝頭皮組的組長吉姆．普里多原來是第一號捷克通，也是比爾．海頓的長期密友，背上中了一槍，給抓了起來。大家都緘口不言，板著面孔，他想大概就是這個緣故。比爾．海頓大發雷霆大概也是這個緣故。這消息很快就傳遍整個大樓，大家又緊張又興奮，據瑪麗說有點像上帝震怒，不過她一向喜歡誇大其詞。後來他聽說這場災難的代號叫「作證」。海頓告訴他，一個老頭子為了死前的臨別光榮紀念，搞這麼個活動，實在窩囊，結果拿吉姆．普里多做犧牲。消息走漏，見了報，在議會中引起質疑，甚至有謠傳說，德國境內的英國駐軍已處於全面戒備狀態，不過這個謠言沒有得到官方證實。

最後由於到別人的辦公室裡閒蕩，他才開始慢慢了解別人幾個星期前就知道的情況。圓場不僅一片沉默，甚至一片冰凍，什麼都不進，也不出，至少在貴蘭姆的那一級是如此。大樓裡，相關人士都躲了起來，發薪日，信件架上沒有鼓鼓的工資袋，因為據瑪麗說，管家的沒接到發薪的例行指示。有時有人看到艾勒林從他的俱樂部出來，滿臉怒容。或者看到老總上車，滿面春風。還有人說比爾．海頓已經辭職，因為上上下下都不支持他，不過比爾一直都在鬧辭職。只是據謠傳，這次的原因略有不同。海頓之所以生氣，是因為圓場不肯付捷克為將吉姆．普里多遣返所開出的代價。據說要這樣拯救情報員或者威望，這個代價太高了。但是比爾沙文主義大發作，他揚言，為了把一個愛國的英國人搞回來，任何代價都不算高：只要能把吉姆弄回來，什麼都可以給他們。

接著有一晚，史邁利朝貴蘭姆辦公室的門裡探頭，問他願不願意一起去喝杯酒。瑪麗沒看清楚他是誰，用她時髦卻沒氣質的腔調說了一聲「哈囉」。他們並肩走出圓場時，史邁利向守門人道別，口氣特別乾脆。到了瓦杜爾街的酒店裡他才說「我被撤了」，就此而已。

他們走出酒店後，又到查令十字路不遠的一家地下室酒吧，因為那裡有音樂，卻沒有酒客，貴蘭姆便問道：「他們提出什麼理由？還是只因為你發胖了？」

史邁利就一心惦念著「理由」這字眼。這時他已經完全醉了，不過沒有失態。他們沿著泰晤士河河堤步履不穩地走著時，他又想到了理由。

「理由是作為邏輯，還是做為動機？」他問道？聽起來不像他自己，而像比爾．海頓。這些日子裡，人人耳畔似乎都能聽到海頓戰前從牛津大學聯合會上學來的辯論腔。「還是作為一種生活方式？」他們在板凳上坐了下來。「他們不必向我提出理由。我能提出自己的理由。不過這不一樣，」他還是喋喋不休地說著，這時貴蘭姆小心翼翼把他攙進計程車，將車錢和地址給了司機。「這跟心灰意冷而睜一隻眼閉一隻眼不一樣。」

「阿門。」貴蘭姆說，他看著汽車遠去，心裡很明白，按照圓場的規矩，他們僅有的一些友誼也就此告終了。隔天，貴蘭姆聽說還有更多人頭落地，派西．艾勒林暫代領導，頭銜是代理處長，讓眾人都感意外的是比爾．海頓竟願意在他底下工作，但這很可能是因為對老總的餘怒未消。不過也有人挖苦說是在他上面工作。

到了耶誕節，老總就死了。「下一個就輪到你了。」瑪麗說。她把這些事情看作是二次攻打冬宮，所以當貴蘭姆放逐到布里克斯頓去時，她哭了。令人啼笑皆非的是，貴蘭姆是去補吉姆．普里多的缺。

那個星期一下午多雨，貴蘭姆在登上圓場的四樓階梯時，因為想到要做犯罪勾當，心裡反而很高興，他回顧上述種種事件，斷定今天就是捲土重來的開始。

•

他前一晚是在寬敞的伊頓公寓和卡米拉共度的，卡米拉是學音樂的，身材修長，面容美麗，只是有種悲哀的表情。她還不滿二十歲，但黑髮裡已有白絲了，似乎是被一次她緘口不提的驚嚇而嚇白的。這種心靈損傷的另一個後果是，她不吃肉，不穿皮鞋，滴酒不沾；在貴蘭姆看來，她似乎只有在愛情中沒有這一切神祕的禁忌。

這天上午，他獨自在布里克斯頓極其昏暗的辦公室裡拍攝圓場文件的照片。他先在常去的店裡買了微型相機，為了避免荒廢業務他常這麼做。店員問他是「用自然光，還是用燈光？」兩人還親切地交換了一下關於底片顆粒的意見。他告訴祕書不要打擾他，接著關上門，按史邁利的精確指示著手工作。牆上的窗戶很高。他坐著也只能看到天空和馬路那邊新建學校的尖頂。

他先拍自己保險櫃裡的參考文件。史邁利交代了先後次序。先是工作人員名冊，這是只發給高級人員的，上面有圓場在國內所有人員的姓名、工作姓名、地址、電話號碼。其次是職責手冊，裡面摺著一張在艾勒林領導下改組後的圓場組織機構表。比爾・海頓的倫敦站位在中間，就像一隻大蜘蛛歇息在自己的蛛網中。據聞比爾曾經說過，「在普里多事件之後，我們絕不允許再有私人軍隊，不允許有人不知道自己的職守。」貴蘭姆發現，艾勒林有兩個頭銜：一個是處長，一個是「特種情報來源主任」。據說，圓場就是靠這種特種諜報來源維持的。在貴蘭姆看來，沒有別的原因能說明，圓場工作人員為何現在都毫無作為，可是在白廳卻極受尊重。依史邁利的要求，他除了拍下這些文件以外，還拍了剝頭皮組的修正規程，那是艾勒林以「親愛的貴蘭姆」為開頭的一封信，詳盡列出他縮小的權限。在某些方面，阿克頓點路燈組長托比．艾斯特海斯算是勝利者，這是按照橫向領導原則唯一實際擴大的單位。

接著他到桌邊拍攝一些例行的傳閱文件，這也是根據史邁利的指示，作為背景資料也許很有了解價值。其中包括行政部門一份有關倫敦地區安全聯絡站的情況通知（「務請愛惜使用」），和另外一份禁止濫用圓場祕密電話辦私事的公告。最後是文件組給他個人的一封非常不客氣的信，「最後一次」警告他，他用工作姓名所領的駕照已經期滿，除非辦理延長手續，否則「將通知管理組採取適當的懲戒措施」。

他放下相機，走回保險櫃。最下層有一疊點路燈組的報告，由艾斯特海斯簽字，蓋有代號「短斧」的戳章。裡面是已經確知蘇聯在倫敦地區以合法或半合法身分活動的兩、三百名諜報員的姓名和掩護身分：貿易、塔斯社、蘇航、莫斯科電台、領事、外交等等，這些報告在適當處還標有點路燈組進行調查的日期和分支的姓名，所謂分支這句行話的意思，就是在監視過程中發現到的聯繫者，不一定是躲起來的。這些報告一年一厚冊，每月還有補充。他先看了一下正冊，又看了補充部分。到十一點二十分，他鎖好保險櫃，用專線打給倫敦站，跟財務組的勞德．斯屈克蘭通了電話。

「勞德嗎？我是布里克斯頓的彼得，生意怎麼樣？」

「哦，彼得，有什麼事情？」

說話乾脆，口氣得意，意思是說我們倫敦站的人有更重要的朋友。

貴蘭姆解釋，需要洗一些骯髒錢，因為有個法國外交信使似乎可以收買。他用特別和氣的口吻問，不知勞德有沒有時間碰頭討論一下。勞德問這個計劃是否已得到倫敦站的批准？還沒，不過貴蘭姆已把報告交給傳送員送去給比爾了。勞德口氣軟了一些。貴蘭姆再逼一步：「勞德，有些事情比較麻煩，需要你出主意。」

勞德說，他可以騰出半小時和他談談。

貴蘭姆在前往西區的路上，把底片送到查令十字路一家叫雲雀的小雜貨店。店主人是個胖子，拳頭大得嚇人，店裡沒有人。

「蘭普頓先生的底片，請沖洗出來。」貴蘭姆說。店主把底片拿到後間，出來時粗啞地說了句「成了」，隨即吐了一口氣，好像吐了口菸似地，但他沒在抽菸。他把貴蘭姆送出門，然後砰地把門關上。喬治怎麼會找到他的？貴蘭姆心裡納悶。他買了幾盒喉糖。史邁利警告過他，每一行動都得要有交代：假定圓場派了人一天二十四小時盯著你。貴蘭姆心想，這有什麼奇怪呢；托比．艾斯特海斯連自己的母親也會派人盯梢，只要這能博得艾勒林拍一下肩膀稱讚。

他從查令十字路走到維克多餐廳，和他的小頭頭賽．范霍佛及一個名叫勞里麥的無賴吃中飯。勞里麥自稱和東德駐斯德哥爾摩大使共用一個女人。勞里麥說那女人願意合作，但她需要在第一次交貨時就給她英國國籍和一大筆錢。他說，她什麼都願意幹：偷看大使的信件，在他房裡裝竊聽器，「或是在他的浴盆裡撒碎玻璃」，這是當玩笑話說的。貴蘭姆推測勞里麥在說謊，他甚至懷疑范霍佛也在說謊。但是他轉念一想，現在到底誰靠向誰，他其實也沒有發言權。他喜歡那家餐廳，但是已經想不起吃了什麼，現在他走進圓場的門廳時，他明白，那是因為興奮過度。

「哈囉，布里揚特。」

「很高興見到您，先生。請坐，先生，一會兒就好，先生，謝謝您。」布里揚特一口氣說完這幾句話，貴蘭姆就坐在一張高背木椅上，想的是牙醫和卡米拉。她是他最近才搞到手的，來得有些意外，一切發展得很快，至今已有一些時候了。他們是在一場派對上認識，她獨自坐在角落，拿著一杯胡蘿蔔汁，口裡說著關於真理之類的話。貴蘭姆存心冒險，就說他對倫理問題一竅不通，他們何不直接上床。她認真地考慮了一會兒，就起身去穿大衣了。從此以後，她就留下沒走，做核桃肉丸子給他吃，吹笛子給他聽。

門廳裡顯得比平時還要暗。三台舊電梯，一座木屏風，一張馬柴瓦蒂牌茶葉的廣告，布里揚特的玻璃門值班室裡，有個英國風景的掛曆和一排油膩膩的電話。

「斯屈克蘭先生在等您，先生，」布里揚特出來告訴他，慢手慢腳地在一張紅紙條上蓋了一個時間的戳章：十四點五十五分，警衛P．布里揚特。中間那台電梯好像幾根枯柴一樣咯吱咯吱地響著。

「該上油了，對不對？」貴蘭姆在等電梯開門時回頭大聲說。

「我們一直叫他們上油，」布里揚特說，這是他最愛發的牢騷，「可是他們從來不管。怎麼叫都沒用。家裡都好嗎，先生？」

「很好。」貴蘭姆回答，其實他並沒有家。

「那就好。」布里揚特說。貴蘭姆在電梯上升時，看著他奶油色的腦袋消失在他的腳下。他記得瑪麗都叫他草莓香草冰淇淋，因為他臉色紅潤，上面是一頭軟綿綿的白髮。

他在電梯裡看了一下他的會客條：名稱是「LS出入證」。「事由：財務組。出門交還。」受訪者簽名欄空著。

「歡迎，彼得。你晚了點，不過沒有關係。」

勞德在電梯外的柵欄旁等著。身高只有五呎，穿著白襯衫，有人來見他時總悄悄踮著腳。老總還在的時候，這一層人來人往，絡繹不絕。但如今卻有個柵欄在入口處攔著，還有一個老鼠臉的警衛在檢查出入證。

「我的天，你們什麼時候添了這個玩意兒？」貴蘭姆在一台嶄新發亮的咖啡機前面放慢腳步問道。有兩個小姐在加灌兩個杯子，她們回過頭來邊說「哈囉，勞德」，邊看了貴蘭姆一眼。那個高個子讓他想起卡米拉：同樣含情脈脈的眼睛，似乎能偵測出男人的無能。

「你不知道這省了多少人力，」勞德馬上叫道，「棒極了，真是棒極了。」興奮之下，幾乎和比爾．海頓撞個滿懷。

比爾．海頓正走出他的辦公室，那是一間六角形胡椒瓶一樣的房間，臨窗是新康普頓街和查令十字路。他走的方向和他們一樣，不過速度是每小時半英里，這對他來說在室內已是開足馬力。室外則是另外一回事；貴蘭姆也見過，那是在薩勒特作演習時，有一次是夜裡空降希臘。他在室外動作敏捷；

神態警覺的臉雖然在這條悶熱的走廊裡顯得有點陰暗冷淡，但看得出是在戶外由他所服役的偏遠地方薰陶出來的。這些地方多得不可勝計，在貴蘭姆敬佩的目光看來，所有諜報活動地區似乎都留有海頓的印記。貴蘭姆在自己的職業活動中曾不只一次和神出鬼沒的海頓意外相遇。比如一、兩年前，貴蘭姆當時還在從事海上諜報工作，一項目標就是要搜羅一批海岸觀察員，監視中國溫州和廈門兩個港口，他驚訝地發現，這兩地早已有中國籍的情報員潛伏，那是比爾．海頓在戰時不知幹什麼活動時招來的，還有無線電等裝備，可以和他們聯絡。另外一次，與其說貴蘭姆是出於對目前工作的勁頭，不如說是因為懷戀過去，他翻閱戰時圓場的海外活動紀錄，在兩份紀錄中兩次見到了海頓的工作姓名：一九四一年，他在海爾福特河口指揮法國漁船；同年，以吉姆．普里多為助手，從巴爾幹到馬德里布置了一條南歐傳輸線。在貴蘭姆看來，海頓屬於圓場一去不復返的老一代人物，他的父母和史邁利也屬於這一代——與眾不同，尤其是在比爾．海頓身上，還有貴族血液——他們的生活不像他這一代匆匆忙忙，都悠閒得很，三十年後，仍讓圓場有一種冒險的神祕氣氛，久久不散。

海頓見到他們倆，就站住不動。貴蘭姆距上次和他談話已經一個月了；他這一個月裡大概出差去了。現在，在他辦公室門裡透過來的光線的反映下，他黑得出奇，也高得出奇。貴蘭姆看不清楚他手上拿著什麼東西，可能是一本雜誌、一份檔案、一份報告；從他的身側看去，他的辦公室好像大學生的寢室，亂七八糟。到處都是成堆的報告、文件、檔案；牆上有一張綠色呢面布告牌，釘滿明信片和剪報；旁邊斜掛著一幅比爾以前所畫、沒有配框的油畫，以沙漠平坦的顏色為背景，中間是個圓形的抽象物。

「哈囉，比爾。」貴蘭姆。

海頓沒有關門——這有違管理組的規定——站在他們前面，還是不發一語。他的穿戴仍舊不脫他的怪誕本色。上衣肘部貼的兩塊皮革是菱形，不是方塊的，從後面望去，讓他看來就像個丑角。他的眼鏡像蛙鏡般塞在頭髮上。他們拿不定主意，跟著他走了一會兒，他突然轉身，像一座塑像從底座慢慢轉過來一樣，目光盯住貴蘭姆。這時他才露出笑容，他的新月形的彎眉像小丑似地抬了起來，面容一變而顯得俊秀，而且年輕得出奇。

「你這乞丐在這裡幹什麼？」他高興地問。

勞德把他這句玩笑話當了真，向他解釋法國人和骯髒錢的事。

「你最好把銀器給鎖起來。」比爾說，看都不看他一眼，「那些剝頭皮的會把你的金牙都給偷走。把小姐們也鎖起來，」他想了一想又補充說，眼睛仍盯著貴蘭姆，「要是她們會讓你鎖的話。剝頭皮組什麼時候開始洗自己的骯髒錢了？這是我們的事。」

「負責洗錢的是勞德。我們不過是經手。」

「把報告給我，」海頓對勞德．斯屈克蘭說，態度突然不客氣了，「我不想再把事情搞錯。」

「已經送去給你了，」貴蘭姆說，「可能已放在你的收發籃裡。」

他最後點了一下頭。他們就繼續向前走，貴蘭姆覺得海頓淡藍色的眼光在他背上打轉，一直到他們轉彎為止。

「這傢伙真不簡單。」勞德說，好像貴蘭姆以前沒見過海頓似的，「倫敦站不可能有更好的領導了。非常有能力，成績非常好。高明極了。」

貴蘭姆心裡不客氣地想，而你的高明呢，是靠關係的。不過是和比爾、咖啡機，還有銀行的關係。他的沉思被羅伊．博朗德的倫敦考克尼口音打斷，他在前面門口對著他們說話。

「嗨，勞德，等一會；你見到比爾了嗎？有急事找他。」

接著從同一方向傳來托比．艾斯特海斯的中歐腔：「馬上得找他，勞德，我們已經發出緊急通知了。」

他們已經到了最後一條擁擠的走廊。勞德大約領先三步，正要回答時，貴蘭姆已到了門口，朝內一看，只見博朗德趴在辦公桌上，他已脫去上衣，手中抓著一張紙。胳肢窩盡是汗漬。小個子的托比．艾斯特海斯像個侍者領班似地彎腰站在他旁邊，他一頭銀髮，下巴突出，是個腰桿挺直、短小精幹的大使；他伸出一隻手，指著那張紙，彷彿提出一個具體建議。博朗德突然看見勞德走過時，他們顯然正在一起閱讀一份文件。

「我剛才的確看到了比爾．海頓，」勞德說著，他有一種本領，能把別人的問話重複一遍，聽起來更加得體，「我想比爾應該快來了。我們剛才在走廊上見到他，還和他說了幾句話。」

博朗德的目光慢慢轉到貴蘭姆身上，接著就停止不動了；這種冰冷的打量使人不舒服地想到海頓的眼光。「哈囉，彼得，」他說。聽到這話，小托比伸直身子，眼光也直盯著貴蘭姆：褐色平靜的眼神就像一隻獵犬。

「嗨，」貴蘭姆說，「怎麼啦？」

他們的招呼不僅冰冷，甚至充滿敵意。貴蘭姆曾經和托比．艾斯特海斯在瑞士一起從事一件非常驚險的活動，共度三個月的患難。在這三個月中，托比從沒露過一次笑容，因此他的白眼並沒有讓貴蘭姆感到奇怪。但羅伊·博朗德是史邁利提拔的人，是個熱心腸、容易衝動的人，一頭紅髮，身材魁梧，是個純樸的知識分子，他心目中最愜意的事，便是夜裡在肯特陣附近的酒店談論維根斯坦。他當過十年的共產黨文人，在東歐的學術圈子裡活動，現在跟貴蘭姆一樣轉為內勤，這甚至成了一種束縛。平時他見到人是滿臉堆笑，拍拍肩膀，噴你一口昨晚的啤酒味；可是今天卻不然。

「沒怎麼，彼得老兄，」羅伊說，勉強裝出一副為時已晚的笑容，「沒想到會見到你，就此而已。我們這一層沒有外人進來，已經習慣了。」

「比爾來了，」勞德說，很高興他的預測立刻得到證實。貴蘭姆注意到海頓進來時，在一道光線的照映下，臉頰上有一種很奇怪的顏色。顴骨上泛起一片紅，但是很深，是許多微血管組成的。神經緊繃的貴蘭姆覺得，這讓海頓有了些許道林·格雷[13]的模樣。

•

他與勞德·斯屈克蘭的會面前後達一小時又二十分鐘。貴蘭姆有意拖得這麼長，他邊和他談話，心裡一直惦記著博朗德和艾斯特海斯，不知他們到底在搞什麼名堂。

13　王爾德小說《格雷的畫像》中的主角，

「好吧，我現在該到道爾芬那邊去請她批准了，」他最後說，「我們都知道她對瑞士銀行的看法。」管理組辦公室與財務組距離兩扇門。「我把這留在這裡。」他把會客條丟在勞德的辦公桌上。

狄安娜．道爾芬的房內有剛噴過芳香劑的味道。她的手提包放在保險箱頂上一份《金融時報》的旁邊。她是圓場那些打扮得花枝招展、但沒有人娶的待嫁小姐之一。他厭煩地說，是呀，活動計劃已送往倫敦站。是呀，他也明白，隨時收送骯髒錢現在已不時興了。

「我們研究一下再告訴你結果。」她的意思是她要去請示坐在隔壁的菲爾．波特奧斯。

「那我就去告訴勞德。」貴蘭姆說完就走了出去。

動手吧，他心裡想。

在男廁裡，他在洗手台前等了三十秒，看著鏡子裡的門，豎起耳朵聽著。整層樓意外沉寂。他心裡說，動手吧，你有些老了，快動手吧。他穿過走廊，大膽地走進值班室，砰地關上門，然後向四周一看。他估計自己有十分鐘時間，也估計在那一片沉寂中砰地關上門比悄悄關上更不引人注意。快動手。

他帶了相機，但光線太差。掛著紗簾的窗戶外面是個全是黑煙囪的院子。他即使帶了一顆亮一些的燈泡來也不敢用。因此他只能憑他的記憶。自從領導換人以來，似乎沒有多大變化。以前這地方白天是情緒低落的女職員的休息室，從廉價香水的氣味研判，現在仍舊是。一面牆前有個臥榻，夜裡馬馬虎虎充作床用，旁邊是個急救箱，上面的紅十字已剝落，還有一台舊電視機。鐵櫃仍在原處，一邊是電話總機台，一邊是鎖起來的電話，他直接朝鐵櫃走過去。這是個舊鐵櫃，他用開罐器就能打開。他卻帶著鑿子和一兩件輕金屬工具。這時他想起來開鎖號碼是31—22—11，他就試了一下，逆時針四下，順著三下，逆時針二下，再順著，鎖就開了。撥盤已經撥慣了，轉動很自然。打開門時，底層揚起一陣塵土，捲成一團，在地面飄過，慢慢朝黑暗的窗戶升去。在此同時，他聽到像是從笛子吹出的一個聲音，很可能是外面街上汽車停下的聲響，也可能是文件手推車的輪子在漆布地板上發出的聲音。但是在當時聽來，卻像卡米拉練習笛子時的那種音符，拉得很長，讓人聽了難受。她高興時就練笛子。有時在午夜，有時在清晨，不分晨昏。她毫不在乎鄰居怎麼想；她簡直就像沒有神經一樣。他還記得她第一夜就問：「你睡床上哪邊？我的衣服放哪裡？」他在這些事情上素以作風優雅自賞，然而卡米拉卻大喇喇的，技巧本來已是一種妥協，是跟現實的妥協，她還會說是脫離現實的逃避。好吧，那麼就救我脫離這個險境吧。

值班記事簿訂成厚冊，放在最上一層，書脊上貼著日期，看上去像家庭帳簿。他把四月份的那一本拿下來，查看封裡的名單，心想，院子對面的影印室裡會不會有人看到他，如果看到，會不會放在心上？他開始查看一條條的記載，找十日和十一日之間的那一夜，倫敦站和塔爾就是在那時交換電報的。香港時間早九小時，史邁利指出：塔爾的電報和倫敦的第一個回電都是下班後發的。

走廊裡突然傳來一陣談話聲，剎那間他甚至覺得聽得出艾勒林的蘇格蘭邊界口音在說並不好笑的笑話，但現在瞎想已經沒有用了。他反正已備妥了藉口，自己也有一半相信。如果被逮到，就完全相信。如果薩勒特的審查人員拷問他，他還有個退路，他出門旅行一向會備好退路。但他還是嚇壞了。說話聲遠去，派西．艾勒林的鬼影也一起遠去了。他的胸膛上都是汗珠。有個女人走過，口中哼著音樂劇《毛髮》中的一個曲調。他心想，比爾要是聽到會宰了妳，比爾最恨有人哼著歌。「你在這裡幹什麼，你這低等的賤民？」

接著讓他覺得好玩的是，他還真聽到了比爾生氣的咆哮聲，不知從多遠的地方傳來：「別哼了。是哪個笨蛋在哼？」

快動手。你一旦停下來，就無法再開始：有一種特別的怯場使你忘了台詞，一走了之，使你一碰到貨色手指就哆嗦起來，讓你胃開始翻攪。快動手。他把四月份那一冊放回去，隨手又拿了四冊，二月、六月、九月、十月。他快速翻過一遍，找可以比較的地方，然後又放回架上。他蹲了下來，求上帝趕快讓揚起的塵土落下，可是塵土似乎沒完沒了。為什麼沒有人對此有意見？一個地方供許多人使用就是這樣：沒有人會負責，沒有人放在心上。他在找夜班警衛的執勤登記本。他在最底下的一層找到了，就夾在茶包和煉乳罐之間，放在信封式的卷宗夾裡。警衛填寫好後，會在你值班的十二小時之內送來給你兩次，一次在午夜，一次在清晨六點，請你簽名證明正確無誤——天曉得，這是不可能的，因為夜班工作人員四散在大樓裡，各處都有——然後留下第六聯，放在櫃子裡，沒有人知道為什麼要這樣做，這是「洪水」以前的手續，看來現在也是如此。

有一層架子上全是塵土和茶包。他心想，多久沒有人自己泡茶了？

他再一次查看四月十日到十一日之間的那個夜裡。他的襯衫濕得黏在背上。我怎麼啦？天呀，我這身體不行了。他前後翻來翻去，兩次，三次，然後關上櫃門。他等了一會，仔細聽著，最後擔心地看了一眼地上揚起的塵土，然後大膽地走過走廊，安全地回到對面的男廁裡。走過去時，他聽到各種聲音：譯碼機、電話鈴、一個女人在說「那個該死的東西在哪裡，原來就在我手裡」，還有那道神祕的管聲，但已不再像卡米拉在半夜吹笛了。下次我讓她來幹這活，他這麼惡狠狠地想，毫不妥協，面對面，生活就應該是這樣。

他發現斯巴克．卡斯帕和尼克．德．西爾斯基就站在男廁裡的洗手台前，面對鏡中的對方在低聲說話，他們倆是為海頓的蘇聯間諜網跑腿的，加入已有多年，大家乾脆管就叫他們俄國人。他們一見到貴蘭姆就不說話了。

「哈囉，你們倆還真是難兄難弟，形影不離。」

他們都是金髮的矮胖子，比真正的俄國人還像俄國人。他等他們離開之後，才洗去手指上的塵土，又悠悠晃晃地回到勞德．斯屈克蘭的辦公室裡。

「我的天，那個道爾芬說起話來真是沒完沒了。」他漫不經心地說。

「她很能幹。這裡少不了她。極其能幹，我可以向你保證。」勞德說。他在簽會客單之前仔細看了一下手錶，然後把貴蘭姆帶到電梯前面。艾斯特海斯正在柵欄旁，跟那個態度不客氣的年輕警衛講話。

「你要回布里克斯頓嗎，彼得？」他的口氣隨便，表情仍舊莫測高深。

「怎麼？」

「我的車在外面，我可以順道『開』你去，我們在那邊有事。」

開你去！小托比什麼語言都說不好，但他都會說。在瑞士時，貴蘭姆聽他說過法語，有德國口音，他的德語又有斯拉夫口音，他的英語盡是小毛病和母音錯誤。

「沒事，托比，我想回家。晚安。」

「直接回家？我可以開你去，沒別的。」

「謝謝，我還得去買點東西，給那些教子教女。」

「是啊，」托比說，好像他沒有教子教女似的，失望地把小下巴縮了進去。

他究竟要幹什麼？貴蘭姆心裡又想。小托比、大羅伊，這兩個人為什麼瞪我白眼，是因為他們看到了什麼文件，還是因為吃到什麼東西？

到了街上，他漫步走上查令十字路，瀏覽書店的櫥窗，同時查看人行道的兩側。天氣變冷，開始起風了，路人匆忙走過時，臉上都有一種期待的神情。他的情緒高亢起來。他覺得迄今為止，他都生活在過去之中。現在該是趕上潮流的時候了。在茲溫默書店裡，他翻看了一本《歷代樂器》的圖文書，他想起卡米拉要到笛子老師桑德博士那裡上課，很晚才能回家。他又往回走，一直走到福爾斯書店，眼光一路掃去，把排隊等公車的人群一一看進眼裡。史邁利曾說過，要當自己身在國外。貴蘭姆一想到值班室的事和羅伊．博朗德的懷疑眼光，就覺得這樣做就沒有困難。還有，比爾．海頓是不是和他們一樣也起了疑心？不，比爾另屬一類。貴蘭姆這樣得出結論，無法抗拒對海頓的一片忠心。首先，比爾絕不參與不是他自己首創的事情。放在比爾旁邊，其他兩個不過是侏儒而已。

在蘇荷區，他叫了一輛計程車，要司機開到滑鐵盧車站。到了滑鐵盧車站後，他又到一個骯髒的公共電話亭撥了色雷區米切姆街的一個號碼，給特別刑事處以前的督察長孟德爾，這是他和史邁利不在做諜報工作時認識的。孟德爾接起電話時，貴蘭姆說要和詹尼講話，孟德爾馬上答說沒有詹尼這個人。貴蘭姆說了聲對不起就掛了電話。接著他撥了報時專線，假裝與那頭的自動報時器愉快地交談，因為外面有個老太太在等他把話講完。他心想，現在他總該到了吧。他於是掛下電話，又撥出切姆街的另外一個號碼，那是孟德爾住處那條街上的公用電話。

「我是威爾。」貴蘭姆說。

「我是阿瑟，」孟德爾高興地說，「你好。」他是個古怪、吊兒郎當的人，目光敏銳，神色警覺，貴蘭姆能想像他打電話的樣子，拿著一支鉛筆隨時準備在警察筆記本上記下談話。

「我先告訴你重點，以防萬一我被汽車撞死。」

「你說得對，威爾，」孟德爾安慰道，「還是小心點好。」

他慢慢地說完要說的話，用的是他們商量好的學術用語，以防萬一有人偶然竊聽到：考試、學生、弄丟的報告等。他一停下來就聽到對方的輕輕書寫聲。他想像孟德爾慢慢、工整地寫著，等他寫完了一句，他才繼續說下一句。

「我從店裡拿了那幾張好照片，」孟德爾把記下來的話核對一遍後，又說，「效果很好，沒有一張漏掉。」

「謝謝你，我很高興。」

但是孟德爾已經掛掉電話了。貴蘭姆心想，對地鼠來說，有一點是肯定的，地道又長又黑。他為外面的老太太打開門時，注意到聽筒已放回電話機上，上面都是斑斑汗痕。他想了一下他傳給孟德爾的話，又想到羅伊·博朗德和托比·艾斯特海斯在門廊上朝他投來的眼光，心裡不禁焦急，不知史邁利現在人在哪裡，不知他是不是放在心上。他回到伊頓公寓，很需要卡米拉，但又有點怕自己要她的原因。

真的是年紀已經開始和他作對了嗎？他這輩子第一次違反自己的榮譽觀，作出犯罪勾當。他覺得卑污，甚至憎惡自己。

12

有些老頭子回到牛津，會發現建築石塊上過去的青春在向自己招手。史邁利不是這種人。要是十年前，他可能會這樣，但現在不會。經過鮑得萊恩圖書館時，他隱約想到，我曾在那裡唸過書。看到公園路上老師的房子，他想起戰前在那個長長的花園裡，傑比第首次問到他是不是願意和「我在倫敦認識的一、兩個人談談」。聽到湯姆鐘樓敲起晚上六點的鐘響時，他想起了比爾．海頓和吉姆．普里多。他們大概是他到倫敦去的那一年來到這裡，後來又因為戰爭而聚在一起。他漫不經心地想著他們倆當時在一起的樣子：比爾是個畫家、辯論家、交際家，吉姆是個運動員，一切都聽比爾的話。他想到在圓場他們兩人最紅的時候，這種差別幾乎拉平了：吉姆在動腦筋方面開始靈活起來，而比爾去搞外勤無人能望其項背。只有到最後，原來的兩極差別又明顯起來，拉馬車的馬回到了馬廄，思想家回到了書桌。

天空開始落下雨滴，但他沒注意到。他坐火車來，從車站步行，一路繞彎：布萊克威爾酒店、他以前的學院，什麼地方都去了，然後才朝北走。由於樹木繁茂，這裡黃昏降臨得早。

他走到一條死巷子前面，又放慢腳步，再仔細看一眼。一個圍著披巾的婦女騎著單車在盞盞路燈穿破濃霧的光圈下，從他身邊經過。她在一道柵欄門前下了車，推門進去，消失無蹤。馬路對面，有個模糊的人影帶著一隻狗在散步，他看不清是男是女。除此之外，路上空無一人。公共電話亭也是空的。接著突然有兩個人從他身邊走過，大聲談論著上帝和戰爭。主要是那個年輕的在說。史邁利聽到年紀大的那人表示同意，猜想他是個教師。

他沿著一道很高的圍籬走著，圍籬上不時出現枝葉繁茂的樹叢。十五號門的鉸鍊很輕，這是一道雙扇門，但經常只用一扇。他推門時，門閂就掉了。房子遠遠地在花園深處，大多數窗口都有燈光透出。樓上一扇窗戶裡，一個年輕人俯身書桌上。另一扇窗戶裡，有兩個小姐似乎在爭論，第三扇裡，有個非常蒼白的女人在拉中提琴，但他聽不見聲音。一樓的窗戶裡也都有燈光，但窗簾全都拉上。門廊鋪的是花磚，前門嵌著五彩玻璃。門框上釘著一張舊布告：「晚上十一點後，請走旁門。」幾個門鈴上各有一張條子：「普林斯按三下」，「詹姆貝按兩下」，「布茲：整晚外出，再見，珍妮」。最下面的一個門鈴上寫著「沙赫斯」，他就按這個鈴。馬上有狗叫了起來，一個女人開始吆喝。

「弗勒許，你這傻孩子，來的只是個笨蛋學生。弗勒許，別叫，傻瓜。弗勒許！」

門開了一半，仍掛著門鍊；門縫裡填滿一個人影。就在史邁利拚命張望屋內還有誰時，那雙像嬰孩般水汪汪的雙眼也精明地打量著他，注意到他的公事包、他濺了泥漿的鞋子，然後眼光抬到他的肩上，窺看他身後的車道，回過來又打量了他一下。白皙的臉上終於露出動人的笑容，前圓場研究組女王康妮・沙赫斯小姐由衷地高興起來。

「喬治・史邁利，」她叫道，邊把他拉進屋內，邊羞怯地笑著，「原來是你這個老朋友，我還以為是有人要來推銷胡佛牌吸塵器呢，誰知道敲門的卻是喬治！」

她快速地在他身後關上門。

她是個高大的女人，比史邁利還高一個頭。寬闊的臉上一頭蓬鬆的白髮。她穿著褐色的夾克衫，褲子腰部是鬆緊帶，小肚子鼓鼓的，像老頭子一樣。壁爐裡正燒著焦炭，爐火前躺了好幾隻貓，還有一隻灰色長毛垂耳狗躺在臥榻上，胖得動不了。小推車上放著她吃的罐頭和喝的酒。她的收音機、電爐、捲髮夾子都用同一個插座。一個長髮垂肩的男孩子趴在地上烤麵包，一見史邁利進門，就放下了銅叉子。

「哦，琴格爾，好孩子，你明天再來好嗎？」康妮央求，「我難得有個老情人來看我。」他已經忘記她的說話聲音了。她說話常像彈琴，時高時低，什麼音階都有。「我放你整整一個小時的假，怎麼樣？他是我收的一個笨學生。」她向史邁利解釋，那孩子還沒有走遠。「我還在教書，也不知為什麼。喬治，」她輕聲說，高興地看著他從公事包裡取出一瓶雪利酒，斟滿兩個玻璃杯。「我認識這麼多老朋友，可就是他來了，他還是走路來的！」她向垂耳狗解釋，「你瞧他的皮鞋。從倫敦一直走來的，是不是，喬治？哦，上帝保佑。」

她喝酒有點困難。她的手指患了關節炎，都蜷縮起來，就像意外中跌斷似的，而且她的胳膊僵硬。「你自己走來的嗎，喬治？」她問道，從運動衫口袋裡掏出一根菸，「我們沒有陪客吧？」

他替她點了菸，她像玩具槍一樣舉著，手指抓著一頭，精明、發紅的雙眼順著槍枝看著他。「那麼，你這個壞孩子，有什麼事情要來求康妮？」

「她的記憶。」

「哪一部分？」

「我們要回到一個老地方去。」

「你有聽見嗎？弗勒許？」她向她的狗叫道，「他們先是拿一根老骨頭把我們攆了出來，現在又來求我們了。哪個老地方，喬治？」

「我帶了一封拉孔要給妳的信。今晚七點，他在俱樂部裡，妳如果有疑問，可以用外面路上的公共電話找他。我倒寧可妳別那樣做，不過如果一定要，他會向妳作必要的說明。」

她原本一直挽著他，這時放下了手，在屋子裡周遊半天，哪裡是憩腳的地方，哪裡是扶手的地方，她心裡都很明白，她嘟囔著：「哦，該死的喬治．史邁利和他的同夥。」她來到窗邊，大概是出於習慣，她拉開窗簾一角，但外面似乎沒有什麼引起她的注意。

「哦，喬治，你這該死的，」她嘟囔著，「你怎麼能讓拉孔插進來呢。那倒不如讓國安局的人插進來呢。」

桌上有一份當天的《泰晤士報》，字謎欄朝上。每個空格都填滿方方正正的字母，沒有一格空著。

「今天去看了足球賽。」她在樓梯下面的暗處說，邊從手推車上拿起酒杯來喝，「乖威爾帶我去的。他是我最喜歡的笨學生，這樣的學生可不錯吧？」她像女孩一樣嗓子突然發出很難聽的啊哧一聲，「喬治，康妮著涼了。康妮凍僵了，連腳丫子都凍僵了。」

他猜她是在哭，因此扶她走出暗處，帶到沙發旁邊讓她坐下。她的酒杯已空，他又斟了半杯。他們並排坐在沙發上喝著酒，康妮淚如雨下，從面頰上落掉到衣襟，又掉到他手上。

「哦，喬治，」她繼續說，「你知道他們把我攆出來的時候，她是怎麼說的嗎？那個管人事的婆娘？」她拉住史邁利的衣領一角，用手指揉著，情緒慢慢恢復。「你知道那個婆娘怎麼說嗎？」她換了帶兵的口氣，「『康妮，你腦子糊塗了。該是讓你去現實世界見識見識的時候了。』我討厭現實世界，喬治。我喜歡圓場和裡面所有的孩子，」她執起他的手，想把自己的手指和他的手指纏在一起。

「波里雅科夫，」他輕輕地說，按照塔爾的發音，「蘇聯駐倫敦大使館文化參事阿力克賽・亞力山德羅維奇・波里雅科夫。就像你預測的一樣，他又復活了。」

外面馬路上有一輛車停了下來，他只聽見輪子的聲音，引擎早已熄了。接著是腳步聲，很輕。

「這是珍妮，偷偷帶男朋友進來，」康妮輕聲說，她眼眶發紅的眼睛盯著他，和他一樣因為外面的動靜分了心。「她以為我不知道。有聽到嗎？他鞋後跟的金屬片。等等。」腳步聲停了下來，接著一陣輕輕的窸窣聲，「她把鑰匙交給他。他以為他開起門來聲音比她輕。其實不然。」鎖打開時，一聲很響的咔嚓。「唉，你們男人，」康妮嘆了口氣，臉上露出無可奈何的笑容。「哦，喬治。你為什麼要把阿力克斯拉進來？」她為阿力克斯・波里雅科夫哭了一陣子。

史邁利想起來，她的兄弟都是教書的；她的父親是教授之類的。老總在打橋牌時認識了她，為她因人設事，安排了工作。

•

她像說童話故事一樣開始講起她的故事：「從前有個叛逃的，名字叫斯坦萊，那是早在一九六三年的事。」她講故事能自圓其說，只有想像力極其豐富、但思想永遠不成熟的人才具有如此本領，一半是靠靈感，一半是憑急智。她平淡蒼白的臉上露出老奶奶回憶往事的那種得意。她的記憶和她的身體一樣廣袤無垠，可以肯定地說，她更喜歡自己的記憶，因為她把別的都放在一邊了：她的酒、她的菸，有一陣子甚至還有史邁利被動的手。她不再坐著蜷縮一團，而是挺直腰背，偏著頭，出神地捲弄著她的白髮。他以為她會立刻從波里雅科夫說起，但她卻從斯坦萊說起；他忘了她對家譜有偏好。她說，斯坦萊是審問組替莫斯科中心一個五流的叛逃者所起的代號。那是一九六三年三月。剝頭皮組輾轉從荷蘭人那裡買到手，送到薩勒特，要不是正好碰上淡季，審問組沒事幹，誰知道這件事會透露出來呢？事實是，斯坦萊身上有金子，少少的一點點，結果被找到了。荷蘭人沒找到，但審問組找到了，他們的報告附件送到了康妮那裡。「這件事本身又是一個奇蹟，」康妮得意地說，「因為大家，尤其是薩勒特規定的絕對原則是，他們的報告附件不再送研究組。」

史邁利耐心地等待那點金子，因為像康妮這樣年紀的人，你能給她的只有時間。

她解釋，斯坦萊當時是在海牙執行暗殺使命時叛逃的。他原本是職業殺手，被派往荷蘭暗殺一名流亡的俄國人，因為那人讓中心不安。結果，他卻決定自首。康妮輕藐地說：「他上了一個女人的當。荷蘭人對他施美人計，他閉著眼睛一頭栽了進去。」

中心為了訓練他進行這項使命，在派他出國前，還把他送到莫斯科郊外一處訓練營學習「黑色藝術」：破壞和滅音槍殺。荷蘭人搞到他之後，一知此事，極為吃驚，因此就把審問集中在這個焦點上。他們在報紙上刊出他的照片，要他繪出氰化物子彈和其他中心最喜歡用的可怕武器的圖樣。但是在薩勒特育成所，審問組對這些東西早已熟悉，因此審問時就集中專問訓練營，這個訓練營是新設的，外界所知不多。她解釋道：「像一個百萬富翁開設的。」他們畫了訓練營的地形草圖，這個地方有好幾百英畝的森林湖泊。他們把斯坦萊能記得的所有房子全畫了進去：洗衣房、餐廳、教堂、練靶場，一點不漏。斯坦萊到過那裡好幾次，記得的不少。後來，斯坦萊停下來不說，他們以為就快要結束了，誰知道他拿起鉛筆在西北角又畫了五座房子，外面圍上雙層鐵絲網，還放了警犬。斯坦萊說，這些房子是前幾個月新蓋的。要走一條不對外開放的路才能到達；他是和他的教官米洛斯在外出散步時，從一個小山頂上看到的。據米洛斯說（康妮話中有話地說他是斯坦萊的「朋友」），卡拉為了訓練軍官從事祕密活動，最近辦了一個專門學校，就設在這裡。

「就是這樣，親愛的，這就是我們弄到的東西。」康妮大聲說，「我們多年來一直聽到謠傳，說卡拉要在莫斯科中心內部建立一支他自己的私人軍隊，但是他沒有這樣的大權。我們知道，他在全世界到處都有情報員，很自然地，他很擔心年紀越來越老，地位越來越高，要靠自己一個人是無法應付的。我們知道，就像其他人，他把他們都當成自己的私產，不肯把人交給配在目標國的合法常駐站。他當然不會這麼做，你知道他最恨常駐站：人員過多，保密不嚴。這和他不喜歡保守派一樣，他稱他們是死腦筋的老古板。這話不假。如今他有了大權，就要想辦法，凡是真正的男子漢都會這樣。於是在一九六三年三月，」她唯恐史邁利忘記這個日期，又重複一遍。

結果當然沒有發生什麼。「仍舊是老規矩：因循蹉跎，忙著別的工作，等待發生什麼新動向。」她就這麼等了三年，終於發生了蘇聯常駐東京大使館助理軍事武官米哈依爾·費多羅維奇·科馬羅夫少校，從日本防衛廳一個高級官員那裡收受六卷底片的最高機密被當場逮到的事。科馬羅夫是她第二個童話故事中的主角，他不是個叛逃者，而是一個佩帶著砲兵軍官肩章的軍人。

「還有勛章，親愛的！各式各樣的勛章！」

科馬羅夫得立刻離開東京，他走得匆忙，結果把他的愛犬反鎖在屋子裡，狗後來餓死，這是康妮絕對無法原諒他的一件事。科馬羅夫的日本特務當然也遭到了應有的審問，巧的是，圓場竟能夠從東京買到一份報告。

「咦，喬治，我想起來了，這次交易就是你安排的！」

史邁利表示很有可能，還做了一個鬼臉，其實卻很得意。

報告的內容很簡單。日本防衛廳的那個關員是隻地鼠。他是戰前日本侵略滿州前，被一個看來與共產國際有關係、名叫馬丁・勃蘭特的德國記者網羅的。據康妮說，勃蘭特就是卡拉在三〇年代用的一個名字。科馬羅夫本人從來不是大使館內正式東京常駐站的人員，他是單槍匹馬，只有一個幫忙跑腿，自己則和卡拉單線聯繫，他們曾在戰時並肩作戰。他在來到東京前，還在莫斯科郊外一個新設的學校裡受過特殊訓練，這是卡拉為了訓練他精選的學員所辦的學校。康妮說：「結論就是，科馬羅夫是我們卡拉訓練學校的第一個畢業生，可惜成績不怎麼突出。他後來被槍斃，那個可憐蟲，」她又補充一句，為了加強戲劇效果，還壓低了聲音，「他們從來不用絞刑，太性急了，這些可怕的人！」

康妮說，那時，她覺得可以加緊腳步了。她知道該找什麼線索，她把卡拉的檔案翻了一遍。她在白廳花了三個星期，跟陸軍方面對付莫斯科的人一起檢查了蘇聯軍隊的任命名單，尋找偽裝的成員，最後從一批嫌疑對象中確定了三個人，她估計是卡拉新訓練出來的。這三個都是軍人，都和卡拉本人相識，都比他年輕十到十五歲。據她說，他們的名字是巴爾丁、斯托科夫斯基、維多洛夫，都是上校。

一聽到第三個名字，史邁利臉上露出倦容，眼光變得特別遲鈍，好像在竭力打消睏意。

「這三個人後來怎麼了？」他問道。

「巴爾丁改名索科洛夫，又改名魯薩科夫，參加了蘇聯常駐紐約聯合國的代表團。和當地常駐站沒有公開來往，沒有參加日常的情報活動，不盯人，不招人，規規矩矩地在做掩護他的工作。據我所知，現在仍在那裡。」

「斯托科夫斯基呢？」

「轉入不法活動，在巴黎以法籍羅馬尼亞人格羅德斯庫的身分開了一個照相館。在波昂開了一個分店，據說是負責指揮卡拉在西德邊境那邊的一個諜報來源。」

「第三個呢？維多洛夫？」

「銷聲匿跡，毫無蹤影。」

「哦。」史邁利說，他似乎更睏倦了。

「受過訓後就此銷聲匿跡。當然也可能死了。自然的原因，很容易忘掉。」

「是的，的確是，」史邁利表示同意，「太容易了。」

他從多年的間諜生活中學會了這門藝術：前一半腦子聽著別人講話，後一半腦子把一些主要事實一一羅列在自己面前，看看它們有沒有歷史的關連。現在，這個歷史的關連透過塔爾到了伊琳娜，又透過伊琳娜到了她那個叫做兔子的可憐情夫。說他可憐是因為他不僅為這個名字得意洋洋，而且也因為能為一個叫做格里戈爾・維多洛夫的上校服務而感到得意。那位上校「在大使館工作的名字叫波里雅科夫」。在他的記憶中，這些事情就像一部分的童年往事，他永遠不會忘記。

「有沒有照片，康妮？」他悶悶不樂地問，「你有沒有弄到什麼體型上的特徵？」

「在聯合國的巴爾丁，當然有。斯托科夫斯基，也許有。我們有一張刊在報上他當兵時的照片，但是我們無法確切證實。」

「那麼銷聲匿跡的維多洛夫呢？」好像是在說個隨便什麼名字一樣，「也沒有什麼漂亮的照片吧？」史邁利邊說邊走到屋子那頭去拿酒瓶。

「格里戈爾・維多洛夫上校，」康妮若有所思地微笑道，「在史達林格勒英勇作戰。可惜我們從來沒有弄到他的照片。他們說，就他最行。」她又精神一振，「不過別人的情況究竟怎樣，我們當然也不知道。五幢房子，兩年訓練：親愛的，經過這麼多年，這加起來，不應該只有三個畢業生吧！」

史邁利輕輕嘆了口氣，有點失望，好像是在說，這故事說了半天，也沒什麼讓他這費力的搜尋有所進展，格里戈爾・維多洛夫上校身上更不用說了。因此他建議回過頭來談談那個完全與此無關的另一人，蘇聯駐倫敦大使館內的阿力克賽・亞力山德羅維奇・波里雅科夫，也就是康妮喜歡叫他阿力克斯・波里雅科夫的那個人，確定一下他在卡拉陰謀計劃中的地位，以及當初她為何會被禁止進一步調查此人。

13

她現在比剛才精神亢奮多了。波里雅科夫不是童話人物，而是她的心上人阿力克斯，儘管她從來沒和他說過話，也許也從來沒有親眼見過他。她挪位到另外一把椅子，是一張靠近落地燈的搖椅，能讓她身上的痛楚減輕一些，她在哪兒都無法久坐。她把頭稍微向後仰，史邁利看到她一圈圈肥白的脖子，她一隻僵硬的手妖嬈地搖晃著，一邊回憶著她幹過、而且並不後悔有失檢點的事；在史邁利井然有序的心目中看來，她的猜測似乎比剛才更荒誕不經了。

「唉，他這人真厲害，」她說，「阿力克斯在這裡待了七年，我們才聽到一點風聲。七年，親愛的，滴水不漏！你無法想像！」

她背出他大約九年前提出的護照申請書原始內容：阿力克賽·亞力山德羅維奇·波里雅科夫，國立列寧格勒大學畢業生，二等祕書銜文化參事，已婚，妻子未同行，一九二二年三月三日生於烏克蘭，運輸工人之子，幼年教育不詳。她的聲音裡帶著笑意，繼續轉述點路燈組提出的第一份例行特徵報告：「身高五呎十一寸，體格魁梧，綠眼，黑髮，沒有其他顯著特徵。真是個大個兒，」她笑了一聲，「很喜歡開玩笑。右眼上面這裡有一綹黑毛。我敢說，他一定喜歡摸女人屁股，不過我們沒有當場逮過他。如果托比肯合作，本來我打算讓他有一兩次機會的，但托比不肯合作。倒也不是說阿力克賽·亞力山德羅維奇一定會中計。阿力克斯太機靈了，」她得意地說，「聲音悅耳，和你的一樣好聽。我常把錄音帶播放兩遍，就是為了聽他說話。喬治，他還在那裡嗎？你瞧，我實在連問都不想問。我擔心他們人都換了，我一個也不認識。」

史邁利要她放心，他仍在那裡。仍舊用那個掩護身分，仍舊用那個頭銜。

「還是住在海洛特那棟托比的監視者厭惡的難看郊區小房子？米多克羅斯四十號，頂樓，唉，還真是個鬼地方！我喜歡名符其實過著偽裝生活的人，阿力克斯就是這樣。他是大使館裡歷來最忙的文化參事。如果你要他們快速為你安排什麼人去演講、什麼音樂家來演奏，阿力克斯一定有求必應，辦起手續比誰都快。」

「他是怎麼辦到的，康妮？」

「可不是像你瞎想的那樣，喬治．史邁利，」她漲紅著臉，「不是。阿力克賽．亞力山德羅維奇是貨真價實的文化參事，就像他自己所言，你不信的話，可以去問托比．艾斯特海斯，或者派西．艾勒林。他就像積雪一樣純潔，完全沒有弄髒變形，托比會立刻這樣告訴你！」

「嘿，」史邁利喃喃地道，一邊給她斟酒，「嘿，別激動，康妮，坐下來。」

「胡說！」她大聲叫道，完全沒有安靜下來，「純粹是胡說八道！阿力克賽．亞力山德羅維奇．波里雅科夫，我敢確定他是卡拉訓練出來的頭等特務，可是他們根本不聽我的！托比說：『你這是杯弓蛇影，懷疑床底下也有特務躲著。』派西說：『點路燈的忙不過來，我們這裡沒有餘力去搞多餘的事。』多餘的事！」她又哭了。「喬治，」她不斷叫道，「喬治！你想盡力，可是能做什麼呢？你自己地位不高呀。哦，喬治，別跟拉孔那樣的人去打獵，千萬別去。」

他悠悠地把話題導回波里雅科夫上，為什麼她那麼有把握，說他是卡拉的手下，專門學校的畢業生。

「陣亡將士紀念日那天，」她抽咽，「我們拍到了他掛勳章的照片。」

•

又回頭來到第一年，她跟阿力克斯．波里雅科夫搞了八年關係的頭一年。她說，奇怪的是，她是打從他一到達之後就看上他的：

「我當時想：『好啊，我要跟你好好玩一玩了。』」

究竟為何會有如此想法，她也不知道。也許是因為他一副自信的模樣，也許是因為他從檢閱場走過去時，腰板挺直的姿態：「一副硬漢模樣，擺明是個軍人。」也許是因為他生活的方式，「他選擇了倫敦一幢那些點路燈的無法接近五十碼以內的房子。」也許是因為他的工作，「已經有三個文化參事了，兩個是特務，另外一個的工作不過是到海格特公墓替卡爾．馬克思送鮮花。」

她有點兒暈，於是他又攙著她走一走，她腳下一不穩，全身的重量就壓在他身上。她說，起初，托比．艾斯特海斯同意把阿力克斯列入甲級名單，叫他在阿克頓的點路燈組一個月裡隨便抽個十二天盯住他，他們每次盯哨時，他總是白璧無瑕，無懈可擊。

「親愛的，那根本就像是我打過電話給他，告訴他說：『阿力克斯．亞力山德羅維奇，你得小心行動，我已經讓小托比的狗腿們盯上了你。所以你別胡來，好好當你的文化參事。』」

他去參加各種典禮儀式、演講，在公園散步，偶爾還打打網球，行為舉止得體，只差沒有送糖果給路上碰見的小孩子。康妮堅決主張要繼續盯他，但是沒有成功。按照規定，波里雅科夫改列為乙級名單：隔半年，或者條件許可，對他複查一次。這樣半年一次的複查也沒什麼結果，三年後就把他轉為丙級：經深入調查，發現沒有任何諜報價值。康妮沒有辦法，也只好勉強同意這個判斷，豈料十一月間有一天，特迪．漢克從阿克頓洗衣店打電話給她，上氣不接下氣地告訴她，阿力克斯．波里雅科夫終於丟掉他的掩護身分，升起他真面目的旗幟，在桅頂上迎風飄揚。

「特迪是個很老很老的老朋友。他是圓場的老人，一個十全十美的好夥伴，即使到九十歲我也要他。他那天工作完畢，回家路上看見蘇聯大使的伏爾加汽車駛過，正前往獻花圈儀式，其中有三軍武官。後面一輛車中還有三個人，其中一個就是波里雅科夫，胸前佩帶的勛章比耶誕樹上的裝飾還多。特迪帶著相機趕緊跑到白廳，隔著馬路拍下他們的照片。親愛的，天公作美，雖然下了小雨，但是傍晚出了太陽，他在三百碼外也能把一隻蒼蠅屁股上的笑容拍下來。我們把照片放大後一看，共有兩個作戰英勇獎章和四個戰役紀念章。原來阿力克斯．波里雅科夫參加過大戰，但是他七年來從沒有告訴過別人。唉呦，我真是興奮極了。我甚至不必再策劃什麼活動爭取支持了。我馬上打給托比說：『托比，你這次得聽我說，你這個匈牙利毒心腸的矮小子。這一次虛榮心終於占了上風，顧不得偽裝的掩護了。我要你把阿力克斯．亞力山德羅維奇給我查得一清二楚，沒有討價還價的餘地，康妮的直覺終於證明是對的。』」

「那托比怎麼說？」

灰毛狗喪氣地嘆了一聲，又睡著了。

「托比？」康妮突然顯得很孤寂，「哦，小托比死樣怪氣地說，現在的頭頭是派西．艾勒林。調撥人員是派西的職權，不是他的事。我馬上就知道出問題了，但是當時我還以為是托比的問題。」她沉默不語。「這該死的爐火，」她不高興地自言自語，「你一轉過去，它就滅了。」她已經沒了興致。「下文你都已知道了。報告遞給了派西。『那又怎樣呢？』派西說，『波里雅科夫曾在俄國軍隊待過。俄國軍隊很大，並不是在俄國軍隊裡打過仗的人都是卡拉的特務。』真奇怪。批評我的推論不科學。我問他：『這是誰說的？』他說：『這還不算是推論，這是歸納。』『親愛的派西，不論你是從哪裡學會這些術語，你說話的口氣聽來就像個蹩腳的大夫。』親愛的，他聽了很不高興！但是為了安慰我，托比派人去盯阿力克斯，結果當然沒有什麼。我就說：『搜查他的房子、他的車，什麼都搜一遍！攔截他，派人去裝竊聽器！假裝弄錯人，搜他身上。不管是什麼，反正都要試一下，因為我敢打賭，阿力克斯．波里雅科夫一定是英國地鼠的聯絡員！』因此派西把我叫去，一副神氣活現的樣子」——又是蘇格蘭腔——「『你別再管波里雅科夫了。把他忘掉，懂嗎，你這個傻女人？你和你的波里什麼夫的實在煩死了，以後別再管他。』接著又來了一封不客氣的信。『我們已經談過，你也已表同意』，副件給了管人事的婆娘。我在下面批了『同意前句，不同意後句』退了給他。」她改用帶兵的口吻：「『康妮，你腦子糊塗了。該是讓你去現實世界見識見識的時候了。』」

康妮已爛醉如泥。她一屁股坐在她的酒杯上，雙目緊閉，腦袋不斷往一邊傾倒。

「我的天，」她又醒了過來，輕聲說，「我的天。」

「波里雅科夫有沒有一個跑腿的？」史邁利問。

「為什麼他要個跑腿的？他是文化參事，文化參事不需要跑腿的。」

「科馬羅夫在東京有一個。這是你自己說的。」

「科馬羅夫是軍人，」她不高興地說。

「波里雅科夫也是，你見過他的勛章。」

他握著她的手，等著。終於，她說，兔子拉賓，大使館的文書兼司機，一個笨蛋。起先她弄不清楚他是什麼人。她懷疑他就是化名為伊夫洛夫的勃洛特。但是她無法證實。反正也沒有人願意幫助她。兔子拉賓大部分時間都在倫敦到處周遊閒逛，看女人，又不敢搭訕。但是她後來逐漸釐清楚了關係。某次，波里雅科夫舉行了招待會，拉賓幫忙斟酒。半夜裡波里雅科夫把拉賓叫了進去，半小時後拉賓出去，大概是去發電報。波里雅科夫飛去莫斯科時，兔子拉賓就搬進大使館，住到他回來。康妮語氣堅定地說：「他是在代替他值班，顯然就是。」

「這你也報告了？」

「當然也報告了。」

「後來呢？」

「康妮被辭退了，拉賓高高興興回國了。」康妮咯咯笑著。她打了哈欠。「啊呀，冬至前後可真冷。喬治，我沒潑你冷水吧。」

火已經滅了。樓上傳來砰的一聲，可能是珍妮特和她的情人。康妮慢慢哼唱起來，接著隨著自己的哼唱開始搖擺。

他仍不走，想讓她高興起來。他又替她斟了酒，這終於讓她高興起來了。

「來，」她說，「我給你瞧瞧我的勳章。」

於是東搬西找的。她放在舊公事包裡，史邁利得從床底下把它拉出來。她先拿出一個真的勳章，放在一個小盒子裡，還有一張打字的獎狀，上面的化名就是她工作的名字康斯坦斯．沙林格，列名在首相接見嘉獎的名單上。

「因為康妮是個好小姐，」她解釋道，臉頰貼著他，「而且愛她許多漂亮的男朋友。」

接著是圓場以前人員的照片：康妮戰時穿著婦女輔助隊服的照片，她站在傑比第和破譯專家比爾．馬格納斯之間，那是在英國某個地方拍的；康妮與比爾．海頓和吉姆．普里多的照片，一邊一個，他們穿著打板球的球衣，三個人都顯得很高興，那是在薩勒特夏季訓練班拍的，身後是一大片的草剪得短短的，陽光燦爛，打靶場上的瞄準把閃爍著。接著是一塊很大的放大鏡，鏡片上刻著縮寫字母，那是羅伊、派西、托比等眾人「送給親愛康妮，永遠別說再見！」。

最後是比爾個人送的特殊禮物，是一張漫畫，畫的是康妮趴在肯辛頓王宮花園，從望遠鏡裡偷看蘇聯大使館，上款是「帶著愛和懷念，送給最最親愛的康妮」。

「你知道，這裡還記得他。天之驕子。基督教會學院教員休息室裡還有他的兩幅油畫。他們常常掛出來。有一天，翟理斯．蘭格萊在高街遇到我，問我有沒有海頓的消息。我不記得怎麼回答了，有還是沒有。你知道嗎？翟理斯的妹妹還在管理安全聯絡站？」史邁利不知道，「翟理斯說：『我們很想念他，他們現在再也培養不出比爾．海頓那樣的人才了。』翟理斯至少有一百零八歲了吧。他說，他在大英帝國成為一個骯髒字眼以前曾教過比爾現代史。他還問起吉姆的情況。可說是他的另外一個化身，哈哈。你一向不喜歡比爾對吧？」康妮信口東拉西扯地說著，邊把這些東西裝進塑膠袋，用布裹起來，「我一直沒弄懂你是嫉妒他，還是他嫉妒你。我想大概是因為他太時髦了。你總是不相信漂亮的外貌，當然，單指男人而言。」

「親愛的康妮，別胡說八道了。」史邁利這次沒有防備，感到很尷尬，馬上反駁道，「比爾和我是很好的朋友。你怎麼會這樣說？」

「沒什麼，」她幾乎忘了，「我有一次聽說他和安在公園裡騎馬，就這樣。他不是她的表兄還是什麼的嗎？我一直認為，要是可以，你和比爾合作真的會很適合。你能恢復傳統的精神。那個蘇格蘭鬼可不行。由比爾重建班底，」——她又露出講童話的笑容——「而喬治——」

「喬治來收拾殘局。」史邁利給她提示說，他們倆聽了都笑了，然而喬治的笑是假的。

「親我一下，喬治，親康妮一下。」

她帶他從菜園出去，那是她房客走的一條路，她說他一定會喜歡走這條，不會喜歡走另外一條，免得看到隔壁花園那頭哈里遜公司新蓋的一排醜陋的平房。天空在下毛毛雨，夜霧中隱約可見幾顆淡淡的星辰。馬路上，卡車隆隆而過，穿過夜幕，朝北駛去。康妮突然害怕起來，抓住他。

「你真淘氣，喬治，你聽到沒？你瞧著我，別瞧那邊，那邊盡是霓虹燈和罪惡的淵藪。親親我。全世界的壞人到處在糟蹋我們的時代，你為什麼要幫他們？為什麼？」

「我沒有幫他們，康妮。」

「你當然在幫他們。看著我。那時候才是好時光，你聽到了嗎？真正的好時光。那時候英國人可以感到驕傲自豪。現在也應該讓他們感到驕傲自豪。」

「這不是我能作主的事。」

她把他的臉拉近自己面前，於是他就親了她的嘴。

「可憐的人兒，」她喘著粗氣，可能不是出於某一種感情，而是多種感情的交雜，像混酒一樣在她身上摻和在一起，「可憐的人兒。為大英帝國受了訓練，為統治海洋受了訓練。然而現在一切都完了，全被奪走了，一去不復返了。你們是最後幾個了，喬治，你和比爾。可惡的派西不過是個跑龍套的。」

他早知道會這樣收場；不過沒想到會這麼難堪。每年耶誕節在圓場各個角落舉行的小酒會上，他總要一遍又一遍地聽她說著同樣的事情。「你不知道米爾邦茲吧？」她問。

「什麼米爾邦茲？」

「我哥哥的房子。很漂亮的帕拉底歐式建築，有可愛的花園，在紐伯雷附近。後來修馬路時，砰，砰，快速建起了快速公路，把花園都給占了。你知道，我是在那裡長大的。他們沒把薩勒特賣了吧？我擔心有朝一日他們會把它給賣了。」

「他們沒有。」

他一心只想擺脫她，但是她抓得更緊了，他感覺得到她的心房貼著他在跳動。

「如果情況不好，就別回來見我。答應嗎？我太老了，本性難改。我希望你們都像過去我認識的那樣留在我的記憶裡，個個都是可愛的孩子。」

他不想就這樣把她丟在黑暗中，在樹叢下跌跌撞撞，所以他又送她走回半路，兩人都沒說話。當他朝馬路走去時，他聽到她又在哼歌了，聲音很大，簡直是尖叫。可是與他心中當時感受到的亂哄哄相比，這算不上什麼。在這漆黑的夜裡，加上一個天曉得最後會有什麼結局的心境，他的心中感到一陣陣驚慌、憤怒和難受。

•

他搭了一列慢車到斯洛夫，孟德爾在那裡租了一輛車正在等他。他們驅車慢慢駛向倫敦的橘黃色城市夜空時，他聽了彼得·貴蘭姆調查的彙報。孟德爾說，值班記事冊上沒有四月十日到十一日夜間的記載。那幾頁被刮鬍刀片割掉了。同一夜裡，警衛保管的簽到本也不見了，還有收發報登記簿也是。

「彼得認為這是最近發生的事。下一頁有個字條說『如欲查詢，請洽倫敦站站長』。是艾斯特海斯的筆跡，日期是星期五。」

「上星期五？」史邁利轉身問，他動作太急，繫在身上的安全帶發出咯吱的聲音，「那是塔爾到英國的那一天。」

「這都是彼得說的，」孟德爾巍然不動。

最後，是關於又名伊夫洛夫的拉賓，還有文化參事阿力克賽．亞力山德羅維奇．波里雅科夫，蘇聯駐倫敦大使館的兩個人，在托比和艾斯特海斯的點路燈組的報告中，都沒有什麼不利的痕跡，兩人都受到調查，都列為丙級：最乾淨的一級。拉賓在一年前奉令調回莫斯科。

孟德爾還帶來貴蘭姆所拍的照片，在公事包裡，那是他在布里克斯頓的調查結果，沖洗後放大了。史邁利在接近巴丁頓車站處下了車，孟德爾從車門中把皮包交給他。

「你不要我跟你去嗎？」孟德爾問。

「謝謝你。只有一百碼遠。」

「幸虧一天只有二十四小時。」

「是啊。」

「有的人要睡覺。」

「晚安。」

孟德爾仍舉著皮包。他說：「我也許找到學校了，在陶頓附近一間叫索斯古德的學校。他先在伯克郡代了半學期的課，後來又轉到索默賽去。聽說買了一輛旅行拖車。要調查一下嗎？」

「你有什麼方法？」

「去敲他的門。向他兜售一台吸塵器，透過社交場合去認識他。」

「對不起，」史邁利突然擔心起來，「我可能過慮了。對不起，我不該如此無理。」

「貴蘭姆這小子也有點過慮，」孟德爾的語氣堅定，「他說他在那裡看到別人對他都側目而視。他說肯定有什麼事，他們都知道了。我叫他好好喝口酒定定神。」

「是啊，」史邁利想了一會，「是啊，該這樣。吉姆是個老手，」他解釋道，「是老派的外勤人員。不論他們怎麼整他，他還是很行。」

•

卡米拉很晚才回來。貴蘭姆知道她在桑德那裡上笛子課到九點，但她開門進來時已十一點，因此他對她說話沒有好氣，他無法控制自己。現在她躺在床上，一頭夾著白絲的黑髮鋪在枕頭上，看著他站在沒有點燈的窗口，凝望著外面的廣場。

「你吃過飯了嗎？」

「桑德博士請我吃過了。」

「吃什麼？」

她告訴過他，桑德是波斯人。

沒有回答。也許是在夢中？

核桃牛排？愛情？她睡在床上時，除非要抱他，否則從來動都不動。她睡著時呼吸很輕；有時，他醒來看著她，心想要是她死了，他會有什麼感覺？

「你喜歡桑德嗎？」他問。

「有時候。」

「他是你的情人嗎？」

「有時候。」

「也許你不該搬來我這裡。應該搬去他那邊。」

「根本不是這麼一回事，」卡米拉說，「你不懂。」

不，他不懂。先是一對情人在一輛吉普車後座上相摟，接著是一個頭戴軟帽的獨行俠帶著狗在散步，後來又是一個小姐在他前門外邊的公用電話亭裡講了一個小時的電話。這些事情未必有關連，只是接連不斷，就像警衛換崗。現在又停了一輛送貨車，卻沒有人下車。又是情人，還是點路燈的夜班值勤？送貨車抵達十分鐘後，吉普車才開走。

卡米拉睡著了。他醒著躺在她身邊，等著明天按史邁利的要求去偷普里多事件的檔案，這起事件又稱埃利斯醜聞，或者縮小範圍來說，叫作證計劃。

14

在那件事發生之前，這一天是比爾．羅契有生以來第二個最愉快的日子。第一個最愉快的日子是在他的家庭分裂前不久，那天，他父親發現屋頂上有個黃蜂窩，要比爾幫他用煙把黃蜂熏出來。他的父親不擅於戶外活動，手腳一點也不靈活，但是在比爾從百科全書中查閱有關黃蜂的介紹後，他們就一起開車到雜貨店買了一些硫磺，裝在餵食器裡，放在屋簷下熏，終於把黃蜂都給熏死了。

今天則是吉姆．普里多汽車俱樂部的賽車開幕日。至今為止，他們不過是把阿爾維斯牌汽車拆下來，擦洗之後重新安裝好。但是今天為了答謝他們，由他們在難民拉茲的幫助下，在車道鋪了一捆捆的乾草作為障礙物，然後大家一個接一個握方向盤開車比賽，由吉姆計算時間，在觀戰者的哄笑中，噗哧噗哧地開過起跑門。吉姆介紹他的車是「英國製造的最好汽車。由於社會主義，現在停產了」。他現在油漆一新，車頭上有一面米字旗迎風飄揚，它無疑是天底下最好、最快的汽車。在第一輪比賽的十四人中，羅契得到第三名。現在舉行第二輪，他已開到了栗樹林附近，還沒有碰上障礙物而停下來過，馬上就快到達目的地，打破紀錄了。他從來沒有想到有什麼事情會讓他這麼快樂。他喜歡汽車，喜歡吉姆，甚至也開始喜歡學校，他有生以來第一次想努力求勝。他聽到吉姆在叫「小心，大胖」，他能看到拉茲正舉著一面臨時湊合做成的方格指揮旗在蹦啊跳的，但是當他磕磕碰碰地開過終點柱時，他知道吉姆沒在看他了，他的眼光遠遠看著跑道那頭的山毛櫸樹林。

「多少時間，先生？」他上氣不接下氣地問，但是一陣沉默。「計時員！」斯巴克萊叫道，試一試他的運氣，「犀牛，請告訴我們多少時間。」

「很棒，大胖，」拉茲也看著吉姆說。

這一次，斯巴克萊的大膽和羅契的央求一樣，好像石沉大海，沒有引起反響。吉姆朝著運動場東邊那頭場外的小路看著。一個名叫柯爾蕭的學生站在他旁邊，他的外號叫白菜沙拉。他是三年級乙班的留級生，以愛拍老師馬屁出名。運動場很平坦，到山邊才升高，下幾天雨就會積水，因此在那條小路旁沒設圍籬遮住外面，只有繞在木樁上的鐵絲網。而且也沒什麼樹木，只有鐵絲網、低窪地，有時遠方還能看見昆托克山，但今天已消失在一片茫茫白霧中。低窪地原本可能是沼澤，通往一個湖泊，或者不如說是通向白茫茫一片沒有盡頭的地方。就在這個被雨水沖洗得一乾二淨的地方，一個孤單的人影正走著，一個身型修長，毫不起眼的過路人，他是個男人，面容瘦削，頭戴軟帽，身穿灰色雨衣，手提一根很少使用的手杖。羅契也看著他，覺得那人心裡想走快些，卻又為了某種目的而放慢腳步。

「你戴著眼鏡嗎，大胖？」吉姆問道，同時看著那個人，他就快走近下一個木樁了。

「戴著，先生。」

「那麼他是誰？看起來像是所羅門．格隆第[14]。」

14　十八世紀流行於英國的《鵝媽媽童謠》當中的人物。

「我不認識，先生。」

「從來沒見過嗎？」

「沒見過，先生。」

「既不是教員，又不是村裡的人。那麼是誰呢？乞丐？小偷？他為什麼不朝這邊看，大胖？咱們有什麼不對嗎？要是你看到有一夥學生在球場上比賽開汽車，你不會那樣的，是不是？他不喜歡汽車？他不喜歡學生？」

羅契還沒想出答案，吉姆就已經用拉茲的語言在跟拉茲說了，聲音很輕，很平板，這讓羅契立刻感覺到他們之間有一種默契，一種特殊的外國聯繫。這個印象因為拉茲顯然否定的回答而加強，拉茲的回答也同樣的泰然自若。

「先生，請聽我說，我想他大概是教會的人，先生，」白菜沙拉說，「做過禮拜以後，我看到他在跟威爾斯．法戈說話。」

牧師的名字叫斯巴戈，年紀很大。索斯古德學校裡流傳著，說他實際上就是那個退隱的偉大的威爾斯．法戈[15]。吉姆聽到這個情況，想了一下，羅契很生氣，認為這都是柯爾蕭瞎編出來的。

「你聽到他們說什麼嗎？白菜沙拉？」

「沒有，先生，沒有。他們在看教堂座位名單。我可以去問威爾斯．法戈，先生。」

「我們的教堂座位名單？索斯古德的座位名單？」

「是的，先生。學校的教堂座位名單。索斯古德學校。所有名字都在上面，按我們的座位排列。」

羅契不高興地想，還有教職員的座位。

「要是有人再見到他，馬上告訴我。見到其他可疑的人也是，明白嗎？」吉姆現在是對著大家說話，口氣刻意顯得很輕鬆，「我不喜歡莫名其妙的人在學校附近晃來晃去。我上次教的那所學校就有一夥這樣的人。結果把學校全偷光了。銀器、現款、學生的手錶、收音機，什麼都偷。下次就會偷阿爾維斯了。這是英國最好的車，現在已經停產了。他的頭髮是什麼顏色，大胖？」

「黑色，先生。」

「身高，白菜沙拉？」

「先生，六呎，先生。」

「在白菜沙拉眼中看來，人人都是六呎，先生，」一個反應很快的孩子打趣道，因為柯爾蕭是個矮子，據說幼時餵的不是奶，而是琴酒。

「年紀，斯巴克萊，你這傻子？」

「九十一，先生。」

大家一陣哄笑。羅契得到再開一次的機會，但成績不佳，那天晚上難過得睡不著，因為汽車俱樂部的全體會員都被吸收成為觀察員了，更不用說拉茲，但這地位本來是他獨占的。儘管他們的警覺性永遠

15 威爾斯和法戈其實是兩個人。法戈是美國西部拓荒時代首創快遞運輸的人，一八五〇年創立美國運通公司，五二年又與威爾斯合辦威爾斯法戈公司，經營紐約與舊金山之間的快遞運輸業。

不會像他那麼高，儘管吉姆命令的有效期限不超過一天，儘管從今以後，羅契必須加倍努力來應付顯然來臨的競爭威脅，這都安慰不了他。

那個瘦臉陌生人沒再出現，但是吉姆隔天很難得地去了教堂。羅契看到他在一個墓穴前和威爾斯．法戈說話。從此以後，比爾．羅契注意到吉姆臉上越來越陰沉，而且神態警惕，有時就好像心中有把怒火似的，不論每天傍晚散步時，或是坐在拖車住房外的吊床上，不顧寒風急雨，吸著他的小雪茄，喝著伏特加，讓暮靄漸漸將他圍住，他都是如此。

第二部

15

喬治．史邁利去了阿斯科特的隔天，就化名巴拉克勞夫，在蘇塞克斯花園的艾萊旅館設立了工作總部。從所處的位置來看，艾萊旅館算是個很僻靜的地方，完全符合他的需要。它位在巴丁頓車站南面一百碼處，原來是一批年代比較久遠的宅邸中的一幢，一排梧桐樹和一個停車場將旅館和大馬路隔開。大馬路上整晚車輛不停，隆隆而過，但旅館裡卻異常安靜，儘管顏色很不協調的壁紙和銅燈罩讓那地方活像是一個火盆。不僅旅館裡一片安靜，什麼事都沒有，就連外面的世界也沒有什麼事情發生。旅館老闆娘波普．格拉漢太太更讓人加深了這個印象。她是個少校的遺孀，說話有氣無力，使得巴拉克勞夫先生或是任何前來投宿的客人，都有一種極度疲勞困頓的感覺。她當孟德爾督察長的線民已有多年，孟德爾硬說她的姓氏就是普通的格拉漢。波普兩字，不過是為了聽起來威風一點，或是為了表示對羅馬教廷的尊敬才加上的[16]。

「您的父親不是綠衣團的吧？」她在旅客登記本中看到巴拉克勞夫這名字時，打了個呵欠問道。史邁利訂了兩個星期的房間，預付五十英鎊，她給他八號房。因為要工作，他需要一張書桌，她給了他一張搖晃不穩的牌桌，讓旅館侍者諾曼送去。她自己還親自監督，邊嘆著氣說：「這是喬治王時代的。看在我的面子上，請愛惜使用，好嗎？其實我不應該借你的，這是少校的桌子。」

在這五十英鎊外，孟德爾又偷偷自掏腰包加了二十鎊的預付款，他稱之為行賄錢，不過後來他又從史邁利那裡要了回去。付錢時，他告訴她：「不會有人打擾吧？」

「你可以這麼說。」波普．格拉漢太太肯定地答道，邊正經地把鈔票塞進內衣裡。

「任何雞毛蒜皮的事，我都要知道，」孟德爾坐在她位在地下室的房裡，和她一起喝著一瓶她喜歡的酒，提醒她說，「進出時間、來往的人、生活，尤其是」──他伸出一隻手指強調──「尤其是，你不知道這有多麼重要，那就是，我要了解是不是有可疑人物對他感興趣，會找藉口向你的員工打聽他的情況。」他的神色一本正經，「哪怕他們自稱是禁衛軍，甚至福爾摩斯都一樣。」

「只有我和諾曼兩個人，」波普．格拉漢太太順手指著一個在哆嗦的孩子，他穿著一件黑色大衣，波普．格拉漢太太給他配了個天鵝絨領子，「他們從諾曼身上是問不到什麼的，親愛的，你太敏感了。」

「寄給他的信也一樣，」督察長說，「只要看得見的，郵戳、投寄時間，我都要，但是不可私拆，也不許耽擱。他的衣物也是。」他朝那個顯眼的大保險櫃看了一眼，停了一會說，「他有時可能會要求存放東西。主要是文件，有時是書。這些東西除了他本人之外，只有一個人可以看，」──他突然露出一臉海盜般的笑容──「那就是我。明白嗎？甚至不能讓其他人知道你替他收藏這些東西。別碰這些東西，他很精明，看得出來。要碰，就得由專家來碰。我不多說了，」孟德爾最後說。不過他從索默賽一

16 Pope，教皇之意。

回來就告訴史邁利，他只花了二十鎊，做把風生意的，就屬諾曼和他的老闆娘是最最便宜的了。

他這牛皮吹錯了，不過尚可原諒，因為他不可能知道吉姆沒花一毛錢，就找到他的汽車俱樂部全體會員替他把風，他也不可能知道吉姆用了什麼辦法，居然能摸清楚孟德爾小心翼翼建立起來的調查脈絡。不論孟德爾或是任何人，都想像不到吉姆由於積壓的憤怒、緊張的等待，甚至還有點瘋狂，而導致心理上的高度警戒狀態。

八號房位在頂層。窗戶外是一道女兒牆。牆外是一條小街，有一家陰暗的書店和一家叫做大世界的旅行社。擦手毛巾上繡著「馬勞天鵝旅館」字樣。拉孔在頭一天就來了，帶著一個鼓鼓的公事包，裡面裝有他從辦公室帶來的頭一批文件。他們為了說話，並肩坐在床邊，打開收音機，好蓋過交談的聲音。拉孔對此頗不以為然；他的年紀來搞這套把戲似乎也太老了點。隔天早晨，拉孔在去上班的途中將文件取回，將前晚史邁利塞進他公事包、好讓包看起來鼓鼓的書還給他。這種事情，拉孔最不擅長。他很不高興，態度簡慢。他明確表示對這種不正當的事情由衷厭惡。天氣很冷，但他臉上氣得脹紅，久久不褪。可是史邁利要在白天看到這些文件是無法辦到的，因為拉孔的手下工作人員隨時會要查閱，萬一沒有找到，可能會引起喧嘩。而且史邁利也不想在白天看這些文件。他比誰都了解，自己手頭的時間很緊。在隨後的三天，這樣的安排很少變化。拉孔每晚下班到巴丁頓車站搭火車回家時，就將文件送到史邁利那裡去。波普．格拉漢太太每晚也就偷偷向孟德爾報告，那個一臉不高興的瘦高個子又來過了，對諾曼頤指氣使。每天早上，在只睡了三個小時、吃下一頓有半生不熟的香腸和煮得過爛的番茄這種糟糕早餐後——除此之外也沒別的可吃——史邁利就等著拉孔過來，然後高高興興地出門，混入人群之間，儘管冬天很冷。

在頂層的房間單獨度過的這幾夜，對史邁利來說很不平常。儘管後來的一些日子也同樣緊張忙碌，而且看似更加變化多端，但是他回想起來，這幾夜就像是一次獨特的旅程，幾乎像是在一夜之間完成了拉孔早先在花園裡厚著臉皮央求的事。「你願意擔任這整頓內部的工作？對以前的、以後的，採取必要的措施？」當史邁利一步步回到自己過去的經歷中，以前和以後已不再有不同，這只是一趟旅程，目的地就在前方。那間房間裡，那些淩亂又破爛的旅館家具中，沒有任何東西能將他與他回憶裡的一些房間分開。他又回到了自己在圓場頂樓那間簡樸的辦公室，牆上掛著牛津校景的風景照，一如他在一年前離開時的模樣。他的辦公室外面是一間天花板很低的大辦公室，老總手下幾個頭髮花白的女職員，大家稱她們是老媽媽，正在輕聲地打字、接聽電話。而在這個旅館走廊裡，卻有一個未被發現的天才，正日日夜夜耐心地用著一台老打字機。在大辦公室的盡頭——在波普．格拉漢太太的天地裡則是個浴室，外面有塊「請勿使用」的牌子——有一扇沒有標記的門通向老總的禁區：那地方就像一條小巷子，兩邊盡是舊鐵櫃和紅皮舊書，有一股塵土和茉莉花茶的香味。老總就在辦公桌後，這時的他已瘦得形銷骨立，額上掛著一綹頭髮，臉上的笑容就像骷髏一樣慘淡。

史邁利完全陷在這種錯覺裡，所以，當那個額外裝設、需要另付現款的電話分機鈴響起時，他要定一定神，才能想起自己身在何處。其他聲音也同樣教他糊塗，例如女兒牆上鴿子的撲翅聲、電視天線在風中的吹刮聲，下雨時屋頂兩條屋脊間的積水流下的汩汩聲。因為這些聲音也屬於他的過去，在劍橋圓場只有五樓才聽得到。他的耳朵對這些聲音特別敏感，顯然也是因為這個原因，因為這些聲音是他過往的背景配音。某天一大清早，史邁利聽到房門外的走廊上有腳步聲，他還真的走向門口，想開門讓圓場的夜班譯碼員進來。當時他正沉浸在貴蘭姆拍得的照片裡，根據手頭僅有的一點點情報，無法弄清楚圓場按照橫向領導的原則處理香港來電的程序。結果門外不是譯碼員，而是穿著睡衣打赤腳的諾曼。地毯上散撒著五彩碎紙，對門房間的門外放著兩雙皮鞋，一男一女，不過艾萊旅館是不會有人去把鞋擦乾淨的，尤其是諾曼。

「別在這裡張望，快回去睡覺，」史邁利說。看到諾曼呆呆看著他，又說：「你快走開，行嗎？」他幾乎就要說「你這卑鄙的小鬼」，不過他及時制止自己，話到嘴邊沒說出來。

•

拉孔第一晚帶來的第一份卷宗標題是《巫術計劃》，副標是《關於分配特殊情資的政策》。封面上其他空白處貼滿了注意事項和處理程序，其中一條古怪地規定，若有人無意間發現此卷宗，應「原封不動歸還給內閣辦公室收發主任」，「不得擅自啟閱」。第二份卷宗、標題仍是《巫術計劃》，副標是《給財政部的補充費用估算、倫敦的特殊住宿、財務的特別安排、補助等等》。第三份卷宗用紅緞帶與第一份卷宗捆在一起，叫《巫師來源》，下面寫的是《客戶的估價、成本效用、擴大利用，參考機密附件》。但後面沒有機密附件，史邁利問起此事時，拉孔態度甚為冷淡。他不耐煩地說：

「大臣保管在他的私人保險櫃中。」

「你知道開鎖密碼嗎？」

「當然不知道，」他生氣地回道。

「標題叫什麼？」

「跟你不可能有關係，我完全不懂，你為什麼要浪費時間找這資料。這是高度機密的資料，我們盡可能把能看到的人限制在最低數量。」

「即使是機密附件，也該有個標題。」史邁利和顏悅色地說。

「但這個沒有。」

「它是不是指明了巫師是誰？」

「別胡說八道了。大臣不想知道，艾勒林也不想讓他知道。」

「擴大利用是什麼意思？」

「喬治，我不想被你審問。你已經不是圓場的人了，這你也明白。照理我應該先要對你進行專門審查。」

「為了巫術專案進行審查？」

「是。」

「我們有這樣一份已通過專門審查的人的名單嗎？」

拉孔反駁道，那放在政策檔案裡，不高興地幾乎要砰地甩門一怒而去。但是隨著收音機裡一個澳洲主持人播著《花兒都到哪兒去了？》的緩緩歌聲，他走了回來，說：「大臣他不喜歡拐彎抹角的解釋。

他有一句名言：他只相信能用一張明信片就寫完的話。他對於送上手的都很急著要知道。」

史邁利說：「你不會忘記普里多吧？你手上關於他的所有資料我全都要；雞毛蒜皮的也比什麼都沒有好。」

史邁利的這句話讓拉孔瞪大眼睛，呆了一會，接著又起身準備走人。「你瘋了嗎，喬治？你難道不明白，普里多在挨了那一槍之前很可能從來沒聽說過巫術？我真不明白，為什麼你不能針對主要問題，反而要到處鑽啊鑽……」然而話還沒有說完，他已出了房門。

史邁利回過頭來看最後一包：《巫術計劃》，副標是《與部門的通訊》。所謂的部門是白廳稱呼圓場的諸多代號之一。這份卷宗採用的形式是大臣為一方，而派西・艾勒林——從他端正的小學生體字跡一看便知——為另一方之間的正式來往紀錄，當時艾勒林在老總的用人系統中還處於最低一層。

翻閱著這些已有不少人翻閱過的檔案，史邁利心想，對一場如此長期、無情的鬥爭來說，這份檔案實在也太枯燥乏味了。

16

史邁利現在開始讀著，重新經歷了這場長期無情鬥爭的一些主要戰役。檔案中只留下極少的紀錄，但是在他記憶中卻要多得多。主角是艾勒林和老總，起因不明。比爾・海頓是密切注意這些事情的人，就連他也為此感到傷心，認為這兩個人早在劍橋時代就互相仇視了，老總當時曾在那裡擔任短期教職，艾勒林還未畢業。據比爾說，艾勒林是老總的學生，而且是個壞學生。老總經常奚落他，這是很有可能的。

這種說法是夠荒謬的，因為老總一笑置之。他只是說：「有人說派西和我是拜把兄弟，說我們玩在一起。真虧有人想得出來！」他從沒表示如此說法是否正確。

對於這種傳說，史邁利根據個人對他們倆早年生活的了解，倒是可以補充一些確鑿的事實。老總出身低微，而派西・艾勒林卻是低地蘇格蘭人，牧師之子，他的父親是個長老會牧師，若說派西沒有繼承他父親的信仰，他至少繼承了他父親說教的能力。他差個一、兩歲因而沒有參加大戰，加入圓場之前是在倫敦一家大公司工作。在劍橋的時候，他有點兒喜歡政治（海頓說他比成吉斯汗還右，而海頓自己，只有天曉得，卻是個貨真價實的開明派），又有點愛好體育。他是一個名叫馬斯頓、無足輕重的人招募來的，馬斯頓曾有一段很短的時期，想在反諜報活動中搞個自己的小地盤，他認為艾勒林大有前途，竭力為他吹噓，結果自己不久後卻下了台。圓場人事組見到艾勒林處境尷尬，便派他到南美洲，以領事身分為掩護，連續兩任，一直沒回英國。

史邁利還記得，就連老總也承認派西在南美幹得極好。阿根廷人喜歡他會打網球和騎馬，認為他是個紳士——這是老總的話——還認為他很蠢，這就完全錯估了派西。等到他將業務移交給繼任者時，他已在南美洲東西兩岸布下了一個諜報網，而且還把自己的羽翼擴及北方。在國內休假後，他聽了兩個星期的情資彙報，就前往印度，那裡的手下視他為殖民地時代英國老爺的化身。他教他們要忠心耿耿，但是給的待遇卻極低，還隨手就把他們給出賣掉。他從印度又調到開羅。這個崗位原本對艾勒林而言可能很困難，因為當時中東仍是海頓最喜歡憩腳的地方。馬丁台爾那天晚上在他那家無名俱樂部裡所說的話絲毫不差，開羅的人把比爾看成是當代的阿拉伯的勞倫斯，都決心不讓他的繼任者能有好日子過。不過派西還是打下了天下，要不是和美國人有糾葛，他本來有可能會比海頓更受人稱道。結果鬧了一場醜聞，派西和老總也因此發生公開爭吵。

具體情況至今不明：那起事件發生在史邁利獲提拔擔任老總的助手之前很久。情況大概是，派西未得倫敦授權，就和美國人搞在一起，要弄一個愚蠢的詭計，用他們自己羽翼下的人取代當地一個土皇帝。艾勒林有個致命弱點，就是尊敬美國人。他在阿根廷時，看到他們在西半球到處打掉右翼政客就極其欽佩。在印度時，他也極為欣賞他們分化中央集權勢力的手段。而老總就和圓場大多數人一樣，瞧不起美國人和他們的所有活動，甚至還還常常設法破壞他們的活動。

這次的陰謀流產，英國一些石油公司很生氣，艾勒林不得不捲鋪蓋走路，連鞋子都還來不及穿——

他們的行話裡就是這樣開玩笑的。後來，艾勒林放話說是老總慫恿他這樣做，後來又拆他的台；甚至說老總有意對莫斯科走漏風聲。不管內情究竟如何，艾勒林回到倫敦時接到了通知，奉派到育成所去負責訓練見習新手。這個差使通常是給只剩一、兩年就要退休的老朽做的。當時的人事組長是比爾．海頓，據他解釋，倫敦那時沒什麼職位可供派西那樣的年資和才能的人選擇。

「那麼你也得為我因人設事，」派西說。他說的沒錯。後來比爾向史邁利坦承，他當初沒估計到艾勒林後台的力量。

「他們是誰？」史邁利曾經問過，「他們怎麼能把一個你不要的人強塞給你？」

「打高爾夫的，」老總不高興地說。打高爾夫球的和保守黨人，因為那時艾勒林勾搭上了反對黨，尤其得到邁爾斯．塞康比竭誠歡迎，他是安的表兄弟，可惜不是遠房，現在是拉孔的大臣。但是老總無力抗衡。圓場當時奄奄一息，甚至有人主張撤消原有機構，重起爐灶。在間諜世界中，失敗一向禍不單行，只不過這次是沒完沒了、拉得特別長。情資價值下跌，而且越來越值得懷疑。老總在關鍵處下手總是不夠狠。

這種暫時的挫折，並不妨礙老總在為派西．艾勒林創設「對外活動總指揮」一職擬草案時的樂趣。他稱這個新職稱是派西的小丑帽。

史邁利無計可施。比爾．海頓這時人在華盛頓，想和美國情報局的法西斯清教徒（他這麼稱呼他們）就一項諜報條約談判。史邁利已升到五樓，他的任務之一就是為老總擋駕謝客。因此，艾勒林見不到老總只好來問史邁利：「為什麼？」他在老總外出時到史邁利的辦公室來見他，請他到那個暗淡的公寓去（先打發了情婦出去看電影），用哭喪的蘇格蘭腔問他：「為什麼？」他甚至不惜本錢買了一瓶威士忌，大方地硬灌史邁利，自己卻只喝一瓶比較便宜的酒。

「喬治，我是做了什麼對不起他的事？我們有過幾次小爭執，那有什麼了不起，你說說看？他為什麼盯著我不放？我只不過是想在上層能有一席之地。大家都知道憑成績我有權這麼要求！」

他所謂的上層是指五樓。

老總為他擬的草案初看之下甚為冠冕堂皇，根據這一條例，所有活動計劃在實施之前，艾勒林都有權檢查。但是以小字加上的但書卻對這個權限加上了一個條件，也就是必須先得到地區組的同意，而老總有辦法讓地區組不表同意。工作條例又委託他「協調後勤力量，防止各地區組相互越權」，這一點，艾勒林在設立倫敦站之後倒是實現了。但各後勤單位，例如點路燈的、偽造護照的、監聽的和解譯的，卻不肯讓他檢查，他也無權強迫他們。艾勒林因此閒得發慌，桌上的進出文件籃一到午餐過後就空空如也。

「我是個庸才，是嗎？這年頭人人都得是天才、都得當主角才行，不能跑龍套，而且還得是老頭子。」因為艾勒林要當上級還嫌年輕，儘管這點在他身上很容易被人忘掉，他比海頓和史邁利年輕個十來歲，甚至比老總還年輕更多。

老總不可動搖：「派西．艾勒林為了圖得封爵，會不惜出賣親娘，為了在上議院占個席位，會不惜出賣我們這個機構。」後來，老總在痼疾日益嚴重時曾說：「我絕對不把我這輩子的心血交付給一匹只供節日檢閱用的馬。我這個人自視甚高，所以不吃拍馬屁這套，年紀老邁，所以也無野心。我就是脾氣太壞。派西則是正好相反，白廳多的是高人，他們喜歡他，不喜歡我。」

可以說，老總就是這樣間接地把巫術招到自己頭上來的。

「喬治，到我這裡來，」老總有一天在對講機裡說。「派西老弟想跟我對幹。你快過來我這兒，要不然就快打起來了。」

史邁利記得，當時正好是一些出師不利的戰士從世界各地回來的時候。羅伊·博朗德剛從貝爾格勒搭機回來，他在托比·艾斯特海斯的協助下，在當地重建殘破的諜報網。保羅·斯柯爾德諾當時是德國站長，剛在東柏林替他最優秀的蘇聯情報員送葬。至於比爾，在又去了一趟美國空手而返後，正在大罵五角大廈目中無人、五角大廈都是蠢才、五角大廈口是心非，並且揚言「現在該是和該死的俄國人搞合作的時候了」。

在艾萊旅館，時間已過午夜。有個晚到的客人在按門鈴。史邁利心想，他得給諾曼十先令的小費，英國幣制雖已改革，他還是搞不清楚。他嘆了一口氣，把第一份巫術檔案拉過來，輕輕舔了右手食指和大拇指，開始工作，用自己的記憶核對官方的資料。

•

在那次談話之後才一、兩個月，艾勒林就向安那位顯貴表兄弟寫了一封有點歇斯底里的私人信，這封信後來存入拉孔的檔案。信中說：「我們已經談過了。巫術報告的情資來源極為機密，我認為目前白廳分發報告的方法無法適用。我們在牛虻計劃上使用的公文箱辦法常失效，因為白廳的客戶不是弄丟鑰匙，就是一位工作過度疲勞的次官把鑰匙交給他的私人助理。我已跟海軍諜報處的李萊談過，他準備在海軍部大樓為我們專闢一間文件閱覽室，供客戶閱讀文件，由我單位派一位資深門警監視著。為掩護起見，閱覽室稱為亞得里亞海工作組會議室。符合閱讀條件的客戶不用出入證，因為出入證容易產生弊端。他們可向我的管理員」——史邁利注意到他所用的代名詞——「自報身分，由他核對名單上的相片。」

拉孔還沒被說服，他透過他討厭的上司，向財政部提出了他的看法，他的看法通常也是代表那位大臣提出的：

即屬必要，亦需大規模改建閱覽室。

1. 閣下是否批准此項開支？
2. 如獲批准，此項開支表面上需由海軍部承擔，然後由諜報處償還。
3. 此外尚有增添管理員問題，又是一項額外開支……

而且還有艾勒林增光添輝的問題——史邁利慢慢翻閱時心想。截至目前，他的光輝已經像燈塔一樣到處在發光了：派西不久即可在上一層占有一席之地，老總可能已經死了。

樓梯下傳來悅耳的歌聲。那是一位威爾斯住客，已經喝得爛醉，正在向大家道晚安。

史邁利記得——又是他的記憶，檔案裡沒有這樣單純人情味的東西——巫術絕非派西．艾勒林在擔任新職之後，為策畫他自己的諜報活動所做的首度嘗試。只是因為他的工作條例規定，他凡事得先得到老總許可，之前的嘗試遂告流產。比如，他有一陣子一心想挖地道。美國人在柏林和貝爾格勒挖了竊聽的地道，法國人對美國人也搞了差不多一樣的一手。那麼好吧，圓場就在派西的旗號下也擠進這個市場。老總睜隻眼閉隻眼，聯合各部成立了一個委員會，叫艾勒林委員會，派了一批技術人員去檢查雅典蘇聯大使館的地基；艾勒林對那裡歷來的軍人政權一向敬佩，對最近這個亦然，指望能得到他們的不吝支援。但這時老總卻輕輕推翻了派西的準備工作，而且等著看他又要搞什麼新花樣。老總在那天陰沉沉的上午把史邁利叫來，就是因為派西搞了新花樣。只是在這中間還互相開了幾次火。

老總坐在他的辦公桌後，艾勒林站在窗戶旁，桌上放著一份卷宗，顏色鮮黃，沒打開。

「你到那邊坐下，看看這些胡說八道。」

史邁利在小沙發上坐下，艾勒林仍站在窗邊，雙肘撐在窗台上，目光越過窗外屋頂，看著納爾遜紀念碑和遠處白廳的一些尖頂。

卷宗裡是一張據說是蘇聯海軍高級文件的照片，文件長達十五頁。

「誰翻譯的？」史邁利問，心想譯得不錯，很可能是羅伊．博朗德的手筆。

「上帝，」老總答道，「上帝翻譯的，是不是，派西？喬治，你別問他，他什麼都不會告訴你。」

那時老總顯得特別年輕。史邁利記得他體重減輕，雙頰紅潤，對他知之不深的人往往會祝賀他氣色甚好。也許只有史邁利才注意到，即便在那時，老總的髮際處也總是慣常地流著小汗珠。

精確來說，這份文件是對蘇聯最近在地中海和黑海所舉行的一次演習所做的評估，據說是向蘇聯統帥部提出的。拉孔歸檔時只標《海軍》第一號報告，海軍部好幾個月來一直在催圓場提出有關這次演習的情報。因此，這份資料來得正是時候，這在史邁利看來反而覺得有些可疑。資料十分具體，但是涉及的問題，史邁利即使不是以近距離來看也很難理解：海岸對岸上的進攻力量、敵方警報系統的無線電活動、恐怖均勢的高等數學。即使是真貨，價值也不大，但是又沒有任何確鑿根據可以證明它是真貨。圓場每星期都要檢驗數十份各地自動投來的所謂蘇聯文件。大多數是純粹騙人的貨色。有少數是盟國刻意偽造的東西，懷有不可告人的目的。還有少數文件是俄國人故意提供的雞毛蒜皮。偶有一兩份文件事後證明是真實的，但往往也是在丟棄之後才知。

「這簽名的是誰？」史邁利指的是邊上以俄文字母寫的一些批註，「有誰知道嗎？」

老總的頭向艾勒林那邊偏了一下。「請問有關人士。別問我。」

「札羅夫，」艾勒林說，「海軍上將，黑海艦隊。」

「沒有日期，」史邁利表示懷疑。

「這是個草稿，」艾勒林自滿地回答，蘇格蘭腔比平時更重了，「札羅夫在星期四批示的。最後定稿加上這些補充，到星期一發出，也用那個日期。」

今天星期二。

「從哪兒搞來的？」史邁利仍感到不解。

「派西說不能透露。」老總說。

「我們自己的鑑定人員怎麼說？」

「他們還沒看到，」艾勒林說，「而且也不會讓他們看到。」老總冷冰冰地說：「不過，我們的同行兄弟、海軍諜報處的李萊卻發表了他的初步意見，是吧，派西昨晚給他看了——在旅館酒吧邊喝著琴酒，是不是，派西？」

「在海軍部。」

「李萊老弟是派西的同鄉，通常是不大輕易說好話的。但是半小時前他打給我時還讚不絕口。他甚至還向我道喜。他認為這文件是真貨，徵求我們同意——其實應該說是派西的同意——讓他的海軍首腦們了解這個文件的大概內容。」

「辦不到。」艾勒林說，「這只供他看，至少在一、兩星期內如此。」

「這份資料太搶手，」老總解釋，「得等到稍微冷卻一點才能分發。」

「但是它的來源是哪裡？」史邁利堅持這個問題。

「你不用發愁，派西已經想出一個掩護代號。我們搞掩護代號從來不拖拉的，是不是，派西？」

「但是，是誰搞到手的？專案負責人是誰？」

「夠你傷腦筋的，」老總補了一句。他特別生氣。史邁利在與他的長期互動中，還沒見過他這麼生氣。他細瘦又長滿斑的手顫抖著，平常毫無生氣的眼光，這時卻閃閃發亮。

「巫師來源，」艾勒林說。他開口之前嘴唇還微微一嘖，完全是蘇格蘭人的習慣，「是個高居要職的人，能直接接觸到蘇聯決策單位的最機密階層。」說得好像他自己就是這個特權階層一樣，「我們稱他的情資叫巫術。」

史邁利後來注意到，他在給財政部一個崇拜他的人的個人機密信中也用這兩個名字，那封信是要求給他更多的權力可伺機行事，付款給情報員。

「他下次就會說是從足球賽賭博中贏來的，」老總預言道，儘管他腦子清楚，但仍跟一般老年人一樣，用起流行俗話來會有些顛三倒四。「你別想叫他告訴你他為何不肯說。」

艾勒林不為所動。他同樣滿臉通紅，不過是因為得意，而不是因為有病。他深深吸了一口氣，準備長篇大論地說一通，這番話是完全對著史邁利說的，音調毫無起伏，彷彿一個蘇格蘭警長在法庭上作證。

「巫師來源究竟是什麼人，這個祕密不能由我洩露。他是我處某些人長期爭取的結果。這些人和我都有義務相互保密。他們對於我們這裡最近接二連三地搞砸也相當不高興。被破獲的事件太多，損失太大，浪費太多，醜聞也出得太多了。我說過好幾次，但是他只把我的話當耳邊風。」

「他指的是我，」老總在旁說，「喬治，這番話裡的他指的是我，你聽清楚了沒有？」

「一般的暗號和安全原則，在我們這裡都被拋在一旁。我們需要知道：這是怎麼回事？各級都各自為政：這是怎麼回事，喬治？各地區組互相拆台，這是上面慫恿的。」

「又是指我。」老總插言道。

「分而治之，這就是如今的原則。應該齊心協力反對共產主義的人卻在自相殘殺。我們把最好的夥伴都丟了。」

「他是指美國人，」老總解釋道。

「我們把自己的生計都丟了。把我們的自尊心都丟了。還不夠嗎？」他把報告收回來，夾在腋下。

「真是夠了，肚子簡直都快脹破了。」

「而且和吃飽了的人一樣，」老總在艾勒林出去時說，「他還要吃。」

拉孔的檔案現在取代了史邁利的記憶，把這段故事繼續說下去。這件事情一開始就已讓史邁利知道，但沒再告訴他後來的發展，根據最後那幾個月的氣氛來看，這樣的狀況相當典型。老總不喜歡失敗，就像他不喜歡生病，而且最不喜歡自己的失敗。他很明白，承認失敗就得容忍失敗，任何諜報機關要是放棄鬥爭，日子就不會太長。他不喜歡高級情報員，因為他們占去很大的預算額度，損及日常的諜報工作，而他的主要期望多寄託在後者。他喜歡成功，但是如果他的其他努力由於出現了奇蹟而不受重視，他就討厭奇蹟。他不喜歡軟弱，正如同他不喜歡感情用事或宗教，因此他不喜歡派西．艾勒林，因為這些成分他什麼都有一點。他的對應辦法是名符其實地關上門，退到他的頂樓辦公室裡，在昏暗中獨坐孤室，謝絕來客，所有電話都由女祕書們代接代答。這些躡手躡腳、細聲細氣的老媽媽們給他送來茉莉花茶和數不清的檔案卷宗，他成堆成堆地要來又退回。史邁利為了讓圓場工作維持下去，就繼續辦自己的事，有時走過老總的門口，經常看到這些檔案就堆在他的門口。有些是老檔案，還是老總親自率領弟兄們活動時留下來的，有些是個人檔案，即諜報處過去和現在成員的歷史。

老總從來不告訴別人自己在幹什麼。如果史邁利問老媽媽們，或者最受歡迎的比爾．海頓進來問同樣的問題，她們也只是搖搖頭，或是向著天上不作聲地抬一下眉毛，這種溫和的眼色說的是：「病入膏盲。我們不想掃他的興，反正這個偉大人物的事業就快結束了。」但是史邁利知道——現在他耐心地翻閱一卷卷檔案，複雜的頭腦裡有個角落還在回憶伊琳娜寫給里基．塔爾的信——史邁利知道，而且因此感到很寬慰，原來他不是第一個進行這個探索的人，老總的幽魂一直是他的同伴，只是沒陪他到最後而已，要不是作證計劃在最後一分鐘讓他送了命，他很可能會陪他一路走完。

•

又是早餐時間，半生不熟的香腸和煮得過熟的番茄吸引不了那個抑鬱的威爾斯人。

「你還要這些資料嗎，」拉孔問，「還是已經用完了？它們對問題沒有多大幫助，因為當中甚至連報告也沒有。」

「今天晚上還要用一下。」

「我想你自己也發現了，你的臉色真難看。」

史邁利並沒發現，但是當他回到貝瓦特街的住處時，他從安那面美麗的鍍金鏡子中看到自己眼眶發紅，胖乎乎的臉頰盡是疲憊的皺紋。他微微睡了一下後，又去幹他神祕的勾當了。傍晚，拉孔早已在那裡等他。史邁利二話不說，逕自繼續閱讀文件。

根據檔案裡的資料，那份海軍情資文件在六個星期內沒有下文。國防部其他部門對這份文件就像海軍部一樣感興趣，外交部則說，「此文件對蘇聯侵略意圖作了極好的側面說明。」不管這句話是什麼意思，艾勒林堅決要求要特殊處理這份資料，但是他好像也是個沒有帶兵的司令。拉孔冷冰冰地提到「沒有及時聽到下文」，因此向大臣建議，說他「和海軍部一起分析一下情況」。根據檔案來看，老總沒有表示任何意見。他可能是按兵不動，等事情過去。在這期間，財政部的一位莫斯科觀察家指出，這種情況白廳在近幾年裡已經碰過不少：先是得到一份令人鼓舞的情報，後來不見動靜，甚至更糟的是，出現一場醜聞。

他錯了。到了第七個星期，艾勒林在同一天宣布得到三份巫術的新情報，都是蘇聯各部門之間的祕密通訊，不過內容各不相同。

根據拉孔作的摘要，巫術第二號情報是談經互會中的緊張關係，談到西方貿易對經互會較弱的會員國的腐化影響。用圓場的話來說，這是羅伊·博朗德工作範圍內的一個典型報告，牽涉的問題就是那個以匈牙利為基地的阿格拉瓦特諜報網多年來打聽不到的問題。外交部的一位客戶寫道，「從天而降的好資料，且有確鑿的旁證。」

巫術第三號情報講的是匈牙利修正主義和卡達在政界和學術界加緊肅清的情況：寫報告的人借用赫魯雪夫許久前新創的一句話說，要使匈牙利制止流言蜚語，最好的辦法就是再多殺幾個知識分子。這又是羅伊·博朗德的工作範圍。外交部那個評論員又說，「對於那些認為蘇聯對附庸國採取懷柔政策的人來說，這是個令人頭腦清醒的警告。」

這兩份情報基本上都是背景資料性質。而巫術第四號情報卻不然，它共有六十頁，一些客戶都認為獨一無二。這是一份蘇聯外交部針對和聲望下滑的美國總統進行談判的技術性利弊分析。總之，結論是，向美國總統丟一塊骨頭，讓他對選民有所交代，蘇聯可以在即將舉行的多彈頭核武談判中換得有價值的讓步。但是結論中指出，不宜讓美國明顯感覺到自己是輸家，因為這可能會使五角大廈採取報復性或先發制人的政策。這份情報是比爾．海頓的工作範圍。但是海頓自己在提給艾勒林的一份令人感動的備忘錄中也說，他搞蘇聯核武二十五年，從來沒有接觸過這麼好的資料。這份備忘錄沒得到海頓同意，就立即送呈大臣一份副本，載入內閣辦公室檔案。

他最後說，「除非我完全弄錯，否則，我們的美國同行也從沒接觸過。我知道現在為時尚早，但是我的確認為，任何人將此資料拿給華盛頓，都可以獲得重賞。的確，如果巫師能保持此標準，我敢預言，美國情報局中的任何貨色我們都能買到。」

於是派西．艾勒林有了他的文件閱覽室。喬治．史邁利在洗手台旁的舊煤氣爐上煮了一壺咖啡。煮到一半，煤氣就斷了，他一氣之下，把諾曼叫來換了五英鎊的硬幣。[17]

17 舊時英國煤氣爐使用前須先投幣。

17

史邁利讀著拉孔為數不多的紀錄，從那一次贊成派的首次會面情況，一直到現在，他的興趣越來越大。當時，互相猜疑在圓場頗為盛行，因此就連史邁利和老總也都噤口不提巫師來源的問題。艾勒林把巫術報告送來後，就在外面大辦公室等著，讓老媽媽們將報告送去給老總，他馬上簽名，以表示未加閱讀。艾勒林拿回報告，打開史邁利辦公室的門探頭打了一聲招呼，就砰砰下樓了。博朗德躲得遠遠的，甚至比爾．海頓輕快的光臨次數也越來越少，時間越來越短，後來就完全絕跡了，而這本來是頂樓生活的一部分，老總以前是會鼓勵他的高級助手們互相交談的。

「老總傻了，」海頓輕蔑地對史邁利說，「我敢說，他的命也不長了。問題不過是到底先傻還是先死而已。」

每週二的例會議不再舉行，史邁利發現老總老是來打擾他，不是叫他出國去執行一些目的不明的使命，就是要他以個人身分去視察國內幾處基地——薩勒特、布里克斯頓、阿克頓等等。他越來越感覺老總有意要把他打發掉。他們不說話則已，一說話他就覺得彼此之間有嚴重的猜疑情緒，因此，史邁利甚至真的開始認為，比爾說老總是否勝任現職的話可能確實有些道理。

從內閣辦公室的檔案可看出，此後三個月內，巫術計劃在沒有得到老總的幫助下穩定地開花結果。

每個月總會收到兩份、甚至三份報告，據客戶的意見，質量持續維持很高的水準，但很少提到老總的名字，甚至沒有請他發表意見。鑑定人員有時發表了一些吹毛求疵的意見，不過較常是他們抱怨無法找到旁證，因為巫師把他們帶到一些從未進入的領域，是否能請美國人鑑定一下呢？大臣的回答是不能。艾勒林則說，時機未到。他在一份任何人都沒見過的備忘錄裡說：「俟時機成熟，我們不只能用我們的資料交換他們的資料。我們的宗旨不是做一次買賣。我們的任務是要排除眾議，確立巫師情資價值。做到這點之後，海頓就可在情資市場兜售……」

對此已不再有任何疑問。在亞得里亞海工作組織機密的少數參與者之間，巫師已成為一匹必勝之馬。他的資料確鑿，這是其他情資來源事後常常證實的。於是成立了一個巫術委員會，由大臣親自擔任主席。艾勒林擔任副主席。巫師已成了一項生產事業，老總甚至沒有份兒。因此，他在絕望之餘派史邁利帶著叫化碗出去：「他們總共有三個人，再加上艾勒林，」他說，「喬治，對他們施什麼計策都行。拷打、利誘、威嚇，他們要吃什麼就給他們什麼。」

關於這些會面，檔案並無記載，因為這屬於史邁利最不願想起的一部分。他這時已經知道，老總的伙房裡沒有東西能滿足他們的食慾。

•

四月間，史邁利從葡萄牙回來。他去葡萄牙是為了掩飾一樁醜聞，回來後卻發現老總生活在圍城之中。地板上到處是檔案卷宗，窗戶裝了新鎖。他把茶壺保暖罩蓋在他的電話機上，又在天花板掛上一塊隔音板以防電子竊聽，這玩意兒像電扇一樣，可以不斷變化音域。史邁利不在的那三個星期，老總已遽然成了一個老頭子。

「告訴他們，他們是用偽鈔打通門路，」他頭也不抬，仍舊看著檔案說，「告訴他們什麼都行。我需要時間。」

「他們一共三個人，再加上艾勒林，」史邁利這時對自己重複了老總的這句話，他坐在少校的牌桌旁，研究著拉孔一張經過審查、可參與巫術機密的人員名單。今天共有六十八人領到出入證，可以進入亞得里亞海工作組的文件閱覽室。每個人像共產黨的黨員一樣，根據領證日期先後編了碼。老總死後，這份名單又打過一遍；其中沒有史邁利。但是名列前茅的仍是四個創始人：艾勒林、博朗德、艾斯特海斯和比爾．海頓。他們一共三個人，再加上艾勒林，當初老總這麼說過。

史邁利邊讀邊注意每一細節、每一推理、每一隱含的關係，他的腦袋裡突然出現一個完全不相干的景象：是他和安在康瓦爾懸崖上散步。那是老總死後不久的事，是他們夫婦倆長期撲朔迷離的婚姻史上，他記得的最艱困的時刻。他們站在海邊高岩上，大概是在拉莫那和普恩古諾之間的什麼地方。當時並非出遊的季節，他們到那裡，表面上是為了讓安呼吸海邊新鮮空氣，以治療她的咳嗽。他們沿著海邊小道走，各自想著心事：他心想，她是在想海頓，他則是在想老總，想吉姆．普里多和作證計劃，想他退休後留下的一團糟。他們兩人之間已無和諧可言。他們共處時已無平靜心情可言。對他們倆來說，彼此都成了謎，最尋常的談話也會扯到奇怪而無法控制的方向。在倫敦時，安的生活糜爛，誰對她有興趣，她就跟誰搞上手。他只知道她這麼做是為了埋葬一件令她傷心或讓她十分擔心的事；但是他不知道該如何跟她說話。

「如果死的是我，」她突然問，「而不是老總，那麼你對比爾有什麼想法？」

史邁利還在思考該如何回答時，她又加上一句：「有時候，我覺得我護衛了你對他的看法。這可能嗎？是我讓你們聚合在一起？這可能嗎？」

「可能，」他說，「是的，我想在某種意義上，我有點依賴比爾。」

「比爾在圓場仍舊舉足輕重嗎？」

「大概比他實際的價值還重要。」

「他還是會去華盛頓談判交易，把他們弄得暈頭轉向？」

「我想是吧。我聽說是這樣。」

「他現在的地位跟你以前的地位一樣重要嗎？」

「我想是吧。」

「我想是吧，」她重複著，「我想是吧，聽說是這樣。那麼他到底是不是更好一些？比你的成績好，比你的數學好？告訴我，請你告訴我。你一定要告訴我。」

她神態興奮，有些奇怪，她那雙因為海風而流淚、晶晶發亮的眼睛絕望地看著他，她抓住他的胳膊，像個孩子似地要他答覆。

「妳總是告訴我，男人不宜比較，」他尷尬地回答，「妳總是說，妳不相信這種比較。」

「告訴我！」

「好吧，我的答覆是『不』。他沒比我好。」

「那麼一樣好？」

「不。」

「要是沒有我杵在中間，你會怎麼看他？如果比爾不是我的表兄，不是我的什麼人，告訴我，你對他會看得更重、還是更輕一些？」

「更輕一些，我想。」

「那麼，從現在起，就把他看得更輕一些吧。我把他從家庭、生活，一切的一切中都拋開了。就在此時此地。我把他扔進大海了。喏。你明白嗎？」

他只明白：回到圓場，去完成你的工作。同樣的話，她可以用十多種方式來說，而這不過是其中之一。

史邁利仍舊因為這段出乎意料的回憶而感到不安，他馬上起身走到窗邊，他心緒不定時總會到窗邊張望。有六、七隻的一列海鷗停在女兒牆上。一定是因為聽見牠們的叫聲，他才會想起那次拉莫那海邊的散步。

「我有話說不出口才咳嗽。」安有次這麼對他說。當時，她有什麼話說不出口？他不快地朝著對街房頂煙囪問。康妮說得出口，馬丁台爾說得出口，為什麼安說不出口？

「他們一共有三個人，再加上艾勒林，」史邁利大聲地自言自語。海鷗一下子全飛走了，好像找到一個更好的地方似地。「對他們說，他們是用偽鈔打通門路。」若是銀行接受偽鈔呢？要是專家宣布是真鈔，而且比爾還把它捧上了天呢？而且因為內閣辦公室的檔案裡盡是讚揚劍橋圓場裡嶄新一輩的人才，他們扭轉了霉運，那又如何？

他先挑出托比．艾斯特海斯，因為托比是靠史邁利起家的。史邁利在維也納招募他時，托比還是個窮大學生，住在他已故的叔叔曾任館長的一個博物館廢墟裡。史邁利開車巡赴阿克頓，直搗托比的洗衣店虎穴，站在他的核桃木辦公桌前面，桌上有一排象牙色的電話機。掛在牆上是一幅跪著的賢人，是義大利十七世紀的作品，是真是贗，頗可懷疑。窗外是個院子，停滿了汽車、卡車、摩托車，還有一些休息娛樂室，點路燈的下班後就在這裡消磨時間。史邁利先問托比的家庭情況，知道有個兒子上了西敏寺公學，一個女兒上了醫學院一年級。接著他向托比提出，點路燈的有兩個月沒填工作單了，他見托比支吾搪塞，便直接問他，他手下最近是不是在幹什麼特殊任務，不管是在國內還是國外，而托比因為保密原因，不能在報告中說明？

「喬治，我會幫誰做？」托比瞪著眼睛說，「你知道，照我看來，那是完全不合法的。」這句話──照托比看來──有一種滑稽的味道。

「我倒覺得你會幫派西．艾勒林，」史邁利提示說，提供一個藉口給他，「畢竟，要是派西命令你去幹一件事，又不許你記錄，你也沒辦法。」

「不過，喬治，我倒是要問，會是什麼樣的事？」

「審查一個外國信箱，準備一個安全聯絡網站，監視某個人，竊聽一個大使館。派西畢竟是對外活動的總指揮。你很可能會以為他是根據五樓的指示在辦事。我認為這樣的事說得通。」

托比小心地看了史邁利一眼。他手裡捏著菸，但是點燃後卻一口也沒吸。這菸是手捲的，從一只銀盒中取出，點燃後卻一直沒再送近他嘴邊。托比把菸擺來擺去，有時在前，有時在旁，有時要送到嘴邊，結果卻都沒有。這時他開口了；這是托比的一次個人表態，說明他在這一生中這個特定時刻的處境。

托比說，他喜歡諜報處，他想留在處裡，他對那裡有感情。他也有其他興趣，這些興趣隨時隨地可以讓他全心全意投入，但他最喜歡的還是諜報處裡的工作。他說，他有意見的是升官問題。並非他不知足。他想升官，主要是社會地位的考量。

「你知道，喬治，我的資格比別人老了好幾年，可是這些年輕人卻要我聽他們的命令，我真的有點難為情。你明白我的意思嗎？甚至阿克頓那邊也是這樣，他們一聽到阿克頓這名字就覺得可笑。」

「哦，」史邁利和氣地說，「這些年輕人是誰？」

但是托比已經毫無興趣，表白完，他的臉上又恢復一貫沒有表情的樣子，如同玩偶般的眼睛出神地發呆。「你是說羅伊．博朗德嗎？」史邁利問，「還是派西？派西年輕嗎？到底是誰，托比？」

沒有用。托比後悔剛才說出口的話。「喬治，你該升官時沒升官，工作累得要死，這種情況下，不論是誰，級別比你高就顯得年輕。」

「也許老總可以升你幾級。」史邁利提示說，但他不想擔任這個角色。

托比的回答使他感到一陣心寒。「事實上，喬治，你也明白，我十分懷疑老總如今是不是還有這種能力。我這裡有些東西要送給安，」──他拉開抽屜──「聽說你要來，我就打給幾個朋友，問他們有沒有什麼漂亮東西可以送給一個完美無缺的太太。你知道我自從有回在比爾．海頓的雞尾酒會上見過她之後，就沒有忘記她。」

於是史邁利就帶著安慰獎回來了──一瓶名貴的香水，他猜想是托比手下點路燈的從國外走私回來的──他又帶著叫化碗去見博朗德，心裡明白這樣他又更接近海頓一步了。

•

史邁利回到少校的那張牌桌邊，翻查拉孔的檔案，最後找到薄薄的一份，上面標著《巫術計劃．直接補助》，記的是自從有了巫師情資來源以後的最早開支。艾勒林在另一份給大臣的個人備忘錄──這一份的日期已經快要兩年──中說，「為了保密起見，建議將巫術財務情況與圓場其他開支完全分開。在未找到合適掩護之前，請您從財政部所撥經費中直接設置專款，不要作為祕密工作撥款的追加費，因為後者必然會計入圓場帳目。專款帳目一概由我個人向您申報。」

「所請照准，」一星期後大臣批示道，「只要能按規定……」

但字下面並沒有但書。瞄了一眼第一行的數字，史邁利就知道了他想知道的一切：到該年五月，也就是他在阿克頓見了托比那時，托比拿巫術的預算款項已親自出國不下八次之多。兩次去巴黎，兩次去海牙，一次去赫爾辛基，三次去柏林。每次旅行目的都簡單地說是「取貨」。從五月到十一月老總下台時，他又去了十九次。有一次去索非亞，還有一次去伊斯坦堡，每次都不超過三天以上，大多數是在周末去的。有好幾次，還有博朗德隨行。

坦白說，托比．艾斯特海斯硬是睜著眼睛說瞎話，史邁利從來沒料到他會這樣。從紀錄中找到資料證實了自己的印象，反而讓他感到很踏實。

史邁利在那段時間對羅伊．博朗德的看法則頗為矛盾。回想起來，他覺得現在仍是這樣。博朗德是一個大學教師發掘的，由史邁利去把他招募進來。這和當初他自己被圓場吸收的情況頗為相似。但是這次沒有德國妖魔可用來煽動愛國情緒，而史邁利對於反共表白總是感到有些尷尬。跟史邁利一樣，博朗德沒有真正的童年生活。他的父親是個碼頭工人，一個熱情的工會成員加共產黨員。博朗德年幼喪母。他的父親仇視教育一如仇視威權，博朗德懂事之後，做父親的不知怎麼地認為兒子已被統治階級爭取過去，於是把他打得死去活來。博朗德爭取上了普通中學，暑假裡就像托比所說的一樣，累得要命地賺些外快。史邁利在牛津大學老師的家裡遇到他時，他就是一副像是剛剛跋山涉水回來的疲憊樣子。

史邁利看上他以後，過了好幾個月才慢慢轉入正題，博朗德很爽快地接受了，史邁利猜想是出於他對父親的仇視。在這之後，博朗德就不再由史邁利經管了。他靠一些來歷不明的各種補助金，在馬克思紀念圖書館孜孜努力，寫了一些左傾文章寄給一些如果沒有圓場津貼就早已夭折的小刊物。晚上他在菸霧瀰漫的酒店裡，或者學校會議廳裡跟人家爭辯得面紅耳赤。假期裡，他到育成所去，那兒有個名叫撒切的狂熱份子辦了一個外派滲透間諜訓練班，一次只收一個學生。撒切一邊訓練他的間諜技能，一邊小心地將博朗德的改革觀點轉向他父親的馬克思主義者陣營。整整三年後，一半靠他的無產階級出身，一半靠他父親在國王路[18]的影響，他終於爭取到在波茲南大學擔任經濟學講師一年的職位。

他從波蘭又申請到布達佩斯科學院的工作，此後八年他就過著游牧生活，身為一個尋找光明的左傾小知識分子，他各處受到歡迎，卻從來沒有得到信任。他在布拉格待了一陣子，又回到波蘭，再到索非亞待了兩個學期，又到基輔待了六個學期，終於精神崩潰，這已是幾個月內第二次發病了。育成所又把他叫了回去，這次是要拷問他。審查結果認為他是乾淨的，於是把他的諜報網移交給別的外勤人員，他本人則是到圓場辦公室指揮他當初在外建立的諜報網。史邁利覺得博朗德最近已成了海頓的密友。史邁利有時去找羅伊閒聊，往往會見到比爾躺在他的小沙發上，周圍盡是文件、圖表、菸霧；他如果去找比爾，則也不出所料，會見到博朗德穿著一件濕透的襯衫，在地毯上來回踱步。比爾負責俄國，博朗德負責附庸國；但是在巫術計劃的早期，這份工作幾乎已經消失。

他們在聖約翰森林的一家酒店裡見面，時間仍在五月。那天天氣陰沉，下午五點半，花園裡仍空無一人。羅伊帶了一個孩子過來，是個五、六歲的男孩，一個小博朗德，淡髮、粗壯、紅通通的臉。他沒有解釋為什麼帶孩子來，但是他們說話時，他往往停下來閉口不言，看著他坐在遠處凳子上吃著堅果的孩子。不管有沒有精神崩潰，博朗德身上仍有撒切派到敵營裡的特務應有的標記：自信、主動、具有群眾吸引力，還有其他一些令人不自在的形容詞，在冷戰高潮期間，這些形容詞把育成所變成了像是個道德種整運動的中心。

「你打算跟我做什麼交易？」博朗德和氣地問。

「沒有什麼交易，羅伊。老總覺得目前情況不佳。他不喜歡你搞到陰謀集團裡去。我也是這樣。」

「很好。那麼跟我做什麼交易呢？」

「你要什麼？」

桌上有午餐時段留下的一套調味罐，中間一格有一綑紙包的牙籤，被剛才下的雨打濕了。博朗德取了一根，剝去紙套，扔在草地上，開始用粗的一頭剔他的大牙。

「從祕密經費裡撥五千鎊來給我如何？」

「外加一幢房子，一輛車？」史邁利把它當作開玩笑。

「還有送孩子進伊頓讀書。」博朗德又補充一句，朝著水泥地那邊的孩子眨一眨眼，一邊仍剔著牙齒。「你瞧，喬治，我已經付出了代價。這你很明白。我不知道到手的是什麼，但是我已經付出極大的代價。我要撈一些回來。為了爬到五樓，我耐心等了十年，不管什麼年紀，這都值一大筆錢。甚至你的年紀也是這樣。儘管如此，我還是跌了下來，總有個原因，不過我已經記不清楚是什麼了。一定是因為你的魅力。」

史邁利的酒杯還沒有空，因此博朗德又到酒吧那兒去為自己拿一杯，還有替孩子拿點吃的。

「你是個受過教育的豬玀，」他坐下時信口說道，「一個藝術家能同時抱持兩種截然相反的觀點而照舊工作不誤，這話是誰想出來的？」

「史考特．費茲傑羅？」史邁利回答，覺得博朗德就要說到比爾．海頓頭上來了。

18 倫敦的左翼勢力集中區。

「是啊，費茲傑羅懂得一些東西，」博朗德肯定道。他喝酒時，有些外凸的眼睛斜著往籬笆那邊看，彷彿是在找人。「我肯定自己還是有用的，喬治。作為一個社會主義者，我可以撈錢。做為資本主義者，我不放棄搞革命，因為如果你不能打敗它，那就偵查它。你別那麼看我，喬治。這不過是現今遊戲的名稱罷了：你不使我良心不安，我就為你開車，對不對？」他在說話時已舉起手來。「馬上就來！」他對草地那頭喊道，「幫我準備一個！」

鐵絲籬笆那邊有兩個小姐在徘徊。

「這是比爾的笑話嗎？」史邁利突然很生氣地問。

「什麼？」

「這是比爾說的英國社會一味追求物質享受、優裕生活的笑話嗎？」

「可能是，」博朗德一口氣把酒喝完，「你不喜歡嗎？」

「不。不怎麼喜歡。以前我從來不知道比爾是個激進的改革派，他怎麼一下子變了？」

「那談不上激進，」博朗德反駁道。對於貶低他的社會主義和貶低海頓的話，他都不高興。「不過是朝窗外瞧一瞧。那就是現在的英國，老兄。誰都不要這樣的英國，對吧？」

「那麼你有何打算，」史邁利問，聽到自己也用那種冠冕堂皇的話，他感到很不自在，「摧毀西方社會中那種貪得無厭、互相競爭的本能，而又不至於毀壞……」

博朗德已經喝完酒；會面結束了。「你操這份心幹什麼？你弄到了比爾的職位。你還想要什麼？只要能保持這個職位就好了呀。」

比爾卻搞到我的妻子，史邁利心裡這麼想，博朗德這時已起身要走了；真他媽的，他已經告訴你了。

那個孩子自己想出一個遊戲玩法。他把桌子斜放，把一只空瓶子放在桌上，看著它滾落地上。每次他都把空瓶放在桌面最高處。史邁利在空瓶還沒砸碎前就走了。

•

不像艾斯特海斯，博朗德連謊話也懶得扯。拉孔的檔案並不隱瞞他和巫術計劃的關係：艾勒林在老總離職後不久的一份備忘錄裡寫道：「巫師來源完全是一種委員會性質的任務……老實說，我很難說我的三個助手哪個功勞最大。博朗德的過人精力對我們大家都是一種鼓舞……」他這話是答覆大臣的建議：巫術的負責人應列入新年時的授勛名單。他又說：「而海頓的活動手腕有時也不遜於巫師本人。」三個人都得到了勛章；艾勒林的處長任命也獲得批准，還有他夢寐以求的爵士勛位。

18

剩下來的就只有比爾了，史邁利這麼想。

倫敦大多數的夜裡，只有短短一段時間是萬籟無聲。十分鐘、二十分鐘、三十分鐘，有時甚至一小時，聽不到醉漢的呻吟、孩子的哭叫、汽車緊急煞車時車胎擦地的聲音。在蘇塞克斯花園，這段時間是在午夜三點左右之後。但是那天夜裡卻提前到一點鐘，史邁利那時又站在斜窗口，像個囚犯似地往下面看著波普·格拉漢太太的一片沙石地，那裡剛停著一輛貝德福牌旅行車。車頂上貼有許多標語：雪梨九十天，「直抵雅典」，「瑪麗·勞我們到了」。車裡有燈光，他猜想大概是有什麼年輕人在那裡尋歡。孩子，他應該叫他們。車窗有窗簾掩住。

他心想，現在留給我的只有比爾了，他仍呆呆地看著旅行車的窗簾和車頂上醒目的環遊世界的吹噓。現在留給我的只有比爾了，我們曾在貝瓦特街有過一次融洽的交談，只有我們兩個，兩個老朋友，兩個老戰友，「不分彼此」，就像馬丁台爾那麼優雅地說的一樣，不過那天晚上安被打發走，這樣兩個男人可以推心置腹地談一談。他心裡重複說，現在留給我的就只有比爾了。他覺得血往上湧，眼前金星直冒，自制力開始急遽減退。

他到底是誰？史邁利覺得不認識他了。每次想到他，總是把他的形象想得太大，而且每次不同。在安和他勾搭上之前，他以為自己很了解比爾：了解他的優缺點。他屬於戰前那一類人，現在似乎已永遠消失了，他能夠同時做到既聲名狼藉，又品格高尚。他父親是高等法院法官，他幾個美麗的姊妹中有兩個和貴族結婚。他在牛津時支持不吃香的右派，而非吃香的左派，但是從來沒有和這些人關係緊張。他從十幾歲開始就是個熱心的探險家，還是膽大心細的業餘畫家，好幾張油畫至今仍掛在邁爾斯·塞康比在卡爾登花園的庸俗大宅裡。他在中東一帶的各個大使館和領事館都有熟人，而且肆無忌憚地利用他們。他學起冷僻的外語十分輕鬆，三九年大戰一爆發，圓場就找到了他，他們注意他已經多年了。他在戰時的表現令人眼花撩亂，他無處不在，魅力十足，作風不落俗套，有時甚至荒誕不經。他可以說頗有英雄氣慨，將他比做勞倫斯也是必然。

史邁利心裡承認，比爾的確接觸過歷史上的一些重大事件，提出過各種宏偉的計劃，要恢復英國的影響力和偉大——像魯伯特·布魯克[19]一樣，他很少談起大不列顛。但是史邁利即使在偶爾客觀時，也記不得他有什麼計劃獲得實行。

相較之下，他認為，做為同事，還比較容易去尊重海頓性格的另一面：天生間諜頭子的耐心和手腕，對付雙面間諜時少有的穩重，策畫騙局的能力，以及他的討人喜歡、甚至討人愛慕的藝術，然而這有時是對不起朋友的。

謝謝你，我的妻子就是明證。

19 英國浪漫派詩人。

為了不失公允，他仍絕望地想著，也許比爾真的無法以常規來衡量。現在，他在腦海裡把他放在博朗德、艾斯特海斯，甚至艾勒林旁邊，真覺得海頓是個原創之作，其他人不過都是帶有或大或小缺陷的仿品。他們對比爾的愛戴，就像想達到無法企及的完人理想而做的努力，即使這個理想本身就不對，即使比爾完全不配。博朗德粗魯無禮，艾斯特海斯冒充英國腔，艾勒林領導才能平庸，沒有比爾，他們只是一盤散沙。史邁利也知道，或者自以為知道——他現在想到這一點，彷彿是個小小的啟示——比爾本人也是微不足道的，欽佩他的人，博朗德、普里多、艾勒林、艾斯特海斯以及其他擁護者，或許認為他十全十美，但比爾真正的訣竅是利用他們，透過他們來讓自己臻於完美。從他們消極被動的個性中這裡取一角，那裡拿一塊，這樣就掩蓋了他骨子裡其實根本遠不及表面那樣傑出……最後再把這種依賴淹沒在藝術家的高傲下，稱他們是他思想的產物……

「夠了，夠了。」史邁利大聲道。

他突然停下這樣的分析，惱火地把關於比爾的另一個看法丟在一邊，開始回想上次和他見面的情況，讓自己過熱的頭腦冷卻一下。

•

「我猜你大概是要向我打聽巫師的事，」比爾一開始就說道。他的表情倦怠，但神經緊張；這是他該去華盛頓的時候。要是在從前，他會帶一個不相配的小姐來，叫她到樓上去陪安，他們可以坐下來談正經事；史邁利不客氣地想，好讓安對他帶來的女伴吹噓他的才華。這些女人都是一個樣，年紀僅他的一半，邋遢的藝術學校學生，死纏不放，性情怪戾。安常說他大概有個專為他拉皮條的。有一次為了讓人吃驚，他帶來了一個叫斯丹奇的討厭青年，是契爾西區一家酒吧的侍者助手，襯衫領子敞開，胸口掛著一條金鍊子。

「他們的確說報告是你寫的。」史邁利解釋道。

「我還以為這是博朗德的事。」比爾狡猾地笑道。

「是羅伊翻譯的，」史邁利說，「隨附的報告是你擬的；是以你的打字機打的。這資料不會交由打字員打字。」

比爾小心地聽著，抬起眉毛，好像隨時都會提出反對意見或是比較不傷和氣的話題，但是他接著從小沙發上起身，走到書櫃旁，他站在那裡就比史邁利高出足足一層書架。他用他的纖長手指找出一本書，打開來看，臉上仍露著笑容。

「派西．艾勒林不肯說，」他打開一頁，「這是不是個前提？」

「是的。」

「這就是說巫師也不肯說。要是巫師是我的來源，他就會說了，是不是？要是我比爾去找老總說，他釣到了大魚，要自己一個人單幹，結果會怎樣？老總會說，『比爾老弟，你真聰明，你愛怎麼幹就怎麼幹吧，因為你行。來吧，喝杯茶。』那麼現在他就會給我一枚勳章，而不是派你到處打聽了。我們過去一向是很講氣派的，現在怎麼如此庸俗低級？」

「他認為派西不擇手段一心追求名利。」史邁利說。

「這有什麼不對？我也是這樣。我想當頭頭。你知道嗎？我也該搞出點名堂了，喬治。半個畫家，半個間諜，結果什麼也不是。個人的抱負在我們的單位從什麼時候開始竟成了有罪的事？」

「比爾，是誰在指揮他？」

「派西？當然是卡拉，還會有誰？一個小蘿蔔頭居然搞到高級情報來源，那一定來路不正。派西被卡拉收買了，這是唯一的解釋，」他早就學會一種刻意誤會的手法，「派西是咱們家裡的地鼠，」他說。

「我是說，是誰在指揮巫師？誰是巫師？這究竟是怎麼回事？」

海頓離開書櫃，周遊全室，瀏覽史邁利的畫。「這是卡洛特的畫，是嗎？」他取下一幅裱了鍍金畫框的小油畫，在燈光下細看。「很不錯。」他抬了一下眼鏡，好看得清楚些。史邁利心想，他以前早就看過十幾次了。「的確很不錯。有人不是有意排擠我嗎？你知道，按理是由我負責俄國這個目標。我獻出了我一生最好的年華，建起諜報網，找到物色人才的能手，添置一切現代化裝備。你們五樓的人早忘了實地指揮諜報活動是什麼滋味：花了三天工夫才能發出一封信，結果甚至連封回信都沒有。」

史邁利心裡老老實實地想：是的，我忘掉了。是的，我也有同感。不，我的腦海裡沒想到安。我們畢竟是同事，都是見過世面的人，我們在這裡是要談談巫師和老總。

「現在卻來了派西這個暴發戶，蘇格蘭小商人，毫無氣派，卸了一車俄國貨。真叫人討厭，你說是不是？」

「很討厭。」

「問題是，我的諜報網不太好。其實偵查派西要容易得多——」海頓中斷自己的話，厭倦了這個話題。他的注意力被范．麥里斯[20]的一尊小小石膏頭像吸引過去。「我很喜歡這一個，」他說。

「是安送我的。」

「為了贖罪？」

「大概是。」

「那罪一定不小。送你多久了？」

即使現在，史邁利也記得當時他注意到街上是多麼安靜。那是週二？還是週三？而且他還記得他當時心想，「不，比爾。為了你，我到現在還沒得到過安慰獎。到今晚為止，你甚至不值一雙臥室拖鞋。」這是他心裡想的，不過沒有說出口。

「老總還沒死嗎？」海頓問。

「就是忙。」

「他一天到晚在忙什麼？他像個得了淋病的隱士，在樓上那個洞窟裡一個人在瞎搞。他讀那些亂七八糟的檔案是為了什麼？我敢說，他大概是在懷戀他那個根本不值得懷戀的經歷。他滿面病容，我想也是因為巫師的緣故？」

20 荷蘭畫家。

一樣，史邁利沒說什麼。

「他為什麼不跟廚師一起吃飯？為什麼不跟我們在一起，而是自己在上面挖亂七八糟的東西吃？他有什麼目的？」

「我不知道他有什麼目的。」史邁利說。

「拜託，別裝模作樣了。他當然有目的。我在上面也有個線民，一個老媽媽，你不知道嗎？給她一塊巧克力，她就什麼都告訴我。老總在研究圓場昔日英雄的人事檔案，看看有沒有沒醜聞，誰是左傾，誰好男色。這些人裡已有一半都已經入土了。研究我們所有失敗的事，你想得到嗎？但是為什麼？只因為我們成功幹了一件事。他瘋了，喬治。他得了老年恐慌症，我這話沒錯。安有沒有跟你說過弗萊舅舅的事？他認為僕人全在玫瑰花裡安裝竊聽器，想知道他把錢藏在哪裡。離開他吧，喬治。跟著就快要死的人沒有意思。趕快切斷關係，下樓來，跟大夥兒在一起。」

安還沒回來，因此他們一起到國王路上找計程車，比爾邊走邊談著他最近對政治的見解，史邁利一口「是的，比爾」，一口「不對，比爾」敷衍著，心裡在想不知怎麼向老總報告才好。他現在已記不得比爾當時持的是何種見解了。在前一年，比爾是鷹派。他主張撤換歐洲所有的常規部隊，以核武取代。他幾乎是白廳裡唯一主張英國要維持獨立的威懾力量的人。今年——如果史邁利沒有記錯——比爾卻積極主張非戰，鼓吹採用瑞典的解決辦法。

沒找到計程車，夜晚空氣很好，他們像兩個老朋友一樣繼續逛著。

「還有，如果你想出讓那個麥里斯頭像，請告訴我好嗎？我會出個好價錢。」

史邁利以為比爾又在開一個笨拙的玩笑，他一口回絕，終於要生氣了。但是海頓根本沒有意識到史邁利在乎的。他望著街道那頭，看到一輛計程車駛來，連忙舉起他長長的胳膊。

「哦，天呀，你瞧車裡，」他惱火地叫道，「全是要到奎格酒店的猶太人。」

「比爾的屁股一定像一個鐵格架，」隔天，老總自言自語地說，「他是牆頭草。」他失神的眼光看了史邁利一會兒，像是要穿過他、看到另外一個沒那麼有血肉的東西，接著就定了定神，低頭繼續看他的文件。「幸好他不是我的表兄。」他說。

下一個星期一，老媽媽們有令人吃驚的消息要告訴史邁利。老總飛到貝爾法斯特和軍方會談了。史邁利後來核對了出差預支條，發現這是個謊言。那個月裡圓場裡沒有人飛往貝爾法斯特，卻有一張維也納來回的頭等機票報銷單據，簽發的主管名字是G．史邁利。

海頓也在找老總，他很不高興。「現在又是怎麼回事？把愛爾蘭也扯了進來，大概是要造成組織分化吧。天呀，你的頭頭真沒藥救了！」

•

汽車裡的燈光熄了，但史邁利仍看著它花花綠綠的車頂。他心想，他們是怎樣生活的？他們的水從哪裡來，錢呢？他無法想像要在蘇塞克斯花園過隱居生活的後勤工作：供水、排水、電燈。安能想出辦法；比爾也能。

事實。事實是什麼？

事實是，在巫術計劃之前一個和煦的夏晚，我突然從柏林返家，發現比爾躺在我貝瓦特家中的客廳地板上，安正在電唱機上播著一張李斯特的唱片。她坐在屋子另一頭，身上只穿一件晨袍，沒有化妝。沒有發生難堪的場面，大家都竭力裝得自然。據比爾說，他從機場剛好路過，他剛從華盛頓回來。安當時在床上，但一定要起來見他。我們大家都說，真遺憾，早知道就從希思羅機場一起叫輛計程車回來。比爾離開後，我問「他要幹什麼？」安說「要找個人聽他訴苦。」她說，比爾碰上桃色糾紛，想找個人談談心裡話。

「華盛頓有個費麗希蒂，想為他生個孩子，倫敦有個琴，肚子裡有了。」

「比爾的嗎？」

「天曉得。我想至少比爾不曉得。」

隔天上午，史邁利無意間發現比爾回到倫敦已有兩天，不是一天。這件事之後，比爾對史邁利異常尊敬，史邁利也禮尚往來，如此態度一般是屬於新朋友之間的。史邁利不久就發現祕密已經公開，但他還是不解這件事情為何傳播得如此之快。他想，大概是比爾向誰吹了牛皮，或許是博朗德。如果這是個確鑿的消息，那麼安就違反了她自己的三條規則。比爾是圓場的人，又是同窩——這是安的說法，指的是家人和親戚。不論從哪一點來說，他都不合條件。第三，她在貝瓦特街見他，這未免太沒有顧忌了。

史邁利又一次退回到自己的獨身生活中，等待安有所表示。他搬進客房，晚上總是排滿行程，免得自己知道她的進出。他慢慢發現到她很不快樂。她的體重減輕，性情懶散起來，要不是他很了解安，他一定以為她是因為內疚，甚至自嫌。他對她態度溫和，但她拒他於千里之外，她對耶誕節採購不感興趣，咳嗽咳得厲害，他知道這是她內心感到痛苦的症狀。要不是因為作證計劃，他們早就到康瓦爾了。但事實是，他們不得不延到一月才走，那時老總已經死了，史邁利失業，情況大變，讓他覺得屈辱的是，安為了掩蓋海頓這張牌，又從一疊牌裡盡量抽了好幾張。

那麼究竟發生什麼事？她與他斷絕了關係？還是海頓與她斷絕了關係？為什麼她從來不提此事？這麼多的情人裡，這一次的難道有什麼特別之處？他實在想不通，只好不去想。比爾．海頓的臉就像柴郡的貓[21]，他一走近就往後退縮，消失了，只留下笑容。但是他心裡明白，比爾狠狠傷了她的心，千不該萬不該，這最不該。

21　《愛麗絲夢遊仙境》當中的那隻貓，臉上總著咧嘴笑容。

19

史邁利嘆了一口氣，回到那張不太可愛的牌桌前，繼續閱讀在他被迫退休之後、關於巫師進展的報告。他立刻注意到，派西·艾勒林的新體制很快就在巫師的生活作風上，產生了好幾個有利的變化。這好像是一個人開始成熟，安定了下來。深夜趕到歐陸各國首都的車停止了，諜報源源而來，比以前正常、穩定。當然，也有頭痛的事，巫師繼續要錢，但從不威脅，由於英鎊不斷貶值，大筆大筆的外匯付款讓財政部傷透腦筋。有次，甚至有人提出——不過沒堅持——「既然巫師自己選中我們，他應該有心理準備，要負擔部分我國經濟衰退的後果」。海頓跟博朗德顯然發了脾氣，因為艾勒林以少有的坦率態度向大臣寫道，「我沒有臉再向我的下屬提起這件事」。

一台新的照相機也引起了一場爭吵，這台相機是技術組花了不少錢卸成管狀組件，再裝進一盞蘇俄落地燈座裡。這盞落地燈以外交包裹箱偷運到莫斯科，這又引起不少抱怨，不過這次抱怨來自外交部。接著的問題是交貨。不能把巫師的身分告訴常駐站長，他們也不知落地燈裡的內容。這座落地燈很笨重，放不進常駐站長的座車後車廂。經過幾次瞎摸瞎撞後，終於不太俐落地交了貨，但是相機不靈，結果還引起圓場和常駐站長的不和。後來由艾斯特海斯把一台型號不太複雜的相機帶到赫爾辛基，交給了——據艾勒林致大臣的備忘錄——一個可靠的中間人，他進出邊境可以不受檢查。

史邁利突然一震，坐了起來。艾勒林在今年二月二十七日的一份備忘錄裡向大臣說，「我們談過。你同意向財政部就巫術預算提出一份追加估列，在倫敦購置一幢房子。」

他讀過一遍後，又慢慢讀了第二遍。財政部批准了房屋購置費六萬英鎊，家具和裝修費一萬英鎊。為了降低開支，財政部要讓部裡自己的律師來處理購房事宜。但是艾勒林不肯透露地址，也為了降低開支，對房契由誰保有的問題發生一場爭論。這次財政部不肯讓步，部裡的律師擬妥了文件，如果艾勒林去世或破產，就可以把房屋收回。但是他仍將地址保密，為了在國外進行活動卻購置這幢昂貴的房子，究竟是什麼原因，他也祕而不宣。

史邁利竭力想找尋解釋。他很快就發現，財務檔案十分嚴密，沒有提出什麼解釋。檔案裡只有一次隱約提到倫敦的房子，是在房地價稅率加倍時。大臣致艾勒林：「倫敦方面仍屬需要？」艾勒林致大臣：「顯然如此。較以往過之無不及。自從上次談話後，知者範圍並未擴大。」知道什麼？

等到他回過頭來再研究那份估算巫術情資成果的檔案時，他才得到解答。那幢房子是在三月底付款的。馬上有人搬了進去。從那一天起，巫師開始有了個性，這是在客戶的評語中出現的。到現在為止，從史邁利懷疑的目光看來，巫師不過是個機器：手段高明，無懈可擊，能夠接觸機要，令人覺得神祕，沒有大多數情報員那樣重的負擔。現在他忽然也有脾氣了。

「我們向巫師提出你關於克里姆林宮目前對俄國剩餘石油出售給美國的看法的疑問。我們應你的要求向他提出，這與他上個月的報告相矛盾，當時他說克里姆林宮目前正在拉攏田中政府，商談在日本市場出售西伯利亞石油。巫師認為這兩個報告並無矛盾之處，拒絕預測最後可能選定哪個市場。」

白廳對於自己的莽撞表示遺憾。

「對於喬治亞民族主義情緒和比利斯騷亂的報告，巫師沒有什麼可補充的。他本人不是喬治亞人，因此對此採取傳統的俄國觀點，認為所有喬治亞人都是小偷、流氓，應該丟進監獄……」

白廳同意不再提此事。

巫師越來越近了。是因為購置了倫敦的房子才讓史邁利有了他就近在身旁的感覺？巫師好像突然從遠方莫斯科的隆冬移過身來，就在這亂七八糟的房間裡，坐在他前面，好像就在窗外，站在街上，在大雨中佇候著，但是他知道，這時只有孟德爾在那裡給他把風。突然之間，巫師不但會說話，會回答問題，還會自動提出意見；他有時間和你碰頭。在倫敦這裡碰頭？在一幢耗資六萬英鎊的房子裡招待他吃飯，聽他彙報，而他卻目中無人，開喬治亞人的玩笑？在原本參與巫術計劃機密的一些人中間，又出現了一小群知道的人，這些少數人又是誰？

這時有個意想不到的人物上台了，一個名叫 JPR 的人，他是新請來加入白廳的巫術鑑定班子的。史邁利參考了名單，確定他名叫李博爾，外交部研究司人員。李博爾表示他感到迷惑不解。

李博爾致亞得里亞海工作組：「敬請注意日期上的明顯差錯。巫術第一〇四號報告（蘇、法談判聯合製造飛機問題）日期為四月二十一日。根據所附的備忘錄，巫師是在談判雙方同意祕密交換照會後那天，從馬爾科夫將軍那裡直接獲此情報的。但據我駐巴黎使館資料，四月二十一日那天，馬爾科夫仍在巴黎，而根據第一〇九號報告，巫師本人那天卻在列寧格勒郊外參觀一個導彈研究中心……」

這份備忘錄列舉的如此「差錯」至少有四項，這說明了巫師不愧是個巫師，竟還會分身術。

李博爾得到的結果是叫他別多管閒事。但艾勒林在另外一份致大臣的備忘錄中承認有此差錯，這讓人對巫術計劃的性質有了全新的看法。

「極機密。我們談了話。你已了解巫師不是一個來源，而是好幾個來源。我們為了保密，已盡量不讓你的讀者了解這事實，但單就資料數量之多這一點而言，要再繼續維持此一虛構已越來越困難。現在是否可以公開此事，至少在人數有限的範圍內？同樣也不妨礙告知財政部，巫師每月一萬瑞士法郎的薪水和同額的活動費不算過多，因為此款需要再分給許多人。」

但是這個備忘錄在結束時的口氣就不大客氣了：「儘管如此，即使我們同意消息公開，我仍認為倫敦房子及其用途絕不能讓不必要的人知道。一旦巫師不止一人的這個事實為閱者所知，在倫敦的活動就加倍困難了。」

史邁利感覺自己完全墜入五里霧中，他將這份備忘錄又多讀了好幾遍。接著，像是忽然有了一個念頭似的，他抬起頭，一臉困惑。他專心致志想著事情，因此房裡的電話鈴響了好幾聲他才聽到。他拿起話筒時，看了一下錶，下午六點，他才看了一個小時的文件。

「巴拉克勞夫先生？我是財務部門的洛夫豪斯。」

這是彼得．貴蘭姆用約定的暗號要求緊急碰頭，他的聲音顫抖。

20

圓場的檔案室是無法從大門進入的。檔案都放在大樓後面許多陰暗的房裡和小樓梯旁，有些就像舊書店在那裡擺了書攤，而不像一個大機關有組織的部門。入口在查令十字路一家畫框店和一家二十四小時營業、但圓場職員不許光顧的餐廳裡的一小道門。門上招牌寫著「城鄉語言學校，非教職員勿入」。另一塊招牌是「C&L經銷公司」。要進去得按一下門鈴，會有一個有點娘娘腔的海軍陸戰隊士兵阿爾溫來開門。他說話只有一個話題：週末。週三前，他說的是上週末，過了星期三，他說的便是即將到來的週末。今天早上是星期二，他的心情很不好。

「你說，這場暴風雨有多厲害？」他把簽名簿推過櫃台讓貴蘭姆簽名時問道，「還不如住在燈塔裡。刮了整整兩天，星期六和星期天。我對我朋友說：『我們住的地方是倫敦中心，但你聽聽這風聲。』要我替你看管這個嗎？」

「你應該到我住的地方去，」貴蘭姆把棕色帆布袋交進阿爾溫伸出的手裡，「你說聽聽風聲。在我那兒，你根本連站都站不住。」

別太討好他。他心裡這麼對自己說。

「不過我還是喜歡鄉下，」阿爾溫說出他的心裡話，邊把帆布袋放進櫃台下面。「要牌子嗎？我應該給你一塊，否則道爾芬知道了就會要了我的命。」

「我信任你。」貴蘭姆說。他爬上四級台階，推開彈簧門，進到閱覽室。閱覽室像個臨時湊成的講堂：十幾張辦公桌都朝一個方向擺放，檔案管理員就坐在講台上。貴蘭姆在後排占了一張桌子。時間尚早，他的錶是十點十分，另一個唯一的閱覽者是研究組的班恩．瑟魯克斯頓，他大部分時間都是在這裡度過的。很久以前，他偽裝成一個拉脫維亞的異議派人士，和其他異議派在莫斯科街頭遊行，高呼打倒壓迫者的口號。如今他趴在一堆文件前，動也不動，一頭白髮，很像一個年老的教士。

檔案管理員見到貴蘭姆站在她的桌前，就對他露出笑容。貴蘭姆在布里克斯頓覺得無趣時常會到這裡來消磨時日，從舊檔案裡找尋是否有值得再來搞的案件。管理員名叫莎爾，是個胖乎乎、喜歡運動的小姐，她在契斯維克組了一個青年俱樂部，是個柔道黑帶高手。

「這週末有折斷什麼人的脖子嗎？」他取來一疊綠色的借條時邊問道。

莎爾從鐵櫃取出代他保管的筆記交給他。

「折斷了兩個。你呢？」

「到希羅郡探望姑姑去了，謝謝你。」

「真是了不起的姑姑。」莎爾說。

他在她桌邊填寫了他要借閱兩份檔案的借條。他看著她蓋下戳章，撕下複寫的那兩張，塞進她桌上一個窄長的小孔裡。

「第四走道，」她把上面的正頁還給他，輕聲說，「二十八號在右手邊中間，三十一號在下一個小間裡。」

貴蘭姆推開另外一頭的門，就進到了大廳。大廳中央有個像是礦工用的舊電梯，把檔案送到上面圓場的主樓。兩個眼光昏花的員工不斷將檔案送入，另外一個站在旁邊操縱機器。貴蘭姆在架子旁邊慢慢走著，一路看著上面螢光的號碼卡片。

「拉孔一口咬定他根本沒有作證計劃的檔案，」史邁利向他解釋，總是那麼憂心忡忡的。「他只有幾份關於遣散普里多的文件，其他的就沒有了。」他又用這種陰沉的口氣說：「因此，我認為不管圓場檔案室裡有什麼資料，我們都得想辦法搞到手。」

在史邁利的字典裡，「搞到手」的意思就是「偷」。

有個小姐站在一把扶梯上。管理員奧斯卡·阿利森正把一些解釋組檔案放進一個洗衣籃裡，修理工阿斯特里德在修暖氣機。檔案架子是木製的，深得像張床鋪，用三合板分成小格。他已經知道作證計劃檔案的編號是4482E，也就是放在他目前所在的四十四號小間，E代表已結案，只用於已經收場的計劃。貴蘭姆從左邊數到第八層。作證計劃應該在左邊第二格，但無法確定，因為檔案夾背脊上沒有標記。完成偵查之後，他就抽出他要的兩份檔案，把綠色的借條留在夾借條的鐵夾子裡。

「我相信，東西不多，」史邁利說，好像檔案薄一點就容易偷似的。「不過一定有些什麼，哪怕是裝個樣子。」他的這一點又是當時讓貴蘭姆不喜歡他的地方：他說起話來就好像你了解他的推理，好像你一直是他肚子裡的蛔蟲。

貴蘭姆坐下來，假裝在看文件，但心裡一直惦念著卡米拉。他打算把她怎麼樣呢？今天早上，她躺在他懷裡時告訴他，她結過一次婚。她說話有時就是這樣，好像她還過著別的人生。那次結婚是個錯誤，因此他們也就吹了。

「什麼不對勁？」

「沒什麼，我們不合適。」

貴蘭姆不相信她。

「你離婚了嗎？」

「我想是吧。」

「別胡說了，你當然知道自己究竟是離了婚還是沒有！」

她說是他父母經手辦的；他是外國人。

「他有寄錢給你嗎？」

「他為什麼要寄錢給我？他又不欠我什麼。」

接著她在空房間裡又吹起笛子，悠長的調子在晨光熹微之中就像在提問題，貴蘭姆在煮咖啡，他心想，她竟是騙子還是天使？他真有點兒想在檔案裡調查一下她。再過一小時她就要去桑德那兒上課了。

他帶著取閱四十三號小間檔案的綠借條，先把手頭兩份檔案放回原處，然後走到作證計劃對面的這個小間前。

「演習平安無事。」他心裡想。

那個小姐仍在扶梯上。阿利森已不見了，但洗衣籃仍在那裡。暖氣機讓阿斯特里德累得精疲力竭，他坐在旁邊看《太陽報》。綠借條上寫的是4343，他馬上找到那份檔案，因為他早已認出來了。文件封面是粉紅色的，和作證計劃一樣，而且也同樣翻舊了。他把綠借條夾在鐵夾子裡，穿過走道到對面，又看了一眼阿利森和那些小姐，接著伸手拿起作證計劃，把手中的那份檔案快速地放在作證計劃的原處。

「彼得，我認為最重要的是」——這是史邁利的話——「不要留下空隙。因此我的建議是，你借閱一份厚度相當的檔案，我的意思是說外觀相當，然後放進空出來的地方——」

「我明白你的意思了。」貴蘭姆說。

貴蘭姆把檔案隨便拿在右手，封面朝內貼著身側，回到了閱覽室，又坐到他的座位。莎爾抬了一下眉毛，嘴裡說了些什麼。貴蘭姆點點頭，表示一切順利，以為她問的就是這個，但是她招手叫他過去。一陣驚慌。該把檔案帶過去，還是留在桌上？我平時是怎麼辦的？他把它留在桌上。

「朱麗葉去買咖啡了，」莎爾輕聲說，「你要喝一杯嗎？」

貴蘭姆在櫃台上放了一先令。

他看了鐘一眼，又看了一眼自己的錶。天呀，別看你他媽的錶了！想想卡米拉，想想她開始上課，想想你週末不會去看望的姑姑阿姨，想想阿爾溫會不會檢查你的袋子。想什麼都行，就是別想時間。還得等十八分鐘。「彼得，如果你心中稍有顧慮，你就不必去。這不是很重要。」說得真好聽！當你的肚子裡像是有三十隻蝴蝶在交配，你的襯衫裡汗如雨下時，你怎麼知道你有顧慮？他咬牙切齒地說，他從來沒有這麼緊張過。

他打開作證計劃檔案，想定下心來閱讀。這份檔案不薄，但也不厚。就像史邁利說的一樣，看上去很像是一份象徵性的檔案：第一部分只有一張紙條，說明為何沒有收入原來的資料。「附件一至八號在倫敦站。參看吉姆．埃利斯、吉姆．普里多、弗拉傑米爾．哈耶克、山姆．科林斯、馬克斯．哈波特的個人檔案……」還有托姆．科布萊大叔等等。「欲看這些檔案，請詢問倫敦站站長或CC」，CC指的是圓場處長和他指定的一些老媽媽們。別看錶，要看鐘，做算術，你這個傻瓜！八分鐘。偷前任的檔案，這可真是新鮮事。而且，有吉姆這樣的人做你的前任，這事也很少有，他的祕書至今還在替他守靈，但從來不提他的名字。除了他檔案裡的工作假名以外，貴蘭姆所能找到他唯一存活的痕跡，是他辦公室保險櫃後的網球拍，拍把上還有烙有吉姆名字的縮寫。他把網球拍拿給愛倫看，愛倫是個硬心腸的老太太，賽．范霍佛在她面前都會像個小學生那樣害怕，可是她見了球拍卻淚如雨下，她把球拍包起來，讓下一班的傳訊員送到管理組去，還親自寫了一封短訊給道爾芬，要求把它轉給他，「如果人力上辦得到的話。」你的肩骨裡還留著兩顆捷克子彈，近來你的網球打得怎麼樣，吉姆？

還有八分鐘。

「如果你能辦到，」史邁利說，「我的意思是，如果不太麻煩的話，把你的車送到你家附近的車行檢修。當然，要用你家裡的電話約時間，但願托比正好在竊聽……」

但願，我的天。那麼也就聽到了我和卡米拉的談情說愛？還有八分鐘。

檔案裡的其餘資料似乎都是外交部的電報、捷克報紙的剪報、布拉格電台廣播收聽紀錄、關於被破獲間諜的安置就業政策文件摘錄、向財政部提出的建議草案，以及艾勒林事後把這次行動失敗諉過給老總的分析。喬治，你應該自己來的。

貴蘭姆心裡開始估算他的桌位和阿爾溫在打瞌睡的櫃台旁邊後門的距離。他估計約有五步遠，於是決定找個戰術整備點。門邊兩步遠的地方有個像黃色大鋼琴的圖表櫃，裡面盡是一些各式各樣的參考資料：大地圖、過期的《名人錄》、以前的旅遊指南。他牙縫裡咬著鉛筆，收起作證計劃檔案，信步走到櫃子前，挑了一本華沙電話簿，開始在一張紙上寫起名字。我的手！他的心中有個聲音叫道：我的手抖得可以，你瞧這紙上寫的是什麼，我一定是喝醉了！為什麼沒有人注意到？朱麗葉端著一個盤子進來，放了一杯咖啡在他桌上。他心不在焉地對她送了一個飛吻。他又挑了一本電話簿，大概是波茲南的，放在剛才那本旁邊。阿爾溫從門外進來時，他甚至沒有抬起頭來。

「電話，先生。」他輕聲說。

「他媽的，」貴蘭姆仍在查電話簿，「誰打來的？」

「外線，先生。那傢伙很粗暴。是車行的人，先生，關於你汽車的事。說他有壞消息要告訴你。」阿爾溫說，臉上很高興。

貴蘭姆雙手捧著作證計劃檔案，看來像是在和電話簿核對。他背對著莎爾，可以感覺到雙膝在褲管裡發抖。鉛筆仍咬在牙間。阿爾溫先走，把彈簧門拉開等他出去，他邊出門，還邊看著檔案，他心想，就像個他媽的唱詩班學生。他等閃電忽然擊中他，等莎爾叫殺人哪，等哪個超級特務班恩老頭子突然復活，但這一切都沒發生。他感覺好多了：阿爾溫是我的盟友，我信任他，我們是聯合起來反對道爾芬的，我可以動手了。彈簧門關上了，他走下四層台階，阿爾溫又在那裡替他打開電話間的門。電話間的門下半截是木板，上半截是玻璃。他拿起聽筒時，就把檔案放在腳下，聽到孟德爾告訴他說，他的車需要安裝新的變速箱，這東西可能要花近百英鎊。這話是他們想出來騙管理組的，或者不論哪個讀電話紀錄的人，貴蘭姆對答如流地說了一些該說的話，一直等到阿爾溫留神地聽著回到櫃台後面。這辦法很靈，他心想，我真幸運，這辦法居然很靈。他聽見自己在說：「那麼，你想辦法先去找一家大車行，看他們需要多久才有貨。你有他們的電話號碼嗎？」接著不耐煩地說：「等一等。」

他把門推開一半，歪著頭把話筒夾到頸後去，如此一來這部分的對話就不會錄上。「阿爾溫，請你把我的袋子遞給我一下好嗎？」

阿爾溫很熱心地送了過來，就像足球賽場上的急救員。「這樣行嗎，貴蘭姆先生？要我幫你打開嗎，先生？」

「扔在這裡就行了，謝謝你。」

袋子放在電話間門外的地板上。他彎下身，把袋子拉了進去，打開拉鍊。袋子裡，就在他的一些襯衫和報紙中間有三份假檔案，一份米黃色，一份綠色，一份粉紅色。他取出粉紅色的那份和他的地址電話錄，換成作證計劃放進袋內。他拉上拉鍊，站了起來，向孟德爾念了一個電話號碼，這是個真的電話號碼。他掛下電話後就把袋子還給阿爾溫，帶著那份假檔案進了閱覽室。他在圖表櫃前又逗留了一會兒，翻了翻另外兩本電話簿，然後拿著那份假檔案到檔案庫去。阿利森像在演滑稽戲一樣，一會兒推，一會兒拉著那洗衣籃。

「彼得，你幫我一下好嗎，這卡住了。」

「馬上就來。」

他從作證計劃那個小格裡取出四十三號檔案，換了假檔案，然後把檔案放回原處，從夾子中取回綠借條。一切順利。他可以高聲大唱，謝天謝地，我真幸運。

他把綠借條交給莎爾，她簽了名，像往常那樣插在一個長釘座上，待以後再核對。如果檔案在原處，她就把綠借條和複寫的那份都銷毀，甚至連聰明過人的莎爾也不記得他曾經到四十四號小間去過。他正要到檔案庫去幫阿利森，轉身忽然與托比・艾斯特海斯不友善的棕色眼光不期而遇。

「彼得，」托比用他不太好的英語說，「很抱歉要來打擾你，但是我們發生了一場小危機，派西・艾勒林想馬上跟你說句話。你現在能來嗎？要是可以就太好了。」在門口，阿爾溫讓他們出去時，托比又用一個小人得意、煞有介事的口氣說：「其實他想聽聽你的意見。他想跟你商量一下。」

情急之中，貴蘭姆忽然靈機一動，他轉身對阿爾溫說，「中午有傳訊員會去布里克斯頓。請你打個電話給交通組，托他們把我的那個袋子送去，可以嗎？」

「可以，先生，」阿爾溫說，「沒問題。請小心樓梯，先生。」

你還得為我祈禱啊，貴蘭姆心裡想。

21

海頓叫他「咱們的影子外交大臣」。警衛叫他白雪公主，因為他的頭髮。托比・艾斯特海斯的穿著像個男性模特兒，但是一旦他鬆開肩膀或是握緊小拳頭，你就不會弄錯，他是個好鬥的武士。貴蘭姆跟著他走在四樓的走廊，又看到那部咖啡機，聽到勞德・斯屈克蘭在解釋他沒空的說話聲。貴蘭姆這時心想：「天呀，我們又回到伯恩，又在逃命了。」

他一想到托比，想到的就是八年前在瑞士的托比，當時托比還只是在幹無聊的監視勾當，附帶搞些竊聽，倒是很有名氣。貴蘭姆當時剛從北非回來，閒著無事，圓場於是把他們兩人送到伯恩去幹樁短期的差使，偵查一對比利時軍火商，因為他們利用瑞士人把他們的貨推銷到不友好的敵方。他們在對方房子的隔壁租下一間別墅，頭一天晚上，托比整理過電話連接線之後，就可以從自己的電話機裡竊聽那兩個比利時人打電話。貴蘭姆既是頭子，也是跑腿的，一天兩次把錄音帶送到伯恩常駐站，利用一輛停在路邊的車當作信箱。托比也輕而易舉地賄賂了當地郵差，把比利時人的信件先讓他過目一遍再遞送，又賄賂了打掃屋子的老太太，在那兩個比利時人說話最頻繁的客廳裡，安裝了一個無線電話筒。他們閒來無事就到契基托去玩，托比跟最年輕的小姐跳舞，有時會帶一個回家，不過人一向隔天一早就離開，托比早已開窗讓風吹散香水味。

他們就這樣生活了三個月，貴蘭姆最後對他的了解仍和剛開始時差不多。他甚至不知道他是哪國人。托比是個愛好虛榮的人，知道該到什麼地方吃飯和現身。他都自己洗衣服，晚上就寢時會在一頭白髮上戴上髮網。警方搜查別墅那天，貴蘭姆翻後牆逃走，他在貝勒伍飯店找到托比正在吃蛋糕，看人家跳茶舞。他聽了貴蘭姆抱怨的話之後，付了帳單，賞了樂隊指揮和侍者領班弗朗茲小費，才從容地領著貴蘭姆走過一連串的走廊和樓梯，去到地下車庫，他脫逃的座車和護照就藏在那裡。就連在那裡，托比也一絲不苟地付了帳單。貴蘭姆想，「即使你急著要離開瑞士，也得先付清帳單。」走廊無窮無盡，牆上嵌滿鏡子，天花板上吊滿凡爾賽枝形吊燈，因此貴蘭姆跟著的不止是一個艾斯特海斯，而是整整一隊的艾斯特海斯。

如今這個景象又浮現在他腦際，儘管通向艾勒林辦公室的狹窄木樓梯漆成灰綠色，而且只有一張破舊的羊皮燈罩令你想起吊燈。

「我要見處長，」托比煞有介事地對年輕的警衛說，他傲然點一下頭讓他們進去。接待室裡有四部灰色的打字機，打字機前坐著四個白髮老媽媽，個個戴著珍珠，穿著套頭毛衣。她們向貴蘭姆點點頭，卻不理托比。艾勒林門上掛著一塊「有訪客」的牌子。門旁是一座六呎高的嶄新大保險櫃。貴蘭姆心想，這麼重，地板怎吃得消。櫃頂上放著幾瓶南非雪利酒和酒杯盤碟。他想起來了，今天是週二，是倫敦站舉行非正式午餐會的日子。

「告訴他們，我不接電話。」托比開門時，艾勒林叫道。

「女士們，處長不接電話，請你們注意。」托比周到地說，同時為貴蘭姆拉開門，「我們要開會。」一位老媽媽說：「我們聽到了。」

這是個作戰會議。

艾勒林坐在會議桌那頭一張自大狂才喜歡坐的雕木椅子上，看著一份總共才兩頁的文件。貴蘭姆進來時，他動也不動，只是咕嚕一聲「坐到那邊去。保羅旁邊，鹽的下面，」又繼續專心地讀下去。

艾勒林右邊的椅子空著，貴蘭姆從繩子繫著的椅墊可以看出這是海頓的位子。艾勒林的左邊坐著羅伊·博朗德，也在閱讀，但在貴蘭姆經過時，他抬頭看了一眼說，「你好，彼得」，鼓出的灰色眼睛隨即一直看著他走到桌子另一頭。比爾的空椅子旁邊坐著莫·德拉瓦，她是倫敦站裡做為點綴用的婦女象徵，剪了短髮，身穿棕色粗呢套裝。她對面是管理組組長菲爾·波特奧斯，他是一個見人就低頭哈腰的有錢人，在郊區有間大房子。他看到貴蘭姆時乾脆不看文件了，明顯地把文件夾合上，把油光光的手放在上面，臉上堆著假笑。

「鹽的下面，意思是坐在保羅·斯科爾德諾旁邊。」菲爾仍假笑著說。

「謝謝。我知道。」

波特奧斯對面是比爾的兩個俄國人，就是上次在四樓男廁見到的尼克·德·西爾斯基和他的男朋友卡斯帕。他們不能有笑容，而且貴蘭姆也知道他們也不能閱讀文件，因為他們面前沒有文件，只有他們倆沒有文件。他們坐在那裡，四隻粗壯的手擱在桌上，好像背後有人用槍抵著，他們只是用兩雙褐色的眼睛看著他。

波特奧斯旁邊坐的是保羅·斯科爾德諾，據說現在是博朗德在附庸國諜報網方面的外勤，儘管有人說他還抽空替比爾跑腿。保羅很瘦，很刁鑽，年約四十，褐色的臉上有麻點，手臂很長。貴蘭姆有一次和他在育成院接受硬漢訓練時看到他幾乎殺了對方。

貴蘭姆把椅子從他身邊移開一點坐下來，托比坐在他的另一旁，就像一對保鑣的另一個。他們到底要我幹什麼？貴蘭姆想：縱身逃命嗎？大家都在看著艾勒林裝菸斗，這時比爾．海頓搶了他的戲。門開時，起先沒有人進來。接著是一陣窸窣，比爾慢慢出現，雙手捧著一杯咖啡，還有一個托盤。他的脅下夾著文件夾，鼻梁上架著眼鏡，由此可知他大概在別處看過文件了。貴蘭姆想，他們都在看文件，只有我沒有，而且我也不知道關於什麼事。他不知道這是不是艾斯特海斯和羅伊昨天在讀的那個文件，接著他斷定沒有證據能說就是那個文件。因為那個文件昨天才到。托比把它帶給羅伊，他打擾他們時，正是他們為此而激動的時候。要是你可以用激動這個詞形容的話。

艾勒林仍舊沒抬頭。貴蘭姆坐得這麼遠，只能看到他的一頭黑髮和穿著粗呢衣服的寬闊肩膀。莫．德拉瓦邊看文件，邊摸著瀏海。貴蘭姆想起來了，派西有過兩個老婆。這時卡米拉又閃過他心事翻騰的腦海。兩個都酗酒，這絕對說明了一些問題。他只見過倫敦的那個。當時派西正在組織自己的真正班底，在白金漢宮大廈，他寬敞、鑲有嵌板的公寓裡舉行酒會。那時貴蘭姆到得晚，他在門廳裡脫下大衣時，有個金髮女人羞怯地伸手向他走來。他以為是來接下他大衣的女佣。

「我是喬伊。」她用演戲的嗓子說，就像說「我是德行」、「我是克己」一樣。她要的不是他的大衣，而是吻。貴蘭姆順從了她的要求，聞到的是一陣香水和廉價雪利酒的混合氣味。

「好吧，彼得．貴蘭姆老弟」——艾勒林開始說話了——「你準備好了嗎，還是要再打幾個電話調查我家的房子？」他稍微抬起頭來，貴蘭姆注意到久經風霜的雙頰都有個小小的三角形軟毛。「你這幾天去鄉下幹什麼？」——他翻了一頁——「除了追逐當地的處女——我很懷疑布里克斯頓還有沒有處女，莫，請原諒我說話放肆——把公家的錢浪費在大吃大喝的午餐上？」

這樣開玩笑是艾勒林的一種交談手段，這可以是善意的，也可以是惡意的；可以是責怪的，也可以是捧場的，但是到頭來，就好像是不斷拍打同一個地方。

「有兩個阿拉伯人看來很有希望。范霍佛弄到一個接近德國外交官的線索。如此而已。」

「阿拉伯人，」艾勒林重複了一句，把文件夾推向一旁，從口袋裡掏出一個粗糙的菸斗。「隨便哪個笨蛋都可以敲詐一個阿拉伯人，是吧，比爾？要是你想，花半個金幣就能收買整個阿拉伯內閣。」艾勒林從另一個口袋掏出一袋菸草，順手扔在桌上。「我聽說你在跟我們可悲的塔爾老弟商量什麼事情。他的近況如何？」

聽到自己回答這個問題的聲音時，貴蘭姆心裡閃過許多念頭。現在他弄清楚了，對他公寓的監視是昨晚才開始的。上週末他沒被懷疑，除非替他把風的法恩是兩面受雇，但他要那樣是很困難的。羅伊．博朗德與已逝詩人狄倫．托馬斯很像，羅伊總是讓他想起什麼人，在此之前他一直不確定到底是像誰。莫．德瓦拉有一種女童軍的男人氣概，如此才勉強可算是女人。他心裡想，不知道戴倫．托馬斯有沒有羅伊那種特別淡的藍眼睛。托比．艾斯特海斯從他金菸盒裡取出一支菸，艾勒林一向只讓別人在他面前吸菸斗，不許吸香菸，因此托比現在想必是得到了艾勒林的歡心。比爾．海頓看上去年輕得出奇，圓場流傳有關他戀愛生活的謠言畢竟不是完全無稽可笑的：他們說，他兩頭都來。保羅．斯科爾德諾一隻手的褐色掌心平放在桌上，拇指略為翹起，使得手背用來打人的一面更加緊繃了。他也想到他的帆布袋：阿爾溫有沒有把它送走？還是他自己下班去吃中飯，把包留在那裡，結果引起一心想被擢升的新來警衛產生好奇，動手翻查？而且貴蘭姆心裡也不止一次嘀咕過：在他看到托比之前，不知托比在那裡已經待了多久？

他選擇一種開玩笑的口吻說道：「不錯，處長。塔爾和我每天下午都在福特納餐廳喝茶。」

艾勒林吮著沒點燃的菸斗，試試菸草是否塞得嚴實。

「彼得．貴蘭姆，」他用蘇格蘭腔一字一句不客氣地說，「你可能不知道，我的個性是不會去計較過往的。而且可以說我現在是一心為你好。我要知道的是你跟塔爾談了些什麼。我不要他的腦袋，也不要他身體哪個部位，而且我會克制想親手掐死他的衝動，或是掐死你的衝動。」他劃了一根火柴，點燃菸斗，火光猛地一閃，「我甚至想在你的脖子上套一條金鏈子，把你從那令人討厭的布里克斯頓帶進王宮。」

「要是那樣，我還恨不得他早點露面。」貴蘭姆說。

「我沒抓到他之前，他可以得到完全的寬恕。」

「我一定會告訴他。他會很高興的。」

一大團煙滾過了會議桌。

「彼得老弟，我對你很失望。居然輕信那種挑撥離間的謠言。我付給你的薪水不低，你卻在背後捅我一刀。我覺得，你這樣報答我養活你，未免忘恩負義。我不妨告訴你，我養你還遭到我一些顧問反對呢。」

艾勒林現在有一種習慣動作，貴蘭姆常在愛好虛榮的中年人身上注意到，那就是捏住一塊下巴上的肉，用拇指和食指按摩著，想讓它變得小一些。

「多交代一點塔爾目前的情況，」艾勒林說，「告訴我們他的感情狀況。他有個女兒，是嗎？一個叫丹妮的小女孩。他有沒有提起？」

「他常常提到她。」

「說點她的事情。」

「我完全不知道。我只知道他很喜歡她。」

「喜歡得入迷？」他突然生氣，聲音高了起來，「你聳肩膀幹嘛？你幹嘛對我那樣聳肩膀？我現在是在跟你談你自己組裡一個叛逃的笨蛋，我控告你背著我跟他在玩捉迷藏，你知不知道這後果有多嚴重，卻在那裡朝我聳肩膀。彼得．貴蘭姆，有一條法律禁止與敵方情報員勾結。你也許不知道。我真想狠狠地治你的罪！」

「我最近根本沒看到他，」貴蘭姆也升起怒氣了，這可救了他，「玩捉迷藏的不是我，而是你。別跟我來這一套。」

他覺得會議桌周圍的情緒都緩和下來了，好像大家都有點兒厭倦，好像大家都覺得艾勒林亂開一陣槍，漫無目標，把子彈都用完了。斯科爾德諾在玩著一小塊象牙，那是他帶在身邊的吉祥符。博朗德又在閱讀文件了，比爾．海頓喝了一口咖啡，覺得很難喝，向莫．德拉瓦做了個苦臉，放下杯子。托比．

艾斯特海斯托著下巴，抬起眉毛，呆看著維多利亞式壁爐裡的紅色玻璃紙。只有那兩個俄國人仍目不轉睛地盯著他看，就像一對不願相信打獵已經結束的獵狗。

「那麼說，他以前常向你說起丹妮？告訴你他愛她？」艾勒林說，又回去看他面前的文件，「丹妮的母親是誰？」

「一個歐亞混血兒。」

現在海頓開腔了。「是一看就知道是亞洲血統呢，還是能冒充比較純種的白人？」

「塔爾認為她看上去像個十足的歐洲人。他認為他的孩子也是這樣。」

艾勒林大聲念：「十二歲，金黃色長髮，眼睛褐色，身形苗條。丹妮是不是這樣？」

長時間沉默，甚至海頓也無意打破這沉默。

「因此，如果我告訴你，」艾勒林繼續說，用字十分小心，「如果我告訴你，丹妮和她母親原定要在三天前從新加坡搭直飛航班到倫敦機場，那麼我想你大概也會和我們一樣覺得奇怪。」

「是的，我也會覺得奇怪。」

「你出了這房間，也要閉上嘴巴。除了你十二個最要好的朋友，誰都不許透露！」

菲爾．波特奧斯的咕嚕聲從不遠處傳來：「彼得，這個情報來源非常機密。你聽起來也許像是普通的消息，但絕對不是。這是超機密。」

「好吧，那麼我也會把嘴巴封得超緊。」貴蘭姆向波特奧斯說。波特奧斯紅了臉，比爾．海頓則又露出小學生般的笑容。

艾勒林接著又說：「那麼你對這情報有什麼看法？說吧，彼得。」——他又用開玩笑的口氣——「說吧，你是他的上司、他的嚮導、他的老師、他的朋友，你的心理學到哪裡去啦？塔爾為什麼來英國？」

「你剛才說的可不是這個。你剛才說塔爾的女人和她女兒丹妮原定三天前要到倫敦。也許她是來找親戚。也許是另外找到男人。我怎麼知道？」

「別傻了。你難道沒想到，小丹妮到哪裡，塔爾就會立刻跟到哪裡嗎？如果他現在還沒有到這裡——我認為他早就到了，一般都是人先到，老婆、小孩這些包袱後到。莫．德拉瓦，請原諒我又失言。」

貴蘭姆第二次放手發了一頓脾氣。「在此之前，我都沒想到。至今為止，塔爾是個叛逃分子。這是七個月前管理組的判決。對吧，菲爾？塔爾現在在莫斯科，凡是他知道的東西，都要假定已經完全洩密了。是不是，菲爾？當初決定布里克斯頓要偃旗息鼓，把我們一部份的工作移交給倫敦站，另外一部分移交給托比的點路燈組，依據的也正是這個理由。塔爾現在想幹什麼？再投到我們這邊來？」

「說再投過來，這話還算是客氣了。我可以坦率地告訴你，」艾勒林反唇道，一邊又低頭看他面前的文件。「聽我說。不僅要聽好，還要記牢。因為我一點也沒有疑問，你們這夥人都一樣，你的記憶像個篩子，你們這些當小頭頭的都是這樣。丹妮和她媽用假英國護照旅行，名字改做普爾。護照是俄國偽造的，第三份給了塔爾本人，有名的普爾先生。塔爾已經到了英國，不過我們不知道人在哪裡。他比丹妮母女先來，走另外一條路線，我們調查結果認為很可能是走偷渡路線。他叫他老婆——也許是姘頭，管她是什麼」──他的口氣彷彿老婆、姘頭他都沒有似的──「原諒我，莫，在他到了一個星期後才過來，但目前看來她們顯然沒遵照他的指示。我們昨天才得到這個情報，因此我們還有許多跑腿工作要做。塔爾要她們──丹妮和她母親──萬一他聯繫不上她們，就要去投靠一個叫彼得．貴蘭姆的人。我想這就是你吧。」

「要是她們本該三天前到達，那是出了什麼意外？」

「耽誤了。錯過班機。改變計劃。弄丟機票。我怎麼知道？」

「不然就是情報有錯。」貴蘭姆提示道。

「情報沒有錯。」艾勒林毫不客氣地反駁。

憤恨、迷惑。貴蘭姆死抱住這兩條。「那麼好吧。俄國人已經讓塔爾轉向了。他們把他的家眷送來──天曉得為什麼，我還以為他們已經把人留下來當人質呢──而且他們把他也送過來了。那有什麼好緊張的？他說的話，我們連一句都不信，他有什麼用？」

這一次，他很高興地注意到，他的聽眾都在盯著艾勒林瞧。貴蘭姆覺得艾勒林彷彿左右為難，究竟是要對這句話作個令人滿意的答覆而洩露機密，還是讓自己出醜。

「別管什麼用處！把池水攪混，在井裡放毒，什麼都可以。跟我們搗什麼亂誰知道？」貴蘭姆心想，他的文件裡大概也是這麼寫。上面盡是一個接一個的隱喻。「但是這一點你得記住。彼得老弟，你一看見，或在你一看見之前，你一聽見他、或者他的女人、或者他的小女兒的消息，就得馬上來找我們這些大哥。在場的隨便哪個都可以。別的王八蛋可不行。這條指示你弄清楚了沒？因為這裡關係太錯縱複雜了，或者你根本猜不到有多麼複雜，也沒有權利知道……」

這時，這場談話突然變成以動作來進行的談話。博朗德把手插進褲袋裡，慢吞吞地走到房間那頭的門上靠著。艾勒林又點燃菸斗，手臂慢慢搖晃著把火柴揮滅，透過菸霧看著貴蘭姆。「彼得，這幾天你在追求誰？這個幸運的女人是誰？」波特奧斯從桌上遞來一張紙要貴蘭姆簽名。「請你簽字，彼得。」保羅．斯科爾德諾在俄國人耳邊輕聲說了什麼。艾斯特海斯向門外的老媽媽們發出不討人喜歡的命令。只有莫．德拉瓦褐色的謙卑眼光仍盯住貴蘭姆看。

「你先看一遍。」波特奧斯油滑地說。

貴蘭姆已經看了一半：「茲證明我今天已獲知巫術第三〇八號報告的內容，來源為巫師，」這是第一段。「我保證不將本報告的任何內容洩露予本處其他人員，也不洩漏有巫師來源的存在。我並保證一遇有和他的資料相關的任何情況立即報告。」

門仍開著，在貴蘭姆簽字時，倫敦站二樓的人物列隊進來，前面是端著三明治盤子的老媽媽們：狄安娜．道爾芬、勞德．斯屈克蘭的臉上緊繃得就快要爆了，情資分發組的女職員，還有一個名叫哈加德、一臉不高興的老特務，他是班恩．瑟魯克斯頓的上級。貴蘭姆慢慢走出去，心裡清點著人頭，因為他知道史邁利肯定會想知道究竟有誰在場。走到門口時，他意外地發現海頓也跟了出來，他似乎覺得接著沒什麼好戲可瞧了

「真愚蠢的一夥，」比爾說，籠統地指了指那些老媽媽們。「派西一天比一天令人難以忍受。」

「看來的確是那樣。」貴蘭姆輕快地說。

「史邁利近來好嗎？常去看他嗎？你以前是他的好朋友，是不是？」

貴蘭姆的天地原本一直是穩步轉動的，這時突然掉了下去。「哪裡，」他說，「他不許跟我們來往的。」

「我才不相信你把這些胡說八道放在心上。」比爾反駁道。他們已經走到樓梯口。海頓先下去。

「你呢？」貴蘭姆在後面大聲說，「你常去見他嗎？」

「安離開他了，」比爾沒有理會他的問題，「跟一個水手還是侍者什麼的走了。」他的辦公室門大開，辦公桌上堆滿祕密文件。「是嗎？」

「我不知道，」貴蘭姆說，「可憐的老喬治。」

「喝杯咖啡嗎？」

「謝謝，不過我想我該回去了。」

「跟塔爾老弟喝茶去？」

「是啊。到福特納。再見。」

在檔案室裡，阿爾溫吃過午飯也回來了。「袋子已經送走了，先生，」他高興地說，「這時間已送到布里克斯頓了。」

「哦，該死，」貴蘭姆發了最後一頓脾氣，「裡面有我要的東西。」

他忽然很難過地想到：這件事那麼簡單明白，我怎麼這麼晚才想到，他只有後悔的份兒。桑德是卡米拉的丈夫。她在過雙重生活。現在他可睜開眼睛，看清了全部的騙局。他的朋友、他的愛人，甚至圓場本身，全都匯合在一起，成了一連串的陰謀背叛。這時他想起孟德爾的一句話，那是兩天前的夜裡，他們在郊區一家小酒館裡喝著啤酒時對他說的：「別不高興，彼得，你知道，耶穌只有十二個門徒，但其中就有一個是叛徒。」

塔爾，他心想。那個婊子養的里基·塔爾。

22

這間臥室是閣樓上一間長條形的房間，天花板很低，原本是女僕的房間。貴蘭姆站在門邊；塔爾動也不動地坐在床上，頭靠著斜屋頂，手撇在兩邊，手指張著。他的頭上有個天窗，從貴蘭姆站著的地方，可看到一望無際的索福克深褐色田野，天空下襯著一長列黑色的樹梢。褐色壁紙上有大朵的紅花。黑色的櫟木桁梁上吊著一盞燈，照亮他們倆的臉，形成奇怪的幾何圖形，不論是誰移動，不論是床上的塔爾，或板凳上的史邁利，燈光都像是跟著他們動了一下才停止。

要是貴蘭姆可以為所欲為，他就會對塔爾不客氣，他對這點毫無疑問。他的脾氣已到快要爆發的程度，開車過來時的車速接近九十英里，史邁利還厲聲叫他放慢一些。要是他可以為所欲為，他會把塔爾狠揍一頓，如果必要，還會叫法恩過來幫忙。他開著車，眼前就清楚展現如此景象：他一推開塔爾的房門，不管他住在哪裡，就沒頭沒腦地動手狠揍他，把卡米拉和她的前夫、那個傑出的笛子博士讓他受的氣全出在他身上。大概是因為此行的緊張程度，史邁利透過心靈感應也收到了這幅景像，因為他雖然沒說幾句話，但句句都是為了叫貴蘭姆冷靜下來。「彼得，塔爾沒對我們說謊。一句謊話也抓不到。他做的不過是全世界特務都會做的事：那就是沒把所有情況全告訴我們。另一方面，他也相當聰明。」他不但不像貴蘭姆那樣迷惑不解，反而奇怪地很有自信，甚至自滿，因為他說了一句斯蒂德．阿斯普萊關於背叛藝術的名言。有點像是不要尋求十全十美，而是要尋求有利條件之類的，這又讓貴蘭姆想起了卡米拉。「由於卡拉，我們終於進到內層圈子裡了。」史邁利道。貴蘭姆則說了一句在查令十字路車站換車的笨笑話。接著史邁利就只滿足於指揮方向和注意後照鏡了。

他們在水晶宮碰頭，在一輛由孟德爾駕駛的卡車上碰面。他們開進巴恩斯布萊一家車行，位在一條小石塊鋪路的小巷盡頭，有不少孩子在玩耍。一個德國老頭和他兒子前來迎接，沒有等他們下車，就先卸下了車牌，同時領著他們到一輛油漆一新的伏克斯霍爾牌汽車那裡，那輛車子已經備妥，隨時可由後門開出去。孟德爾留下來沒走，還帶著貴蘭姆從布里克斯頓帶過來的作證計劃檔案。史邁利說，「找A12號公路。」路上行車不多，但是不到科爾契斯特，他們就遇到一些卡車，貴蘭姆忽然失去耐心。史邁利得厲聲叫他放慢點。他們遇到一個老頭兒以二十英里的時速開在快車道上。他們在內側超車時，他忽然向他們亂衝過來，不知是喝醉了，還是病了，或者只是因為嚇昏了。他們開進一陣濃霧中，這團霧好像是從頭上掉下來似的。貴蘭姆開出來後又不敢隨意踩煞車，因為有馬路上有融雪結冰。過了科爾契斯特，他們改走小道。路標上標出小霍克斯萊、華明福特、布爾格林，接著就沒有路標了，貴蘭姆有一種不知身在何處的感覺。

「向左轉，到了那幢小屋再左轉。能開到哪兒就開到哪兒，不過別停在大門外。」

他們開到一座小村莊，不過沒有燈光，也沒有人，沒有月亮。停車時，一陣寒氣襲來。貴蘭姆霎時聞到了板球場、焦木、耶誕節的氣味。他心想，自己從來沒到過如此安靜、如此寒冷、如此偏僻的地方。教堂尖頂出現在他們前面，一邊是白色籬笆，斜坡上那大概是教士的住宅，房子不高，顯得淩亂，一半是茅草頂，他可以看清楚山牆與天空交界處。法恩就在那裡等著他們，他們停車時他走了過來，不聲不響地爬進後座。

「里基今天好多了，先生。」他報告說。看樣子，他這幾天向史邁利做了不少報告。他是個穩健的人，說話輕聲，很願意討好別人，但布里克斯頓的一幫人似乎都怕他。貴蘭姆也不知道原因。「不那麼緊張了，可以說比較放心了。今天早上還賭了足球賽，他可真是喜歡賭足球賽。今天下午我們給愛爾莎小姐揀柴火，她可以送到市場上去賣。晚上我們打了一會兒牌，很早就上床。」

「他單獨出去過嗎？」史邁利問。

「沒有，先生。」

「他有打過電話嗎？」

「沒有，先生，至少我在的時候沒有。至於愛爾莎小姐在的時候有沒有，我就不清楚了。」

他們的呼吸讓車窗玻璃蒙上了一層霧氣，但史邁利不願意發動引擎，因此沒法開暖氣，也沒法開除霧。

「他提過他的女兒丹妮嗎？」

「上週末說了好幾次。現在似乎淡忘了點。我想，他大概是怕動了感情，不去想妻女了。」

「他沒說過要再見到她們嗎？」

「沒有，先生。」

「沒說到沒事之後要見面的安排？」

「沒有，先生。」

「也沒說過要把她們接到英國來？」

「沒有，先生。」

「也沒有提到要替她們弄到證件？」

「沒有，先生。」

貴蘭姆不耐煩地插話：「那他到底說了什麼？」

「那個俄國女人，先生。叫伊琳娜的。他喜歡在沒事時讀她的日記。他說一旦逮到地鼠，就要中心拿地鼠交換伊琳娜。然後他要為她找個好房子，先生，就像愛爾莎小姐的房子一樣，但要在蘇格蘭，那地方更好。他說，他也要幫我。要幫我在圓場弄個好差使。他一直鼓勵我學一種外語，這樣更有前途。」

從他們身後傳來的平板語調，無法得知法恩究竟有沒有接受他的勸告。

「他現在在哪兒？」

「睡覺了，先生。」

「輕輕地關門。」

愛爾莎·布里姆萊在前廊等他們。她是個六十歲左右的老太太，頭髮灰白，有一張堅決而聰明的臉。據史邁利說，她是圓場的老人，戰時蘭斯伯利勛爵手下的譯碼員，現已退休，但仍精神矍鑠。她穿著一套合身的褐色衣裙，握住貴蘭姆的手說「您好」，門上門後，他再回頭時她已不在了。史邁利帶他們上樓。法恩留在樓梯拐彎處，以備不時之需。

史邁利敲敲塔爾的門：「是史邁利。我要跟你說句話。」

塔爾很快就開了門。他一定是聽到他們來了，就在門後等著。他用左手開門，右手握槍，他望向史邁利身後，看看走道裡有沒有其他人。

「就只有貴蘭姆。」史邁利說。

「我就是這麼說，」塔爾說，「嬰兒也能咬人的。」

他們進了房內。他穿著長褲和馬來人穿的廉價布衣。拼字卡片撒滿地上，屋裡有咖哩的味道，是他在煤氣爐上自己煮的。

「很抱歉又得來打擾你。」史邁利的神色好像真的很抱歉，「但是我一定要請你說清楚，你到香港時帶了兩份預備逃跑用的瑞士護照，你究竟是怎麼處理的。」

「為什麼？」塔爾過了一陣子才終於開口。

蠟黃的臉色如今已消失，取而代之的是一種久蹲監牢的蒼白，他的體重也減輕了。他坐在床邊，手槍放在身邊的枕頭上，他的目光緊張地盯著他們兩人，一個挨著一個，誰也不信。

史邁利說：「聽著。我相信你說的。沒有什麼改變。我們知道了以後，就不會再來打擾，但我們得知道。這攸關你的前途。」

貴蘭姆邊瞧著，心裡邊想，這還攸關許多別的事情。貴蘭姆要是真了解史邁利，攸關的事情還不知道有多少呢。

「我跟你說過，我已經燒掉了。我不喜歡那號碼。我想那些號碼也已被破獲。用這些護照就好比在自己脖子上套上『通緝犯里基．塔爾』的標籤。」

史邁利接著提問的速度奇慢。在這萬籟無聲的深夜裡，等著他慢慢提問，即使在貴蘭姆聽來也是很難熬的。

「你用什麼燒的？」

「這有什麼關係？」

但是史邁利似乎不想為自己的問題提出理由，只是讓沉默來解釋一切，而且他也許深信這樣可以辦到。貴蘭姆見過這樣的盤問：深有用意的問題掩蓋在老套的外衣底下，聽到回答後慢慢記下，如此拖延時間，使得對象的腦海裡因為詢問者的一個問題而引發許許多多的問題，想堅持原本供詞的決心也就越來越削弱了。

「你用普爾這名字買那份英國護照時，」史邁利過了許久才又問，「有沒有從同一來源買了別本護照？」

「我為什麼要買別本護照？」

但是史邁利不想提供理由。

「我為什麼要買？」塔爾又說了一遍，「我又沒在收集護照，只想離開那裡。」

「還有保護你的孩子，」史邁利提示道，臉上露出同情的笑容，「而且如果可以，也要保護孩子的母親。我想，對於這點，你一定考慮過很多，」他用一種討好的口氣說著，「畢竟，你不能把她們丟在那裡，任由那個喜歡打探的法國人擺布，是吧？」

史邁利在等他答覆時，像是在讀那些拼字卡，橫著讀，豎著讀。這裡面沒什麼特別之處，都是隨便拼成的字。有一個甚至拼錯了，貴蘭姆注意到書信一詞最後兩個字母拼到了前面去。貴蘭姆心想，他在那個小旅館裡幹什麼？跟一些醬料瓶和推銷員住在一起，他內心裡是在追蹤什麼線索？

「好吧，」塔爾不高興地說，「就算我替丹妮和她媽弄到護照。普爾太太，丹妮，普爾小姐。那麼我們現在該怎麼辦，高興得大叫大喊嗎？」

又是一片沉默，比提問還厲害。

「那你為何不早告訴我們？」史邁利的口氣像是個做父親的感到失望的口氣。「我們又不是什麼妖魔鬼怪。我們無意加害她們。你為何不告訴我們？要是你早告訴我們，說不定我們還能幫忙，」他說完又去看那卡片。塔爾大概用了兩、三盒這樣的卡片，在椰殼纖維織成的地席上鋪了一地。

「你為什麼不告訴我們？」他又問，「照顧親人又不是犯法的事。」

貴蘭姆心想，他們可不會讓你照顧自己的親人呢，他這時心裡想的是卡米拉。

為了幫助塔爾答覆，史邁利說出各種提示：「是因為買護照用的是你的出差費？你沒告訴我們是不是由於這個緣故？說實在的，這裡誰也不愁錢。你替我們送來一個極為重要的情報，我們為什麼要斤斤計較兩千英鎊？」時間又滴答過去，無人加以利用。

「還是因為，」史邁利提示，「你感到慚愧？」

貴蘭姆豎起耳朵，忘了自己的問題。

「感到慚愧也是有道理的，畢竟，把被識破的護照留給丹妮和她母親，那個法國人到處在打聽普爾先生，讓她們去受他的擺布，這可不太妙，是不是？而你自己呢，卻一路受到優待。為了要封住你的嘴，」史邁利同意道，好像這個理由是塔爾提出、而不是他所提出來的，「或是為了收買你為他們效勞，卡拉會不擇手段。想到這點，就教人心裡一涼。」

塔爾臉上的汗珠突然多得不像是汗珠，而是滿臉的淚珠，令人不忍卒睹。拼字卡片不再吸引史邁利了，他的目光落在另一樣東西上。那是一個玩具，是用火鉗一樣的兩根鐵條做的。玩的時候把一顆鐵球放在上面滾。從滾得越遠的底洞落下，得分就越高。

「我想，你沒告訴我們的另一個理由，也可能是因為你把它們給燒了。我是說，你燒了英國護照，不是瑞士護照。」

別忙，喬治。貴蘭姆心想，他輕輕走近一步，插在他們兩人中間。別著急。

「你知道普爾已經被識破，所以你把為丹妮母女倆所買的普爾的護照給燒了，但是你保留了自己的護照，因為你別無他法。然後，你用普爾的名字為她們倆買飛機票，為的是讓大家相信你不知道普爾的護照已沒有用了。所謂的大家，我是指卡拉的爪牙。你以為不會有人注意到號碼，就竄改了瑞士護照，一份給丹妮，一份給她母親，然後你作了不同的安排，不讓別人知道。這些安排早已在你打算用普爾的護照之前就想好。那是什麼呢？比如留在東方，但換個地方，比如雅加達，你有朋友的地方。」

即使貴蘭姆站在現在所站之處，他也太遲了。塔爾的手已掐住史邁利的脖子，椅子打翻，塔爾一起翻落在地。貴蘭姆從人堆中找到塔爾的右臂，擰到他背後去，幾乎要把手臂給折斷。法恩不知從哪裡出現，從枕頭上拿起手槍，朝塔爾過去，像是要幫他一手似的。這時，史邁利整一整衣服，塔爾又回到床上，用手帕擦著嘴角。

史邁利說：「我不知道她們在哪裡。據我所知，目前沒有人加害她們。你相信吧？」

塔爾盯著他，等著。他的雙眼露出怒火，但是落在史邁利身上時，卻是一種安詳的眼光，貴蘭姆猜想這大概是因為他得到了心中一直想望的保證。

「你還是留神你自己的混帳女人吧，別管我的。」塔爾輕聲說，他的手抿著嘴巴。貴蘭姆驚呼一聲，跳了上去，但史邁利攔住他。

「只要你不跟她們連絡，」史邁利繼續說，「我不知道最好。除非你有什麼事情要我替她們辦。錢啊，保護啊，或者別的事情？」

塔爾搖搖頭。他的嘴角流著血，很多血，貴蘭姆這時才明白，法恩一定狠狠揍了他，但他不清楚是何時出手的。

「不會太久，」史邁利說，「可能一個星期。如果我辦得到，還可能更短些。別去多想她們了。」

他們離開時，塔爾又在微笑了，因此貴蘭姆想，他們這次來看他，還有他對史邁利的侮辱，臉上吃的一拳，都對他有好處。

「他的那些足球賽賭票，」史邁利上車時安詳地問法恩，「你沒有替他寄到什麼地方去吧？」

「沒有，先生。」

「好，但願他沒贏。」史邁利用極不常見的輕快口吻說，大家都笑了。

精疲力竭、負擔過重的腦子裡，常會出現奇怪的記憶。貴蘭姆開著車，他的心思一半用在公路上，一半仍可憐地反覆懷疑著卡米拉，今天和其他日子裡的一些亂七八糟的印象，不斷在他記憶中閃現。有在摩洛哥令人膽顫心驚的日子：他的間諜網一個個被破獲，樓梯上一有腳步聲，就令他馬上到窗口檢查街上動靜。還有在布里克斯頓閒著無事的日子：眼看著這個可憐的世界在他眼前滑過，不知道自己什麼時候才能重返這個世界。突然，他眼前出現了那份放在他辦公桌上的書面報告，那是用蠟紙刻印在一張藍色薄紙上的，因為是交換得來，所以來源不詳，可能並不可靠。現在這報告上的每個字都好像有一呎高地出現在他面前：

據最近從盧比安卡監獄獲釋的某個人說，莫斯科中心七月間在獄內曾舉行一次祕密處決。遭處決的是當中三個幹部。其中之一是女人。三人都是後頸中槍斃命。

「上面打著『內部』的戳章，」貴蘭姆遲鈍地說。他們在掛著彩色燈泡的路邊酒店旁的一條小巷裡停了車。「倫敦站的人在上面批了幾個字：有誰能認屍嗎？」

藉著彩色燈泡的光線，貴蘭姆看到史邁利的臉厭惡地皺了起來。

「是啊，」他終於同意道，「是啊，那個女人是伊琳娜，是不是？另外兩個我想是伊夫洛夫和她的丈夫鮑里斯。」他的口氣仍舊聲色不露。「這可不能讓塔爾知道，」他繼續說，好像是要打起精神來。「絕對不能讓他聽到什麼風聲。要是他知道伊琳娜已經死了，誰知道他會幹什麼，或者不願意幹什麼。」他們倆誰都沒有動。也許原因不同，不過這時誰都沒有力氣、也或許是沒有心思動了。

「我該去打個電話。」史邁利說，不過他並沒有起身。

「喬治？」

「我有個電話要打，」史邁利喃喃地道，「拉孔。」

「那麼就去吧。」

貴蘭姆從他身上伸過手，替他開了車門。史邁利爬了出去，在柏油路上走了一段，似乎改變了主意又折返。

「一起來吃點東西吧，」他在車窗旁說，仍舊有些擔心的樣子。「我想托比的人總不至於盯著我們來到這裡吧？」

這地方原本是一家餐館，如今成了一家路邊酒店，裝飾仍舊華麗。菜單用紅皮封面裝訂，滿是油漬。送菜單過來的侍者好像還沒睡醒。

「我聽說紅酒燴雞不錯，」史邁利走出屋角電話間，回到座位後，開了這句玩笑。接著他用很輕的聲音說：「告訴我，關於卡拉，你知道些什麼？」這話在屋子裡沒有引起回響。

「我知道的不多，不比我知道巫術、巫師來源，以及我為波特奧斯簽字的那張紙上的東西。」

「事實上，這是個很好的回答。你是想責怪我，但結果卻是這個類比很恰當。」侍者又來了，拿著一瓶勃艮地酒，就像捏著一根棍子。「讓酒醒一下。」

侍者看著史邁利，好像他瘋了一樣。

「打開瓶蓋，放在桌上」貴蘭姆乾脆道。

史邁利後來說的還不是全部情況，貴蘭姆注意到一些脫節的地方，但是已足以讓他提起精神，不再意氣消沉了。

23

「指揮情報員的人一定要讓自己成為傳奇人物。」史邁利的口吻好似是在育成所替新招募的學員上課。「此舉的第一個目的，是要讓手下的情報員欽佩他們。他們也會想在同事身上這麼做，但依據我個人經驗，結果沒有不出洋相的。有少數人甚至也會在自己身上這麼試一下。這些人都是只會吹噓的假內行，得馬上除掉，沒有其他辦法。」

然而傳奇人物還是有的，卡拉就是其中之一。他就連年齡也是個謎。很可能卡拉並非他的真名。他的一生當中有好幾十年情況不明，也許永遠搞不清楚了，因為和他共事的人往往不是死了，就是緘口不言。

「有人說，他父親曾在沙皇的特務機關待過，後來轉到蘇聯祕密警察委員會。我認為這種說法未必可靠，但也有可能。也有人說，他曾在東方對抗日本占領軍的裝甲列車上當過廚師助手。據說他的本領是從伯格那裡學到的，甚至算是他的得意弟子，這等於是說由……隨便說哪個偉大的作曲家，教他音樂。就我所知，他的職掌生涯始於一九三六年在西班牙那時，因為這至少有檔案可查。他在佛朗哥一方偽裝成白俄新聞記者，收羅了一批德國情報員。這件工作非常複雜，由一個年輕人來擔任更是突出。接著，他在一九四一年秋天擔任科涅夫手下的諜報官，在蘇聯反攻斯摩棱斯克戰役中出現。他的任務是指揮敵後游擊隊。他發現他的無線電報員轉了向，向敵人發送軍情。他又把人轉了過來，此後就開始搞起無線電，從四面八方收集情報。」

史邁利說，還有另一則傳說：在耶爾尼亞，由於卡拉的捉弄，德軍竟向自己的前線開炮。

「在這兩次露面之間，」他繼續說道，「在一九三六年和四一年間，卡拉來過英國，我們認為他來了六個月。但即使到今天，我們也還不知道——那是說我本人不知道——他用的是什麼名字或以什麼掩護。這不是說傑拉德不知道。不過，傑拉德不會告訴我們，至少不會有意告訴我們。」

史邁利以前從來沒有和貴蘭姆這樣談過話。他不喜歡對別人說心裡話或是長篇大論。貴蘭姆知道，儘管他很愛面子，卻是個羞怯的人，不擅交際。

「一九四八年左右，在為國效力了大半生後，卡拉在牢裡待了一段時間，後來又被流放到西伯利亞。不是因為他本人有問題，而是他所屬的紅軍那個諜報單位正好被整肅，不再存在。」

史邁利繼續說，後來，他在史達林死後復職，便去了美國。之所以敢肯定這一點，是因為一九五五年夏天，他剛從加州飛到德里，印度當局就以移民手續不周的含糊罪名將他逮捕。圓場後來傳說他與英國和美國的大叛國案有關。

史邁利了解的情況卻更可靠：「卡拉又失寵了。莫斯科想要他的命，當時我們認為也許能說服他倒戈過來。因此我坐飛機去了德里，想跟他談談。」

那個滿面倦怠的侍者俯身過來問他們吃得是否滿意，故事因此中斷了一會。史邁利極其客氣地向他保證，一切都很滿意。

「我與卡拉會面的經過，」他繼續說，「是時勢促成的。五〇年代中期，莫斯科中心處於瓦解狀態，高級人員整批整批的不是被槍斃，就是遭整肅，下級人員惶惶不可終日。第一個結果就是駐外人員大批叛逃。新加坡、奈洛比、斯德哥爾摩、坎培拉、華盛頓，到處都有，我記不清有哪些地方了，我們不斷地從常駐站收到這樣的人員，不是什麼大魚，不過是跑腿的、司機、密碼員、打字員。我們得有所表示——我想我們從來沒有料到，這行業的通貨膨脹是它自己造成的——我不久就成了個跑外務的推銷員，今天飛到某國的首都，明天飛到一個邊境小崗哨，有次甚至飛到海上的一艘船上，吸納叛逃的俄國人。選種、排隊、談判條件、聽取彙報，最後加以處理。」

貴蘭姆一直看著他，但即使在刺眼的霓虹燈光下，史邁利的表情除了略帶焦慮的專注外，仍聲色不露。

「對於那些可信的人，我們擬出了三種合約。如果對方能接觸的機密不多，我們就拿他跟列國交換，接著就置諸腦後。當作存貨買下的，你會這麼說，就像剝頭皮組今天所做的那樣，或者把人派回俄國：那是假定此人的叛逃還沒被察覺。或者，要是他的運氣好，我們要了他，把他所知道的情況都弄清楚，讓他在西方定居。一般都由倫敦決定。不是我。但是記住這點，那時，卡拉（他又自稱格茨曼）不過是一個策反者而已。我剛才是倒敘他的經歷；我不想對你扭扭捏捏，但你現在得記住這點，不管我們之間談過了什麼，或者更重要的，沒有談到什麼，我前去德里時所知道的，不過是——或者圓場裡的人所知道的不過是——有個自稱格茨曼的人，已為莫斯科中心的祕密諜報網頭子魯德涅夫，和中心在加州的一個組織建立起無線電聯繫，那個組織過去因為缺乏通訊工具，一直閒置著。我知道的不過這些。格茨曼越過加拿大邊境偷運了一台發報機進去，在舊金山潛伏了三個星期，訓練新的收發人員。這不過是個假定，不過有一大堆試發的電報可作為證據。」

史邁利解釋，莫斯科和加州之間的試報用的是普通密碼，「後來，有一天莫斯科發來一個直接的命令——」

「還是用普通密碼？」

「正是。問題就在這裡。由於魯德涅夫的密碼員一時失察，我們搶先一步，破譯了他們的密碼，我們就是這樣得到情報的。那則命令的內容是要格茨曼立即離開舊金山，到德里去見塔斯社記者，那人是個物色人才的，他碰到一個很有潛力的中國人，需要馬上有人指導他怎麼做。至於他們為何要把他大老遠從舊金山派去德里，為什麼派別人不行，非要卡拉不可，那就是留待以後再講的另一個故事了。唯一具體的一點是，格茨曼在德里見到了那個塔斯社記者，那記者給了他一張飛機票，叫他直接回莫斯科。不要提出問題。那個命令是魯德涅夫直接發來的。簽的是魯德涅夫的工作化名。即使用俄國的標準衡量，這件事也辦得很粗糙。」

塔斯社記者馬上溜了，把格茨曼扔在人行道上，這讓他心中狐疑不定，當時距離起飛時間還有二十四小時。

「他站在現場沒多久，印度當局就應我們的要求把他逮捕，送進德里監獄，我記得我們答應了印度人，要把得到的情資結果分一份給他們。我想條件就是這個，」他說，就像有的人會暫時喪失記憶，他突然沉默不語，心不在焉地看著屋內霧氣瀰漫的那頭。「也可能是我們說過，我們用完以後就把人交給他們。唉，我怎麼想不起來了。」

「沒關係。」貴蘭姆說。

「我要說的是，卡拉一輩子總算有一次被圓場搶在前頭，」史邁利繼續說下去，他喝了一口酒，做出苦臉。「他當時不知道，他剛剛在舊金山建立起來的諜報網，就在他動身前往德里的那天被破獲得一乾二淨。原來老總從破譯員那裡獲得情報後，就立刻和美國人做了交易，要他們放過格茨曼，交換條件是把魯德涅夫在加州的諜報網交給他們處理。格茨曼飛到德里時並不知道這個情況，甚至在我到德里監牢向他兜售保險單——就像老總這麼形容，他也還不知道。他的選擇很簡單。在當時情況下，毫無疑問，格茨曼的項上人頭已經擺在莫斯科的砧板上了。魯德涅夫為了保全自己的性命，搶在前面告發他洩漏了舊金山的諜報網。這件事在美國報上轟動一時，莫斯科對這樣張揚很不高興。我帶了登在美國報上逮捕俄國間諜的照片，甚至還有繳獲卡拉進口的收發報機和他在走前所藏的信號計劃的照片。你知道，事情鬧到報上，我們不管是誰，都是很惱火的。」

貴蘭姆知道。他不禁想起那天晚上交給孟德爾的作證計劃檔案。

「總之，卡拉成了俗話所說的冷戰孤兒。原本他是出國去完成一項任務。這任務被破獲，他卻無家可歸：家裡比國外更險惡。我們沒有長期逮捕權，因此要由卡拉自己提出要我們保護的要求。我這輩子從來沒遇過有比這更明白的叛逃理由。我只要能讓他相信舊金山諜報網已被破獲就行——我從公事包中掏出照片和新聞剪報給他看——和他稍微說兩句魯德涅夫老兄在莫斯科搞的惡意陰謀，然後把結果打電報給薩勒特那些過度疲勞的審訊員，如果運氣好，周末就可以回倫敦了。我甚至還想去訂沙德勒威爾斯劇院的票。那一年是安看芭蕾舞看得入迷的一年。」

是啊，貴蘭姆也聽說了，一個二十歲的威爾斯太陽神，那一個戲劇季裡成就非凡的天才，在倫敦已風靡了好幾個月。

史邁利又接下去說，「牢裡熱得要命。牢房中間有一張小鐵桌，以鐵環栓在牆上。他們銬住他的雙手將人帶了進來，這完全沒必要，因為他很瘦小。我要他們解開他的手銬。鬆了之後，他把手放在桌上，看著自己的手慢慢恢復血色。這一定很痛苦，但是他沒說話。他在那裡已經一個星期了，穿的是一件棉布襯衫，紅色的。我不知道紅色有什麼意思，大概是囚衣。」他喝了一口酒，又做了一個苦臉，隨著回憶再次浮現，他的苦臉又慢慢消失。

「他給我的第一眼印象不深。我很難相信自己眼前這個小個子，就是我們從伊琳娜信中所知的那個詭計多端的大師。我想，那大概也是因為過去幾個月裡已遇過許多類似事件，因為長途旅行的勞累，因為——唔，因為家中私事，神經大大地遲鈍了。」

自從與他相識以來，這是貴蘭姆首次聽到史邁利在談話裡最直接承認安不貞的話。

「不知什麼緣故，這令人很難過。」他的眼睛仍舊張著，然而目光卻凝視著內心世界。他的眉頭和雙頰的皮膚好像因為苦苦思索著過去的記憶而拉得很平，但是沒有什麼東西瞞過貴蘭姆，能讓他不去注意到那唯一一句承認的話所引起的孤寂感。「我有個理論，但我認為這個理論有些不道德，」史邁利繼續說，不過比剛才輕鬆一些了。「每個人的憐憫心只有一定的量。如果見到一隻無家可歸的野貓就濫施憐憫，我們就永遠辦不成大事。你認為對嗎？」

「卡拉的外貌如何？」貴蘭姆把他的問題當作不需答覆似的，自己另外提了一個問題。

「很慈祥。樸實、慈祥。很像一個神父，在義大利小鎮上常會遇到的那種身材矮小、貌不驚人的神父。又瘦又小，滿頭銀髮，目光炯炯，一臉皺紋。也像一個校長，不管怎麼說都很堅強，在他的經歷範圍內可說是很精明，但還是格局不大。除了他的目光從我們談話一開始就直直盯著我以外，沒有讓我留下其他的初步印象。不過那算不上是談話，因為他一言不發。他從頭到尾沒說過一句話，一聲也不吭。而且牢房裡熱得發臭，我又累得要命。」

史邁利開始吃東西，與其說是有胃口，不如說是為了做樣子。他勉強地吃了幾口，又喃喃自語地說下去，「你不吃，廚子會不高興的。老實說，我對格茨曼有一點成見。我們大家都有成見，我的成見就是針對搞無線電的。根據我的經驗，搞無線電的都很討厭，搞外勤的都不行，他們過分緊張，要他們真正幹點事情，往往靠不住，非常丟人。在我看來，格茨曼就是這種人。也許我這是在找藉口，因為我對他的偵察工作做得不夠」——他猶豫地說——「不夠小心、不夠謹慎。現在回想起來，這是不對的。」他突然堅決起來，「不過，我想我也不需要再找什麼藉口了。」

貴蘭姆這時感覺到一陣異常的憤怒，那是從史邁利蒼白嘴唇上的慘淡笑容傳染給他的。「去他媽的，」史邁利喃喃自語。

貴蘭姆困惑地等著他繼續說下去。

「我也記得，當時覺得在牢裡待了七天似乎在他身上打下了烙印。他的皮膚泛出灰白色，身上並未流汗。我卻是汗流如注。我提出了我的建議，那年我已經提出過好幾十次了。不過他可以放心，不會把他送回俄國去當我們的情報員。『決定權在你手裡。這是你自己的事，無關他人。你如果來西方，我們會在合理範圍內讓你過得體面舒適。我們希望你與我們的訊問合作，問過之後，我們就幫你隱姓埋名，到一個陌生地方去，給你一筆錢。否則，你就回國去吧，我想他們會把你給槍斃，或是送進集中營。上個月他們把貝科夫、舒爾、穆拉諾夫都送進去了。你為什麼不告訴我們你的真實姓名？』說了一些這樣的話以後，我就往後一靠，坐在那裡，抹掉臉上的汗珠，等待他說『好吧，謝謝你。』但是他什麼都沒說。他就是呆呆地坐在那兒，他的頭頂上有一架不會轉動的大電扇，顯得他個子更小了，他褐色有笑意的眼睛看著我。雙手伸在前面，全是老繭。我記得當時想問他是在哪裡幹過這麼多勞動。他就這麼把手伸出來放在桌上，手心朝上，手指有點彎曲，好像還戴著手銬一樣。」

侍者看到史邁利的動作，以為他要什麼東西，便走了過來，史邁利又對他說一切都很好，酒更是特別好，他不知道他們是從哪裡買來的，於是侍者就帶著笑容走開，心裡暗暗好笑，把抹布在隔壁桌上拍彈了一下。

「我想就是在這個時候，我開始有一種特別的不安感覺。氣溫實在教我受不了。臭氣薰天，我記得還聽得到自己的汗珠一滴滴落在鐵桌上的啪嗒聲。不單是他的沉默，就連他身體的木然不動，也開始教我無法忍受。有的叛逃者要經過一定時間才肯開口，這個我知道。要費很大的勁兒，才能讓一個一向受到保密訓練，甚至對最親密要好的朋友也不吐露祕密的人開口向敵人吐實。我也想到，監獄當局也許認為，為了對我表示禮貌，在把他帶來見我之前要先收拾他一頓。他們叫我放心，他們沒有收拾他，但這誰都說不準。因此，我一開始以為他的沉默是因為受到驚嚇。但是他動也不動，緊張、出神的動也不動的神情卻是另外一回事。特別是我自己心裡心潮起伏，像翻了鍋一樣：安、我自己的心跳、炎熱和旅途勞頓所造成的影響……」

「可以理解，」貴蘭姆輕輕地說。

「你可以理解嗎？一個人的坐姿是最富表情的，隨便哪個演員都會這麼告訴你。每個人的坐姿視個人的心情而異。有的人攤手攤腳，像拳擊手在休息，有的人坐立不安，有的人側著半邊屁股，有的人一會兒翹腿，一會兒又放下，失去了耐心，失去了韌性。但是格茨曼卻完全沒有這樣。他的姿勢永遠不變，小小的身軀就像海岬上的岩石，他可以整天那樣坐著，巍然不動。而我——」史邁利尷尬地、難為情地笑了一聲，又喝一口酒，不過這酒並不比剛才好喝些。「而我卻希望手邊有什麼東西就放在我面前，文件、書、報告，什麼都好。我覺得我是個定不下來的人：忙忙碌碌、心神不定。至少我當時是那麼想。我覺得我缺少泰然自若的氣度，也可說是缺少哲學家的氣度。我沒想到自己的工作壓力是那麼重，我到現在才明白。可是在那臭氣熏天的牢房裡，我真的感到委屈。我覺得這場冷戰的所有重擔全落到我的肩膀上來了。當然，這完全是胡說八道。我不過是疲勞過度，覺得不大舒服而已。」他又喝一口酒。

「我告訴你，」他堅持說，又對自己生起氣，「沒有人有義務為我做的事道歉。」

「你做了什麼？」貴蘭姆笑一聲道。

「反正不管怎麼樣，出現了冷場，」史邁利接著說下去，不理這個問題。「很難說是格茨曼造成的，因為他什麼都沒說；那麼，也不是我造成的。我已經說了我該說的話；我給他看了照片，不過他沒反應——也許應該說，他似乎是願意相信我說的舊金山諜報網已遭破獲。接著我又把這一點、那一點重複說了一遍，每次略有不同，最後我把話說完了。坐在那裡像一頭豬似地汗水直流。隨便哪個笨蛋都知道，要是發生那樣的事，你應該立刻起身走人，嘴上說些『願不願意接受，悉聽尊便。明天早上再見』等等的話，或者『你現在下去吧，給你一小時的考慮時間。』」

「結果卻是，我也不知道為什麼竟說起安來了。」他沒讓貴蘭姆有時間驚嘆一聲就接著說下去。「哦，可不是我的安，沒有那麼直說。是他的安。我猜想他也有一個。毫無疑問，我一定是糊里糊塗，心裡暗問自己，一般人在這樣的情況下，會想什麼？我如果處在這樣的情況，想的會是什麼？我的內心出現了一個主觀的答案：他的女人。這叫以己度人，還是設身處地？我不喜歡這種說法，不過我想其中有一個是適用的。我把自己的處境與他交換了一下，關鍵就在這裡。我現在才明白，當時我等於是開始在對自己進行訊問，他根本就沒開腔，你能想像嗎？沒錯，我當時採取這個辦法，是有一些外在跡象作為依據的。他看上去像是個有家室的人，他看上去像是個有妻子的人，他看上去不像一輩子過光棍生活的。還有他的護照，上面寫著：格茨曼，已婚；我們幹這一行的都有這個習慣，就是至少在這些方面要把掩護身分說得和實際情況幾乎一致。」他又陷入片刻的沉思。「我以前常常那樣想。我甚至向老總提出，應該認真重視對手的掩護身分。一個人的身分越多，這些身分所要掩蓋的人物的真正身分就暴露得越多。五十歲的人把年齡減去五歲。已婚的自稱未婚。沒有子女的說自己有兩個小孩……或者，訊問者把自己設身處地擺在不肯開口的人的地位。很少人在編造故事時能壓抑住表達自己所愛好的衝動。」

他又岔開了，貴蘭姆耐心地等待他言歸正傳。史邁利固然可能一心想著卡拉，貴蘭姆一心想的可是史邁利；當時不論史邁利去到哪裡，他都會跟著他去，寸步不離，留在他身邊，聽他把故事說完。

「我也從美國人的觀察報告中知道格茨曼菸不離手，抽的是駱駝牌。我叫人去買幾包來——美國人是說『包』吧？——我還記得拿錢給獄卒時有一種非常奇怪的感覺。你瞧，我有這樣的印象，格茨曼認為我把錢交給那個印度人是有象徵性的。那時我身上繫了一條貼身錢帶。我得摸半天才能從一疊鈔票中數出一張。格茨曼的眼光讓我覺得自己是個第五流的帝國主義壓迫者。」他微微笑了一下，「我當然不是。也許比爾是。還有派西。但我不是。」他把侍者叫來，目的是要把他打發掉。「可以給我們一些水嗎？一壺水，兩個杯子？謝謝你。」他又繼續說下去。「這樣，我就問起關於格茨曼太太的事。」

「我問他：她在哪兒？我真希望這個問題在安那裡有答案。他沒回答，但目光毫不動搖。他兩旁都各站著一個獄卒，和他相比，他們的眼睛顏色淡了許多。我說，她一定另有新歡了；因為沒有別的路。他沒有朋友可以照顧她嗎？也許我們能找到什麼辦法與她祕密聯繫？我向他說明，他回莫斯科對她不會有什麼好處。我聽著自己說下去，無法停住。也許我並不想停。我是真的想和安分手，我想時候也到了。我告訴他，回去是徒勞無益的，對他的妻子沒有實際好處，不管對誰都一樣，而且甚至相反。她會受到大家排斥，他們最多只會讓他在槍斃前見她一眼。另一方面，如果他轉投我們這邊，我們可能可用人和她交換，你也知道我們當時存貨很多，有些準備交換回俄國。至於為什麼把這些存貨全用在這個目的上，我也不明白。我對他說，她一定想知道他一切都好，在西方很安全，而且自己也很有可能與他團聚，她不會想被槍斃，或是被送到西伯利亞餓死。我真的在她身上大作文章，因為他的眼光鼓勵我這麼做。我十分有把握，認為自己已經打動他，找到他盔甲上的縫隙。但事實上當然是我讓他看到了我自己盔甲上的縫隙。我提到西伯利亞時，碰到了他的痛處。這一點我能感覺到，就好像我自己咽喉塞住一樣，我能感覺到格茨曼一陣作嘔，哆嗦了一下。當然，我碰到了他的痛處，」史邁利苦笑。「因為他不久前還在那裡關過。最後，獄卒把菸買來了，一大堆菸，砰地扔在鐵桌上。我把找回的錢數清後，賞了他小費，這麼做時又看到了格茨曼眼光裡的神情。我想我看到了他嘲笑的神情，但說實話，我無法弄清楚。我注意到那獄卒不要我的小費，他大概不喜歡英國人。我打開一包，給格茨曼一根菸。我說，『抽吧，你這個人菸癮很大，大家都知道。這是你最喜歡抽的牌子。』我的聲音有點不自然，很笨，這也沒辦法。格茨曼卻站了起來，禮貌地向獄卒表示他要回他的牢房裡。」

史邁利慢條斯理地把吃剩一半的盤子推到一旁，盤上的油脂已經凝成一片猶如合乎時令的白霜。

「臨走時他改變了主意，從桌上拿起一包菸和打火機，那是我的打火機，是安送我的禮物。『喬治留念，愛你的安 贈。』平常情況下我是絕對不會讓他拿走的，但這不是平常的情況。我甚至想讓他拿走她的打火機，這完全適當，我認為那是我們之間聯繫的象徵。他把打火機和菸放進紅襯衫的口袋，接著便伸出手讓他們戴上手銬。我說，『你想抽的話，現在就抽一根吧。』我吩咐獄卒：『請你替他點根菸。』但是他動也不動。我又補充一句：『除非我們談妥了，否則就送你上路，明天飛回莫斯科。』他很可能沒聽到我的話。我看著獄卒把他帶出去，然後我回到旅館，有人開車把我送回去，我至今也說不出是誰。我不再有什麼知覺。感覺既糊塗又難受，這連我自己也不敢承認。我草草吃了晚餐，酒喝多了，發了高燒。我躺在床上，全身出汗，夢到了格茨曼。我真想留他下來。儘管我頭重腳輕，卻真的想盡辦法要留住他，替他重新安排生活，只要辦得到，便讓他們夫婦倆團圓，過美滿的日子。讓他成為一個自由的人，永遠脫離戰爭。我拚命地不要他回去。」他抬頭看了一眼，但有一種自嘲的表情。「彼得，我說的其實是，當晚退出戰鬥的不是格茨曼，而是史邁利。」

「當時你病了。」貴蘭姆肯定地說。

「不如說是累了。不管是病，是累，整晚吃阿斯匹靈、奎寧，再來就是格茨曼夫婦破鏡重圓的甜蜜景象。我一而再、再而三地夢見格茨曼站在窗戶旁，褐色的眼睛盯住下面的街道，我不斷地對他說，『留下，別跳，留下。』當然我沒想到我夢見的其實是我自己岌岌可危的處境，而不是他岌岌可危的處境。隔天一早，醫生給我打了一針退燒。我本來應該就此罷手，發電報要求另外派人過來接替我的。我本來應該等一等再去監牢的，但我一心只想著格茨曼：我需要聽到他的回覆。八點不到，我就由他們派人護送進到牢裡。他坐在板凳上，腰桿直挺，像通槍條一樣；我第一次覺察到他身上的軍人氣質，而且我知道他跟我一樣徹夜沒有闔眼。他沒刮臉，下巴上有一撮白鬍子，這讓他像個老頭子。別的凳子上睡著印度人，由於他的紅襯衫和銀白色的鬍鬚，他在他們當中顯得非常白皙。他手上握著安的打火機，身邊凳子上放著那包菸，原封不動。我由此得出結論，他徹夜未眠，又立意戒菸，來試試自己究竟能否視死如歸，不怕坐牢和審訊。只要看一眼，就能從他的表情中看出，他已經認定自己辦得到。我沒再央求他，」史邁利一直說下去。「再怎麼哭哭啼啼也動搖不了他。他的飛機將在上午起飛，我還有兩個小時。我應該是這世上最糟糕的鼓吹者，但在那兩個小時裡，我搜索枯腸，把我認為他不該飛回莫斯科的理由全提出來。你瞧，我以為從他的臉上看到一種比教條高尚的蛛絲馬跡；卻不知道那其實是反映我自己的想法。我以為格茨曼最後會被一個和他年齡相同，職業相同，而且耐力相同的人所提出的普通人情所打動。我沒有說要給他錢、女人、高級汽車和廉價的奶油。我認為這些東西對他沒有用處。我這時反倒聰明起來，避開不談他的妻子。我沒有向他長篇大論談什麼自由——不管這意味什麼——或者西方的善意，何況，當時這麼說並不吃香。而且我自己在意識形態上也不是態度明確的。我採用同病相憐的方針。我說，『你瞧，咱們都快成了老頭了，我們一輩子都想在對方的制度上找弱點。你能看穿我們西方的一套，我也能看穿你們東方的一套。我相信，對這場倒楣的冷戰，我們倆都已倒足胃口。現在，你的自己人要槍斃你。難道現在你還沒意識到，你的那方與我這邊一樣根本沒有什麼值得拚命的東西嗎？你看，』我說，『在我們這一行裡，我們只有死路一條。不管是你還是我，都沒有前途。我們年輕時都懷抱著崇高的理想——』我又感覺到他心裡一動——西伯利亞——我碰到了一個痛處——『但現在卻已沒什麼理想了，是不是？』我要他只回答我這個問題：他有沒有想過，他和我兩人儘管走的路線不同，但到頭來對人生還是得出同樣的結論？即使我的結論對他說來是思想不解放的，但是道理一樣？例如，難道他不相信，政治原則沒有意義？現在只有生活中的具體東西對他才有價值？在政治家手中，宏偉的設想只會以新的形式帶來舊的苦難，除此之外不會有什麼結果？因此，從無謂的槍斃中拯救他的性命，比什麼責任感、義務感等等這種令他自找死路的空話更重要——在精神上、道德上更為重要？他這輩子為他們拚死拚活地，如今卻因為一個他沒有犯過的錯誤，他們竟狠心要把他槍斃，對於這樣一個制度正確與否，他難道沒想到應該有所懷疑？我要求他——對，我的確有點死皮賴臉地在央求他。我們在前往機場的路上，他還是沒跟我說過一句話——我要求他考慮一下他是不是真有信仰，在那當下，他對他所效勞的那個制度是否真有信仰。」

現在，史邁利沉默許久。

「我把我所有的一點點心理學全抛到九霄雲外了；間諜學也是。你能想像老總是怎麼說的。不過我把經過告訴他之後，他還是覺得很有趣。他喜歡聽別人說自己的弱點。不知為何，尤其是我的弱點。」他又恢復了就事論事的態度。「結果就是這樣。飛機到了以後，我跟他一起上了飛機，一起飛了一段路。當時，還沒有全都用噴射機。眼看他就要從我手中滑走了，我卻完全沒有辦法制止他。我已放棄勸說，但還留在那裡，以防他萬一改變主意。但是他沒有。他寧可死，也不願答應我的要求，他寧可死，也不願背叛他獻身的政治制度。我最後見到他，是他在飛機座艙窗口中看著我走下舷梯時那毫無表情的臉。有兩個粗漢，一看就知道是俄國人，上了飛機，坐在他背後，我再待下去也沒意義了。我搭機回到國內，老總說：『但願他們真的把他槍斃了。』說完給我喝了一杯茶恢復精神。那茶是他喝的那種中國貨，檸檬、香片之類的東西，他差人到轉角的雜貨店買的。我是說他過去常這樣。然後他讓我休假三個月，沒有選擇餘地。他說，『我喜歡你有懷疑。這說明你站在哪裡。但不要死抱著不放，這樣可就讓人討厭了。』這是警告，我聽從了。他叫我對美國人不要再多想；他對我說，他很少去想他們。」

貴蘭姆看著他，等著結果。「但你對這件事究竟是怎麼想的？」他要求道，那口氣讓人覺得他對沒聽到最後的結果感到失望。「卡拉有沒有真的想過留下來？」

「我敢肯定，他從來沒想過。」史邁利厭惡地說，「我的一舉一動完全像個軟弱的傻瓜。一個虛弱的典型西方自由主義者。儘管如此，我還是寧可做我那種傻瓜，也不做他那種傻瓜。我敢肯定，」史邁利有力地重複說著，「不管是我的陳述，還是他自己在莫斯科中心的處境，最後對他都產生不了什麼作用。我猜他那一晚徹夜沒睡，是在盤算回國之後如何推翻魯德涅夫。對了，魯德涅夫一個月後就被槍決了。卡拉得到了魯德涅夫的職位，著手恢復他原本的情報員活動。其中無疑有傑拉德。如今回想起來令人覺得很有意思，他看著我的時候，內心可能一直是在想著傑拉德。我想他們後來一定好好地嘲笑了一番。」

史邁利說，這件事還造成另一個後果。卡拉吃過舊金山的虧之後，從此沒再碰非法的無線電傳輸。他完全放棄這玩意兒，不再用。「使館的聯繫是另一回事。但是在外面，他的手下是不許接近的。而且，他還保留著安的打火機。」

「你的打火機。」貴蘭姆糾正他。

「是的，當然是我的。請你告訴我，」侍者拿走他的錢後，他又說，「塔爾說到那句關於安的難聽話時，他是不是意有所指？」

「我想是。」

「謠言已經傳到那種程度了？」史邁利問道，「傳得那麼遠，就連塔爾也知道了？」

「是的。」

「究竟是怎麼說的？」

「說比爾．海頓是安．史邁利的情夫。」貴蘭姆狠下心說，這是他在報告壞消息時給自己的保護，比如：你被破獲了，你被撤職了，你就快死了。

「啊，原來如此。我明白了，謝謝你。」

接著是一陣難堪的沉默。

「那麼，過去和現在是否有一個格茨曼太太呢？」貴蘭姆問。

「卡拉曾經在列寧格勒和一位小姐結過婚，是個大學生。她在他被送到西伯利亞時自殺了。」

「這樣，卡拉的確是刀槍不入，」貴蘭姆最後說，「你收買不了他，你也打敗不了他。」

他們回到車旁。

「剛才我們吃的這一餐還真貴，」史邁利說，「你覺不覺得侍者敲了我的竹槓？」

但是貴蘭姆不想談論英國蹩腳飯菜的價格。車子發動後，他覺得這一天彷彿又是一場惡夢，莫名的危險和懷疑全攪在一起。

「那麼誰是巫師來源？」他問道，「如果不是從俄國人那裡直接弄到那個情報，艾勒林還可能從哪弄到？」

「他是從俄國人那裡弄到的，這毫無疑問。」

「但是，如果是俄國人派塔爾——」

「他們沒有。塔爾也沒有用英國護照，是不是？俄國人弄錯了。艾勒林的情報證明了塔爾騙過了他們。這是我們從這場小風波中得到的極為重要的情報。」

「那麼派西說什麼『把池水攪混』，到底是什麼意思呢？他一定是在說伊琳娜的。」

「還有傑拉德。」史邁利表示同意說。

他們又沉默不語地開著車，兩人之間的鴻溝似乎突然不可逾越了。

「你瞧，彼得，我本人並不在那裡，」史邁利安靜地說，「但是我幾乎就像是在現場一樣。卡拉對圓場瞭若指掌。這一點我明白，你也清楚。雖然我想解開，但有一個最後的死結我卻始終解不開。如果你要聽我說，那麼我告訴你，卡拉並非刀槍不入，因為他是個狂熱分子。有一天，如果我能發揮一些作用，他的善走偏鋒就會是他完蛋的原因。」

他們來到斯特拉福地下鐵道入口時，正在下雨。一堆行人躲在天篷底下。

「彼得，我希望你從現在開始不要緊張。」

「三個月，沒有選擇餘地？」

「歇一歇再說。」

貴蘭姆在史邁利下車後替他關上車門，忽然一股衝動想向他道聲晚安，甚至祝他好運，因此他俯身過去，搖下車窗，深吸一口氣後開口想叫他。但史邁利這時已經走了。貴蘭姆從來不知道有誰能像他那樣快速消失在人群中的。

•

那天夜裡，艾萊旅館的巴拉克勞夫先生屋頂天窗裡的燈光未熄。喬治．史邁利衣服沒換，鬍子沒刮，還趴在少校的桌上閱讀，比較、做摘記、做對照，他專心的程度要是他自己看到了，肯定會讓他想起老總在劍橋圓場五樓的最後幾天。他整理了這些資料，參考貴蘭姆送來、直到去年的休假名單和病假名單，將之跟文化參事阿力克賽．阿力克山德羅維奇．波里雅科夫的旅行行程、他去莫斯科、他離開倫敦到外地去（那是由特警處和移民局向外交部彙報的）逐一比較，然後再把這些跟巫師提供情報的日期做比較。他自己也不知道為何，把巫術報告分成兩類，一類是在收到時顯然熱門的話題，一類是被巫師或他的指揮官擱置了一、兩個月的，目的是為了填補空檔，例如分析報告、對行政部門重要人物的性格研究、克里姆林宮的流言蜚語，這是隨時隨地都可聽到、留在淡季使用的。他將熱門話題的報告列表後，將報告日期寫了一張單子，其餘部分全放在一邊不用。此時，他的情緒可以極為恰當地比作是一個直覺就快得出重大發現的科學家，隨時等著出現合乎邏輯的關聯。後來他在和孟德爾談話時說，這就像是「把東西全放進試管裡，等著看是否會爆炸」。他說，令他最感著迷的，是貴蘭姆提到艾勒林所說的關於攪混池水的話；換句話說，他是在尋找卡拉為了掩飾伊琳娜的信所引起的懷疑，而打上的那個「最後的死結」。

他找到了一些很有意思的初步結果。首先是，巫師提出熱門話題的報告時，有幾次波里雅科夫正好人在倫敦，或是托比．艾斯特海斯正好快速地到國外走了一趟。其次，塔爾今年在香港碰上奇遇之後的這段重要時期裡，波里雅科夫一直在莫斯科述職，商討緊急的文化事務。接著不久，巫師就對美國的「意識形態滲透」提出了一些最聳動、最熱門的資料，其中包括對中心在美國的重要諜報對象的研判。

他回溯，又確定反過來也一樣，有些報告由於跟最近的事件無關，他原先扔在一邊的，一般都是波里雅科夫在莫斯科述職或休假時發過來的報告。

他終於搞清楚了！

沒有爆炸性的洩漏，沒有電光一閃，沒有高呼「我找到了」，沒有給貴蘭姆或拉孔打電話說，「史邁利是世界冠軍」。他只不過在他的面前、在他研究過的紀錄和積累的筆記中，證實了史邁利、貴蘭姆和塔爾那一天從各自不同的角度認為再明白不過的一個理論：在地鼠傑拉德和巫師來源之間，存有一種再也無法否認的相互關係；巫師的多才多藝讓他既能充當艾勒林的工具，又能成為卡拉的工具。史邁利心想，也許應該說作卡拉的情報員？這時他把毛巾披在肩上，興高采烈地到走廊那頭去痛快地洗個澡。這個陰謀用的是一個非常簡單的方法，設想巧妙，不由得令他深感佩服。這個陰謀甚至有個具體的物質存在：在倫敦這裡有一幢房子，由財政部出資，花了六萬英鎊，而且沒有疑問，每天許多不走運的納稅人走過那幢房子時，都禁不住羨慕起這間房子，他們以為自己買不起這幢房子，殊不知自己已經為這幢房子付了錢。他再拿起偷來的作證計劃檔案時，心境之愉快是多少個月以來所沒有的。

24

自從看到羅契獨自在盥洗室後，女舍監這一個星期來都在為他擔心。因為那已是宿舍裡其他學生都下樓吃早餐之後十分鐘，他還穿著睡褲，趴在洗臉台上拚命刷牙。她問他怎麼還不下去時，他不敢正視她。她對索斯古德說，「一定是他可憐的父親讓他苦惱著。」到了星期五，她又說，「你一定要給她母親寫封信，說他情緒不太好。」

但是，即使是女舍監，儘管有母性直覺，還是想不到那病因源於單純的恐懼。

他有什麼辦法？他只是個孩子。但那正是他的過失，可直接導源於他父母的不幸，也是他如今為了保持表面平靜而背負沉重包袱的原因。善於觀察的羅契，用吉姆．普里多難得稱讚的話來說，是「全校最好的觀察員」，但最後卻觀察過了頭，看到不該看的事情。他願意犧牲自己擁有的一切，金錢、放著父母照片的皮夾、世上最寶貴的東西，只要能夠抹除打從週日晚上開始就一直令他不安的事。

他發出了信號。星期天晚上，熄燈後一小時，他東碰西撞地去廁所，伸指掏挖喉嚨，引起一陣噁心，終於吐了一地。本來室長應該起來報告說——『舍監，羅契病了，』——但他睡得像頭死豬。羅契無可奈何地爬回床上。隔天下午，在教員休息室外的電話間裡，他撥了電話，說了一些古怪的話，希望能有老師聽見，以為他發瘋了。但是沒有人理他。他又想將現實與夢境混合，希望那件事有一半是他的空想，然而每天早上他經過大坑時，總看到吉姆在日光下駝著背，拿著鐵鍬，看到他在舊帽沿下的臉，聽到他挖土時吃力的聲音。

羅契本來不應該去那裡的。這也是他的過失：這個教訓是犯了錯才得到的。在村子那邊上過大提琴課回學校時，他刻意走得很慢，有意在晚禱時遲到，吃索斯古德太太的白眼。全校這時都在做禮拜，只有他和吉姆除外。經過教堂時，他聽見大家在唱《讚美詩》，他故意繞遠路，這樣就可以經過大坑，那裡，吉姆的燈還亮著。羅契站在他平時會站的地方，看著吉姆的影子在窗簾上慢慢移動。這時，燈光突然熄滅，羅契有些讚許地想，他今晚提早睡了，原來吉姆這陣子時常外出，羅契不太贊同。他常常在打完橄欖球後，開著阿爾維斯車離開，直到羅契睡著後才回來。這時，後車門開了又關上，吉姆拿著鐵鍬站在菜園裡，羅契大感不解，不知他在黑夜裡挖什麼東西。挖蔬菜當晚餐？吉姆動也不動地站了一會兒，聽著《讚美詩》，接著向四周掃了一眼。他的目光朝羅契的方向直挺挺地射過來，不過羅契在小土墩的陰暗處，看不出來。羅契甚至想出聲叫他，但是出於沒去參加禮拜而覺得有罪，因此沒開口。

最後吉姆開始測量。至少在羅契看來覺得是在測量。他沒有動手挖，卻跪在菜園一角，將鐵鍬放在地上，似乎是把鐵鍬和羅契看不到的某個東西排成一條線，比如說教室的尖頂。完了以後，吉姆馬上走到鐵鍬的另一頭，用腳跟在地上刨出一個印，接著拿起鐵鍬飛快地挖起來。羅契數著，一共挖了十二下，然後吉姆又停下來打量一下。教堂那邊一片沉寂，接著是禱告的聲音。吉姆很快地蹲下身，從地上拿起一包東西，立刻塞進他粗呢上衣的前襟內。幾秒鐘後，看上去簡直快得難以置信，車門又砰地關上。燈又打開，比爾．羅契鼓起勇氣躡手躡腳地走到大坑下面，到距離窗簾沒遮得嚴密的車窗不到三呎處，從斜坡上方窺看進去。

吉姆站在桌邊。身後床鋪上放著一堆練習簿、一瓶伏特加、一只空杯。他一定是把這些東西扔到床上，好騰出桌面。他拉開一把折刀，但沒有用它。只要能夠辦到，吉姆一向不用刀子割繩子。那包東西有一呎長，像菸袋一樣是黃色的。他打開，拿出一件痲袋布包裹著、像是老虎鉗的東西。但有誰會把老虎鉗埋起來？哪怕是為了英國製造的最好汽車？螺絲釘和螺帽放在另外一只黃色信封裡，他把東西撒在桌上，一個個仔細看了一下。不是螺絲釘，是筆蓋。也不是筆蓋，但已經看不到了。

也不是老虎鉗，也不是扳子，絕對不是會用在車上的東西。

羅契趺趺撞撞地爬到坡頂。他在小土墩之間朝車道飛奔，但過了一會兒卻又放慢腳步。他跑過沙地、水潭、雜亂的深草，深深地吸著夜晚的空氣，口裡噗哧出聲，像吉姆一樣斜傾著身子，一會兒用左腿使勁，一會兒換用右腿，還甩著腦袋增加速度。他沒有明確的目標。他的所有明確意識都已拋在後頭，留在那把黑色的手槍和皮套上，留在那看似筆蓋，但在吉姆將之一個個放進槍膛裡時又變成子彈的東西上。吉姆滿是皺紋的臉湊向檯燈側著，臉色蒼白，眼睛因為燈光刺眼而有些睜不開。

25

「喬治，不能引用我的話，」大臣用他悠閒的口氣警告說，「不做記錄，就不會有麻煩。我有選民要對付。但你沒有。奧利佛．拉孔也沒有。奧利佛，是吧？」

史邁利心想，他也有美國人愛用助動詞的癖好。「好吧，我對這感到很抱歉。」他說。

「如果你有我的選區，你還會更感抱歉。」大臣反譏道。

不出所料，為了商定會面地點，就已先引起一場可笑的爭論。史邁利向拉孔指出，在白廳的大臣辦公室見面是不智的，因為那裡隨時會有圓場的人員進出，不論是送文件的傳訊員，還是繞進來談談愛爾蘭問題的艾勒林。而大臣又拒絕前去艾萊旅館或貝瓦特街，硬說那裡不安全。他最近曾在電視上露臉，自認為容易被人認出。在來回打了幾次電話後，他們商定借用孟德爾在米切姆的住宅，那是一幢都鐸式建築，只有一側與隔壁相連，大臣和他嶄新的汽車在那裡露面，就好像一隻發腫的手指一樣突出。拉孔、史邁利、大臣，他們三個人坐在一間小前廳裡，窗上掛著網狀窗簾，桌上放著新鮮的鮭魚三明治，屋子的主人則在樓上替他們把風。在小巷裡，孩子們都在打聽汽車司機是為誰開車。

大臣的背後是一排關於養蜂的書。史邁利想起來這是孟德爾的嗜好：凡不是來自色雷的蜜蜂，他都稱為「異國的」。大臣年紀還輕，他的下顎發黑，像是跟人起了爭執被揍了一拳似的，很不體面。他的頭頂已經開始禿髮，有種未老先衰的模樣，他一口伊頓腔。「好吧，你們作出什麼決定了？」他說話也有點強橫霸道。

「首先，我想，不論你最近和美國人進行過什麼談判，現在都得停止了。我指的是你保險櫃中那份沒有名稱的祕密附件，」史邁利說，「也就是談到進一步利用巫術資料的那份。」

「我可從來沒聽說過。」大臣說。

「當然，我很了解是出於什麼動機，美國那個單位大，好處多，大家都想用巫術作為交換條件，從那裡分到一點好處，這種理由我能理解。」

「那麼，為何反對？」大臣問道，好像是在和他的股票經紀人說話。

「如果確實有傑拉德這隻地鼠存在，」史邁利開始說道。安有一次曾得意地說到，她的眾多表兄當中，只有邁爾斯‧塞康比沒有一點可取之處。史邁利第一次覺得她說的話是對的。他不僅覺得可笑，還覺得荒唐。「如果地鼠確實存在，我假定這是我們的共同基礎。」他等著，但沒有人否認，他又重複說，「如果地鼠確實存在，那麼和美國人搞交易得到雙倍好處的，不僅是圓場，而且還有莫斯科中心，因為你從美國那兒買到的東西，經過地鼠的手，又會到他們那裡。」

大臣在孟德爾的桌上絕望地拍了一下，在光澤的油漆桌面留下一個濕手印。

「天曉得，我真不明白，」他宣稱，「那巫術資料很精彩！一個月前，它還能為我們從天上摘下月亮，如今我們卻怕得碰都不敢碰，還說那是俄國人要騙我們上當。這到底是怎麼回事？」

「不過，我認為，事實上，這並非聽起來的那麼不合邏輯。畢竟，我們也曾經不止一次指揮過在俄國的諜報網，按我個人意見，我們指揮得倒也還不錯。凡是能拿出來的，我們都盡量把最好的資料給了他們。火箭、作戰計劃。你也是參與其事的，」——這話是對拉孔說的，拉孔聽了，點點頭表示同意。「我們把不要的情報員扔給他們，我們給他們通訊設備，保護他們的傳輸聯繫，清除干擾，讓他們可以暢通發訊，如此一來我們自己也能清楚截聽。這就是我們指揮對方——該怎麼說？——『為了要知道他們怎麼向政委彙報』所付的代價。我知道卡拉如果指揮我們的諜報網，也會這麼做。如果他還考慮到美國市場，還會做得更多，是不是？」他停下來，看了拉孔一眼。「更多，多得多。美國的關係，我是說，要是能從美國那裡撈到好處，地鼠傑拉德就能爬上首席。當然圓場也因此得到好處。我若是俄國人，如果……如果我能把美國人同樣收買過來，要付什麼代價給英國人，我都願意。」

「謝謝你。」拉孔很快說。

大臣走了，他拿了一些三明治到車上吃。他忘記跟孟德爾道別，大概是因為孟德爾不是他的選民。

拉孔留下來。

「你叫我注意有沒有普里多的資料，」他終於說，「我發現，我們的確有些關於他的文件。」他解釋，他剛好在查閱一些有關圓場內部保密問題的檔案，「只是為了清理辦公桌。」他發現了幾份審查結果報告。其中一份正是關於普里多的。

「你知道，他審查完全清楚，沒有問題，毫無嫌疑。不過，」——他的口氣有了某種奇怪的變化，史邁利因此看了他一眼——「我覺得你還是會有興趣。有些關於他就讀牛津時的繪聲繪影。在那個年紀，咱們誰都有點兒左傾。」

「的確是。」

又是沉默，只有孟德爾在樓上輕輕的踱步聲打破這番寂靜。

「你知道，普里多和海頓曾經相當要好，」拉孔承認道，「這我以前可不知道。」

他忽然急著要走。他從公事包中掏出一只很大的空白信封，塞進史邁利手中，就往白廳這個更加高等的世界去了。巴拉克勞夫先生則回到艾萊旅館，繼續閱讀他的作證計劃檔案。

26

隔天午餐時分。史邁利只短短地睡了一覺，又起來繼續閱讀。他洗了澡，等到他登上倫敦那幢漂亮房子的台階時，他很高興，因為他喜歡山姆。

那幢房子是以褐色磚頭砌成，喬治王時代的樣式，就在格羅斯凡諾廣場附近。台階一共五級，扇貝形的小框裡有個黃銅門鈴。門漆成黑色，兩邊都有門閂。他按了鈴，門馬上打開。其實他推門進去就是了。他來到一個圓形的門廳，對面有另一扇門，站著兩名身穿黑色西服的魁梧大漢，很像是西敏寺的領座員。大理石壁爐上有幾幅畫，畫中的馬舉蹄欲縱，像是出自斯德勃斯[22]之手。他脫下大衣時，兩名大漢有一個湊了過來，另一個帶他到聖經桌上簽名。

「赫伯頓，」史邁利簽名時邊說，這是山姆會記得的他的工作假名。「阿德里安・赫伯頓。」接過他大衣的那個人在內部電話裡說出他的名字：「赫伯頓先生，阿德里安・赫伯頓先生。」

「請您稍等，先生。」桌邊那個人說。沒有音樂聲，史邁利覺得應該有音樂，還應該有噴水池。

「其實我是科林斯先生的朋友，」史邁利說，「不知科林斯先生有沒有空。他可能在等我。」

22 英國畫家，以繪馬聞名。

電話邊上的那人輕聲說了句「謝謝」，擱下電話。他領著史邁利到裡面的那扇門前，推開門，一點也沒有出聲，甚至連在絲絨地毯上的摩擦聲也沒有。

「科林斯先生就在裡面，先生，」那人恭敬地輕聲說，「請隨便用酒，不另收費。」

三間客廳都連成一片，從圓柱和拱頂才看得出它們不是一間，牆上都有硬木嵌壁。每間屋子裡都有一張桌子，第三張在六十呎外。燈光照在被金色大鏡框鑲起來、沒有意義的水果畫和綠呢桌布上。窗簾都遮得很嚴密，桌子只有三分之一滿，每張有四、五個人在賭，都是男人，唯一的聲音是球在輪盤中的滾撞聲，還有籌碼的碰擊聲，以及賭場管理員的低語聲。

「原來是阿德里安．赫伯頓，」山姆．科林斯高興地說，「好久不見。」

「你好，山姆。」史邁利說，他們握了手。

「到我屋裡去。」山姆朝屋內唯一一個站著的人點點頭，那個人是個有高血壓的大個兒，面容粗獷，他也點了點頭。

「喜歡嗎？」山姆在他們走過掛著紅綢窗簾的走廊時這麼問。

「非常豪華。」史邁利客氣地說。

「沒錯，」山姆說，「豪華。就是這樣。」他穿著晚禮服。他的辦公室有愛德華王世代的氣派，辦公桌面是大理石，雕花的桌腿，但房間本身很小，空氣也不流通，史邁利覺得更像是戲院後台，用剩下的道具佈置。

「他們可能以後會讓我也投資，再過一年。他們都是些粗人，但是講義氣，你知道。」

「是的。」史邁利說。

「就像我們從前那樣。」

「這話不錯。」

他的身材挺秀，態度輕鬆，上唇留著一條細細的黑鬍子。每當史邁利想到他，就想起那黑鬍子。他大概有五十歲了，曾在東方待過許久，他們有回曾共同綁架了一個中國的無線電報務員。他的面色和頭髮都已開始發白，但看上去仍像三十五歲的人。他的笑容很熱情，態度友善，令人覺得可以推心置腹。他將雙手放在桌上，好像是在玩牌，他看著史邁利，流露出一種可說是慈愛、或者親情洋溢，或者兩者兼具的喜悅。

他朝桌上的對講機說：「哈萊，要是咱們的老朋友過了五，」他的臉上仍露著笑容，「打個電話給我。否則就別作聲。我有事和一個石油大王商量。他現在多少了？」

「漲到三了。」一個粗礪的聲音答道。史邁利猜想就是那個面容粗獷、血壓很高的人。

「那麼他還有八可輸，」山姆滿意地說，「把他留在桌邊。捧著他。」他關掉開關，滿面笑容。史邁利也還他一笑。

「真的，這種生活真愜意，」山姆對他說，「反正比推銷洗衣機好多了。當然有點古怪，早上十點就穿上晚禮服，這讓我想起當外交官作掩護的樣子。」史邁利笑了。「信不信由你，我們手段也很正當，」山姆又說，臉上表情不變。「我們全靠數學就搞定。」

「我完全相信。」史邁利說，又是十分客氣有禮。

「想聽點音樂嗎？」

是罐頭音樂，從天花板上發出來的。山姆把聲音放得很大，到了他們耳朵能忍受的極限。

「那麼，有什麼事情我能為你效勞？」山姆問道，笑容更可掬了。

「我要和你談談吉姆．普里多中槍當晚的事。當時你是值星官。」

山姆抽的是一種褐色的菸，聞起來像雪茄。他點燃一支，讓菸頭著火後看著它熄下，變成灰燼。

「在寫回憶錄嗎，老兄？」他問道。

「我們在重新審查這個案件。」

「我們是誰，老兄？」

「我自己，還有拉孔在推，大臣在拉。」

「凡有權力必然腐化，但總得有人管事，這樣的情況下，拉孔老兄就會勉為其難地爬到上頭來。」

「情況沒有變化。」史邁利說。

山姆沉思地吸著菸。音樂換成了諾爾．寇威爾[23]的樂句。

「我真的希望──其實是做夢──，」山姆在菸霧中說。「總有一天派西．艾勒林會提著他的破公事包走進這扇門，說想賭一下。他把所有祕密選票全壓在紅上，結果輸光。」

「紀錄已經被片成一條條，殘缺不全，」史邁利說，「現在需要找關係人進行了解，看他們還記得什麼。檔案裡幾乎什麼都沒有。」

「我完全不覺得奇怪，」山姆說。他撥電話要了三明治。「就吃這個，」他解釋道，「三明治和烤麵包。員工福利之一。」

他在倒咖啡時，他們之間桌上的小紅燈亮起。

「那個老朋友平了。」低沉的聲音說。

「那個開始計數吧。」山姆說，把對講機關上。

他說得簡單精確，就像戰士在回憶一場戰鬥，不再計較勝負得失，就只為了回憶。他剛從國外回來，他說，在寮國永珍臥底三年，他到人事組報到後，經過道爾芬的審查通過，當時似乎沒有人考慮到怎麼安排他，因此他想到法國南部去度假一個月。這時，麥克法迪安，就是那個幾乎算是老總私僕的老警衛，在走廊上叫住他，把他帶進老總的辦公室。

「到底是哪一天？」史邁利問。

「十月十九日。」

「星期四那天。」

「星期四那天。當時我想在星期一飛去尼斯。你當時在柏林。我原本想請你喝杯酒，可是那些老媽媽說你有事在身，我問了行動組，他們告訴我你已經到柏林去了。」

「是的，沒錯。」史邁利簡單地說，「老總派我去的。」

他原本還可以再加一句：好把我支開。當時他也有這種感覺。

23　音樂劇作家，流行音樂作曲家。

「我去找比爾，可是比爾也不在。老總派他到鄉下什麼的地方去了。」山姆說，避開史邁利的目光。

「白跑了一趟，」史邁利喃喃說，「不過他回來了。」

山姆這時朝史邁利不解地看了一眼，但是他對比爾·海頓此行沒再多說一句。

「整個地方像是死了一樣。我幾乎想搭頭一班飛機回去永珍。」

「的確是像死了一樣。」史邁利承認，心裡想：只有巫術是例外。

山姆說，老總看上去好像已經發燒五天了，周圍都是檔案，他膚色蠟黃，說話時總要停下來拿手帕擦去額頭的汗。山姆說，他完全沒講平常的寒暄客套話，沒有祝賀他在外三年完成任務很出色，也沒有提到他當時亂七八糟的私生活，他只說他要山姆代替瑪麗·馬斯特曼在週末值班，問山姆能不能幫忙？

「『當然可以，』我說，『你要我當值星官，我就當。』他說他星期六會把其餘情況告訴我。在這之前，我對誰都不能透露。我在大樓裡不能給人任何暗示，就連他要我幹這件事也不能提。他需要可靠的人在總機房值班，以防萬一出現緊急情況。但這個人得是從下面單位來的，或是像我那樣離開總部已有很長一段時間，同時還得是個老手。」

於是山姆就到了瑪麗·馬斯特曼那裡，編出一個倒楣的故事，說什麼在下星期去度假前，趕不走他的房客，能不能代她值班，好省下他的旅館錢？他在星期六上午九點，帶著一個外面還貼著棕櫚樹貼紙的行李袋，裡面裝了牙刷和六罐啤酒，就過去接班。星期日晚上預定會由傑夫·阿加特來接他的班。

山姆這時又說到整個大樓死氣沉沉。他說，要是在以前，星期六和其他日子根本沒有什麼兩樣。地區組大都會有人在週末值班，有的甚至還有人值夜班，你到大樓裡走一遭，會覺得這機關是個生氣勃勃的地方。但是那個星期六上午，整個大樓就好像已經撤空似的，按他後來聽說的，這是老總的命令。二樓有兩個解譯員在工作，無線電和密碼室都有人在工作，不過這些單位反正每天二十四小時都有人值班。山姆說，除此之外就是一片沉寂了。他坐在那裡等老總打電話來，但白等一場。他跟警衛說說笑話，又過了一個小時。他認為圓場裡最閒著無事的就是他們這幫人。他查了他們的出勤表，發現有兩個打字員和一個值班員簽到，人卻不在，因此他把警衛長，一個名叫梅羅斯的名字記了下來。最後他到樓上去看看老總在不在。

「他獨自坐在那裡，除了麥克法迪安以外，老媽媽們都不在，你也不在，只有老麥克端著茉莉花茶在照顧他。說得太詳細了嗎？」

「不，請繼續說下去。你能記得多少細節就說多少。」

「這時，老總又掀開一層祕密的帷幕。不，半層。他說，有人正在為他執行一樁特殊任務。對諜報處是十分重要的任務，他不斷說著這句話：對諜報處是十分重要的任務，不是對白廳，不是對英鎊，也不是對魚價，而是對咱們。即使全都結束之後，我也不能洩漏一句話。對你也不行，也不能對比爾，對博朗德，或是對任何人。」

「也不能對艾勒林嗎？」

「他完全沒提到派西的名字。」

「是啊，」史邁利表示同意，「他到後來根本不可能了。」

「那天晚上我應該是把他當成活動總指揮。我自己則是在他和大樓之間發揮隔絕的作用，不管大樓裡發生什麼事情。如果有什麼東西送進來，一個信號，一個電話，不論多麼雞毛蒜皮，我都要等到沒有旁人看見時，才悄悄跑上樓去交給老總。不論當時或以後，都不能讓任何人知道是老總在幕後指揮。無論如何，我都不能打電話或寫報告給他，甚至內部電話也不行。這都是實話，喬治。」山姆拿起一塊三明治說。

「我完全相信你。」史邁利帶著感情說。

如果有電報要發出必須請示老總時，山姆也要替老總擋駕。估計到晚上之前不會有什麼事，即使入夜也不大可能會有什麼事。至於對警衛和諸如此類的人——這是老總的話——山姆要盡量裝得自然，顯得很忙。

談完後，山姆就回到值班室，差人去買了一份晚報，開了一罐啤酒，選了一條外線電話，就開始賭起賽馬。肯普頓有場越野賽，他已經多年沒去看賽馬了。到了黃昏時分，他又到處走了一遭，試一試總檔案室所在的那層樓的警報器，十五個裡面有三個失靈，到這時，一些警衛都和他變成朋友了。他煮了一顆蛋，吃了以後就上樓向老麥克要一英鎊，還帶了一罐啤酒給他。

「他原先要我在一匹劣馬上押一鎊。我跟他聊了十分鐘，回到我的值班室，寫了幾封信，看了電視播的一場蹩腳電影就上床了。就在我快睡著時，第一通電話來了。正好是十一點二十分。隨後十個小時裡，電話鈴聲沒斷過。我以為總機就要在我面前爆炸了。」

「阿卡迪下去了五。」內部對講機裡有人說。

「對不起。」山姆露出慣有的笑容說，把史邁利交給音樂去招待，自己到樓上應付去了。

史邁利獨自坐在那裡，看著山姆褐色的香菸在菸灰缸裡慢慢燃燒著。他等著，山姆沒有回來。他不知該不該把菸頭捻熄。他心想，上班時不准吸菸，這是賭場規矩。

「辦妥了。」山姆說。

•

山姆說，第一通電話是外交部值班辦事員以專線打來的。你可以那麼說：在白廳的各機構中，外交部總是獨占鰲頭，一馬當先。

「路透社倫敦負責人剛才打電話告訴他，布拉格發生了槍擊事件。一名英國間諜被俄國保安部隊開槍打死，現在正在追捕同謀犯，外交部對此感不感興趣？那個值班辦事員把這消息轉告我們，要我們提供情報。我說這消息聽起來不可靠。剛把電話掛斷，破譯組的邁克·米金就打來說捷克無線電通訊亂翻天：一半是密碼，但另一半是明碼。他不斷收到斷斷續續的回報，說是在布爾諾發生一起槍擊事件。我問，究竟是布拉格還是布爾諾？還是兩個地方都有？只有布爾諾。我叫他繼續接聽，到這時五支電話機全響了。後來，我剛要走開，外交部又打專線電話進來。他說，路透社更正了消息，把布拉格改為布爾諾。關上門之後，我感覺這就像把一個馬蜂窩留在你家客廳。我進去時，老總就站在那裡。他聽到我上樓來了。對了，艾勒林後來在樓梯上鋪了地毯沒有？」

「沒有。」史邁利說。他仍不動聲色。有一次，他聽到安對海頓說：「喬治像隻蜥蜴，能把體溫降低到和周圍環境溫度一樣。那樣他就不必費勁適應環境了。」

「你知道他看你一眼有多快。他看了一眼我的手，看我有沒有帶電報給他，我真希望有帶什麼東西給他，但是我雙手空空。我說，『好像發生什麼緊急事件了。』我把大致情況向他做了彙報，他看了一下錶，我猜想他是在推算，要是一切順利，發生的會是什麼事情。我說『可以跟我講個大概嗎？』他坐了下來，我看不清他，他只打開桌上那盞綠色檯燈。我又說道：『我需要了解一下大概的情況。你要我否認嗎？為什麼我不能找個人進來幫忙？』他沒有回答。不過，我告訴你，根本找不到什麼人，但我當時根本不知道，『我一定得知道大概的情況。』我們聽得到樓下的腳步聲，我知道那是無線電通訊員在找我。『你要下去親自處理這件事嗎？』我繞到辦公桌那邊，從散在地上的檔案上跨過去，這些檔案全都打開著。你很可能會以為他正在編一部百科全書。有些檔案大概還是戰前的。他就這樣坐在那裡。」

山姆彎起手指，把指尖扶著前額，目光呆滯地盯著辦公桌。他另一隻手平攤開來，拿著想像中老總的懷錶。「『叫麥克法迪安替我叫輛計程車，然後把史邁利找來。』我問道，『那這件事呢？』我等了半天他才回答。『那是可以賴掉的。』他說，『兩個人用的都是外國護照。目前沒有人知道他們是英國人。』我說，『他們只說一個人。』接著我又說，『史邁利在柏林。』反正我記得是麼說。因此接著又是兩分鐘的沉默。『隨便誰都行。都一樣。』我應該為他感到難受，但是當時我同情不起來。我得首當其衝，可是我又什麼都不知情。麥克法迪安不在，因此我想老總自己可以叫到計程車，等我走到樓梯下面時，我想我當時的樣子一定就像戈登將軍在喀土木一樣。值班的那個老太婆把監聽到的最新消息像搖旗一樣向我搖著，警衛都大聲叫我，無線電通訊員拿著一疊電報，電話鈴響不絕，不僅是我的電話，而且四樓五、六個外線電話全都在響。我直奔值班室，把電話全切斷，靜下來估量一下局勢。監聽員——那個婆娘叫什麼名字，他媽的我一時記不起來了，常常跟道爾芬打橋牌的那個？」

「帕西爾。莫莉．帕西爾。」

「就是她。只有她說的情況是清楚的。布拉格電台宣布半小時內發布緊急新聞。那是一刻鐘以前的事。新聞裡要說的是一個西方國家公然侵犯捷克的主權，這是對各國愛好自由的人士的挑釁。除此之外，」山姆苦笑道，「這件事一定會叫人笑掉大牙。我當然先打到貝瓦特街，後來又發電報到柏林，要他們找你，立刻讓你搭飛機回來。我把一些主要的電話號碼交給梅羅斯，要他找個外面的電話，把單子上的負責人，不管是誰，想辦法找到一個。派西在蘇格蘭過週末，出去吃晚飯了。他的廚師給了梅羅斯一個號碼。他撥過去，請客的主人來接，說派西才剛離開。」

「對不起，」史邁利插話說，「你打電話到貝瓦特街幹什麼？」他用食指和拇指拉著他的上唇，弄得彷彿畸形似的，眼睛直瞪瞪地看著前面。

「萬一你提早從柏林回來了。」山姆說

「我回來了嗎？」

「沒有。」

「那麼你是跟誰說的話？」

「安。」

史邁利說：「安現在不在家裡了。你能告訴我你們說了些什麼嗎？」

「我說要找你，她說你在柏林。」

「就這麼點？」

「喬治，你知道當時發生了危機事件。」山姆以警告的語氣說。

「因此？」

「我問她知不知道比爾．海頓在哪裡。我有急事找他。我猜他正在度假，但也可能在她那兒。有人告訴我他們是表兄妹。」他又說，「況且，據我了解，他也是你們家的好友。」

「是啊，他是。她怎麼說？」

「不客氣地說了聲『不知道』就掛斷了。對不起，喬治。戰爭畢竟是戰爭。」

「她的口氣如何？」史邁利等那句格言在他們之間停留了一會兒以後這麼問。

「我已經告訴過你了，她很不客氣。」

山姆又說，羅伊在里茲大學物色人才，找不到他。

山姆邊打電話，邊頂著所有的風暴。他彷彿犯了侵略古巴的錯誤一樣：「軍方嚷嚷捷克坦克正在奧地利邊境調動，破譯組忙得無法應付布爾諾周圍的無線電通訊，至於外交部，值班辦事員就好像患了囈語症和黃熱病。先是拉孔，大臣也是，都來電嚷個不停，到了十二點半，我們收到捷克的新聞訊息，晚了二十分鐘，不過也還好。一個名叫吉姆．埃利斯的英國間諜，持捷克假護照，在捷克反革命分子的協助下，企圖在布爾諾附近森林綁架一位未透露姓名的捷克將軍，打算把人偷渡至奧地利邊境。埃利斯被槍擊中，但他們沒說是否打死了他，其他人正在搜捕中。我找工作假名索引，找到埃利斯就是吉姆‧普里多。於是我想，老總大概也會這麼想：如果吉姆被槍擊中，用的又是捷克護照，他們怎麼知道他的工作假名，又怎麼知道他是英國人？這時比爾‧海頓來了，臉白得像張紙。他在俱樂部的自動收報機上看到消息，就馬上趕到圓場。」

「那究竟是什麼時候？」史邁利微微地皺起眉頭。「一定很晚了。」

山姆臉上露出為難的神情。他說：「一點十五分。」

「的確滿晚了，可不是嗎。俱樂部的自動收報機那時間還開著嗎？」

「這個我可不知道，老兄。」

「比爾待的俱樂部是沙維爾俱樂部吧，是不是？」

「不知道。」山姆固執地說。他喝了幾口咖啡。「他的樣子真嚇人，我能告訴你的就是這些。原本我總以為他這個人性情乖僻。那天晚上可不是。沒錯，他很震驚。在那種情況下誰不會那樣？他來的時候，已經知道發生了槍擊事件，別的就不知道。等我告訴他中槍的是吉姆時，他的眼光就像瘋子一樣。我還以為他要朝我撲過來呢。『中槍。怎麼中槍的？死了嗎？』我把報導塞在他手中，他一張接一張看──」

「他難道沒有從自動收報機上得知詳情？」史邁利輕聲問，「我還以為那時消息早已傳開了呢：吉姆中彈。那不是頭條新聞嗎？」

「那就要看他看到的是哪份新聞報導了。」山姆聳聳肩，「反正，他把事情接過手去，到天亮時精神已經恢復了一些，可以說恢復了鎮靜。他告訴外交部不要慌張，他找到托比・艾斯特海斯，派他去逮了兩個捷克間諜，是倫敦經濟學院的學生。比爾之所以原本一直沒去找他們的麻煩，是打算把他們搞過來派去捷克的。托比的點路燈組把他們綁了過來，關進薩勒特。然後，比爾打給捷克駐倫敦的常駐站長，不客氣地對他說，要是他們傷了吉姆・普里多一根寒毛，他就要他好看，叫他成為同行的笑柄。比爾叫他把這番話傳給他的上司。我覺得好像是大家圍在街上看意外事故，只有比爾是醫生。他打給一個報界的友人，透露給他說，埃利斯是捷克雇用的，和美國有關係，他可以報導這個消息，但不能指明來源。這條消息當天果然上了報。他一有空就到吉姆的房間去檢查，看看有沒有什麼東西會被頭腦機靈的記者發現，猜出埃利斯就是普里多。我可以說，他幹得相當乾淨俐落，家屬啊，什麼的全都收起來了。」

「沒有什麼家屬。」史邁利說。「我想除了比爾以外。」他低聲補充一句。

山姆最後說：

「八點鐘，派西・艾勒林來了，他是搭空軍專機來的，滿臉笑容。我想到比爾此時的心情，覺得派西這樣真不智。他問我為什麼是我在值班。我就把我告訴瑪麗・馬斯特曼的原因告訴他：因為沒地方住。他用我的電話跟大臣約了會見的時間，還在講電話時，羅伊・博朗德進來了，他大發脾氣，其實是喝醉了，他問誰在多管他的閒事，這等於是指名道姓在罵我。我說，『老兄，別忘了吉姆。你在這裡該可憐可憐他。』但是羅伊貪心不足，喜歡活人，不喜歡死人。我把電話總機移交給他，下樓到薩伏伊吃早餐，看星期日的報紙。他們不但登出了布拉格電台的消息，還登了外交部表示不屑的否認聲明。」

史邁利最後說：「你後來就去了法國南部？」

「過了兩個月愉快的假期。」

「有沒有人再問過你──例如，關於老總的事？」

「我回來以後才有。你那時已被開除，老總也生病住院了。」山姆的聲音低沉了一些，「他沒有幹什麼傻事吧？」

「他接著就死了。然後呢？」

「派西當上代理處長。他把我叫去，要知道我為什麼代替了馬斯特曼值班，以及我和老總交換了什麼情況。我堅持原來的說法，派西說我撒謊。」

「那麼他們就是因為這個而把你開除了？撒謊？」

「酗酒。警衛們總算立了功。他們在值班室的垃圾桶裡找到五個啤酒罐，回報給管理組。按規矩大樓裡不准飲酒。後來有個紀律委員會判定我犯有縱火焚毀皇家碼頭的罪名，因此我就失了業。你呢？」

「哦，差不多。我無法讓他們相信我沒有參與其事。」

「唉，以後你如果要割斷誰的喉嚨，」山姆從一扇旁門安靜地看著外面一條漂亮的小巷，「打個電話給我。」史邁利陷入沉思。「如果你想賭錢，」山姆又說，「把安漂亮的朋友帶一個過來。」

「山姆，聽我說。比爾那天晚上是在跟安睡覺。別忙，聽我說。你打電話給她時，她告訴你比爾不在那裡。她一掛電話，就把比爾推下床，一個小時後，他到了圓場，已經知道捷克發生槍擊事件。要是你把情況直接了當地告訴我，比如說像寫張明信片那樣只用一言半語，你要說的其實就是這一些，是嗎？」

「基本上是。」

「但是你打給安的時候，你沒有把捷克的事告訴她——」

「他在去圓場的路上先去了一下俱樂部。」

「如果俱樂部還開著的話。很好，那麼他怎麼會不知道吉姆．普里多中了槍？」

在白天的光線下，山姆顯得有點老，儘管臉上笑容未褪。他好像要說什麼，但又改變了主意。他似乎很生氣，又覺得氣不起來，接著又沒了表情。「再見，」他說，「但要多加小心。」說完，他又退到他選擇的這個行業的永恆長夜裡。

27

那天早上，史邁利離開艾萊旅館、前往格羅斯凡諾廣場時，街上的陽光耀眼，天空蔚藍。但在他開著租來的羅佛牌汽車，經過埃奇瓦爾勒兩旁難看的建築時，風停了。天空又聚起欲雨的密雲，只有柏油路上殘餘的紅光讓人想到方才的陽光。他在聖約翰伍德路停車，那是在一棟新大樓的前院，大樓前有個玻璃入口處，但是他沒走入口進去。他走過一座大型雕塑，看不出是什麼，好像是一團亂七八糟的宇宙物體。他在寒冷的毛毛細雨中走到大樓外一個往下的樓梯，牆上標著「出口」兩字。第一層樓梯是用水磨石砌的，扶手是非洲柚木，一到下面，承包商就偷工減料了。不像剛才豪華，水泥抹得很馬虎，空氣中有一股堆積許久的垃圾臭味。他的態度小心翼翼，但不是偷偷摸摸。到了鐵門前，他先停下來，而後伸出雙手去推那個長門把，還深深吸了一口氣，像是要接受什麼考驗。門開了一呎，碰到東西又停住；裡面一陣怒喝，迴音繞梁，像是在游泳池裡叫喊一樣。

「喂，你怎麼不當心點兒？」

史邁利從門縫中擠了進去。門碰在一輛非常光亮的汽車的擋板上，但史邁利沒去看車。車庫裡有兩個穿著工作服的人正在沖洗一輛放在升降車裡的勞斯萊斯。兩個人都朝他這邊看。

「你幹嘛不走那邊？」還是那個憤怒的聲音，「你是這裡的住戶嗎？為什麼不搭住戶電梯？這樓梯是消防梯。」

看不清是哪個在說話，不過，不論是誰，他的斯拉夫口音都很重。升降車的燈光在他背後。矮的那個手中拿著水管。

史邁利向前走去，注意不將手插在口袋裡。拿水管的那人繼續工作，但那個高個子仍在暗處看著他。他穿著一身白色工作服，尖領子翻起，有了一種洋洋自得的神氣。他的滿頭黑髮往後梳。

「我不是住戶，」史邁利承認，「不過我不知道可以跟誰談談我想租個地方的事。我姓卡邁克爾，」他大聲解釋道，「我在馬路那邊買了一棟公寓。」

他做出像是要掏出名片的姿勢，好像他的證件比他貌不驚人的外表更能介紹他的身分。「我願意預付租金，」他答應說。「我願意簽個合約，或是什麼的。只要是光明正大的。我可以找個證人，預付租金，只要合理就行。我的車是羅佛汽車。一輛新車。我不想背著公司做生意，我不主張這樣。只要合理，我都願意。我本來想把車開過來，但我不太想冒失。說來好笑，外面那樓梯我不喜歡。它太新了。」

史邁利裝出一種囉哩囉嗦的樣子說明來意，自始至終像個低聲下氣的懇求者，站在梁上一盞強烈的燈光下，對方可以將他看得一清二楚。這種態度產生了效果。穿白衣的人離開升降車，往嵌在兩根鐵柱間的一個玻璃小房間走去，頭擺了一下，示意史邁利跟著過去。他邊走邊拉下手套。這是皮手套，手工縫製，很貴。

「你推門小心點，」他仍大聲警告，「用電梯或許得多付幾鎊。這樣你會省事許多。」

「麥克斯，我有事跟你談，」他們一進了玻璃小屋，史邁利就說，「單獨談。不在這裡。」

麥克斯體格魁梧，臉色蒼白，像個少年，然而皮膚卻皺得像個老頭子。他長得很英俊，眼神沉著。他身上有一種沉穩的神氣。

「現在？你要現在談？」

「到車裡去。我有輛車子在外面。你從樓梯上去就看得到。」

麥克斯把手圍在嘴邊，朝車庫那頭大喊。他比史邁利高過半顆頭，嗓門就像鼓隊隊長。史邁利聽不清他說什麼。他們倆很可能都是捷克人。那邊沒有回話，但是麥克斯已在解開工作服的鈕扣了。

「是關於吉姆．普里多的事。」史邁利說。

「我知道。」麥克斯說。

•

他們開車到漢姆斯丹德，坐在發亮的羅佛汽車裡，看著孩子們在水塘裡敲冰。雨終於停了，也許是因為天冷。

到了外面，麥克斯穿著一身藍衣服，藍襯衫，領帶也是藍的，但與別的藍色稍有區別；各種藍色深淺不一，如此講究，他大概花了不少功夫，他手上戴著好幾枚戒指，長統靴側邊有拉鍊。

「我已經不在裡面了。他們告訴你了嗎？」史邁利問。麥克斯聳聳肩。「我以為他們會告訴你。」

史邁利說。

麥克斯直挺挺地坐著；他沒有靠坐著椅背，他太自大了。他沒有看著史邁利。他的眼光凝視著水塘，凝視著在蘆葦叢中嬉戲的小孩。

「他們什麼都沒告訴我。」他說。

「我被撤職了，」史邁利說，「大概跟你是同一時間。」

麥克斯似乎挺了一下身子，隨即又縮了回去。「太糟糕了，喬治。你現在做什麼，偷錢？」

「我不想讓他們知道，麥克斯。」

「你保密，我也保密。」麥克斯掏出金菸盒，給史邁利一支菸，史邁利謝絕了。

「我要聽你說說究竟發生什麼事，」史邁利繼續說，「我在他們將我開除之前就想弄清楚，但是沒時間。」

「他們就是因為這個而開除你？」

「可以這麼說。」

「你啥都不知道，唔？」麥克斯的目光仍然冷冷地看著孩子們。

史邁利說得很簡單，同時注意著麥克斯的反應，生怕他沒聽懂。他們本來可以講德語，但他知道麥克斯不願意。因此他講英語，同時看著麥克斯的臉。

「我什麼都不知道，麥克斯。我根本沒參加。事情發生時我人在柏林，這件事是怎麼計劃、什麼背景，我一概不知。他們打電報給我，我回到倫敦時已經太遲了。」

「計劃，」麥克斯重複說，「是有一些計劃。」他的下巴和面頰突然布滿皺紋，眼睛瞇細了，不知是在苦笑還是微笑。「那麼你現在有的是時間了，喬治？沒錯，是有一些計劃。」

「吉姆有一件特殊任務要完成。他指名要你。」

「是呀。吉姆要麥克斯替他把風。」

「他怎麼要到你的？他是不是到阿克頓去，跟托比．艾斯特海斯說，『托比，我要麥克斯』？他是怎麼要到你的？」

麥克斯的雙手擱在膝上。手指十分整潔而且修長，但是骨節都很粗壯。他一聽到艾斯特海斯的名字，就合攏雙手掌心，彷彿是籠子逮到了一隻蝴蝶。

「什麼？」麥克斯問。

「究竟發生什麼事？」

「是祕密的。」麥克斯說，「吉姆是祕密的，我也是祕密的。跟現在一樣。」

「說吧，」史邁利說，「請你說吧。」

麥克斯說起這件事，就像是在說普通的問題：像是家庭問題、工作問題、愛情問題。那是一個星期一的晚上，十月中，是的，十月十六日。那時是淡季，他有好幾個星期沒到國外了，覺得很厭煩。當天他整天都在偵察布魯姆斯伯里的一幢房子，是兩個中國學生住的；點路燈的打算偷偷去搜查。他正要回阿克頓洗衣店寫報告，吉姆在路上將他攔下，演了一場假裝是偶然巧遇的戲，把他帶到水晶宮，他們坐在車裡談話，就像現在這樣，只不過說的是捷克話。吉姆說，有一件特殊任務要完成，任務很重大，很祕密，不能讓圓場其他人知道，就連托比．艾斯特海斯也不能知道究竟是什麼事。這是最高層面交代下來的，很艱鉅。麥克斯有興趣嗎？

「我說：『當然，吉姆。麥克斯有興趣。』於是他吩咐我：『請個假。你去找托比，告訴他：托比，我母親病了，得請幾天假。』我沒有母親。『好吧』我說，『我去請個假。多久，吉姆？』」

吉姆說，這件事從頭到尾不會超過這個週末。他們星期六去，星期天就可以回來。接著他問麥克斯，目前有沒有可用的身分證件，最好是奧地利的，做小生意的，還有相應的汽車駕照。如果麥克斯在阿克頓沒有現成的，那麼吉姆可以在布里克斯頓替他弄到一份。

「我說，當然，我有，叫哈特曼．魯迪，奧地利林嗣人，捷克蘇台德移民。」

於是麥克斯編了一個他在布拉德福有個女朋友惹了麻煩的故事給托比聽，托比訓了他十分鐘關於英國兩性之間的規矩的話。到了星期四，吉姆和麥克斯在當時剝頭皮組租下的一處安全聯絡站碰頭，那是在蘭伯恩的一幢破房子。吉姆隨身帶著鑰匙。吉姆又說了一遍，一共只需要三天，在布爾諾郊外跟人偷偷碰個頭而已。吉姆帶了一張大地圖，兩人仔細研究了一下。吉姆用捷克人的身分旅行，麥克斯則用奧地利人身分。他們分兩路前往布爾諾。吉姆從巴黎飛到布拉格，之後再坐火車。他沒有說他自己帶的是什麼護照，但麥克斯猜是捷克的，因為捷克原本就是吉姆的祖國。他見過吉姆用過。麥克斯化名哈特曼．魯迪，做玻璃和爐子生意。他要從米古洛夫附近開車越過奧地利邊境，再向北駛向布爾諾，中間有充裕的時間，到星期六晚上六點半，才在足球場附近一條小路上與吉姆相會。那天晚上七點有一場盛大的比賽。吉姆跟著人潮走，到小路就上了麥克斯正等著的車。他們商量好時間，萬一碰不上怎麼辦，還有其他老套的應急措施。麥克斯說，反正，他們對彼此的習慣作風都很了解。

車一出布爾諾，他們就要走比洛維奇公路到克爾蒂尼，朝東折向拉奇斯。在拉奇斯公路上，他們會看到左邊停著一輛黑色汽車，很可能是台飛雅特。車牌頭兩碼是九九。車上的駕駛會在看報紙。他們就停下來，麥克斯過去問他出了什麼事。那人會回答他的醫生叫他開車每次不要超過三小時。麥克斯就要說，是啊，長時間開車對心臟不好。這時，那人就會告訴他們把車停在哪裡，然後叫他們坐上他的車前往碰頭的地點。

「你們去見誰，麥克斯？吉姆有告訴你嗎？」

沒有，吉姆說的就只有這些。

麥克斯說，到布爾諾之前一切都按照計劃。從米古洛夫出發，他被兩個騎摩托車的便衣跟了一陣子，他們每隔十分鐘就換一個上來，但他猜那是因為他用的是奧地利車牌，所以沒去理會。他很充裕地在下午三、四點就到了布爾諾，為了把事情裝得像樣些，他到旅館開了一個房間，在餐廳裡喝了兩杯咖啡。有個眼線盯上他，麥克斯就向他大談玻璃的生意經，還談到他在林嗣的女友跟美國人跑了。吉姆頭一次沒有露面，後來一小時後才在約好的地方出現。麥克斯以為是火車誤點，但吉姆叫他「慢慢開車」，他馬上知道出事了。

吉姆告訴他，計劃有變，現在要這樣進行：麥克斯要完全置身事外。他開到約好的地方就先讓吉姆下車，然後待在布爾諾，直到星期一上午。他不得和圓場任何一條「貿易」路線接觸：不得和阿格拉瓦特諜報網及柏拉圖諜報網的任何人聯繫，更不得和布拉格常駐站聯繫。如果星期一上午吉姆沒有在旅館露面，麥克斯就趕緊脫身，不論用什麼辦法。如果吉姆出現了，麥克斯的任務就是把吉姆的口信帶給老總：口信很簡單，可能不超過一個詞。他回到倫敦後就直接去找老總，透過老麥克法迪安約個時間，把口信帶個老總。明白了嗎？如果吉姆沒露面，麥克斯就回去幹原來的工作，什麼都推說不知道，不論對圓場內外都是。

「吉姆有說為什麼改變計劃嗎？」

「吉姆很擔心。」

「是不是他在前去跟你見面的路上出了什麼事？」

「可能。我對吉姆說：『我說，吉姆，我跟你一起去吧。你很擔心。我來把風，我給你開車，幫你開槍，怕什麼？』可是吉姆生了氣，我這樣說對嗎？」

「對。」史邁利說。

他們開到拉奇斯公路上，找到停在那裡的那輛車，車燈沒開，對著一條田間小徑，那是一輛飛雅特，黑色，車牌頭兩碼是九九。麥克斯停了車，讓吉姆下車。吉姆朝那輛飛雅特走過去時，那個開車的把門打開一道縫，好讓車內自動亮燈。他在方向盤上打開一份報紙。

「你能看清他的臉嗎？」

「臉在暗處。」

麥克斯等了一會，他們大概在交換暗號，吉姆坐了進去，車就沿著小徑開走了，還是沒有亮燈。麥克斯回到布爾諾。他坐在餐廳裡喝著烈酒時，聽到全城一片隆隆聲。原本他以為聲音是從足球場傳來，後來才弄清楚是卡車的聲音，有列車隊正從公路上駛來。他問女侍發生什麼事了，她說，森林裡發生槍擊事件，是反革命分子搞的。他走到外面上了自己的車，打開收音機，聽到布拉格的新聞。這是他第一次聽到還有一位將軍涉及。他猜想，到處一定都設了檢查哨，反正吉姆指定他在旅館待到星期一上午。

「也許吉姆會送信給我。也許會有反抗運動的人來找我。」

「帶來一個詞的口信。」史邁利悄悄地說。

「是呀。」

「他有沒有說是什麼詞？」

「你瘋了。」麥克斯說，這是一句陳述句，也是問句。

「一個捷克詞，還是英國詞，或者德國詞？」

麥克斯說，沒有口信送來。他根本不想回答瘋子的問題。

星期一，他把入境的護照燒掉，換了車牌，用了德國的脫逃護照。他不往南走，改往西南，丟了車，坐上長途巴士過境到弗萊斯塔特，這條路線是他所知最安全的一條。到了弗萊斯塔特，他喝了杯酒，找女人睡了一覺，因為他感到糊塗、生氣，需要喘喘氣。他在星期二晚上回到倫敦，儘管吉姆叫他無論如何都要想辦法去找老總，但是「那很困難。」他說。

他想打電話找，但只能接到老媽媽那兒為止。麥克法迪安不在。他想寫信，但想起吉姆說的，不能讓圓場任何人知道。他認為寫信太危險。阿克頓洗衣店有人傳說老總病了。他想打聽老總住的醫院，但打聽不到。

「洗衣店的人知不知道你去哪兒了？」

「應該不知道。」

他還在納悶時，管理組傳他過去，說要看他的哈特曼．魯迪的護照。麥克斯說他搞丟了，這確實相當接近事實。怎麼不報告？他沒發現。何時搞丟的？他不知道。他最後見到吉姆．普里多是什麼時候？他記不清楚了。他被送到薩勒特的育成所，麥克斯覺得很不爽。兩、三天後，審問組對他厭煩了，要不然就是有人叫他們停止審問。

「我回到阿克頓的洗衣店。托比．艾斯特海斯給了我一百英鎊，叫我滾蛋。」水塘邊一陣尖叫稱好。原來是兩個男孩打破了一塊冰，水從洞裡汩汩冒出。

「麥克斯，吉姆出了什麼事？」

「什麼？」

「你能聽到一些傳言的。流亡者之間總有謠言流傳。他出了什麼事？是誰照顧他，比爾．海頓是怎麼把他買回來的？」

「流亡者不再跟麥克斯說話了。」

「但你還是聽到了一些，是不是？」

這次是那雙白皙的手告訴了他。史邁利看到他的手指伸開，一隻手五根，另外一隻手三根，麥克斯還沒開口，他心中已經感到了不好受。

「他們從背後開槍打了吉姆。也許吉姆正要逃走，管它的？他們把吉姆關進監牢。這對吉姆當然不是滋味。對我的朋友也不是滋味。」他開始數了起來：「普里比爾，」他開始數道，碰了一下大拇指。「布科瓦．米萊克，普里比爾老婆的弟弟。」他彎了一根手指。「還有普里比爾的老婆。」又是一根手指，第三根手指。「科林．吉里，他的妹妹，全都死了。這是阿格拉瓦特諜報網。」他換了一隻手。「這個諜報網完蛋了以後，柏拉圖諜報網也完蛋了。先是拉波丁律師，接著是蘭德克朗將軍、打字員艾娃．克里格羅娃和漢卡．比羅娃。也全都死了。這個代價可不低啊，喬治，」他把乾淨的手指舉到史邁利面前——「一個英國人吃了一子彈，這個代價可不低。」他生了氣。「你管閒事幹什麼，喬治？圓場不把捷克放在心上。盟國不把捷克放在心上。有錢的人不會幫窮人逃出監牢！你要知道內情嗎？有個詞兒Märchen，英文是怎麼說的，喬治？」

「童話。」史邁利說。

「對啦，以後請你別再告訴我什麼英國人要拯救捷克的童話故事了！」

「也許不是吉姆，」史邁利沉默許久後才說。「也許是別人把諜報網洩了密。不會是吉姆。」

麥克斯已經在開車門。「管它的？」他問道。

「麥克斯。」史邁利說。

「別擔心，喬治，我沒地方可以出賣你好嗎？」

「好。」

史邁利坐在車裡，看著他叫了一輛計程車。他揮揮手，好像在叫侍者似的。他說了地址，對司機連看都不看一眼，然後就坐上車走了。他腰桿仍舊挺直，眼睛望著前方，好像一個國王，不看群眾一眼。

計程車消失後，孟德爾督察長慢慢地從長凳上起身，邊摺著報紙，邊走到羅佛車這邊來。

「你很乾淨，」他說，「背後很乾淨，良心也很清白。」

然而史邁利不是這麼有把握。他把車鑰匙交給他，自己走向公車站，為了向西走，先越過了馬路。

28

他的目的地是弗里特街底一家擺滿酒桶的酒館。在別的地段喝午飯前的開胃酒，三點半可能已經晚了點，但是當史邁利輕輕推門進去時，看到了十幾個朦朧人影從酒吧櫃台那邊轉過頭來看著他。角落一張桌邊坐著傑里．威斯特貝，桌上放著一大杯的粉紅色琴酒，與塑膠假拱頂或牆上的假毛瑟槍一樣不顯眼。

「老兄，」傑里．威斯特貝羞怯地說，聲音好像是從地下冒出來的。「想不到是你。嗨，吉米！」他一手按住史邁利的肩膀，一手打招呼要酒，他的手又粗大又結實，原來傑里曾經在一個鄉下板球場擔任過守門員。和其他守門員不同的是，傑里個子高大，不過因為放下手準備接球成了習慣，他的肩膀仍舊下垂。他一頭黃髮已經發白，滿臉通紅，穿著一件奶油色的綢料襯衫，繫著一條著名的運動領帶。看到史邁利無疑讓他非常高興，因為他滿面笑容。

「真沒想到會在這裡見到你，」他又說，「真是想不到。你最近在幹什麼？」——他把他一把拉到自己旁邊坐下，「曬太陽，睡大覺？」他急切地問，「喝點什麼？」

史邁利要了一杯血腥瑪麗。

「這偶遇不全然是巧合，傑里。」史邁利承認道。兩人沉默了一會，傑里突然急著要打破沉默。

「對了，你那個老婆好嗎？一切都好嗎？那才行。我總是說啊，你們是最美滿的一對。」

傑里．威斯特貝自己結過好幾次婚，但是沒有一次令他滿意。

「我跟你對調一下，喬治，」他建議道，肩膀向他一撞，「我去跟安過日子，每天睡大覺，你來做我的工作，報導女子乒乓球賽。怎麼樣？」

「乾杯。」史邁利好脾氣地說。

「說實話，很久沒看到哥兒們和娘兒們了。」傑里尷尬地招認，不知為什麼羞紅了臉，「去年收到老托比的耶誕卡片，這就是我的命運。我想他們把我也給忘了。倒也不能怪他們，」他用手指彈一彈玻璃杯，「喝太多了，就是為了這個。他們以為我會嘴快說出來。失去控制。」

「他們不會那樣。」史邁利說，兩人又沉默不語。

「勇士的錢太多不好。」傑里一本正經地說。他們多年來一直喜歡說這句印第安人的笑話，史邁利聽了心中一沉。

「來一杯怎麼樣？」他說。

「怎麼樣？」傑里說，他們一起喝了酒。

「我讀完你的信馬上就燒掉了。」史邁利神色自若輕聲地說，「怕你不放心。我沒告訴任何人。反正已經太晚了。一切都已過去了。」

聽到這話，傑里的面色漲得發紫。

「因此他們辭退你，不是因為你寫了那封信給我，」史邁利仍然輕輕說著，「你可不能那麼想。而且，這封信是你親手交給我的。」

「你很夠朋友，」傑里喃喃道，「謝謝你。我本來不該寫的。多管閒事。」

「沒有的事。」史邁利邊又要了兩杯酒，「你是為了圓場好。」

史邁利覺得這樣說有點像拉孔。但是要和傑里談話，唯一方式就是用傑里的報紙陳述法：句子要短，說話要快。

傑里吐了幾口菸。「最後一項任務，哦，那是一年前，」他又高興地說起來，「不止一年了。把一個小包裹送到布達佩斯。其實也沒什麼。公用電話亭。放在頂上，把手舉起。就放在那裡了。小孩子的玩意兒。你放心，我沒出錯，我還先估算了一下。有安全暗號。『亭空，請用』你知道，這是他們教我們的。你們這幫子人最了解了，對吧？你們是『貓頭鷹』。各幹各的，規矩是這樣。多的不幹。合起來就成了一個整體。計劃是如此。」

「他們很快就會登門去求你。」史邁利安慰道，「我想他們大概是讓你休息一陣子。你知道，他們常這麼做。」

「希望如此。」傑里恭敬地微笑道。他喝酒的時候，酒杯微微發抖。

「就是你在寫信給我前出門的那趟嗎？」史邁利問。

「對。實際上也就是同一趟，先到布達佩斯，再到布拉格。」

「你是在布拉格聽到那消息的？你給我信中說的那個消息？」

吧台那邊，一個身穿黑衣、臉色紅潤的人正在預言國家馬上就要崩潰。他說，頂多再三個月就會完蛋。

「難搞的傢伙，托比．艾斯特海斯。」傑里說。

「但還不錯。」史邁利說。

「是啊，老兄，第一流。很傑出，我的看法。但是難搞，你也知道。怎麼樣？」他們又喝了酒，傑里．威斯特貝在腦袋後伸出一根手指，假裝是印地安人的羽毛。

「問題是，」吧台那邊那個臉色紅潤的人喝了一口酒說，「我們根本沒料到。」

他們決定馬上去吃飯，因為傑里要給明天的報紙發稿：某個首席足球員在商店扒竊被捕。他們到一家咖哩餐廳，吃飯時還供應啤酒。他們商量好，如果碰到什麼人，傑里便把史邁利當作他的銀行經理介紹給對方，因為這個主意，他在吃那頓滿意的飯時一直很高興。餐廳裡播著背景音樂，傑里稱之為蚊子的交配飛行，有時甚至淹沒了他粗嘎嗓子的輕聲說話；這樣也不錯。史邁利硬著頭皮表示很喜歡吃咖哩。傑里開始時還有點勉強，後來就開始說起另一個故事，也就是親愛的老托比不許他報導的那個故事，和一個叫吉姆．埃利斯的人有關的故事。

•

傑里．威斯特貝是個極為難得的證人人選。他沒有幻想，沒有惡意，沒有個人意見。他只覺得這件事很古怪。他一直忘不掉這件事，但說也奇怪，他後來再也沒跟托比談起過。

「就是這張卡片，你瞧，『耶誕快樂，托比。』一張雪中街景的圖片，是李登霍爾街。」他大惑不解地看著電扇，「李登霍爾街沒有什麼特別的地方吧，老兄？不是什麼間諜窩或碰頭的地方吧？」

「據我所知都不是。」史邁利笑道。

「真不明白他為什麼選了一張李登霍爾街雪景的耶誕卡。真怪，你說是不是？」

史邁利說，也許他只是想選一張倫敦雪景。托比在許多方面終究都保有一點外國習氣。

「我覺得，要保持聯絡，這樣未免太古怪了點。過去總是送我一箱威士忌，非常準時。」傑里皺起眉頭，喝了一口。「我倒也不是在乎威士忌，」他迷惑地解釋，他一生常常因為感到迷惑，而沒有遠景。「我要喝隨時可買。只不過，既然我人在圈子外，什麼都會看成是別有用意的，因此禮物也很重要，你明白我的意思嗎？」

那是在一年前，精確地說，是在十二月。傑里．威斯特貝說，布拉格的體育餐廳不是西方記者常去的地方。他們多半在「宇宙」或「國際」，低聲談話，聚集在一起，他們都很提心吊膽。體育餐廳是傑里常去的地方，在贏了韃靼隊那場比賽後，傑里帶著守門員霍洛托克去了那裡，從此以後，傑里和酒保就有了交情，他名叫斯坦尼斯拉夫斯，也叫斯坦。

「斯坦是個自由自在的人。他愛怎麼樣就怎麼樣，讓你覺得捷克好像還是個自由的國家。」他解釋道，餐廳主要是個酒吧。而在捷克，酒吧就是夜總會，而夜總會就是蘭姆酒。史邁利附和說想必這會令人糊塗。

一如往常，傑里在那裡時總是會豎起耳朵留心聽著，畢竟這是捷克。有一、兩次，他居然給托比帶回一些片言隻語，或是替他提供一些人的線索。

「即使聽到的不過是外幣交易、黑市之類的事。據托比說，也都是有用的。一鱗半爪的加起來，反正托比就這麼說。」

的確，史邁利同意。就是這樣。

「托比是『貓頭鷹』，對吧？」

「當然。」

「你看，我原來是在羅伊．博朗德底下工作。後來羅伊升了官，我就由托比領導。說實在的，有點令人不安，老是換人。乾杯。」

「你去走那趟之前已經替托比工作多久了？」

「一、兩年，不會更久。」

菜送上來時，他們沒再說話，酒杯又斟滿了。傑里．威斯特貝的粗手把胡椒撒在菜單上最辣的一道菜上，接著又在上面倒了一層猩紅色的調味料。他說，這調味料是為了吃起來又更辣點。「是老廚師特地為我調的，」他解釋道，「放在最下層的架子。」

他繼續說下去。那天晚上在斯坦的酒吧裡，有個頭髮剪得短短的小夥子，挽著一個漂亮小姐。

「因此我想：『注意啦，傑里，那是當兵的人的髮型。』對不對？」

「對。」史邁利附和著，心想，在某些方面，傑里自己也是「貓頭鷹」。

原來那小夥子是斯坦的姪子，因為會說英語，相當自豪：「你不知道啊，有人會因為有機會表現自己的外語本領，什麼都會告訴你。」他正在休假，愛上了那個小姐，假期還有八天，人人都是他的好朋友，包括傑里。應該說，特別是傑里，因為傑里會付酒錢。

「我們大家都擠著坐在角落的一張大桌，有大學生，有漂亮的小姐，什麼人都有。老斯坦也從櫃台後面走了出來，有個小夥子修好了錄音機。大家都很自在，又是喝酒，又是喧鬧的。」

傑里解釋道，這喧鬧特別重要，因為這樣他就能和那個小夥子搭訕，而不會引起別人注意。那小夥子就坐在傑里旁邊，從一開始就對他有好感。他一隻胳膊摟著他的小姐，一隻胳膊搭在傑里肩上。

「他那種小夥子碰到你身上是不會讓你起雞皮疙瘩的。我一般不喜歡被別人碰。希臘人就喜歡碰，我最恨這樣。」

史邁利笑著說他也最恨那樣。

「說來奇怪，那小姐有點像安，」傑里回想道，「狡黠，你懂我意思嗎？像嘉寶一樣的眼睛，很性感。」

因此就在大家唱歌、喝酒、玩著接吻遊戲時，那個小夥子問傑里想不想知道有關吉姆．埃利斯事件真相。

「我裝作從來沒聽說過，」傑里向史邁利解釋，「『很想知道，』我說，『吉姆．埃利斯是誰？』那個小夥子看了我一眼，好像我是個傻瓜。他說，『一個英國間諜。』你瞧，誰都沒聽到我們說話，大家都在叫啊、喊啊，唱著那些快活的歌。他的小姐倚偎在他懷中，頭靠在他肩上，但是她已經半醉了，有些迷迷糊糊，因此他就一個勁兒地跟我說話，因為自己能說英語很得意，你懂嗎？」

「我懂。」史邁利說。

「『英國間諜，』他對著我的耳朵直嚷，『戰時和捷克游擊隊一起打過仗。到捷克來自稱哈耶克，被俄國祕密警察開槍打中。』我聳一聳肩說，『我這是第一次聽到，老兄。』不能操之過急，你懂嗎？任何時候都不能操之過急，不然會把他們嚇跑。」

「你說的一點也沒錯。」史邁利衷心表示同意，接著就耐心地招架一些有關安的問題，以及愛一個人、一輩子真心愛一個人究竟是什麼滋味的問題。

•

據傑里．威斯貝特說，那個小夥子告訴他：「我是徵兵入伍的。我要是不入伍就不能上大學。」十月間，他在布爾諾附近的森林裡進行基本訓練演習。那邊的森林裡一直都有許多部隊駐紮；一到夏天有時會整整一個月不對民眾開放。單調乏味的步兵操練原本規定要進行兩個星期，但是到了第三天就無緣無故取消了，部隊奉令開拔回城。命令就是：馬上收拾返回營區。整座森林要在天黑前撤空。

「各種謠言立刻就紛紛傳開了。」傑里接著說，「有人說，季斯諾夫的導彈研究站被炸了。也有人說，訓練營的新兵發生叛變，開槍射殺俄國兵。布拉格又發生暴動，俄國人接管了政府，德國人打了進來，天曉得究竟發生什麼事。你知道當兵的都是那樣的。不論在哪裡，當兵的都一樣。謠言傳來傳去，沒完沒了。」

談到當兵的，傑里．威斯特貝又不免問起在軍中認識的一些朋友，也是史邁利有泛泛之交、但後來淡忘的一些人。最後他們又言歸正傳。

「他們就背起背包，爬上卡車，只等開動。剛走了半哩路，車隊忽然又停住，命令他們開到路邊，卡車都得退回樹林裡，結果陷在泥裡，掉進溝裡，一片混亂。」

據威斯特貝說，原來是俄國人來了。他們從布爾諾的方向開來，急急忙忙說凡是捷克的東西都得撤走，否則一切後果自負之類的話。

「先是有一隊摩托車疾駛而來，揮舞著手電筒，開車的人朝他們大聲嚷嚷。接著來了一輛參謀車，上面坐著穿便服的人，那個小夥子估計共有六個人。後面是兩輛卡車的特別部隊，個個全副武裝，臉上塗著迷彩，殺氣騰騰的。最後一輛卡車裝的都是追捕的警犬。看上去完全是一副要上陣作戰的樣子。我沒讓你厭煩吧，老兄？」

威斯特貝用手帕擦擦臉上的汗，眨著眼睛，好像剛剛醒過來似的。他的綢料襯衫也被汗濕透了，就像剛淋過浴一樣。史邁利不喜歡咖哩，因此又要了兩罐啤酒，要把咖哩味沖掉。

「故事的第一部分就是捷克軍隊撤了出去，俄國軍隊開了進來。明白了嗎？」

史邁利說，明白了，他心想，他早就預料到這一著。

但是小夥子回到布爾諾以後，很快就聽說他的部隊在這件事中分配到的任務還沒完成。除了他們之外，又來了一個車隊。隔天晚上兩個車隊就在鄉下來來回回地轉了十來個小時，沒有一個明顯的目的地。他們向西開到特熱比奇，停了下來等候通訊隊向總部通報，過了很久才又折向東南，開到奧地利邊境上的滋諾伊莫，邊開邊收發電報，像瘋了一樣；誰也不知道走這條路線是奉了誰的命令，誰也說不出個所以然來。有一次，他們還奉命把刺刀上鞘，又有一次下車紮營後，接著又背起背包重新出發。一路上還碰到其他部隊；在伯爾熱次拉夫鐵路調車場，有坦克在圍著轉，有一次還有一對自動推進的大砲架在事先鋪好的軌道上。不管到什麼地方，情況都一樣：一片混亂，莫名其妙。有的老兵說，誰叫你是捷克人？這是俄國人給你的懲罰。回到布爾諾以後，那小夥子聽到了一個不同的解釋。說是俄國人在追捕一個叫哈耶克的英國間諜。他在偵察研究站時想綁架一名將軍，被俄國人開槍打中了。

「你瞧，因此那個小夥子問，」傑里說，「那個小夥子就問他的班長：『既然哈耶克已經中了彈，我們為什麼還要在鄉下亂轉，搞得天翻地覆？』班長對他說，『因為我們是軍隊。』全世界的班長都一樣。你說什麼？」

史邁利不動聲色地說：「我們剛才說的事情發生在兩個晚上，傑里。俄國人開進森林裡是在哪個晚上？」

傑里．威斯特貝迷惑不解地皺起眉頭。「那個小夥子要告訴我的就是這件事，你知道嗎？喬治。他在斯坦的酒館裡要告訴我的就是這件事。謠言傳的究竟是什麼。俄國人是星期五開進去的。他們到星期六才開槍打哈耶克。因此頭腦機靈的人就說：你瞧，俄國人早在等哈耶克自投羅網了。知道他會來。事先就知道，預先埋伏。對我們的名譽不好，你明白我的意思嗎？對老總不好，對我們全都不好。來，喝酒？」

「喝酒，」史邁利喝了一口啤酒。

「托比也是這麼想。我們的看法一致，只是反應不同。」

「於是你告訴托比，」史邁利把一大盤開心果遞給傑里，一邊漫不經心地說。「你反正要去見他，向他報告你已經在布達佩斯替他交了貨，於是你把哈耶克的事也告訴了他。」

傑里說，情況正是這樣。令他不安的就是這件事，讓他覺得古怪，因此他寫信給喬治。「老托比說，這是胡說八道。一下子擺起架子來，很不客氣。開頭很熱情，拍著我的肩膀說我幹得好。回去之後隔天早上卻責備我。說要開緊急會議，卻開著車子帶我在公園外兜圈子，大驚小怪，鬧得不可開交。說我酒喝多了，糊塗得分不清事實和胡思亂想。這些話實在讓我有點生氣。」

「我想，你一定納悶他在這之間還跟誰說過，」史邁利同情地說。「他到底說了些什麼？」他問道，不過一點也不緊迫，好像只是為了想把事情釐清而已。

「說這很可能是被捏造出來騙我的。那個小夥子是有意來煽動我的。分化離間，讓圓場懷疑自己人。他怪我散布謠言。喬治，我就對他說：『托比，老兄，我只是向你報告。老兄，你犯不著這麼大驚小怪。昨天你還說我好得不得了。不必一百八十度大轉彎罵我這個送信的。如果你覺得這情報不對，那是你的事。』不想再聽了，你明白我的意思嗎？真是沒道理。那樣的人。一會兒熱，一會兒冷。他平時不是那樣的，明白我的意思嗎？」

傑里舉起左手摸摸頭，好像小學生假裝在想一件事似的。「我就說，『好吧，別提了。那我替我的報紙寫稿好了。俄國人先到那裡，這就不寫。寫別的。森林伏擊，諸如此類的廢話。』我對他說：『如果圓場不喜歡這資料，給報紙倒是不錯。』他一聽又火了。隔天有隻貓頭鷹打電話給了老闆。別讓那個討厭鬼威斯特貝碰埃利斯的消息。叫他注意D號通知：正式警告。『如有人再提吉姆・埃利斯以及哈耶克事件，即有損國家利益，一概予以退職。』所以我又回來寫女子乒乓球賽的消息了。乾杯。」

「但是那時你已經寫了信給我。」史邁利提醒他。

傑里・威斯特貝漲紅了臉。「對不起，」他說，「忽然排外和多疑起來。大概是因為在圈子外面的緣故：你連最好的朋友也不相信。就連陌生人也不如。」他又想用另一個說法：「我只是覺得老托比有點怪。我不應該寫那封信的，是不是？違反規定。」他雖然尷尬，但還勉強裝出笑容。「後來我聽到小道消息，說單位把你也給辭了，因此我更糊塗了。你不是在單獨進行調查吧，老兄？不是……」他沒有把話問完，不過，也許是沒有說完。

他們分開時，史邁利輕輕拉住他的肩膀。

「如果托比來找你，我想你最好別透露我們今天碰頭的事。他是個好人，但他總是覺得別人會聯合起來對付他。」

「就算作夢也沒想到要告訴他呢，老兄。」

「要是萬一他在這兩天來找你，」史邁利的口氣表明這是萬一情況，「你最好告訴我。那麼，我就可以證明你說的沒錯。我想起來了，別打電話給我，打這個號碼。」

傑里・威斯特貝忽然急著要走，關於那個足球員在店裡偷竊的消息不能再等。但是他把史邁利的卡片接過來時，還是奇怪地有點不好意思地斜視一眼問：「沒有不對勁吧，老兄？沒有不可告人的祕密吧？」那笑容很難看。「不是同夥鬧翻了吧？」

史邁利聽了大笑，一隻手輕輕放在傑里寬厚、微駝的肩膀上。

「隨時恭候大駕。」威斯特貝說。

「我不會忘記。」

「你瞧，我還以為是你打電話給老闆的。」

「不是我。」

「也許是艾勒林。」

「我想是吧。」

「什麼時候都行。」威斯特貝又說，「對不起，你明白。向安問好。」他語帶猶豫。

「說吧，傑里，說出來吧。」史邁利說。

「托比說了她和比爾的事。我叫他閉上鳥嘴。沒有的事，對吧？」

「謝謝你，傑里。再見。當然。」

「我就知道沒有。」傑里高興起來，舉起手指表示道別就走了，走回自己的天地裡去了。

29

當晚，史邁利躺在艾萊旅館的床上，一時睡不著，於是又拿起拉孔在孟德爾家中交給他的那份檔案來讀。那份檔案是從五〇年代後期開始建檔的，當時的圓場就跟白廳其他部門一樣，也都受到壓力要競相媲美，比較誰更認真檢查自己人員的忠誠可靠。大部分資料都是一般性的：截聽的電話，監視的報告，沒完沒了訪問教師、朋友、審查人的調查紀錄。但是有一份文件像磁鐵似地吸住史邁利；他總是看不夠。這是一封信，索引上潦草寫著「海頓致范沙維，一九三七年二月三日」。這其實是一封手寫信，是比爾．海頓在大學時期寫給導師范沙維的。范沙維為圓場物色人才，曾介紹年輕的吉姆．普里多進來，認為他是個合適的人選。這封信的前面有條捉弄人的解釋。那個不知名的作者說，菁英俱樂部是「基督教會學院的一個上層階級俱樂部，會員主要為伊頓出身。」創始人是范沙維（法國榮譽勛位、英帝國勛章獲得者，個人檔案第幾號第幾號），海頓（後面有無數可供查對的檔案號碼）該年是俱樂部的明星人物。海頓的父親年輕時也參與過這個俱樂部，它的政治色彩公認不諱是保守的。

范沙維早已辭世，他是個狂熱的帝國派，序言說，「菁英俱樂部是他個人精選的智庫，以備一旦急需。」奇怪的是，史邁利隱約也記得自己年輕時對范沙維的印象：一個瘦瘦、熱心的人，無框眼鏡，張伯倫式的雨傘，面頰紅潤，有點不合乎他的年齡，彷彿還在長牙似的。斯蒂德．阿斯普萊稱他是童話中的神仙教父。

「親愛的范，我建議你著手打聽一下這個姓名見附件的年經人。」〔審查人多餘的注解：普里多〕「你知道吉姆，必然也知道他是個相當有成就的運動員。但你應知而不知的是，他也精通數國外語，不全然是個呆子……」

〔接著是他的簡歷，令人驚奇的精確……巴黎拉克納爾中學，申請唸上伊頓，但從來沒去上課，布拉格耶穌會中學，斯特拉斯堡大學兩學期，父母在歐洲從事銀行業，小貴族，父母分居……〕

「因此，吉姆非常熟悉國外情況，他無牽無掛，我認為極為可貴。再者：儘管他到過歐洲各地，但請別弄錯，他骨子裡完全是個英國佬。目前他剛出道，有點迷惘，因為他剛發現到球場之外還有一個新大陸，那就是我。

「但是你一定要知道我是怎樣遇到他的。

「你知道，我有時習慣（也是你的命令）穿起阿拉伯服裝到市集裡，混在他們中間，聽他們那些先知的談話，以備有朝一日可以好好對付他們。那天晚上出風頭的巫師是從俄羅斯那裡來的：一個名叫赫萊勃尼科夫的科學院院士，當時在倫敦蘇聯大使館工作，是個脾氣隨和、容易影響他人的傢伙。他在大家說廢話時說了一些相當有智慧的話。那個市集有個叫做大眾俱樂部的辯論會，是我們的對手，我以前去過幾次，情況你已知道。談話結束後，無產階級的咖啡端了出來，一邊進行著民主爭論，吵得不可開交。這時，我注意到有個大個子坐在後排，顯然太羞怯，怕跟人混在一起。他那張臉我彷彿在板球場見過；後來才弄清楚我們倆都在一個臨時組成的球隊裡打過球，但沒說過話。我不知道怎樣形容他才好。

他是這塊料，范。我沒在開玩笑。」

筆跡至此還有些拘謹，但從這裡開始，由於作者得心應手，潦草了起來。

「他沉默寡言，讓人敬畏。腦袋很固執——確實如此。他是那種沉著、有想法、能不露痕跡領導別人的人。范，你知道要我採取行動有多困難。你得隨時提醒我，從思想上提醒我，除非我嘗到生活中危險的滋味，否則我不會了解生活的神祕。然而吉姆是個憑本能就會行動的人……他是執行者……他是我的另一半，我們兩個相加可以成為一個很完美的人，唯一不足的是我們倆都不會唱歌。范，你有過這樣的體會嗎？你非得出去找到一個新朋友，否則活在這個世上就沒意思了？」

筆跡在這裡又整齊了一點。

「『耶伐斯拉格羅，』我說，據我理解這是俄語，意思是到木棚裡或什麼地方去等我，但是他卻說『哈囉，』我想要是他見到加百利天使經過，他也會這樣說。

「『你的難題是什麼？』我問他。

「『我沒有難題。』他想了好一會才說。

「『那麼你在這裡幹什麼？你要是沒有難題，是怎麼進來的？』

「他咧嘴安詳地一笑，我們就到那個偉大的赫列布尼科夫那裡去，握一握他的小手，一起回到我房間。我們喝了酒，喝啊喝的。范，他看到什麼都喝。也許是我看到什麼都喝，反正我忘掉是誰了。天亮以後，你猜我們怎麼著？我來告訴你，范。我們一本正經地走到公園，我拿著一只碼錶坐在凳子上，吉姆換了運動衣，跑了二十圈。二十圈。我可累得夠嗆。

「我們隨時都可以去見你，他只要跟我在一起，或者跟我的好朋友壞朋友在一起。總之，他要我作他的浮士德的惡魔。我覺得很榮幸。再者，他還是童男，身高八呎，體格結實跟巨石陣一樣。別害怕喔。」

檔案至此快結束了。史邁利坐了起來，不耐煩地翻著泛黃的紙，想找一些更精采的內容。這兩個人的導師（二十年後）斷言，無法想像這兩個人之間的關係「超過純粹友誼」……海頓方面的證據沒有找到……吉姆的導師說他「求知若渴」——否認他「左傾」的說法。那次談話是在薩勒特進行的，開始就是長篇大論的道歉，特別是鑒於吉姆在戰時表現優異。在讀過海頓花俏的信之後再看到吉姆的答覆，有一種令人高興的直率氣息。國安局有一個情報員參加，但是沒聽到他說什麼。沒有，吉姆後來從來沒見過赫列布尼科夫或是他的代表……沒有，除了那次，他沒跟他說過話。沒有，他當時跟共產黨或俄國人沒有往來，他想不起大眾俱樂部任何一個會員的姓名……

問：（艾勒林）不至於讓你睡不著吧？

答：老實說，沒有。（笑聲）

是的，他曾經參加大眾俱樂部，也參加過大學裡的戲劇俱樂部、集郵俱樂部、現代語言俱樂部、聯合俱樂部、歷史協會、倫理協會，魯道夫．史坦納研究會。……要聽有趣的報告和認識人，這是很好的途徑；特別是要認識人。不，他從來沒有分發過左翼書報，不過他訂閱過《蘇聯周刊》……不，他從來沒有向任何政黨交過黨費，不論在牛津時代還是後來都沒有。事實上，他甚至從來沒投過票。……他在牛津參加這麼多的俱樂部，有一個原因是他在國外上過的學校太多了，因此沒有什麼自然結交的英國同學……

這時審問人都站在吉姆那邊了：大家都站在一邊反對國安局和他們的官僚主義干涉。

問：（艾勒林）有一件令人感興趣的事是，既然你在海外待過這麼久，你是否可以告訴我們，你是在哪裡學會打板球的。

答：哦，我有個舅舅，他在巴黎城外有個房子。他是個板球迷。有球網等所有設備。我到那裡度假，他就沒完沒了地找我打球。

〔審問人的批注：亨利．德．聖伊馮伯爵，一九四一年十二月，P.F.AF64-7〕

談話結束。國安局的代表要求讓海頓作證，但是海頓人在國外，無法出席。另定日期……

史邁利讀到檔案中最後一份資料時，幾乎已經睡著。那份資料是國安局在吉姆獲得正式審批通過後胡亂塞進來的。那是當時牛津大學一張報紙的剪報，上面刊載了一篇一九三八年六月海頓個人畫展的評論，題為《現實超抑現實？牛津的一個觀點》。這位批評家把畫展批評得體無完膚，最後幸災樂禍地說：「我們知道吉姆．普里多先生為了幫助懸掛畫框，還犧牲了他的板球。我們認為，要是他留在班伯雷路，貢獻還會更大一些，因為他對藝術的貢獻是這次畫展唯一感人之處。也許我們最好不要這麼大聲譏笑……」

他想睡了，他心裡充滿懷疑和猶豫。他想起安，困倦之中想念得厲害，想以自己的脆弱來保護她的脆弱。他像年輕人一樣大聲叫著她的名字，幻想她在昏暗的燈光中俯瞰著他，而這時波普·格拉漢太太卻從鑰匙孔中偷看著，不免讓他有些顧忌。他想到塔爾和伊琳娜，徒勞無益地思考著愛情和忠貞問題。他想到吉姆·普里多和明天的事。他隱約意識到即將來臨的勝利。他已經走了一段很長的路，來回折騰了好幾次。明天，如果運氣好，他可能會找到陸地：一個安靜的小小荒島。是卡拉從來沒有聽過的地方。只屬於他和安。他終於睡著了。

第三部

30

在吉姆·普里多的世界裡，星期四過得和別的日子一樣，只是夜半時候，他肩骨的傷口開始流膿水，他心想，大概是因為星期三下午參加了校內賽跑的緣故。他被痛醒，感到背上流膿水的地方涼滋滋的。另一次發生那樣的情況時，他自己開車到陶頓醫院，但護士看了他一眼就立刻打發他到急診室，等醫生來幫他拍X光片，因此他就偷偷穿上衣服回來了。他受夠了醫院和護士的味道。不管是英國醫院，還是別國的醫院，他都不想再跟醫院打交道。他們說流膿是「本來就會有的」。

他自己摸不到那個傷口，但是那次之後，他就自己胡亂做些三角繃帶，在每個邊角縫上繩子。於是他找出這些繃帶，放在架於水池的板子上，調製化膿藥，然後燒了熱水，加進半包鹽，臨時洗了一個簡單的澡，弓起背來沖洗創口。他將繃帶浸透化膿藥，甩到背上，在胸前打了結，然後俯臥在床上，手邊放著一杯伏特加。痛楚減輕了，就打起瞌睡，不過他知道要是就這樣睡著，他會睡上一整天，因此他拿起伏特加瓶走到窗前，坐在桌邊批改五年級乙班的法語作業，這時，星期四的晨曦在大坑上空露出魚白，烏鴉開始在榆樹叢中撲翅起飛。

有時，他覺得那傷口就像一個無法忘懷的記憶。他盡量想忘卻，但總是做不到。

他慢慢批改作業，因為他喜歡這工作，因為批改作業能讓他心無二用。但六點半、七點時，他批改完畢，就穿起法蘭絨舊褲和運動外套，稍稍慢步走到教堂裡，教堂門是從來不上鎖的。他在寇都瓦教堂的中央走道上跪了一會兒，這是寇都瓦家族為紀念在兩次大戰中陣亡的家人所建的小教堂，很少有人去。小祭壇上的十字架是凡爾登的坑道兵削出來的。吉姆邊跪著，邊在座位底下小心地摸索著，手指終於摸到幾條膠帶黏在那兒，順著膠帶摸過去，就摸到了冰涼的金屬物。他祈禱後就快步跑過峽谷路，到了山頂，他稍微放慢速度，保持身上不斷流著汗，只要身體感到暖和就很舒服，跑步的節奏安定了他的神經。他徹夜未睡，大清早就喝了伏特加，因此有點輕飄飄的，看到峽谷下面的馬駒呆呆地看著他時，他就用索默賽方言向他們嚷嚷道——「滾開！傻瓜，別呆呆地看我！」——然後又沿著小徑跑回去喝咖啡，更換繃帶。晨禱後的第一堂課是五年級乙班的法語課，吉姆在班上幾乎發了脾氣：他給綢布商的兒子克里門茲不必要的處罰，快下課時又不得不取消。在教員休息室，他又做了另一件照例必做的事，就像在教堂那樣：動作快速，不用腦筋，乾淨俐落。這事的做法很簡單，那就是透過信件進行檢查，不過這個法子很靈驗。他從來沒聽說有人用過這個做法，尤其在職業間諜之間，不過話又說回來，職業間諜是不會談論他們玩弄的把戲的。他會這麼告訴你：「道理是這樣：如果對方在監視你，他們一定也在注意你的信件，因為信件最容易搞，尤其寄信者若是國內的人，可以得到郵局的合作。那麼你怎麼辦？你就每星期在同一個時候，在同一個郵筒，用同一種郵資，寄一封信給自己，另一封寄給同一地址另一個不知情的人。裡面放什麼都行——耶誕卡片，本地超級市場的廣告——一定要把信口封嚴，然後等著比較收信的時間。如果你的那封信比另一個人的那封到得晚，那一定就是有人在監視你，就目前的情況來看，那就是托比。」

吉姆用他自己古怪的話稱這為「測水溫」，這次水溫又是可以的。兩封信同時送達，但吉姆到得太晚，來不及取走寄給馬喬里班克斯的那封，這次輪到他被當成不知情的搭檔。因此吉姆把自己的信揣在口袋以後，就翻看著《每日電訊報》，口中還嘖嘖有詞，只聽到馬里班克斯厭煩地罵了一聲「去他媽的」，就把一份邀他參加讀經會的邀請函給撕掉。這一天的課程排得很滿，一直到和聖埃爾明學校比賽少年橄欖球為止，他當裁判員。球賽進行得很快，結束時他的背又痛了，因此他又回去喝伏特加，一直喝到去打下午第一節的下課鈴，他答應了年輕的埃爾維斯代他值班打鈴。他已經不記得為什麼答應，但是年輕的教職員工，尤其是已婚的，都會找他幫忙做點雜事，他也從不拒絕。這個鈴是輪船上的舊貨，是索斯古德的父親不知從什麼地方找來的，如今已成為學校的傳統。吉姆搖鈴時，他發現小比爾・羅契就站在他身旁，抬著頭望他，臉上雖然露著笑容，但面色蒼白，等著跟他說話，他一天總有五、六次會那樣。

「哈囉，大胖，又有什麼事啦？」

「先生，我說，先生。」

「說吧，大胖，快說。」

「先生，有個人在問你住在哪裡，先生。」羅契說。

吉姆放下鈴。

「怎麼樣的人，大胖？說吧，我不會咬人，快說吧！什麼樣的人？男的？女的？變魔術的？說吧，老兄，」他溫和地說，蹲著身子與羅契一般高度。「不用哭。這又怎麼啦？發燒了嗎？」他從袖口裡抽出手帕。「怎麼樣的人？」他還是低聲地問。

「他在麥克庫倫太太家的店裡打聽。他說是你的朋友。後來就回到他的車裡，車停在教堂院子裡，先生。」又是一陣淚如雨下，「他就坐在車裡。」

「你們快滾開，」吉姆向擠在門口的一批高年級學生叫嚷。「快滾！」他又回過來對羅契說，「很高的朋友？是不是邋裡邋遢、個子高高的，大胖？眉毛很濃，背有點駝？瘦個子？布拉德伯雷，過來，別呆看著！等會兒帶大胖到舍監小姐那裡去！瘦個子？」他又問，口氣溫和但是堅定。

但是羅契已經詞窮。他腦袋一片空白，什麼也記不起來，什麼都看不清楚了。他在大人世界中已經沒有分辨的能力。什麼大個子、小個子、老頭兒、年輕人、駝背、直腰，都有分辨不清的危險。他不能對吉姆說不是，但說是又要令他失望，這可擔當不起。他看見吉姆的眼睛盯著他，他看到他的笑容消失了，感覺到一隻大手慈愛地放在他的胳膊上。

「好孩子，大胖。沒有人像你這樣觀察仔細了，是不是？」

比爾·羅契把頭靠在布拉德伯雷的肩頭，閉上眼睛。等他再睜開時，他在淚眼中看到吉姆已走上一半的樓梯了。

•

吉姆覺得很平靜，幾乎是沉著。這麼多天來，他已經知道有什麼人要來了。這也是他信奉的規律，凡是那些監視他的人必到之地，他都留神注意。首先是教堂，本地居民的動靜在那裡是個現成的話題；其次是鄉公所，選民登記的地方；還有小店老闆，他們都有主顧來往的帳目；最後是酒館，對象沒有不上酒館的：他知道，在英國，這些地方是監視者要找到你必得去的地方。果然不出所料，兩天前在陶頓跟圖書館副館長閒聊時，吉姆發現了他要找的蹤跡。一個顯然來自倫敦的陌生人居然對鄉村選區有興趣，是啊，是個對政治有興趣的先生，大概是在從事政治研究，你看得出來他是個專業人員，他想了解的，現在說來還真奇怪，就是吉姆那個村子的最新人口紀錄，是啊，想了解選民名單，他們想挨家挨戶調查一下一個名符其實的偏僻鄉村，特別是有新住戶的鄉村。是啊，還真奇怪，吉姆附和道，於是他做了準備。他買了前往各地的火車票：陶頓到埃克斯特的，陶頓到倫敦的，陶頓到斯溫頓的，有效期限都是一個月；因為他知道，若要逃跑，臨時要弄到車票可不容易。他把他原來的證件和手槍挖出來，藏在地面上容易找到的地方；在阿爾維斯車的後車廂裡放了裝滿衣物的手提箱，又把油箱加滿。完成這些準備之後，他才能安心睡覺；但背又痛了。

•

「先生，誰贏了，先生？」

一個名叫普里布爾的新生穿著睡衣，嘴上還全是牙膏，來到醫務室。有時，那些學生會毫無理由地跟吉姆說話，大概是因為他的個子和背吸引了他們。

「先生，我是說球賽，和聖埃爾明隊的球賽。」

「是聖佛明隊。」另外一個學生插嘴道，「是啊，先生，到底誰贏了？」

「先生，他們贏了，先生，」吉姆吼道，「要是你們看了，先生，你們就知道了，先生，」他假裝進攻，揮著大拳頭，把兩個學生都趕到走道對面舍監的醫務室。

「晚安，先生。」

「晚安，小鬼，」吉姆邊說邊跨進另外一邊的病房，從這裡可以看到教堂和墓園。病房內沒開燈，他不喜歡它的樣子和氣味。晚飯後有十二個孩子躺在昏暗中，迷迷糊糊地發著燒。

「是誰？」一個粗啞的嗓子問。

「是犀牛，」另一個回答，「喂，犀牛，誰贏了聖佛明隊？」

直呼吉姆的綽號是大不敬的事，但病房裡的孩子覺得在這裡可以不受紀律約束。

「犀牛？誰是犀牛？不認識。不知道這個名字，」吉姆站在病床之間說，「把手電筒藏起來，這裡是禁止的。輕而易舉，他們就贏了。聖佛明十八比零。」那扇窗戶幾乎和地面一樣高，有個爐欄檔在前面不讓孩子們爬過去。「後衛線太糟糕。」他喃喃地說，一邊往下看。

「我不喜歡橄欖球。」一個名叫斯蒂芬的孩子說。

藍色的福特汽車就停在教堂後面的榆樹叢裡。從樓下看是看不到的，但並不像是刻意藏起來。吉姆動也不動地站著，離窗戶有一步之遙，觀察那輛車有什麼地方露出馬腳。天很快就黑了，但是他的眼力很好，知道該注意什麼地方：惹眼的天線、給跑腿用的第二面側鏡、長途開車後的痕跡。孩子們感覺到他的專心，都開起他的玩笑來。

「先生，在看鳥嗎？好不好看，先生？」

「先生，我們失火了嗎？」

「先生，她的腿長得怎麼樣？」

「天啊，先生，難道是阿隆遜小姐？」大家聽到這句話都吃吃發笑，因為阿隆遜小姐又老又醜。

「閉嘴，」吉姆斥道，很生氣，「無禮的蠢豬，閉嘴。」

樓下，會客廳裡，索斯古德在晚預習之前正在對高年級學生點名。

阿貝克隆比？到。阿斯特？到。布拉克納？生病了，先生。

吉姆仍舊看著，這時車門開了，喬治·史邁利小心地下了車，穿著一件厚大衣。

走廊裡響起女舍監的腳步聲。他聽到她鞋子橡皮後跟擦地的聲音和酒精瓶裡溫度計的碰撞聲。

「我的好犀牛，你在我的病房裡幹什麼？把窗簾拉上，你是要讓他們全都得肺炎死掉嗎？威廉·梅里杜，馬上坐起來。」

史邁利在鎖車門。只有他自己，沒帶什麼東西，甚至連公事包也沒有。

「大家都在格林維爾樓裡等你呢，犀牛。」

「好，我這就過去，」吉姆精神抖擻地又說一句，「大家晚安，」就大步走往格林維爾宿舍樓，他答應要跟他們講完約翰·布坎的故事。他在大聲念時，發現有些聲音發不出來，好像在喉嚨裡塞住了。他知道頭上在冒汗，心裡嘀咕背上一定又在流膿了。讀完時，他覺得下巴有些僵硬，那不完全是因為大聲朗讀的緣故。但是這一切與他在跨進寒夜的空氣、心中越來越強烈的氣憤相比，毫不足道。他在雜草沒膝的院子裡猶豫了一會兒，抬頭看著教堂。只需三分鐘不到，他就能進到教堂，從座位底下拉開膠帶，取出手槍，插在腰帶，在左邊，槍口朝裡，貼著下腹……

但是他的直覺告訴他不必如此，因此他就直接走往自己的拖車，走音的嗓子放聲唱著《Hey diddle diddle》[24]。

24 一首英國童謠。

31

在汽車旅館的房間裡，總有不安定之感。甚至外面過往車輛難得安靜下來時，窗戶也還是格格作響。浴室裡，漱口杯也格格地響著，而隔著兩邊的牆，還有從樓上，他們都聽得到音樂聲、腳步聲、說話聲和笑聲。前院一有汽車開到，車門砰地關上的聲音，也都彷彿來自室內，腳步聲也是。至於家具飾物都是協調一致的。黃色椅子配著黃色的圖片和黃色的地毯。凸紋床罩的顏色和房門的橘色搭配，恰巧也配上伏特加瓶上的酒標。史邁利把一切全安排得很妥當。他把椅子拉開了點，把伏特加酒瓶放在茶几上，就在吉姆坐在那裡瞪著他時，他從小冰箱取出一盤煙熏魚，和已經抹上奶油的麵包。和吉姆的情緒相比，他的情緒顯得很輕鬆，動作敏捷，目的明確。

「我想我們別的不行，至少可以坐得舒服些。」他笑一下道，同時忙著在桌上擺杯盤，「你什麼時候得回學校？有規定的時間嗎？」沒有回答，他就坐了下來。「你覺得教書有趣嗎？我記得戰後你好像教過一陣子的書？在他們把你要回去之前？是不是也是預備學校？我不記得了。」

「可以去看檔案，」吉姆不高興地說，「喬治．史邁利，你別到這裡來跟我玩貓捉老鼠的把戲。要了解我的情況，你可以去查檔案。」

史邁利朝茶几伸手，倒了兩杯酒，把一杯給了吉姆。

「你在圓場的個人檔案嗎？」

「跟管理組要。向老總要。」

「恐怕應該是那樣，」史邁利懷疑地說，「問題是老總已經死了。我在你回來之前也早就被攆出來了。你回國的時候沒人告訴你嗎？」

聽到這番話，吉姆的臉色略微緩和下來，他做了一個慢慢的動作，這個姿態常常讓索斯古德的學生覺得很好玩。「老天，」他喃喃地說，「原來老總已經死了，」他的左手掠過鬍尖，朝上摸向髮根，「可憐的老頭，」他喃喃說，「他是怎麼死的，喬治？心臟病？心臟病死的嗎？」

「就在彙報的時候。他們沒告訴你？」史邁利問。

一聽到彙報，吉姆又開始緊張，目光又瞪起來。

「是的，」史邁利說，「是心臟病。」

「誰接替他？」

史邁利笑道：「我的天，吉姆，要是他們連這個也沒告訴你，你們在薩勒特到底說些什麼？」

「他媽的，接替他的是誰？不是你，對吧，你被攆出來了！是誰坐上他的位子，喬治？」

「艾勒林坐上了那個位子，」史邁利留心地觀察著吉姆。他注意到他的右前臂動也不動地擱在膝上。「你希望是由誰去接替？你有合適的人選要推薦嗎，吉姆？」停頓許久之後，他又說，「那麼，他也沒告訴你阿格拉瓦特諜報網的下場？普里比爾、他的妻子、他的妻舅的下場？也沒告訴你柏拉圖諜報網的下場？蘭德克朗、艾娃·克里格羅娃、漢卡·比羅娃？這些有幾個是你在羅伊·博朗德接手之前招募來的人，對吧？老蘭德克朗在戰時還為你工作過。」

吉姆頓時無法移動。他紅紅的臉顯得猶豫不決，淡黃的眉毛上有汗珠慢慢滲了出來。

「他媽的，喬治，你究竟要幹什麼？我已經下定決心了。這是他們告訴我的。下定決心，重新做人，忘掉一切。」

「他們是誰，吉姆？是羅伊？比爾？派西？」他等著。「不管他們是誰，他們有沒有告訴你麥克斯的遭遇？不過，你放心，麥克斯沒有遭到什麼不幸。」他站了起來，俐落地替吉姆重新斟滿酒，又坐下來。

「好吧，你說，那兩個諜報網怎麼了？」

「他們被破獲了。他們說是你為求自己活命而出賣他們。我不相信。但是我得知道究竟發生什麼事。」他繼續說下去，「我知道老總要你誓死保密，但這個誓言已經結束了。我知道他們對你嚴加審訊，也知道你已經把一些事情置之腦後，現在已經很難再挖出來，或者已經分不清什麼是實情、什麼是偽裝了。我知道你盡量想劃出一道界線，說這件事沒發生過。我也曾經這樣。不過，這條界線今晚過後再劃吧。我帶了一封拉孔的信過來，如果你想打給他，他就在家裡等著。我無意要封你的口，我倒是更希望你開口。你回來的時候為何不來看我？你大可以來看我的。你在走之前曾經想來看我，那麼回來後為什麼不來呢？你不來看我，不完全是為了清規戒律。」

「沒有人倖免嗎？」吉姆說。

「無一倖免。看來都被槍斃了。」

他們打過電話給拉孔之後，只有史邁利獨自坐在那裡喝著酒。他聽得到浴室裡的水聲，和吉姆潑水洗臉時的咕噥聲。

「他媽的，我們去個可以透透氣的地方，」吉姆低聲說，彷彿這是他開口說話的條件。史邁利提起酒瓶，在他身旁一起走過車道到了汽車旁邊。

他們開了二十分鐘：由吉姆開車。停車時，車已經開到高原上，今早的山頂沒有霧，可以遠遠眺望到谷底。遠處有稀稀落落的燈光。吉姆坐在那裡，像鐵鑄的一樣，右肩略高，雙手低垂，他穿過結了霧氣的擋風玻璃，凝視著遠處的山影。天空已經發亮，襯映出吉姆的面孔，輪廓鮮明。史邁利的頭幾個提問都很短。吉姆的聲音裡已經沒有怒意，開始從容自如、緩緩說了起來。談到老總搞特務的一套本領時，他甚至笑了起來，然而史邁利始終沒有放鬆戒備，他謹慎小心，好像領著一個孩子在過馬路。遇到吉姆撒腿跑了起來，或者生起氣，史邁利就輕輕把他拉回來，直到平靜下來為止，然後以同樣的速度朝同一個方向一起前進。吉姆要是有遲疑，史邁利就哄他跳過障礙。一開始，其實是由史邁利憑直覺和推斷，先向吉姆提供他自己經歷的線索的。

比如，史邁利問，吉姆第一次接受老總的指示是不是在圓場外面的什麼地方？是。那麼在哪裡？在聖詹姆斯的一間公寓，是老總建議的地方。有旁人在場嗎？沒有。老總當初和吉姆聯繫是不是透過他的私人警衛麥克法迪安？是，老麥克坐布里克斯頓的交通車送來一張字條，要吉姆當晚跟他見面。吉姆把去或不去的答覆告訴麥克後，得把字條交還給他。無論如何，他都不得使用電話討論這個安排，就算內線電話也不行。吉姆答覆麥克說他同意去，在七點鐘到了那裡。

「我想，老總一開頭就叫你要提高警覺？」

「告訴我誰都不能相信。」

「他有提到具體的人名嗎？」

「後來有提到，」吉姆說，「一開始沒有。一開始他只說：誰都不能相信。尤其是主流派的人。喬治？」

「唔？」

「他們都被槍斃了？蘭德克朗、克里格羅娃、普里比爾夫婦，全都被槍斃了？」

「祕密警察在同一天晚上逮捕了兩個諜報網的人。後來怎麼樣就不知道了，但是他們的親人得到通知，說他們已經死了。通常這就是指槍斃。」

他們的右邊有一排松樹，在晨光熹微中就像是一列爬上山谷、靜止不動的軍隊。

「我想，後來老總問你手頭有什麼現成的捷克護照，是嗎？」史邁利又問道。他得把問題再重複一遍。

「我告訴他我用哈耶克，」吉姆終於說，「弗拉季米爾．哈耶克，駐巴黎的捷克記者。老總問我，這些證件的有效期還有多久。我說，『不一定。有時用一次就要作廢。』」他的聲音忽然拉高，像是失去了控制。「老總有時聾得厲害。」

「於是他告訴你該做些什麼。」史邁利提示道。

「首先，我們討論怎麼否認。他說，要是我被逮，我不能把他牽連進去。就說是剝頭皮組搞的，私底下搞的。當時我就想，誰會相信？他說的每句話都叫人心寒，」吉姆說。「我在整個指示過程中可以感覺到，他什麼都不願意告訴我。他不要我知道，但是他要我接收到他的明確指示。『有人表示願意為我們效勞，』老總說。『位階很高的一個官員。代號作證。』我問他，『是捷克官員嗎？』他說是『軍方的。吉姆，你有軍事頭腦，你們倆一定很合得來。』就這樣開始的，我心想，要是你不想告訴我，那就乾脆別說吧，但是別再猶豫不決。」

吉姆說，老總再兜了幾個圈子以後表示作證是一名捷克的砲兵將領，名字叫斯蒂夫契克，在布拉格的國防系統中以親蘇的鷹派著稱，至於這番話有多少可信，就只有天知道了。此人曾在莫斯科擔任過聯絡工作，是俄國人極少數信任的捷克人之一。斯蒂夫契克透過一個中間人在奧地利帶信給老總，表示他想就共同感興趣的問題與圓場的一位負責人談話。這個人必須通曉捷克語，能夠做決定。斯蒂夫契克在十月二十日星期五那天，會到奧地利邊境以北約一百英里的布爾諾附近的季斯諾夫武器研究所視察。結束之後他將單獨到附近的某個獵場度週末。那地方位在森林中間，距拉契奇不遠。他願意在二十一日星期六晚上在那裡會見那位使者。他還會派人護送那個使者去布爾諾。

史邁利問道：「老總有提過斯蒂夫契克的動機嗎？」

「女朋友，」吉姆說，「他所愛的一個女大學生，想抓住青春的尾巴。老總說兩人年齡相差二十歲。她在一九六八年夏天的動亂時被殺。在此以前，斯蒂夫契克為了個人前途，隱藏了他的反俄情緒。

那個小姐的死改變了一切：他決心報仇。四年來，他一直潛藏不露，裝出友好的姿態，探聽真正能有損俄國人的情報。因此我們向他提出保證和商定貿易路線以後，他就願意出售。」

「老總對於這些情況是否有核查？」

「盡了全力。斯蒂夫契克是有檔案可查的。他是負責匈牙利問題的參謀軍官，經歷豐富。是個技術專家政論者。他不是在進修，就是在國外增長見識：華沙、莫斯科、北京待了一年、在非洲當過武官，最後又回到莫斯科。當將軍他算是年輕的。」

「老總有沒有告訴你此行是搞什麼情報？」

「國防資料。火箭。導彈。」

「還有一些政治情報資料。」

「還有別的嗎？」史邁利遞過酒瓶來。

「還有別的嗎？」

史邁利不是第一次明顯地感覺到，吉姆不是不知道，而是仍舊堅決地想忘掉一切。在黑暗中，吉姆．普里多的呼吸突然急促、重濁了起來。他把手放在方向盤上，下巴靠著，茫然地看著已經結霜的擋風玻璃。

「他們在被槍斃前被逮到多久了？」吉姆想知道。

「恐怕比你久。」史邁利只好承認。

「天呀。」吉姆突然從衣袖裡抽出手帕，抹去臉上的汗水和不管是什麼亮晶晶的東西。

「老總想要從斯蒂夫契克那裡弄到的情報。」史邁利仍舊輕聲地提示。

「他們再三訊問我的也是這個。」

「在薩勒特？」

吉姆搖搖頭。「在那邊。」他朝山那邊點點頭。「他們打從一開始就知道這是老總安排的。我無法說服他們是我自己的安排。他們聽了大笑。」

史邁利於是又耐心地等著吉姆決定繼續說下去。

「斯蒂夫契克，」吉姆說，「老總始終惦記著一件事：斯蒂夫契克能夠提供答案，斯蒂夫契克能夠提供線索。我問他，『什麼線索？』他拿出他那個棕色裝樂譜的袋子，抽出幾張圖表來，上面盡是他的批注。用蠟筆畫的圖表。他說，『給你的資料。這是你要見的那個傢伙。』斯蒂夫契克的一生逐年都有記載，他帶我看了一遍。軍校、獎章、老婆。『他喜歡馬，』他說，『你過去也喜歡騎馬，吉姆。這又是共同同點，請記住。』我想，這倒是挺好玩，坐在捷克某個地方，有警犬在追蹤我，我卻閒談怎樣訓練純種馬。」他笑得有點奇怪，因此史邁利也跟著笑了。

「用紅蠟筆寫的職務是斯蒂夫契克替蘇聯做的聯絡工作。綠筆寫的是他的諜報工作。斯蒂夫契克什麼都有分兒。捷克軍方諜報局第四號人物，首席武器專家，國內安全委員會書記，主席團軍事參謀，捷克軍事諜報系統的英美局負責人。接著老總指到六〇年代中期的那一段，斯蒂夫契克第二次在莫斯科任職，一半綠筆，一半紅筆。老總說，斯蒂夫契克表面上是華沙公約聯合參謀部裡的捷克中將，但這不過是個掩護。『他和華沙公約聯合參謀部沒有關係，他真正的工作是在莫斯科中心的英國處。他的工作假名叫米寧，』他說，『他的工作是代表捷克方面與中心配合工作。這可是個有價值的寶藏，』老總說。『斯蒂夫契克要向我們出賣的，是莫斯科中心打進來潛伏在圓場裡的地鼠的名字。』」

史邁利心想，這很可能只是兩個字，這時他想起麥克斯，突然又感到擔心。他知道，到最後就是地鼠傑拉德的名字，黑暗中一聲喊叫。

「『有個爛蘋果，吉姆，』老總說，『把別的蘋果也弄爛了。』」吉姆一口氣說了下去。他的聲音變得僵硬，態度也跟著僵硬起來。「他不斷說著他用淘汰法從頭調查起，幾乎已經得出結論。他說，只剩下五個可能性。別問我他是怎麼得出這個結論的。他說，『是高層的五個人之一。一隻手的五根手指。』他讓我喝了一杯酒，我們倆就坐在那裡，像兩個小學生那樣約好用什麼暗號。我們用了鍋匠、裁縫那首兒歌。我們坐在公寓房間裡，一起想出了這個暗號，喝著老總請我們喝的那種便宜的塞浦路斯雪利酒。如果我無法脫身，如果我遇到斯蒂夫契克之後出了什麼事，如果我不得不轉入地下，哪怕我得到布拉格在大使館門上用粉筆塗寫，或是在電話中向布拉格常駐站長大聲嚷嚷，我也得把那兩個字傳給他。鍋匠、裁縫、士兵、水手。艾勒林是鍋匠、海頓是裁縫、博朗德是士兵、托比．艾斯特海斯是窮人。我們不用水手，因為與士兵同韻。而你是乞丐。」吉姆說。

「我現在還是嗎？對於老總的這個想法，吉姆，你怎麼看？總而言之，你覺得他這個想法怎麼樣？」

「完全是胡說八道。」

「為什麼？」

「就是胡說八道，」他用一種軍人的固執口氣重複說。「以為你們中間有一個是地鼠——這不是瘋了嗎？」

「但你還是相信了？」

「沒有！老天，老兄，你怎麼——」

「為什麼不相信？從理論上來說，我們一直認為這件事遲早會發生。我們總是互相警告：要提高警覺。我們把別單位的人搞成我們的地鼠已經夠多了：俄國人、波蘭人、捷克人、法國人，甚至還有一個美國人。英國憑什麼忽然成了例外？」

史邁利查覺到吉姆的敵意，於是打開車門，讓一些冷空氣進來。

「走一走如何？」他說，「可以走動走動的時候，就沒有必要窩在這裡。」

不出史邁利所料，走動一下，吉姆說話又流利了。

他們是在高原的西端，現場只有幾棵樹聳立著，其餘的都砍倒在地了。有一張結了霜的板凳，他們沒有坐下。沒有風，星星很亮，吉姆繼續說下去時，他們並肩走著，一會兒走近車子，一會兒又離開，總是吉姆跟著史邁利的步伐。有時他們停下步來，並肩站在那裡，凝望著底下的山谷。

吉姆首先描述了他怎麼去找麥克斯，採取什麼偽裝手法，不讓圓場其他人知道他的使命。他放消息說他搞到一條線索，可以找到蘇聯在斯德哥爾摩的一個破譯員，他用以前用過的工作名字埃利斯訂了去哥本哈根的機票，實際上卻飛往巴黎，改用哈耶克護照，搭機在星期六上午十點抵達布拉格機場。他輕而易舉地通過檢查，在候機室確認了火車時刻後，發現還有兩個小時的空檔，就決定去走走，看看在前往布爾諾之前是否有人在背後跟蹤。那年秋天，當地的氣候很不好。地上已有積雪，天上還正下著雪。

吉姆說，在捷克，要察覺是否被跟蹤一般來說不是問題。安全部門完全不懂街頭監視，大概是因為歷屆政府都覺得沒必要畏畏縮縮的。吉姆說，他們往往到處在街頭布哨和停車，就像艾爾．卡彭那樣。吉姆果然發現他要找的：黑色的斯科達汽車和三個頭戴軟氈帽的壯漢。在寒風裡，要發現他們稍微困難點，因為車開得慢，行人走得快，人人都用圍巾捂著鼻子。儘管如此，他在走到馬薩里克車站、也就是他們現在所稱的中央車站之前，一點也不擔心。吉姆說，但是到了馬薩里克車站，他從兩個排在他面前買車票的女人身上得到了警告，這完全是憑直覺，而非靠事實。

現在，吉姆以職業特務平心靜氣的態度回顧了當時的情況。他在溫契斯拉斯廣場旁邊一排有頂篷的商店門前走過時，有三個女人從他後面超前走到前面，中間那位推著嬰兒車。最靠外邊的那個女人提著一只紅色塑膠皮包，最裡邊的那位牽著一條大狗。十分鐘後，他迎面遇到兩個女人，手挽著手，都走得很急，他忽然想到，要是由托比．艾斯特海斯來負責這項工作，這樣的配置完全就像是出自他的手筆。嬰兒車提供迅速改裝的行頭，後邊還有汽車停在那裡，上面有短波無線電，萬一第一組沒成，另外還有第二組支援。吉姆在馬薩里克車站，看了一眼排在他前面等著買票的兩個女人，就知道眼前的情況正是如此。盯梢者有一件行頭是沒時間換掉，也不想換掉的，尤其是在這個寒帶氣候中，那就是鞋子。吉姆觀察這兩個排隊買票的女人所穿的鞋，立刻認出一雙：毛裡黑色膠靴，外邊有拉鍊，棕色的厚鞋底還帶著一些積雪。那雙靴子他在當天早上已經看過一次了，是在斯蒂爾瓦巷，不過穿那雙鞋的女人穿的是不同的衣服，推著嬰兒車走過他身旁。吉姆自此不再懷疑。他已確知無疑，要是換了史邁利也會那樣。

吉姆在車站書報攤上買了一份《真理報》，就上了開往布爾諾的列車。若是他們要逮捕他，這時便可動手。既然還不動手，他們的目標大概就是支線：也就是說，他們想跟著吉姆去一網打盡他的聯繫者。不必再作其他考慮，吉姆推測哈耶克的身分已經暴露，他一上飛機，他們就埋下了陷阱。但是吉姆說，只要他們不知道他已經發現他們了，他就還是搶先一步。史邁利這時覺得彷彿又回到占領下的德國，自己在當外勤的時代，過著提心吊膽的日子，彷彿每個陌生人都在雙目炯炯地盯著自己。

吉姆本應搭上十三點零八分的車，在十六點二十七分抵達布爾諾，但那班車取消了，於是他改搭一列專為足球比賽而開的慢車，幾乎每站必停，吉姆每次停車總能認出便衣。質量不一。在喬森，那是他見過最小的車站，他下車去買香腸，不下五個人，全是男人，擠在小小的車站，雙手插在口袋，裝出在互相聊天的樣子，真是可笑至極。

「如果說監視有高明、也有不高明的，差別就是有人偽裝得逼真，有人不然。」

在思維塔維，有兩男一女進了他的車廂，談著球賽。過了一會兒，吉姆也加入：他已經看過報上的戰績表。這是一場複賽，大家都趨之若狂。到了布爾諾後就沒再發生什麼事，因此他下了車就到熱鬧的地方逛逛街，他們在那些地方只好緊緊跟著，生怕把他跟丟了。

他想讓他們放鬆警戒，讓他們知道他完全沒起疑。他現在知道他已成了他們逮大魚——托比肯定會這麼說——的對象。他們步行的有七個。汽車老是在換，他就記不清有多少了。指揮的是一輛邋遢的綠色貨車，由一個壯漢駕駛。車頂上有個環形天線，車後有顆用粉筆潦草畫上的白星，位置很高，孩子都搆不著。他認了出來，汽車辨識的標誌是車前窗裡放著一只女用手提包，而且拉下遮陽板。他猜想還有其他標誌，但是他認出兩個已經足夠了。他從托比傳授給他的經驗中知道，這般規模恐怕是動員了上百人，如果對象逃跑就尾大不掉。托比因此不喜歡這樣做法。

布爾諾大廣場上有一家商店貨色齊全。在捷克購物很乏味，每家國營企業都只有幾個零售店，不過這個地方剛開張，規模很大。他買了玩具、一條圍巾、一些菸，又試了皮鞋。他推測監視的人仍在等待他的祕密聯絡人。他偷了一頂皮帽和一件白色塑膠雨衣，還偷了一個手提袋放這些東西。他在男性用品部蹓躂很久，知道第一對那兩個女人還在跟著他，但又不願走得太近。他猜想她們已經發出信號，要男的來接手，因此就在那裡等著。於是他進了男廁後就立刻行動。他把白色雨衣罩在大衣外面，將手提袋塞進口袋，再戴上皮帽。他把其他東西全仍了，發瘋似地從消防梯往下跑，撞開一扇安全門，來到一條小巷裡，又拐進另一條單行道的小巷，把白色雨衣塞進手提袋，走進另一家正要關門的商店，買了黑色雨衣換穿上，混在別的顧客當中走出來，擠上一輛很擁擠的電車，一直到倒數第二站才下車，走了一個小時，才準時在約定的第二個地方跟麥克斯碰面。

這時，他描述了他和麥克斯的對話，他說，他們幾乎要吵了起來。

史邁利問：「你從來沒想過就放手不幹了嗎？」

「沒有。從來沒有。」吉姆不快地說，嗓門提高了一些。

「但是，你從一開始就認為這是胡來？」史邁利的聲音裡只有尊重的意思，完全無意表示自己的高明：他只想釐清真相，在夜空下釐得一清二楚。「你繼續向前走。你已經看到背後有人在跟踪，你認為這次任務荒謬可笑，但你還是繼續走下去，越來越深入叢林裡。」

「對。」

「也許你對這次任務改變了想法？是不是好奇心吸引了你？比如，你一心想知道地鼠是誰？吉姆，我這只是胡亂猜測。」

「那有什麼不一樣？事已如此，我的動機有什麼關係？」

半邊月亮已經從雲後露出，似乎很近。吉姆坐在板凳上。板凳嵌在石子堆裡，他邊說話，邊撿起一顆石子，往身後的蕨叢丟去。史邁利坐在他身旁，目光直盯著吉姆，不看別處。有一次，為了作伴，他也喝下一大口的伏特加，不由得想起塔爾和伊琳娜在香港山頂上喝著酒。他心想，這大概是幹這一行的習慣吧；眼下有個景色，我們說話容易些。

吉姆說，隔著飛雅特的車窗，交換了約定的暗號，沒有出什麼岔子。開車的是一個僵直、渾身肌肉的捷克馬札爾人，留著一撇愛德華王式的鬍子，滿嘴大蒜臭味。吉姆不喜歡他，但是他原來也沒想到要喜歡他。汽車後座的兩道門都鎖上了，為了他該坐在哪裡，兩人爭執了幾句。那個馬札爾人說，吉姆坐在後座不安全，也不民主。吉姆罵他見鬼去，他問吉姆有沒有帶槍，吉姆說沒有，這不是真話，不過，馬札爾人要是不相信他的話，也不敢說出來。他又問吉姆有沒有帶要給將軍的指示？吉姆說，他什麼都沒有帶，只帶著耳朵來聽。

吉姆說，他覺得有點不放心。他們開了車，馬札爾人大致交代了情況。他們到達獵場小屋時，那邊不會有燈光，也不會有人住在哪裡的樣子。將軍就在裡面。現場的樣子若像是有人在，例如有輛腳踏車、汽車、燈光、狗，就表明小屋裡有人，那麼就由馬札爾人先進去，吉姆在車裡等，否則就由吉姆單獨進去，馬札爾人則在外面等。清楚了沒有？

吉姆問，為什麼他們倆不一塊兒進去？馬札爾人說，因為將軍不要他們兩人一起進去。

根據吉姆的錶，車開了半個小時，朝東北方向，平均時速是三十公里，路很曲折陡峭，兩邊都有樹。天上沒有月亮，他看不到什麼景色，除了偶爾在天際出現的森林和山頂。他注意到雪是從北方飄過來的，這一點很有用。路上很乾淨，但有重型卡車的輪印。他們開車時沒開車燈。馬札爾人開始說起下流的笑話，吉姆認為他這舉動是要掩飾緊張。大蒜臭很難聞。他似乎不停地在嚼。他忽然熄火。他們是在走下坡路，但速度比剛才慢。還沒有完全停車，那個馬札爾人就伸手拉起煞車，吉姆敲了他的腦袋，他的腦袋撞在窗柱上。吉姆拿過槍來。他們當時是在一條支路的路口。支路三十碼外就是一間低矮的木屋。沒有人在的樣子。吉姆命令馬札爾人照他所說的做。他要他戴上吉姆的皮帽，穿上吉姆的大衣，代替吉姆走過去。他要他慢慢走過去，雙手放在背後，走在小路中央。要是不照吩咐，吉姆就會開槍打他。他走到小屋那裡，進去告訴將軍，然後再慢慢走回來告訴吉姆一切順利，將軍準備見他，或者不見他。吉姆這麼做是採取基本的戒備措施。

馬札爾人對此似乎不太高興，但他沒有選擇餘地。在他下車前，吉姆叫他把車頭調轉方向面對小路。吉姆對他說，如果搞什麼鬼，他就開亮車燈，開槍打他，不是一槍，而會是好幾槍，而且也不是打在腿上。馬札爾人就開始走過去。他走到小屋，突然，現場整個被探照燈照得大亮，把小屋、車道、周圍一大片全都照亮。接著好幾件事情全部一起發生。吉姆沒看到全部，因為他趕忙將汽車轉向。他看見四個人從樹上跳下來，他依稀看到其中一個打昏了馬札爾人。這時有人開了槍，但那四人不加理會，他們往後退，讓人拍照。槍似乎是朝探照燈後的晴空打的。整個場面十分戲劇化。放了照明彈、信號彈，甚至曳光彈，吉姆開著飛雅特疾駛逃跑時，覺得就像是一場夜間軍事演習達到了高潮。他幾乎脫了身——他真的覺得已經脫了身——然而右邊森林中有人在近處開了機關槍。第一發子彈打掉一個後輪，車子翻覆，掉進左邊溝裡，他看到車輪從車頭蓋上飛出去。溝大概有十呎深，但是積雪柔軟，他沒受傷。車身沒有著火，他就躲在後面等，臉朝著公路的對面，想開槍打那個機關槍手。第二發子彈是從他身後來的，把他震得貼在車身上。森林裡大概全是軍隊。他知道自己中了兩槍。兩槍都打在他的右肩，他在那裡一邊觀察著這場演習，一邊不由得覺得奇怪，他的胳膊居然沒被打掉。警笛響了兩三下。一輛救護車開了過來，但是槍聲仍舊不斷，足以讓這裡的野獸吃驚好幾年。那輛救護車令他想起好萊塢那種老式消防車，方方正正的。軍事演習一本正經地在進行，但是那些急救人員卻毫不在意地站在那裡朝他呆看著。他聽到又有一輛汽車駛來，聽到說話聲，又拍了幾張照片，這次沒有弄錯對象，但是這時他已慢慢失去知覺。有人在下命令，但是他聽不清楚說的是什麼，因為用的是俄語。他們把他扔上擔架，這時燈光滅了，他唯一的念頭是回倫敦。他以為自己是在聖詹姆斯的公寓裡，身邊是彩色圖表和一張張的筆記，他坐在小沙發裡，向老總解釋，他們兩人到了老年以後會成為他們這一行史上最大的笨蛋。他的唯一安慰是，他們打昏了馬札爾人，但現在回想起來，吉姆恨不得折斷他的脖子，這對他來說輕而易舉，而且完全不會內疚。

32

要吉姆這樣的人談中槍後的痛楚，他肯定會要求饒了他。但在史邁利看來，這樣的硬漢確實令人敬畏，尤其因為他似乎若無其事。吉姆自己的解釋是，他描述的經歷之所以缺了這一段，是因為他昏過去了。他隱約覺得救護車一直往北開。他是從他們打開車門讓醫生進來時，從樹上看出的：他往後看到的部分積雪最深。路面很好，他猜想是行駛在往赫拉德奇的公路上。醫生替他打了一針。他醒過來時已在監獄醫院裡，高高的窗戶上設有鐵條，有三個人在監視他。動過手術醒來時，他又換了牢房，一扇窗戶也沒有。他記得第一次訊問大概就是在這地方進行，那是在他們縫合了他的傷口過後七十二小時，不過這時他已記不清是什麼時間，他們早就拿走了他的錶。

他們不斷將他移換地方。不是挪房間，就是挪監獄。挪房間要看是打算對他做什麼，挪監獄則是要看由誰來訊問。有時只是為了不讓他睡覺，夜裡要他在監獄走道裡走來走去。他們也曾用卡車載他換地方，有一次還用上捷克的運輸機，不過那次飛行時他被綁了起來，蒙上面罩，飛機一開，他就昏了過去。除此以外，他已分不清歷次的審訊，就算想弄清楚也沒有用，一想反而更糊塗了。他還記得清楚的，是他在等待第一次審訊開始前自己先擬妥的應付計劃。他知道不可能保持緘默，為了讓自己不至於神經錯亂，或是能活命，免不了得答話，因此要讓他們相信，他已經把所知的一切全都告訴他們了。他躺在醫院時就想好了幾條防線，要是運氣好，還能一道道退守，最後造成全面崩潰的印象。他心想，第一道防線、而且也是最能輕易放棄的防線，就是作證計劃的大致輪廓。誰都不知道他是栽進來的，還是被出賣了。無論如何，有一點是肯定的：捷克人對斯蒂夫契克的了解比吉姆多。因此他第一步要退讓的是斯蒂夫契克，反正他們也已經知道了，但是他要他們花力氣。他要先否認一切，堅持原來的掩護身分。抵抗一陣子之後，他就承認是英國間諜，工作姓名是埃利斯，如此一來，要是他們將之公布，圓場至少能知道他還活著，還在想辦法。他毫不懷疑，陷阱布置得這麼費功夫，而且還拍了照，一定是要掀起一場吵吵鬧鬧。在這之後，根據他和老總商量好的，他會堅持這件事是他個人搞的，未經上級同意，目的是想立功。他要藏好圓場裡有間諜的想法，埋得越深越好。

「沒有地鼠，」吉姆凝視著昆托克山陰暗的山影說，「沒有和老總見面，沒有聖詹姆斯的公寓。」

「沒有鍋匠、裁縫。」

第二道防線是麥克斯。他要先否認還帶了個跑腿的來。之後再說他帶了一個，但不知道他的姓名。因為大家都喜歡有個名字，他就再給他們一個：先給個錯的。屆時，麥克斯一定已經脫身，或是轉入地下，或者被逮了。

接著吉姆的想像裡出現一連串不那麼能牢守的陣地：剝頭皮組最近的活動、圓場的傳說，只要能讓訊問者以為他已經垮了，什麼都談，他了解的就只有這些，他們已攻破最後一道戰壕。他要搜索枯腸，回想剝頭皮組以前的一些活動，如果有必要，還要把最近轉向及被「勒索」的一、兩個蘇聯官員，或是附庸國官員的姓名告訴他們，還有過去曾經做過一缸子買賣的人，因為他們沒有叛逃，因此很有可能是

「勒索」或是作第二次買賣的對象。只要是他想得到的肉骨頭，他都扔給他們，要是有必要，甚至把布里克斯頓的整個「馬廄」都賣給他們。這都是為了掩護吉姆認為最重要的情報，因為他們一定認為他擁有這個情報：阿格拉瓦特諜報網，以及柏拉圖諜報網在捷克方面的人員姓名。

「蘭德克朗、克里格羅娃、比羅娃、普里比爾夫婦。」吉姆說。

為什麼他選擇的姓名次序也是一樣的？史邁利納悶。

這兩個諜報網，吉姆早就沒負擔什麼責任了。多年前，在他還負責布里克斯頓以前，他協助成立了這兩個諜報網，其中有些人當初還是他吸收來的；之後，他們在博朗德和海頓手中幾經波折，這是他不知道的。但是他肯定知道，他還掌握他們的一些情況，說出去足以讓他們喪命。他最擔心的是老總，或是比爾或派西，或者哪個當時握有最後決定權的人，因為貪得無厭，或是行動太慢，在他承受無法想像的嚴刑逼供下，除了完全招供之外別無選擇之前，沒能及時撤出這兩個間諜網的人。

「結果這只是個笑話，」吉姆毫無笑意地說，「他們根本不在乎這些人。他們向我問了十幾個有關阿格拉瓦特的問題之後，就沒興趣了。他們很清楚，作證計劃不是我個人想出來的，老總在維也納為斯蒂契克夫買護照的事，他們也清清楚楚。他們就是在我想關門的地方開始的：聖詹姆斯公寓內的指示。他們沒問我關於跑腿的事，他們對是誰開車送我去和馬札爾人碰面沒興趣。他們只想談老總的爛蘋果一說。」

一個詞，史邁利又想，很可能只是一個詞。他問：「他們真的知道聖詹姆斯這個地址？」

「他們連那瓶蹩腳的雪利酒的牌子都知道，老兄。」

「還有圖表？」史邁利馬上問，「裝樂譜用的袋子？」

「不。」他又說，「這個原先並不知道。」

斯蒂德．阿斯普萊曾說過，要從內往外推敲。史邁利心想，他們之所以知道，是因為地鼠傑拉德告訴他們。地鼠之所以知道，是因為管理組從老麥克法迪安那兒打聽出來。圓場進行了事後分析：卡拉坐享其成，把結果用來對付吉姆。

「我想，你現在大概開始相信老總是對的了：的確有一隻地鼠。」史邁利說。

•

吉姆和史邁利倚靠著一道木柵欄門。他們腳下的地勢傾斜，下面是一片蕨叢和田野。還有一個村子、海灣和月光下細細的一道海面。

「他們開門見山。『老總為什麼要獨自動手？他想得到什麼？』我說，『他想東山再起。』他們於是笑道：『靠布爾諾一帶軍事部屬這種雞毛蒜皮的情報？那連給他在俱樂部吃飯的錢都不夠。』我說：『也許他已經掌握不了。』如果他掌握不了，那麼是誰在踩他的手指？我說是艾勒林，這引起交頭接耳的嗡嗡聲。艾勒林和老總都搶著要拿出諜報來。我說，但是在布里克斯頓，我們聽到的只是傳說。『有什麼諜報是艾勒林拿得出來，但老總拿不出來的呢？』『我不知道。』『但是你剛才說艾勒林和老總都搶著要拿出諜報。』『這是傳說，我不知道。』又回到了牢房。」

吉姆說，這時他已完全失去時間感。他不是蒙著面罩活在黑暗裡，就是在牢房刺目的燈光下。沒有晝夜，為了要讓你搞不清晝夜，他們一天到晚鬧聲不斷。

他解釋，他們是按生產裝配線的方式在審慎他：不讓他睡，連續訊問，搞得你暈頭轉向，外加拷打，一直到他覺得訊問成了精神恍惚和完全崩潰之間的一場緩慢賽跑。當然，他希望是精神恍惚，但這不是由你作主的事；因為他們有辦法把你拉回來。不少拷打是採用電擊的手段。

「這樣我們又重新開始，另起爐灶。『斯蒂夫契克是個重要將領。如果他要求英國派個資深人員過來，他當然會認為對方十分了解他生涯各方面的情況。可是你卻告訴我們你不了解情況？』『我說了，我是從老總那裡聽來的。』『你在圓場看過斯蒂夫契克的檔案嗎？』『沒有。』『老總呢？』『我不知道。』『老總從斯蒂夫契克第二次在莫斯科工作得出什麼結論？老總有沒有跟你談談到斯蒂夫契克在華沙公約聯絡委員會的任務？』『沒有。』他們緊抓著這個問題不放，我則堅持我的答案，因為在我回答了幾次沒有之後，他們有點發火，似乎沒了耐心。我昏過去之後，他們用水把我澆醒，繼續再問。」

吉姆說，又挪了地方。他說話有點開始顛三倒四。牢房、走道、汽車……機場、要人待遇、在飛機前遭到一場毒打……飛機上打瞌睡，遭到懲罰，「又在一個牢房中醒來，房間小一些，牆上沒有油漆。有時，我想我大概身在俄國。我根據星星判斷我們飛到了東方。有時我彷彿覺得自己在薩勒特，又在接受對付審訊的訓練。」

他們兩天沒來找他。腦袋遲鈍發脹。森林中的槍聲總是在他耳中迴響，眼前一直看到那場假演習的情景，在他記憶中，最後那場審訊就像馬拉松長跑，他一進去就已經覺得心力交瘁，這對他很不利。

「多半也是因為身體的原因。」他解釋道，精神很疲累。

「我們要不要歇一會兒？」史邁利說，但吉姆正說到重要關頭，停不下來，何況他要不要什麼並無關緊要。

吉姆說，這場訊問的時間很長。中間他一度談及老總的筆記和圖表，還有蠟筆。他們狠狠地揍他，他記得在場的全是男人，坐在屋子那頭，看上去就像是一堆該死的醫科學生在竊竊私議。他說出蠟筆的事不過是為了不要冷場，讓他們住手聽他說，他們是聽他說了，但沒有住手。

「他們一聽說蠟筆，就問各個顏色是什麼意思。『藍色指什麼？』『老總沒有藍色蠟筆。』『紅色指什麼？紅色代表什麼？把圖表上的紅色給我們舉個例子。紅色指什麼？紅色指什麼？紅色指什麼？』接著大家都撤了，只留下兩個警衛，一個冷冰冰的小個子，腰板挺直，模樣像是個頭頭。他們把我帶到桌邊，這個小個子坐在我身邊，雙手交叉胸前。他面前放著兩支蠟筆，一支紅，一支綠，還有一張斯蒂夫契克履歷的圖表。」

其實，吉姆不是垮了，而是他想不出什麼招數，編不出別的故事了。他深深埋藏的事實全都一個勁兒地提醒他要說出來。

「於是你把爛蘋果告訴他。」史邁利提示道，「也把鍋匠、裁縫告訴他。」

對，吉姆承認他招了。他告訴對方，老總認為斯蒂夫契克能夠指出圓場裡的地鼠是誰。他也告訴他，他們用的鍋匠、裁縫的暗號，每個暗號代表誰，逐一說了名字。

「他的反應如何？」

「想了一會，給我一根菸。我不喜歡那爛菸。」

「為什麼？」

「美國菸的味道。駱駝牌，那一類的。」

「他自己有抽嗎？」

吉姆點頭。「菸癮大得很。」他說。

在這以後，吉姆說，時間又過得很快。

他被帶進一個營區，他推測是在城外，讓他住在一個院子裡，外面圍著兩道鐵絲網。由一個警衛攙著，他不久就能走路了；有一天甚至還到森林裡走了一遭。營區很大，他自己那個院子不過是其中一部分。他在夜裡看得到東面城市的紅光。警衛都穿藍色工作服，都不說話，所以他不知道自己究竟是在捷克還是俄國，但他敢打賭是在俄國，因為外科醫生來檢查他的背時，透過一位俄語翻譯表示了對前醫師手術的不滿。訊問時斷時續，但已沒有敵意。他們另外派了人，但和原來十一個人的陣仗相比，從容不迫多了。某天夜裡，他被帶到軍用機場，由一架皇家空軍戰鬥機載到了英佛奈斯，又改乘一架小飛機到埃爾斯屈里，然後坐車到薩勒特，都是夜間行動。

吉姆這時已匆匆結束他的陳述。他正要談到他在育成所的經歷，史邁利卻問他：「那個頭頭，那個冷冰冰的小個子，你後來沒有再見過他？」

吉姆承認後來有再見過一次，是在他返國之前不久。

「為什麼？」

「閒聊，」聲音大得多了，「談些圓場人物的瑣事。」

「哪些人物？」

吉姆迴避這個問題。他說，談些在上層的是哪些人，在下層的又是哪些。誰可能繼承老總：「『我怎麼知道？』我說，『那些警衛比布里克斯頓還更消息靈通。』」

「那麼，確切地說，這些閒談中談到誰最多？」

吉姆慍慍地說，主要是羅伊．博朗德。博朗德的左傾觀點怎麼能與圓場的工作協調呢？吉姆說，他沒有什麼左傾觀點，因此不會有協調的問題。博朗德在艾斯特海斯和艾勒林的心目中地位如何？博朗德對海頓的畫作有什麼看法？羅伊喝多少酒，如果海頓不支持他，結果會怎樣？對於這些問題，吉姆的回答都很含糊。

「還提到誰？」

「艾斯特海斯，」吉姆仍用不高興的口氣回答，「那個王八蛋要知道怎麼有人會去信任一個匈牙利人。」

史邁利的下一個問題，甚至在他自己看來，似乎讓整個黑魆魆的山谷更顯寂然無聲。

「關於我，也說了些什麼嗎？」他再說一遍：「對我，他說了什麼？」

「他給我看一只打火機。說那是你的。安送的禮物。上面刻著『愛你的安』，還刻有她的署名。」

「他提過他是怎麼拿到的嗎？他怎麼說，吉姆？說吧，我不會因為一個俄國無賴恥笑我就不高興的。」

吉姆的回答乾脆得一如軍隊的命令。「他說，在和比爾．海頓發生關係後，她可能會想改掉上面的題詞。」他突然向車子走去。「我告訴他，」他生氣地叫道，「我當著那小老頭的皺皮臉對他說，你不能根據那種事來判斷比爾的為人。藝術家的道德標準是完全不同的。他們的看法跟我們不同。他們的感情我們無法體會。那個小王八蛋聽了只是大笑。他說『不知道他的畫有那麼好呢。』喬治，我告訴他：『去你媽的。去你媽的。你們要是有個像比爾．海頓那樣的人，才有資格來說。』我對他說，『真是天曉得，』我說，『你們這算什麼？情務機關，還是他媽的救世軍？』」

「說得好。」史邁利終於說，像是在評論別處的一場辯論，「你以前沒見過那個人嗎？」

「誰？」

「那個冷冰冰的小個子。你不認識他——比如，很久以前就不認識嗎？你知道這是怎麼回事。我們受過訓練，要熟記一些臉孔，中心的人物照片，有時見了就忘。即使一時想不起名字。反正這個人的名字你想不起來了。我只是好奇。我在想，你當時有不少時間可以回想，」他繼續說，好像在聊天。「你躺在那裡養傷，等著回國，你有什麼事可做？除了回想？」他等了一會兒。「因此，我不知道你想起了什麼？這次任務。我想大概是在想你的任務。」

「斷斷續續地想到。」

「結論呢？有什麼有用的東西嗎？有什麼懷疑、看法、暗示，可以告訴我嗎？」

「謝謝你，」吉姆很不高興地道，「你了解我，喬治．史邁利，我又不是變法術的，我是個——」

「你是個搞實際活動的，讓別人替你動腦筋想問題。但是，既然你知道自己被騙進了一個大陷阱，被出賣了，背上中了槍，幾個月來躺在那裡無事可幹，只好在俄國牢房裡來回踱步，我想，就算是最最不愛動腦筋的實作者」——他的聲音裡已毫無友善的味道——「也會覺得奇怪，不由得會想想自己怎麼會掉進如此的圈套。以作證計劃為例，」史邁利朝自己面前那個動也不動的人影說，「作證計劃讓老總的生涯就此完蛋。他丟了臉，他無法再去追查地鼠，我們姑且假定有一隻。圓場的領導更替。老總死得正是時候。作證計劃也發生了其他作用。它向俄國人透漏——實際上是經由你——老總懷疑到了什麼程度。那就是他把嫌疑對象縮小到五個人，就到此為止。我不是說你在牢房裡等待時應該想到這些。畢竟，你蹲在牢房裡，完全不知道老總已被攆了出去——雖然你可能想到俄國人在森林裡搞的那場假演習，是為了引起一場風波。是不是？」

「你忘記那兩個諜報網了。」吉姆遲鈍地說。

「哦，那個啊，捷克人在你出場之前早就盯上他們了。將他們一網打盡不過是為了更加重老總的失敗。」史邁利在提出這些論點時所用的那種聊天口吻在吉姆身上沒有引起反應。史邁利等著他開口，但他半天不開腔，於是也就不再繼續追究了。「好吧，你就談談在薩勒特的經過吧。然後就此打住？」

他難得這樣健忘，竟然自己先喝了一口伏特加，才把酒瓶遞給吉姆。

從聲音聽來，吉姆已經厭煩了。他說得很急很快，也很生氣，話說得很短，完全是軍人的口氣，這是他逃避傷腦筋的辦法。

他說，在薩勒特的四天完全過得渾渾噩噩，「大吃，大喝，大睡。在板球場上散步。」他很想去游泳，但泳池正在整修，跟六個月前一樣，效率極低！他做了一次身體檢查，在屋內看電視，跟負責照顧他的克蘭科下棋。

同時，他也在等老總出現，但是老總始終沒有現身。圓場第一個來見他的是負責遣散工作的人，跟他談到有個願意幫忙的教職員介紹所，接著是會計部的人來談他的退休金，最後又是那個醫生來談醫藥費。他等著訊問人過來，但他們始終沒來，這讓他放心不少，因為他在沒有得到老總的「綠燈」開放前，不知道該向他們說些什麼，而且他被訊問得也夠多了。他猜想是老總不讓他們來，但他覺得這根本沒道理，他已經把一切全告訴俄國人和捷克人，沒必要對訊問人員隱瞞，但是在得到老總的指示之前，他能有什麼辦法？由於老總始終沒有傳話過來，他曾想到要去見拉孔，把情況告訴他。但是他又覺得，老總大概是在等著他在育成所審查清楚之後才會去找他。他又病了幾天，托比·艾斯特海斯穿著一身新衣來了，表面上是來跟他握握手，祝他好運，實際上是來跟他說明情況。

「派他來見我還真是奇怪，但他似乎很得意。這時，我又想起老總說過的，只用下層單位的人的那番話。」

艾斯特海斯告訴他，由於作證計劃，圓場幾乎垮台，吉姆現在成了圓場的頭號「痲瘋病人」。老總已經下台，為了讓白廳息怒，圓場正在進行改組。

「這時他告訴我不要擔心。」吉姆說。

「不要擔心什麼？」

「關於我的特殊任務。他說只有極少數人知道實情，我不用擔心，因為這件事已經有人在收拾。實情都已知道了。這時他給我一千英鎊，補助我的醫療費。」

「誰的錢？」

「他沒說。」

「他有沒有提到老總關於斯蒂夫契克的論點。也就是中心在圓場裡安置了臥底間諜？」

「事實都已知道，」吉姆生氣地重複一遍，「他命令我不要跟任何人聯絡，不要把我的情況告訴別人，因為最上層已經負責處理這件事，要是我輕舉妄動就會誤事。圓場又重上軌道。什麼鍋匠、裁縫，什麼地鼠等等的，我全都要忘掉。『放手吧，』他說，『吉姆，你算幸運了，』他不斷這麼說，『現在命令你忘掉一切。』你能忘掉吧？那就忘掉。就當作這些全都沒發生過。」他提高音量在喊叫，「我現在做的就是這個：服從命令，忘掉一切！」

史邁利突然發現夜景純潔無瑕，就像一塊大畫布，上面什麼也沒有畫，不論什麼壞的、邪惡的東西都沒有畫在上面。他們並肩站在那裡，越過底下山谷裡的點點燈光，望向遠處天際那塊突起的岩石。一座高塔矗立在岩峰上，霎時，史邁利覺得那就是旅程的終點。

「是的，」他說，「我也在忘掉一切。那麼托比確實跟你提到了鍋匠、裁縫。不管他怎麼知道這件事，除非……那麼，比爾有給你捎來什麼音訊嗎？」他繼續問，「連明信片也沒寄一張？」

「比爾在國外。」吉姆說。

「誰告訴你的？」

「托比。」

「那麼，你一直沒見到比爾，自從作證計劃之後，你最要好的老朋友，就此不再露面了。」

「你也聽到托比怎麼說了。我不許跟人接觸，處在隔離狀態。」

「不過，比爾這個人一向不會恪遵規定，可不是嗎？」史邁利用回憶往事般的口吻說著。

「你對他的看法向來都不對。」提姆嚷道。

「你到捷克之前來找過我，但我不在家，很抱歉。」史邁利稍停頓一下，「老總把我打發去德國，免得礙事，等我回來的時候——你當時找我是為了什麼？」

「沒什麼。覺得捷克的事情有點蹊蹺。覺得要跟你打個招呼，道別一下。」

「在出發之前？」史邁利有些奇怪地問，「在出發去進行這樣的特殊任務之前？」吉姆沒表示他聽到這句話了。「你跟其他人也打過招呼嗎？我想當時我們都不在國內。托比、羅伊——比爾，你有跟他打了招呼嗎？」

「誰都沒有。」

「比爾在休假，是不是？不過，我覺得他總是沒有走遠。」

「誰都沒有。」吉姆堅持說，他的右肩一陣疼痛，他就抬一下手臂，轉動一下腦袋。「沒有人在家。」他說。

「這很不像你的作風，吉姆？」史邁利仍然溫和地說，「在出發執行一項重要任務之前，到處跟人家告別。你大概是年紀大了，多愁善感起來。你不是……」他猶豫了一下。「你該不是想徵求別人的意見吧？因為，你認為這次任務是胡來，對嗎？而且覺得老總有點糊塗了。你是不是認為該找個第三者商量商量？不過，我也認為這事有蹊蹺。」

斯蒂德．阿斯普萊曾經說過，要先了解事實，然後再像試衣服一樣試試每段故事。

吉姆慍怒不語，他們就在沉默中回到車上。

•

在汽車旅館裡，史邁利掏出大衣口袋裡那二十張明信片大小的照片，放在搪瓷桌面上，排成兩行。有的是快照，有的是人像照，全是男性，看上去沒有一個像英國人。吉姆一下子就揀出兩張交給史邁利。他喃喃地說，第一張他很肯定，但第二張不太有把握。第一張就是那個頭頭，態度冰冷的小個子。第二張是在打手們揍他時，站在後面看的那個王八蛋。史邁利把照片放回口袋。在他斟滿兩杯睡前酒時，要是換做另一個旁觀者，若不像吉姆那樣心事重重，也許會注意到史邁利有一種正在慶祝般的神情，儘管不完全是得意洋洋，但好像這杯酒一喝，大局就已定。

「那麼，你最後見到比爾，跟他談話，究竟是在何時？」史邁利問得好像是問起一個老朋友似的。

吉姆顯然在想別的事，因為他過了一會才抬起頭，想聽明白問的是什麼。

「哦，大概是，」他不經意地說，「我想大概是在走廊裡碰到的。」

「跟他談話了嗎？算了。」因為吉姆又在想別的事了。

吉姆不讓史邁利直接開車送他回學校。他得在不遠處讓他下車，在柏油路的盡頭，可以穿過墓園進到教堂。他說他把練習本忘在那兒了。史邁利在剎那間相信了他，但是不知道為何。也許是因為他已得出這樣的看法：這一行幹了三十年，吉姆還是不善於說謊。史邁利看著他一邊高一邊低的身影往諾曼式門廊走去，他的腳後跟在墳墓間鏗鏗作響，就好像槍聲一樣。

史邁利開車到陶頓，從城堡旅館打了幾通電話。雖然精疲力竭，但還是睡不太好，不時夢見卡拉拿著兩支蠟筆坐在吉姆桌旁，那個化名維多洛夫的文化參事波里雅科夫因為擔心地鼠傑拉德的安全，在訊問室裡焦急地等著吉姆招供。最後是托比・艾斯特海斯代替海頓出現在薩勒特，滿面春風地叫吉姆忘掉鍋匠、裁縫，以及想出這個暗號、已故的老總。

•

同一晚，彼得・貴蘭姆開車西行，橫越英格蘭前往利物浦，車中唯一乘客是里基・塔爾。這次的旅途很無聊，天氣又糟。塔爾一路上沒完沒了地吹噓，一旦完成使命就能得到什麼獎金，升到什麼職位。接著又談他的女人：丹妮、她的母親、伊琳娜。他似乎夢想這兩個女人能一起和他同住，照顧丹妮和他自己。

「伊琳娜有許多母性的特點。這也讓她充滿挫折。」他說，鮑里斯可以滾開，他會告訴卡拉保留他。一接近目的地，他的情緒又起了變化，忽然變得沉默。早晨天氣很冷，多霧。在郊外，他們得放慢到爬坡的速度，摩托車騎士還追過了他們。汽車裡充滿煤煙和鋼鐵的氣味。

「別在都柏林久留，」貴蘭姆突然說，「他們以為你是走好走的路線，因此別露面。馬上搭飛機走。」

「這個我們都談過了。」

「我還要談，」貴蘭姆反駁道，「麥克爾伏的工作假名是什麼？」

「我的天。」塔爾吸了一口氣，然後說了出來。

愛爾蘭渡輪啟程時，天還是黑的。到處都有軍隊和警察，讓人想起這場戰爭、上次戰爭、再上一次的戰爭。一陣猛烈的風吹過海面，航行似乎很不平靜。在碼頭邊，當渡輪的燈光很快地退入黑暗中時，小小的人群似乎暫時有了某種相依為命之感。遠處有個女人在哭，還有個醉漢在慶祝他得到解放。

回程他開得很慢，想弄清楚自己究竟是怎麼回事：這個新的貴蘭姆突然聽到人聲就感到吃驚，老是做惡夢，不僅保不住自己的女友，還老是想出奇怪的理由懷疑她。他問過她關於桑德的事，為什麼這麼晚才回家，為什麼守著祕密。她嚴肅的棕色眼光盯著他看，聽完他的話之後，說他是個笨蛋，說完就走了。她拿走臥室裡的東西，「你認為我是那種人，那我就是。」在他人去樓空的公寓裡，他打給托比·艾斯特海斯，約他一敘。

33

史邁利坐在大臣的勞斯萊斯車裡，拉孔坐在他旁邊。安的家族稱這種車是黑色的便盒，因為他們不喜歡它的豪華。他們叫司機去吃早餐。大臣坐在前座，大家都朝著前面長長的車蓋，看到河對岸巴特西發電廠在霧中的煙囪。大臣後腦勺的頭髮濃密，在耳根處捲成黑色的小捲。

「如果你是對的，」大臣在經過一段葬禮般的沉默後說，「我不是說你不對，只是，如果你是對的，那麼最後會打碎多少瓷器？」

史邁利不完全懂得此話的意思。

「我是說會造成什麼醜聞。傑拉德到了莫斯科。那麼好吧，會發生什麼事？他跳到肥皂箱上，在大家面前痛快地笑一場，因為他把我們這裡的人全給玩弄一番了？我是說，我們在這件事裡都有共同利害關係，不是嗎。我不明白為什麼我們要讓他走，拆我們的台腳，讓國安局來收拾殘局。」

他又換個方向。「我的意思是，只因為俄國人知道了我們的祕密，並不表示其他人也都該知道。我們除了這些祕密，還有許多別的事情要操心。那些黑人怎麼辦？難道他們在一星期之後，會在小報上讀到這些駭人聽聞的細節？」

或是他的選民，史邁利心裡想。

「我認為總有一點是俄國人能接受的，」拉孔說，「畢竟，要是你把你的敵手搞成像是個笨蛋，你也就沒理由如此嚴陣以待了。」他又說，「他們截至目前還沒這樣利用過到手的機會，是不是？」

「那麼，確保他們別越線。書面告訴他們。不，不要用書面。不過你要告訴他們禮尚往來。我們不公布中心的機密，因此他們也大可以合作，至少這次是這樣。」

史邁利謝絕了開車送他，說走一走對他有好處。

•

那天是索斯古德值班，他覺得萬事都很不順心。在他看來，校長應該免掉雜差，而是保持頭腦清醒，出謀策劃當領導。他穿上劍橋大學的長袍並不覺得安慰。當他站在體育館看著學生列隊進來準備點名時，他的目光狠狠地盯著他們，不乏露骨的敵意。但是馬喬里班克斯又火上加油。

「他說因為他母親，」他在索斯古德左耳旁低語道。「他接到電報，想馬上走。甚至連茶也沒喝。我答應代他向你請假。」

「真可惡，太可惡了。」索斯古德說。

「要是你不反對，我代他上法語課。我們可以讓五班和六班合併上課。」

「我很生氣。」索斯古德說，「我一時心很亂。」

「歐文說會代替他負責橄欖球決賽。」

「有報告要寫，考試要考，橄欖球決賽要比。那個老太婆是怎樣？大概只是流感，季節性的流感。我們都得過流感啊，我們的母親也都得過流感啊。她住那裡？」

「從他對蘇說的來看，我覺得她已病危。」

「那也好，他下次總不能再用這個藉口。」索斯古德還是很不高興，猛喝一聲，叫大家安靜，開始點名。

「羅契？」

「生病了，先生。」

真是禍不單行。學校裡最有錢的學生因為父母不和而精神崩潰，做父親的揚言要幫兒子轉學。

34

同一天下午將近四點時。貴蘭姆看一看周圍那個陰暗的公寓房間，心想：「安全聯繫站我可見過不少。」他能像到處跑的推銷員介紹旅館那樣，用三言兩語介紹這種房子：從飾有威基伍德式壁柱和鍍金橡樹葉、位在貝爾格拉維亞高級住宅區的明鏡大廳，到剝頭皮組在列克森姆花園這裡租下的兩間破房，裡面盡是積塵和淤水的氣味，黑黝黝的前廳裡還有一個三呎高的滅火器。壁爐架上有騎士就著錫壺喝水的雕像。桌上放著以貝殼充當的菸灰缸。在灰色的廚房裡，有不知是誰貼的「隨時關掉煤氣大小兩個開關」的紙條。走過前廳時，他聽到了門鈴響，十分準時。他提起耳機，聽到裡面托比失真的聲音。他按了一下按鈕，聽到樓梯下面電鎖的開門聲。他打開前門，但仍扣著門鏈，確認托比是單獨前來以後才鬆開門鏈。

「你好嗎？」貴蘭姆高興地放他進來說。

「很好，彼得。」托比脫下大衣和手套。

托盤上已備妥茶，是貴蘭姆準備的，兩個杯子。安全聯繫站都有一定的服務標準。原因不一。因為你要假裝住在那裡，或是因為你能隨遇而安，或是因為你就是設想周到。貴蘭姆認為，幹他們這一行，什麼都要顯得自然，這是一種藝術。這是卡米拉無法體會的。

「這天氣真是怪得厲害，」艾斯特海斯說得好像真的在分析氣候似的。安全聯絡站的寒暄總不脫這一套。「剛走幾步就累垮了。你說，有個波蘭人會來？」他坐下來說，「一個做皮貨生意的波蘭人，你認為可以替我們傳送情資？」

「馬上就到。」

「這個人我們認識嗎？我讓我的人去查他的名字，但沒找到。」

我的人。貴蘭姆心想，我得記住學會使用這句話。「自由波蘭人協會幾個月前跟他接洽過，把他嚇跑了。」他說，「後來卡爾．斯塔克在倉庫那邊碰到他，認為他對剝頭皮組可能會有用。」他聳聳肩，「我倒是喜歡他，但這有什麼用？我們自己人都閒著沒事了。」

「彼得，你真大方。」艾斯特海斯尊敬地說。貴蘭姆有種奇怪的感受，覺得自己是不是露了馬腳。這時，門鈴正好響起，法恩在門外站崗。

「對不起，托比，」史邁利說著，爬了樓梯有點上氣不接下氣。「彼得，我的大衣該掛哪兒？」

貴蘭姆把托比往牆邊一推，抓起他沒有抗拒的雙手，叫他扶著牆，接著慢條斯理地搜查他身上。托比沒帶槍。

「他一個人來的嗎？」貴蘭姆問，「或是有個小朋友在路上等？」

「我沒發現。」法恩說。

史邁利站在窗口，看著下面街上。「燈關一下，好嗎？」他說。

「在外面等。」貴蘭姆命令道。法恩拿了史邁利的大衣退出去。「有看到什麼嗎？」他也到窗口邊去問史邁利。

倫敦下午這時已有紅中帶黃的暮色。廣場是維多利亞時代的住宅區廣場，中央有個圍起欄杆的小花園，天已經黑了。「只是個影子，我想，」史邁利咕噥一句，轉身面對著艾斯特海斯。壁爐上的鐘敲了四下。想必法恩上過發條了。

•

「托比，我要向你提出一個假設。關於已經發生的事情的推想，行嗎？」

艾斯特海斯眼睛眨也沒眨。他小小的手放在座椅的木質扶手上。他坐得很舒服，但稍微有些正襟危坐，鞋子擦得很亮，雙腳平放。

「大概行吧。」

「兩年前。派西・艾勒林想謀得老總的位子，但他在圓場沒有地位。老總不讓他。老總有病，體力日衰，但派西搞不垮他。記得那時候嗎？」

艾斯特海斯俐落地點一下頭。

「那是在淡季，」史邁利用他講道理的口氣說，「外面沒什麼事，因此我們內部就勾心鬥角起來，互相偵察。有一天早上，派西坐在他的辦公室裡沒有事幹。他有個掛名職務，是活動總指揮，但實際上是個地區組與老總之間的橡皮圖章。派西的門開了，有個人進來。我們暫且叫他傑拉德。『派西，』他說，『我碰到一個重要的俄國情資來源。很可能是個金礦。』也可能他什麼都沒說，等到他們倆到了大樓外面再說，因為傑拉德做慣了外勤，不喜歡在室內有電話的地方說話。他們可能在公園裡走走，或是開著車。也可能在什麼地方吃飯。在這階段，派西只有聽對方說話的份兒。派西對歐洲方面沒什麼經驗，更不了解捷克和巴爾幹。他是在南美洲出道的，之後就一直在以前的地區活動：印度、中東。他對俄國人或捷克人所知不多，只知道紅就是紅，如此而已。對不對？」

艾斯特海斯噘起嘴，眉頭皺了一下，像是在表示他從不議論上級。

「不過傑拉德卻是這方面的專家。他的活動主要是在歐洲市場東躲西遁。派西是外行，但有興趣。傑拉德則是這方面的行家。傑拉德說，這個俄國來源可能是圓場多年來碰過最豐富的來源。傑拉德不想多說，不過他估計過幾天就能拿到貿易樣品，拿到後，他想請派西檢查檢查，鑑定價值。至於這個來源的詳細情況，可以以後再說。『但是為什麼找我呢？』派西說，『究竟是怎麼回事？』於是傑拉德告訴他。『派西，』他說，『對外活動損失這麼大，我們地區組裡的人可是很擔心的。看來這地方已經腐敗了。圓場內內外外，口風都太鬆。接觸機密的人太多，我們的人在現場碰了壁，我們的諜報網被破獲，有什麼新花招總會出狀況。我們希望你來幫助我們整頓一下。』傑拉德並不想謀亂叛上，他相當小心，沒有暗示圓場內部有個叛徒正在破壞所有活動，因為你我都明白，這種話一旦傳了出去，機器就要停轉了。反正傑拉德不想追查。但是他明確表示，這地方有漏洞，上層領導不力是下層失敗的原因。這聽在派西耳裡都是十分順耳的東西。他列舉最近的失敗所引起的醜聞，但是他很小心地不提艾勒林自己在中東的冒險，那次冒險出了差錯，派西幾乎丟了差使。接著他提出建議。他說的大概就這麼些。你明白，這是我的假設，不過只是假設而已。」

「是啊，喬治。」托比舔了一下嘴唇說。

「另一個假設是艾勒林自己就是傑拉德，你明白嗎。不過我就是不相信。我不相信派西會自己出馬，去收買個高級俄國間諜回來，又自己掌舵。我認為他會把事情搞砸。」

「是啊。」艾斯特海斯信心十足地說。

「因此，根據我的假設，傑拉德接著對派西說的是，『我們——也就是我自己和有類似想法、與這方案有關的人——希望由你出來擔任頭頭，派西。我們不過問政治，我們是實幹家。我們不懂白廳裡的縱橫捭闔。不過你懂。你負責應付各種委員會，我們負責對付巫師。如果你當我們的擋箭牌，保護我們不受腐敗的影響，也就是說把了解此事的人數維持在最低限度，我們就提供貨物。』他們又討論了這樣做的辦法，然後傑拉德讓派西考慮考慮。一個星期，一個月，我也不知道，反正有充裕時間可以讓派西仔細想想。有一天，傑拉德送來第一批貨樣。當然很好，非常非常之好。正好是海軍要的資料，沒有比這更符合派西的要求了，因為他在海軍部很吃得開，海軍部裡全都是他的支持者。於是派西讓他的海軍朋友們開了一下眼界，惹得大家垂涎欲滴。『這是從哪兒搞來的？以後還有嗎？』以後還有很多。至於來源是誰——這在現階段還得保密。如果我有什麼地方說得不對，請原諒，因為我根據的不過是那份檔案。」

提到檔案，這是史邁利的行動可能具有官方身分的第一個提示，可以看得出這在艾斯特海斯身上引起了反應。他舔嘴唇的習慣又多了一個附帶動作：頭朝前一伸，臉上有了他一貫的精明表情，托比像是要用這些信號來表示他也讀過這份檔案，不論這份檔案是什麼，而且完全同意史邁利的結論。史邁利停下來喝了口茶。

「托比，再喝點茶嗎？」他邊喝邊問。

「我來。」與其說貴蘭姆此舉是殷勤好客，不如說是態度堅決。「茶，法恩。」他朝門外一喊。門馬上開了，法恩出現在門口，端著茶。

史邁利又回到窗邊。他稍微拉開窗簾，看著底下的廣場。

「托比？」

「怎麼，喬治？」

「你帶了把風的過來嗎？」

「沒有。」

「一個也沒有？」

「喬治，我是來跟彼得和一個可憐的波蘭人見面的，為什麼要帶把風的過來？」

史邁利回到座位。「作為情報來源的巫師，」他說下去，「剛才我說到哪裡了？對了，傑拉德後來逐步告訴派西，以及他後來拉進巫術圈子的另外兩個人，不難設想，巫師不止是情資來源。沒錯，巫師是個蘇聯情報員，但像艾勒林一樣，他也是一個不滿上級集團的代言人。我們總喜歡設想自己的情況也會發生在別人身上，我相信派西打從一開始就對巫師有好感。這個集團以巫師為領袖的核心，是十來個有類似想法的蘇聯官員所組成，每個人都位居要津。我猜測，到了一定時候，傑拉德就向他的副手和派西更具體地介紹了其他來源，不過我沒把握。巫師的工作是把他們的諜報收集彙整後送來西方，過去這幾個月裡，他在這項工作上展現了他的多才多藝。他用了各種方法，圓場非常樂意提供設備給他。祕密通訊、在普通信件句號上的微點、西方首都的祕密信箱，諸如此類，不知道是哪個大膽的俄國人送去的，由托比．艾斯特海斯大膽的點路燈人收來。甚至有當面碰頭，由托比的人安排和把風。」史邁利停了一會兒，又朝窗戶看了一眼，「有一、兩次是在莫斯科由當地常駐站投遞，但是不讓他們知道交付者是誰。不過，沒有祕密無線通訊；巫師不喜歡祕密電台。有一次建議——甚至提到財政部——在芬蘭設立一個長期的遠距離無線電通訊，目的只是為了服務他他一人，但後來告吹，因為巫師說：『絕對不要。』他大概是接受到卡拉的教訓，會不會是這樣？你知道卡拉最討厭無線電。重要的是，巫師有他的機動性，那是他最大的才幹。也許他在莫斯科外貿部可以利用跑外務的推銷員。反正，他有的是辦法，而且有從俄國出來的渠道。因此，他的同夥密謀分子要依靠他和傑拉德交易，同意他商定的條件，金錢上的條件。因為他們需要錢，很多很多的錢。我早該提到這一點。諜報機關和他們的客戶在這方面也跟常人一樣。錢花最多的，他們最重視，而巫師的價錢可貴了。買過假畫嗎？」

「我曾經賣出過兩張。」托比露出神經質的笑容說，但沒有人笑。

「你付的錢越多，就越不會懷疑那是假貨。真傻，但我們都是這樣。知道巫師貪財大家就放心了。我們只懂這個動機，是吧，托比？尤其是在財政部。每月在瑞士銀行存個二萬法郎。為了這麼多錢，誰不會犧牲一下平等主義的原則呢？因此白廳付了他一筆巨款，稱他的情報是無價之寶。而且有一些的確不錯，」史邁利承認，「我甚至覺得很好，而且也應該很好。接著，傑拉德有一天把最大的祕密告訴了派西。巫師集團在倫敦也有個人。我現在應該告訴你，這樣就開始打了一個非常、非常聰明的巧結。」

托比放下茶杯，用手帕一本正經地輕拍嘴角。

「據傑拉德說，蘇聯駐倫敦這兒的大使館有個人已經準備好，而且他們有能力充當巫師在倫敦的代表。此人甚至地位特殊，偶爾還能利用大使館的設備與人在莫斯科的巫師直接聯絡，收發電報。如果採取必要的防範措施，有時甚至還能讓傑拉德跟這個神通廣大的人祕密會見，報告情況，接受指示，提出問題，在下趟郵件就可收到巫師的答覆。我們暫且稱這個蘇聯官員是阿力克賽．亞力克山德羅維奇．波里雅科夫，姑且假定他是蘇聯大使館文化處的人員。你有在聽我說嗎？」

「我什麼也沒聽見，」艾斯特海斯說，「我聾了。」

「原來，他在倫敦使館工作已經很久了——精確地說是九年——但是巫師最近才吸收他。也許是趁波里雅科夫在莫斯科休假的時候吧。」

「我什麼也沒聽見。」

「波里雅科夫很快就變得重要起來，因為傑拉德不久後就讓他擔任巫術計劃中的關鍵人物，以及其他許多事件中的要角。阿姆斯特丹和巴黎的情資祕密信箱、隱形墨水、微點，這些都很有用，不過總是差一點。有波里雅科夫就在門口，這樣的方便條件可不能錯過。巫師有些最精彩的資料是用外交部信封帶到倫敦的。波里雅科夫只需把信封撕開遞給圓場的對手就行：不論是傑拉德，或是傑拉德指定的人。不過，我們千萬別忘了，巫師這部分的活動是絕對機密。巫術委員會本身當然也是機密，不過人很多。這無可避免。範圍很大，收益也很大，光是加工和分配就需要大量工作人員：譯碼員、翻譯員、打字員、鑑定員，天知道還有什麼。傑拉德對此並不擔心，他喜歡這樣，因為要充當傑拉德，竅門就在要成為大夥兒的一分子。巫術委員會是受下層領導的？還是受中間領導的？還是受上層領導的？我很欣賞卡拉對委員會的看法，你呢？還是中國人的看法？他說，一個委員會是一個有四條後腿的動物。」

「但是倫敦那邊——波里雅科夫的側邊——這部分只限於原來巫術圈子的人知情。斯柯爾德諾，德．西爾斯基等人，他們可以隨時到國外，為巫師奔走。但是在倫敦這裡，活動只牽涉到波里雅科夫老弟，繩結就是這樣打的，這是個非常特殊的祕密。原因也非常特殊。你、派西、比爾．海頓和羅伊．博朗德。你們四個人是巫術圈子。對吧？現在來猜猜這是怎麼運作的，仔細地來猜一下。有一幢房子，這我們已經知道。儘管如此，碰面還是安排得極其周密，這一點是可以肯定的，是不是？誰跟他見面，托比？誰對付波里雅科夫？你？羅伊？比爾？」

史邁利翻出領帶尾端的絲綢襯裡，擦起眼鏡。「誰都見。」他回答自己的提問，「怎麼會這樣？有時是派西見他。我猜，派西是代表有關當局見他：『你是不是該休假啦？你這星期有收到你太太的信了嗎？』派西搞這套很在行。但是巫術委員會很少派派西上場。派西是頭頭，物以稀為貴。其次是比爾．海頓；比爾見他的次數比較多。比爾對俄國有好感，他有交際本領。我覺得他和波里雅科夫一定很合得來。我想比爾去聽彙報或提問題時，一定是滿面紅光，你覺得對吧？把正確的訊息送到莫斯科。他有時會帶著羅伊．博朗德一起去，有時就派羅伊去。我想，這是他們倆自己商量好的。羅伊是經濟專家，也是附庸國問題的頭頭。因此在那方面一定也有很多可談的。有時，托比，例如過生日、耶誕節，或是要特別送錢以示感謝——我注意到花在招待上已用了一大筆錢，更不用說其他開銷了——有時，為了搞得熱鬧點，你們四個都去，舉杯向對方，向巫師，透過他的代表波里雅科夫，向他敬酒。最後，我想托比自己也有話要跟他的朋友波里雅科夫說。有如何聯繫的辦法要討論，大使館裡的情況也有不少有用的風言風語，對點路燈組監視常駐站的日常活動會有幫助。因此，托比也有單獨去見他的時候。我們不能忽視波里雅科夫除了擔任巫師的倫敦代表之外在本地的作用。我們可不是每天都能搞到一個聽話的蘇聯外交官來領我們的津貼的。稍微訓練一下如何使用相機，波里雅科夫在使館內部就非常有用。只要我們記住我們的首要目的。」

他的眼光沒有離開過托比的臉。「我可以設想，波里雅科夫可能已經拍了不少照片，對吧？不管是誰去跟他見面，任務之一可能就是補充他的存貨：帶密封的小包裹給他。底片盒。當然沒有曝過光，因為這是圓場來的。托比，請告訴我，你聽說過拉賓這個名字嗎？」

舔了一下嘴唇，皺了一下眉頭，他露出笑容，頭往前一傾：「當然，喬治，我認識拉賓。」

「誰下令把點路燈組裡有關拉賓的報告銷毀的？」

「是我，喬治。」

「你自作主張？」

笑容更大了些。「不瞞你說，喬治，我這些日子已經升了官。」

「是誰決定把康妮·沙赫斯排擠出去的？」

「我想大概是派西。就算是派西吧，也許是比爾。你知道，要完成一項大任務常會有這種情況，要補個鞋子、擦個水壺，總得做件這樣的事。」他聳聳肩，「也可能是羅伊？」

「那麼，他們三個人的命令你都聽啊。」史邁利說得輕鬆，「托比，你對他們還真是一視同仁。你完全可以不必那樣的。」

這番話，艾斯特海斯聽了一點也不喜歡。

「托比，是誰叫你把麥克斯打發掉的？也是這三個人嗎？你看，我之所以問你，不過是因為我得向拉孔報告。他目前追得很緊，他後面又有大臣在追。是誰？」

「喬治，你弄錯對象了。」

「反正我們中間有一個，」史邁利愉快地說，「這一點可以肯定。他們也想知道威斯特貝的事，是誰把他封口的。是不是就是那個派你拿了一千英鎊鈔票去薩勒特叫吉姆．普里多不要擔心的人？托比，我只是要釐清事實，不是要剝誰的頭皮。你了解我，我是不記恨的，頂多說你不夠朋友，那有什麼關係？看是誰對誰夠朋友。」他又說，「只是他們非常想弄清楚。甚至有人揚言要請國安局插手進來。誰都不希望吧？這就像你跟老婆吵架就去找律師，這一步踏下去可就無法挽回了。是誰叫你捎口信要吉姆忘掉鍋匠、裁縫的？你知道這話是什麼意思嗎？你是不是直接從波里雅科夫那裡得到的？」

「我的天啊，」貴蘭姆咬牙切齒地說，「讓我收拾那個婊子養的。」

史邁利沒理他。「我們再來談談拉賓。他在這裡的任務是什麼？」

「他為波里雅科夫工作。」

「是他在文化處的祕書？」

「是他的跑腿。」

「可是，親愛的托比，一個文化參事需要跑腿的做什麼？」艾斯特海斯的眼睛始終盯著史邁利。貴蘭姆心想，他就像隻狗，他不知道他們會踢他一腳，還是給他一根骨頭。他的眼光從史邁利的臉上轉到手上，又回到他臉上，不斷地窺測著蛛絲馬跡。

「你別裝糊塗了，喬治，」托比漫不經心地說，「波里雅科夫是為莫斯科中心工作的。這點你跟我一樣清楚。」他翹起他的短腿，又恢復了原來的傲慢，往後一靠，喝了一口冷茶。

至於史邁利，貴蘭姆覺得他好像暫時受挫，但貴蘭姆自己也糊塗了，又覺得史邁利似乎覺得很滿意。也許是因為托比至少開腔了。

「唉，喬治，」托比說，「你又不是小孩子。你想想，我們這樣幹也不知多少次了。沒錯，我們收買了波里雅科夫。波里雅科夫既是莫斯科的間諜，也是我們的人。但是他得在他自己人面前裝出他是在刺探我們的情報。除此之外，他有什麼別的辦法嗎？他能一天到晚直進直出，不帶猩猩，不帶把風的，什麼都一帆風順嗎？既然他都到了我們的店裡，總得帶點貨色回去。因此我們就給他一點貨色，雞毛蒜皮的東西，他可以送回國去，莫斯科的人就拍拍他的肩膀，誇他很不錯，這是很平常的事。」

如果說貴蘭姆現在覺得很生氣，史邁利的腦子如今卻特別清醒。

「在四個元老之間，這麼說是統一口徑的吧？」

「我不敢說口徑一致。」艾斯特海斯說，手勢是典型匈牙利式的：把掌心一攤，兩邊搖晃一下。

「那麼，誰是波里雅科夫的情報員呢？」

貴蘭姆明白，這個問題對史邁利十分重要：他繞了半天的圈子，要得到的就是這個答案。貴蘭姆在旁等著，他的目光一會兒盯著艾斯特海斯，後者現在完全沒有方才那麼自信了，一會兒又看著史邁利高深莫測的臉，他意識到，他自己也開始瞭解卡拉的巧結是怎麼回事了，也了解那次他跟艾勒林之間吃力的談話是怎麼回事了。

「我問你的問題很簡單，」史邁利堅持，「從理論上來說，誰是波里雅科夫在圓場的情報員？我的天，托比，別裝傻了。如果波里雅科夫和你們這些人見面的掩護是他在刺探圓場情報，那麼，他一定要有個圓場的間諜，是不是？那麼這人是誰？他跟你們這些人見過面後，帶著成卷的圓場雞毛蒜皮回大使館去說，『我是從那些哥兒們那裡搞來的』，他能那樣嗎？他得要有個說法，而且這說法要夠硬，可以說明長期以來是怎麼追蹤、招募、祕密會見的，花了多少錢，動機是什麼。是不是？老實說，這不僅僅是波里雅科夫的說法，而且是他的生命線。必須十分徹底。必須令人信服。我敢說，這是整個活動非常重要的問題。那麼，這個人是誰？」史邁利愉快地問，「你嗎？為了要讓波里雅科夫能繼續為我們所用，所以托比．艾斯特海斯偽裝成圓場裡的叛徒？向你致敬，托比，應該頒發一大堆獎章給你的。」

托比在思量，他們等著。

「你已經走了一大段路，喬治，」托比終於說，「要是你達不到最終目的，結果會如何？」

「哪怕拉孔做我的後盾也達不到最終目的？」

「你把拉孔請來。還有派西、比爾。你為什麼要盯我這個小角色？找大人物去啊。」

「我還以為你已經成了大人物了呢。托比，你是個很好的人選。匈牙利血統，未得升遷，心懷不滿，能接觸機密，但不太多……腦筋快，貪財……有你當他的情報員，波里雅科夫就有個說得通的說法。三巨頭把雞毛蒜皮的資料給你，你又轉給波里雅科夫，中心以為托比是他們的人，大家都得到好處，人人都滿意。只有後來搞清楚你給波里雅科夫的是皇冠鑽石，拿回來的才是俄國的雞毛蒜皮，那才會有麻煩。要是出了這種狀況，你就會需要一些可靠的朋友，像我們這樣的朋友。我的假設是這樣的——最後拆穿來說，傑拉德是俄國的地鼠，受卡拉指揮。他出賣了圓場的所有祕密。」

艾斯特海斯看上去有點不舒服。「我說，喬治。要是你弄錯了，我不想也跟著錯，明白我的意思嗎？」

「但是，要是他對，你也想跟著對，」貴蘭姆難得插嘴提示道，「越早越好。」

「當然。」托比說，完全不覺得這話裡有什麼諷刺意味。「當然。我的意思是，喬治，你想的倒是頭頭是道，不過事情都有兩面，尤其是情報員，也許搞錯的是你。誰說過巫術是雞毛蒜皮？沒人說過，從來沒有。這是最上等的。你找到個嘴快的人胡說八道，把倫敦全城翻過一遍。你明白我的意思嗎？你知道，我是奉他們之命行事。明白嗎？他們叫我假裝當波里雅科夫的情報員，我就假裝了。把這底片給他，我就給他。我的處境很危險，」他解釋，「對我而言，的確很危險。」

「我很抱歉，」史邁利在窗口邊上說，他又從窗簾縫裡向外窺看下面的廣場。「一定讓你很擔心。」

「非常非常擔心，」托比同意，「我得了胃潰瘍，食不下嚥。非常為難。」

讓貴蘭姆生氣的是，他們三人都沉默不語，彷彿同情著托比．艾斯特海斯為難的處境。

「托比，有沒有把風的，你沒撒謊吧？」史邁利仍在窗邊問。

「喬治，我劃十字起誓。」

「你一般用什麼？汽車？」

「街頭監視者。用一輛大車子把他們送到飛機場那邊，叫他們步行過來，分散布置。」

「多少？」

「八個，十個。每到年終這時候也許六個。很多人都病了。耶誕節。」他陰沉地說。

「有沒有只派一個人？」

「從來不。你瘋了。一個人！你以為我在開糖果店嗎？」

史邁利離開窗邊，又坐了下來。

「喬治，你說得真糟糕，你知道嗎？我是愛國的。老天爺。」托比重複說著。

「波里雅科夫在倫敦常駐站裡的職務是什麼？」史邁利問。

「波里是單獨行動的。」

「指揮他在圓場裡的大間諜呢？」

「當然。他們讓他脫離日常工作，可以放手應付大間諜托比。我們把這都想好了，我和他一起商量了很久。我說：『你聽好，比爾在懷疑我，我的老婆在懷疑我，我的孩子患了麻疹，而我沒錢付給醫生。』情報員給我的垃圾，我都給了波里，他又轉給國內去當寶貝。」

「誰是巫師？」

艾斯特海斯搖搖頭。

「但是你至少聽說過，他以莫斯科為基地，」史邁利說，「而且是蘇聯諜報界的一員，還有什麼他不是的？」

「這，他們告訴過我。」艾斯特海斯同意道。

「就是這樣，波里雅科夫可以和他聯繫。當然是為了圓場的利益。祕密地，不讓他們自己人起疑心？」

「當然。」托比又開始訴苦，然而史邁利彷彿豎起耳朵在聽屋外面的聲音。

「那麼鍋匠、裁縫？」

「我不知道那是什麼。我只是聽派西吩咐辦事。」

「派西叫你去打發吉姆．普里多？」

「當然。也許是比爾，也許是羅伊；對，是羅伊。我總得吃飯啊，喬治，明白嗎？我不能兩頭得罪，你明白我的意思嗎？」

「這真是個難題：你也明白了，是不是，托比？」史邁利靜靜地說，彷彿人不在現場。「假定這是個難題。它使得對的人都成了錯的人：康妮．沙赫斯、傑里．威斯特貝……吉姆．普里多……甚至老總。對起疑的人，在他們還沒說出來之前，就要滅他們的口……一旦你說個根本謊言蒙混過去，排列組合可就無窮無盡了。必須讓莫斯科中心相信它在圓場搞到一個重要的情資來源，但這件事可千萬不能讓白廳得到風聲。其必然結果是傑拉德會要我們在床上掐死自己的小孩。要是換一種情況倒是不錯，」他幾乎有點迷迷糊糊地說，「可憐的托比：是啊，我明白。你夾在他們中間奔走，一定很難受。」

托比已經準備好他如下的這番話：「當然了，你如果有什麼具體的事情要我做，那麼，喬治，你是了解我的，你就儘管吩咐好了，我一向樂意出力。我的手下受過很好的訓練，你要借人，我們可以商量。當然我得先跟拉孔打招呼。我不過是想澄清一下這件事。你知道，這都是為了圓場。我的目的就是這個。為了組織的利益。我要求不高，我不是想為自己圖什麼好處，好嗎？」

「你專門給波里雅科夫用的安全聯絡站在哪裡？」

「康姆頓大街水閘花園五號。」

「房子有人看守嗎？」

「麥克格雷格太太。」

「原來搞竊聽的嗎？」

「是她。」

「有沒有安裝竊聽器？」

「你說呢？」

「那麼米莉．麥克格雷格在看房子，管理錄音設備。」

托比說，是的，他的頭一低，十分警覺。

「等會我要你打電話給她，告訴她我要在那裡過夜，我還要用那設備。告訴她，我被找來執行一項特殊任務，要她聽我的吩咐。我大概會在九點鐘到達。如果你要和波里雅科夫緊急見面，用什麼辦法？」

「我的手下在哈佛斯托克山有個房間。波里每天早上去大使館時會開車經過，每天晚上回家也會。如果他們貼上一條抗議車輛噪音的黃色標語，就是暗號。」

「夜裡呢？周末呢？」

「撥錯號碼的電話。不過大家都不喜歡用這個方法。」

「用過嗎？」

「我不知道。」

「你是說你不接聽他的電話？」

沒有回答。

「我要你這個週末請假。這在圓場會不會引起懷疑？」艾斯特海斯熱切地搖搖頭。「我想你巴不得置身事外，是不是？」艾斯特海斯點點頭。「你就說女朋友出了麻煩，或者不管什麼的。你得在這裡過夜，可能兩晚。法恩會照料你，廚房裡有吃的。你老婆呢？」

在貴蘭姆和史邁利的監視下，艾斯特海斯撥了圓場的電話，找菲爾．波特奧斯講話。他的話說得恰到好處：帶點抱怨，一點噱頭，一點玩笑。菲爾，我在北邊有個女朋友對我不錯，她說我要是不去抱抱她，她就要幹出不可收拾的事來。

「你不用說，菲爾，我知道你每天都遇到這種事。呦，你那個漂亮的新祕書怎麼啦？我說啊，菲爾，瑪拉要是從家裡打來，就跟她說我有重要任務，好嗎？要炸掉克里姆林宮，星期一回來。要說得逼真點，好嗎？再見，菲爾。」

掛了之後，他又撥了個電話到倫敦北區。「麥太太，你好，我是你最要好的男朋友，聽出聲音來了嗎？好吧。今天晚上我有個客人會到你那兒去，一個很老很老的老朋友，你猜也猜不到的。她恨我，」他的手蒙在話筒上對他們解釋。「他想檢查一下線路。」他繼續說，「檢查一下，看看是否運作正常，沒有毛病，好不好？」

「如果他不安分，」他們走時貴蘭姆狠狠地對法恩說，「就把他手腳給綁起來。」

史邁利在樓梯上輕輕碰了一下他的胳膊。「彼得，我要你在我背後把風，好嗎？給我幾分鐘，然後到馬羅斯路轉角接我，向北走。沿著西邊人行道。」

•

貴蘭姆等著，然後走到街上。空中飄著毛毛細雨，像融雪一樣有種奇怪的暖意。在有燈光處，濕氣轉變成了雲氣，但他在陰暗處看不見，也感覺不到。那只是因為眼前有一片薄霧，使得他的眼睛半睜半閉。他在花園裡轉完一圈，然後走進碰頭的地方：南面的一條幽靜小巷。走到馬羅斯路時，他越過馬路到西邊人行道那側，買了一份晚報，開始悠閒地走過一排花園別墅前。他正在數著行人、摩托車、汽車的數目，這時，在他面前的人行道上，他看到了喬治．史邁利，一個典型在趕回家的倫敦人。「是一組人嗎？」貴蘭姆問，史邁利說不確定。「快到阿平頓別墅時，我會越過馬路，」他說，「注意單槍匹馬的。瞧！」

貴蘭姆看過去時，史邁利突然停住，好像想起什麼似的，不顧危險地走到行駛間的車輛縫裡去，東鑽西竄，引起駕駛人的憤怒，接著馬上鑽進一家沒有營業執照的酒店門裡去了。就在他東鑽西竄之際，貴蘭姆看到，或者自以為看到，一個駝背的高個子，穿著黑色大衣出來追他，然而這時有輛公車停了下來，把史邁利和那個追逐者擋住了。公車開走後，那個追逐者也不見人影，一定是搭車走了，因為人行道上只有一個穿著黑色塑膠雨衣、頭戴軟帽、年紀稍長的人站在站牌旁，低頭看著晚報。當史邁利從那家酒店中拿著棕色袋子出來時，那人仍在看著運動新聞，連頭都沒抬。貴蘭姆接著又跟著史邁利穿過維多利亞時代的肯辛頓廣場比較熱鬧的地段，史邁利不斷在一個個安靜的廣場、一條條小巷之間進進出出，走的是同一條路線。只有一次，當貴蘭姆忘掉史邁利，而是出於本能地回頭看自己背後時，他才懷疑到有第三者正在跟著他們：一個投映在闃無一人的街道上的人影，但是他一追過去，就不見了。

在這以後，那一夜發生的事情接二連三，快得令他目不暇接。好多天後，他才意識到，那個人，或說那個人的影子，讓他覺得似曾相識。即使到那時，他一時也想不起那究竟是誰。接著，某天清晨，他驀然醒來，他心中就明白了那是誰：軍人一樣吆喝的聲音，貌似粗魯、其實相當文雅的態度，在布里克斯頓他的辦公室保險櫃後面，插著曾令他不動感情的祕書落了淚的球拍。

35

就在同一晚，按他們這一行的行規來說，斯蒂夫·麥克爾伏千不該、萬不該，就是不該忘記鎖上他的後座車門。他開門要上駕駛座時，粗心大意地以為後車門是鎖上的。就像吉姆·普里多喜歡說的，若要不出問題，凡事都不可輕信不疑。麥克爾伏遠遠達不到這個求全的標準，他萬萬沒想到，在那個天候特別惡劣、交通特別擁擠的傍晚，他剛要從一條塞車、喇叭齊鳴的巷道拐到香榭大道上時，里基·塔爾竟會打開後車門上車，槍口對著他。但是巴黎常駐站近來平靜無事，讓人喪失了警覺，麥克爾伏的每日工作無非是記記每週開銷帳目，整理下屬的報告，然後轉發給管理組。那個星期五，只有午餐時在法國保安部組織裡跟一個不太誠懇的親英派耗了一陣子，才算打破這種單調的氣氛。

他的車停在一棵就快枯死的椴樹下，掛的是使館牌照，因為常駐站的掩護是領事，雖然沒有人相信。麥克爾伏是圓場的元老，身材壯實，頭髮花白，約克郡人，歷任各地領事，時間之久，在外人看來，似乎從來沒晉升過。巴黎是他最近的領事崗位。他在遠東地區活動了一輩子，不特別喜歡巴黎，知道法國人也不喜歡。但是在退休前沒有比這裡更好的地方了。津貼高，待遇好，他到任以來的這十個月，對他的工作要求，不過是偶爾招待一下過境的情報員，在這裡、那裡做個記號，為倫敦站送個信，陪過來視察的人觀光。

不過，只能說截至目前是這樣。現在他正坐在自己的車裡，被塔爾的槍口頂著肋骨，塔爾的手則是深情地搭在他的右肩，要是他不老實，就會立刻折斷他的脖子。兩步以外，有幾個小姐匆忙走往地鐵站。六步以外，已經開始塞車，可能會持續一個小時。看到停在路邊車裡親切交談的兩人，沒有人會在意的。

麥克爾伏坐定以後，塔爾開始說話。他說，他需要發個電報給艾勒林。請他親啟親譯，塔爾希望斯蒂夫能替他發，自己在旁邊持槍等著。

「里基，你這陣子在幹什麼？」他們挽著手回常駐站時，麥克爾伏抱怨道。「大家全都出動在找你，你知道嗎？他們要是找到你，一定會剝了你的皮。我們奉令一見到你就不要手軟。」

他想轉身抓住里基，用手刀劈他的脖子，但是他知道自己沒有如此的速度，塔爾會開槍打死他的。

麥克爾伏打開前門，開燈時，塔爾告訴他，這封電報大約有兩百個字組。斯蒂夫發完後，他們就可以坐下來等派西回話。如果塔爾的直覺正確，派西隔天就會親自來巴黎和里基商談。這次會面也要在常駐站進行，因為塔爾估算，俄國人在英國領事館內暗殺他的可能性比較小。

「你瘋了，里基。不是俄國人要殺你。是我們要殺你。」

前面的房間稱為接待室，掩護到此為止。房間裡有個木板舊櫃台，發黃的牆上貼著過時的英國公民須知。塔爾在這裡用左手搜查了麥克爾伏身上有無武器，結果沒搜到。屋子外面有個院子，大多數要緊的東西都放在院子另一邊：密碼室、保險櫃、發報機。

「你瘋了，里基。」麥克爾伏警告他，語調沒有起伏，他帶路走過一、兩間空辦公室，到密碼室門口按鈴。「你老是以為自己是拿破崙，完全中邪了。你從你爸那邊學到太多宗教思想了。」

門閂打開後，門縫裡出現了一個覺得奇怪、帶點傻氣的臉。「你可以回家了，班。去你太太那兒，可是注意我的電話，萬一我有事找你，好孩子。把密碼本留在那裡，鑰匙插進機器。我馬上要跟倫敦說話，機器我自己開。」

那張臉不見了，他們等著那個小夥子從裡邊打開門鎖；一把鑰匙、兩把鑰匙，還有個彈簧鎖。

「這位先生是從東方來的，班，」開門時，麥克道爾伏解釋道，「是我最傑出的親戚之一。」

「您好，先生。」班說。他是個身材高大的年輕人，一臉精通數學的模樣，戴著眼鏡，目光緊緊盯著人看。

「去吧，班。我不會扣你的值班費。你這個週末可以休息，薪水照付，之後也不必補班。去吧。」

「班留下來。」塔爾說。

•

在劍橋圓場，燈光昏黃，孟德爾站在一家成衣店的三樓，看得到柏油路面在雨後像廉價的黃金一樣發光。時間已近午夜，他在那裡已經站了三個小時。他站在一條網眼窗簾和衣架子之間。他站在那裡的模樣一如全世界的警察，體重平放在兩腳，雙腿挺直，身體稍微後傾。他拉低帽子，翻起上衣領子，讓街上的人看不到他的臉，但他盯著底下入口處的目光，卻像煤堆裡的一雙貓眼般炯炯發亮。他可以再等三個小時，甚至六小時：孟德爾又重回他的巡邏崗位了，他嗅聞到了獵物的氣味。說得更確切些，他是隻「貓頭鷹」；試衣間裡的黑暗使得他頭腦異常清醒。從街上照進來的幾道淡淡光線反射到天花板上。所有的東西，裁衣板、成匹的衣料、罩起來的縫紉機、熨斗、皇親國戚的簽名照，他知道都還在原位，因為他在下午勘探場地時已見過；街燈照不到這些東西，他自己也看不太清楚。

他在那個窗口可以看到大部分的街口，一共有八、九個大小不等的街道和小巷，全都莫名其妙地選了劍橋圓場做為匯合點。街口的一些建築物華而不實，有一些帝國時代的廉價裝飾：一家銀行是羅馬式建築、一家有如破敗的清真寺的戲院。在它們背後，高聳入雲的大樓就像一隊機器人大軍。樓頂上暗紅的天空慢慢聚起霧氣。

他心想，怎麼會這麼寂靜無聲？戲院早已散場，但離他窗口只有一箭之遙的歌台舞榭的前面為何沒有計程車，沒有閒蕩的人群？而且竟然不見任何果菜貨車隆隆地從夏夫芝伯雷大街開往柯芬園[25]去。

孟德爾再次用望遠鏡觀察馬路對面的那棟大樓。那大樓似乎比它的鄰居睡得還香。門廊裡的兩扇門都關著，地面一層窗戶裡也不見燈光。只有在四樓左手算來第二扇窗戶發出一道黯淡的光，孟德爾知道那是值班室，這是史邁利告訴他的。他稍微抬高望遠鏡看向屋頂，一片天線在天空上成了古怪的圖案；他又放低一點，看屋頂下的那層，無線電組四扇發黑的窗戶。

「夜裡大家都從前門進出。」貴蘭姆告訴過他，「這是減少警衛的節約措施。」

在這三小時中，孟德爾的監視只有三次收穫。一小時一次，不算多。九點半，一輛藍色福特小貨車送來兩個人，帶的東西看似彈藥箱。他們自己開了門，進門後就立刻關上。孟德爾把看到的情況輕聲打了電話回報。十點後，交通班車來了：貴蘭姆事先也告訴過他。交通車從下層單位收集熱門文件，週末送到圓場保管。行車經過的單位依序是布里克斯頓、阿克頓、薩勒特，最後是海軍部，抵達圓場大約會是十點。這次它準時到達，有兩個人從大樓裡出來幫忙卸下。孟德爾也作了回報，史邁利耐心地以「謝謝你」回答。

史邁利是坐著的？像孟德爾那樣在黑暗裡？孟德爾覺得他大概也是在黑暗裡。他認識的怪人不少，而史邁利是最怪的。看他的樣子，應該連單獨過馬路也不會，但是他比刺蝟還善於保護自己。孟德爾心想，這些搞特務的啊。我一輩子追捕壞蛋，今天怎麼幹起這個來了？破門而入，站在黑暗中偵察間諜。對於間諜，他從來覺得不怎麼樣，但遇到史邁利之後，改變了看法。他原本認為他們都是一些外行人，就像大學生，挺礙事的；認為特別刑事處為了自己，也為了社會公眾，對他們最好敬而遠之。結果他卻遇到史邁利和貴蘭姆這兩個例外。這就是他今晚想的。

一個鐘頭前，十一點不到，來了一輛計程車。一輛掛倫敦一般計程車牌照的車，開到戲院門前停下。即使這種事，史邁利也事先跟他說過：諜報處的人坐計程車有不直接開到門口的習慣。有的會停在福爾斯百貨公司門口，有的在老康普頓街，或是街上隨便哪家店門口，每個人都有一個偏愛的掩護地點，戲院門前則是艾勒林偏愛的地點[25]。孟德爾從來沒見過艾勒林，但是他聽過他們對他的形容，因此當他從望遠鏡中看去時，一眼就望出是他，毫無疑問，一個身材高大、動作遲緩的人，穿著深色大衣。他

25　倫敦劇場匯集的柯芬園，在白天也是果菜市場。

甚至注意到計程車司機因為得到的小費太少，還做了個鬼臉，暗罵了一句，但艾勒林忙著掏鑰匙，沒有理會。

貴蘭姆解釋過，前門沒加閂，只上了鎖。安全措施是在你走到過道盡頭向左轉後開始。艾勒林住在五樓。你看不到他窗戶的燈光，不過有個天窗，開了燈，煙囪就會露光。果然，他看到煙囪發黑的磚塊上出現一片黃光：艾勒林進房間了。

孟德爾心想，年輕的貴蘭姆需要休假。這種情況他看過：硬漢一到四十歲就垮了。他們瞞著不讓人家知道，假裝不是那樣，仰賴著前輩，結果最後卻證明前輩根本不成氣候，於是總有一天鬧穿了，他們崇拜的人垮了，他們只好坐在辦公桌前，淚水掉在吸墨紙上。

他原本把電話放在地上，這時拿起話筒來說：「看樣子是鍋匠進了門。」

他回報了計程車的車牌號碼，接著又繼續監視。

「他的樣子如何？」史邁利低聲問。

「很忙。」孟德爾說。

「是該忙了。」

孟德爾心裡嘉許地想，不過，這一個是不會垮的。史邁利是棵看似虛弱的橡樹。你以為吹口氣就能把他給吹倒，但是一遇風暴，他卻是最後碩果僅存仍在那兒的一棵樹。他這麼想著時，又有一輛計程車停在大門口，一個行動遲緩的高個子一步一級地小心登上台階，好像一個心臟不好的人。

「你的裁縫來了，」孟德爾對著話筒低聲說，「等等，還有士兵。看起來是要開全體會議了。我說，你別著急。」

一輛一九〇老賓士從埃爾漢街急駛出來，就在他的門口窗下拐彎，勉強地拐到查令十字路北口停了下來。一個年輕粗壯的人下了車，滿頭茂密紅髮，他砰地關上車門，穿過馬路進了門，急忙中連鑰匙也來不及掏出。一會兒後，四層樓又亮起一盞燈，那就是羅伊·博朗德到了。

孟德爾心想，現在，我們要知道的，就是誰要現身了。

36

船閘花園這名字大概是取自附近康姆登和漢姆斯蒂德路的水閘，這是一排四幢十九世紀的房子，正面平整，蓋在一條弧形街道的中央，每幢房子都有三層，外加地下室和一個有圍牆的後花園，一直到攝政運河。門牌號碼是二號到五號，一號的房子不是倒塌了，就是從來沒有蓋起來過。五號在北邊那頭，作為安全聯絡站，地點再適中不過，它在三十碼內有三個出口，運河的窄路又提供了兩個出口。它的北面是康姆登大街，可連接交通要道，南面和西面是公園和櫻草山。尤其好的是，這一帶不講究社會身分，也不要求你有社會身分。有的房子已改為單間公寓，成排的門鈴有十個，就像打字機鍵盤。有的房子相當氣派，只有一個門鈴。五號房子有兩個門鈴：一個是米莉．麥克格雷格的，另一個是她的房客傑弗遜先生的。

麥克格雷格太太喜歡上教堂，她什麼都要收集，這恰好也是注意街坊動靜的好辦法，不過他們倒不是這麼看待她的熱情。她的房客傑弗遜大家只知道是個外國人，做石油生意，常常不在。水閘花園只是他的歇腳處。街坊鄰居不太注意他，只知道他外表體面，為人靦腆。那天晚上九點鐘，他們若是在門廊的黯淡燈光中瞥見喬治．史邁利，也會有同樣的印象。米莉．麥克格雷格迎接他進門後就拉上了窗簾。

她是個身形瘦長的蘇格蘭寡婦，穿著棕色絲襪，短髮，皮膚光亮中又帶著皺褶，像個老頭子似的。

為了上帝和圓場的緣故，她在莫三比克辦過聖經學校，在漢堡辦過海員傳教會，雖然從那之後，這二十年來她成了職業的竊聽者，她還是總把所有男人都視為罪人。史邁利不知道她是怎麼想的。打從他一到，她的態度就冷淡而生硬。她帶他看了看房子，那樣子彷彿是個房客都已死絕的女房東。

她先帶他到地下室，那是她自己住的，擺滿了植物，各式各樣的舊賀年卡，黃銅桌面，黑色的雕花家具，這種家具似乎是那些在外國見過世面、特屬某個年紀和階層的英國婦女獨有的。是的，如果圓場晚上要找她，就打地下室的電話。是的，樓上另有一支電話，不是同一條線，專供打外線。地下室的電話在樓上餐廳裡有分機。接到一樓，這是管理組耗了巨資、但品味甚差、名符其實的神龕：攝政時代色彩鮮艷的緞子、鎏金的仿製椅子、豪華的沙發。廚房沒有人碰過，骯髒不堪。廚房外面是一個玻璃外屋，一半當作溫室，一半作為放碗碟的儲藏室，可以看到外面的花園和運河。花磚地上亂扔著一台舊絞肉機、一只銅壺、幾箱奎寧水。

「話筒在哪裡，米莉？」史邁利回到客廳。

米莉喃喃道，成對地嵌在壁紙後面，一樓每個房間一對，樓上每個房間一個。每一對都單獨與一台錄音機相聯。他跟她爬上陡峭的樓梯。頂樓沒有家具，但頂樓的臥室除外，裡面有一堵灰色的鋼架，共放了八台錄音機，四台在上層，四台在下。

「這些東西傑弗遜都知道嗎？」

「對於傑弗遜先生，」米莉一本正經地說，「我們是信任的。」這話等於是在表示對史邁利的斥責，也表示她對基督教倫理的忠誠。

回到樓下，她又帶他看了操縱機器的開關。每塊開關板裡都有一個額外的開關。凡是傑佛遜或隨便哪個小夥子——她這麼稱呼他們——要錄音，只需站起來把左手的電燈開關扳下來就行了，接下來，錄音是由聲音帶動，也就是說，只要有人開口，機器就會啟動。

「錄音時，你在哪裡呢，米莉？」

她說，她在樓下，好像那是女人才該待的地方。

史邁利不斷打開櫃門、抽屜，從這個房間走到另一間。最後又回到儲藏室，從這裡可以看到外面的運河。他拿出小手電筒，朝漆黑的花園裡照了一下。

「安全暗號是什麼？」史邁利問，同時沉思地摸弄著客廳門邊的電燈開關。

她的回答平板而單調：「門口放兩個裝滿的牛奶瓶，你就可以進來，一切平安無事。沒有牛奶瓶，你不可進來。」

溫室那邊傳來輕輕的敲玻璃聲，史邁利回去開了玻璃門，匆匆低語一陣子後，跟貴蘭姆一起出現。

「米莉，你認識彼得吧？」

米莉可能認識，也可能不認識他，她冷淡的小眼睛輕蔑地盯著他。他在研究那個開關，一隻手在口袋裡摸著什麼東西。

「他在幹什麼？他不許動。叫他別動它。」

史邁利說，如果她不放心，可以到地下室打給拉孔。米莉．麥克格雷格沒有動身，但她厚厚的臉頰上出現紅暈，生氣地捻著手指。貴蘭姆用小起子小心翼翼地卸下開關塑膠面板兩端的螺絲，仔細觀察後面的電線。他十分謹慎地把裡面的開關從上面扳到下面，擰上電線，又把面板安上旋好，沒動其餘的開關。

「我們來試一下。」貴蘭姆說。史邁利上樓去檢查錄音機，貴蘭姆就用像保羅．羅伯遜的低沉噪音唱了《老人河》[26]。

「謝謝你。」史邁利下樓來說，他打了個寒顫，「真的夠了。」

米莉到地下室去打電話給拉孔。史邁利輕手輕腳地布置了舞台。他把電話放在客廳的小沙發旁邊，清理出一條他退到儲藏室的路線。他從廚房裡的冰箱中拿出兩瓶牛奶放在大門口，用米莉．麥克格雷格簡潔的話來說，就是表示你可以進來，一切平安無事。他脫了皮鞋，放在儲藏室裡，關掉所有的燈，在小沙發上就位，這時孟德爾來了電話。

在此同時，在運河的窄路上，貴蘭姆恢復了他對這幢房子的監視。在天黑之前一個小時，行人就絕跡了，這裡幹什麼都行，情人幽會，流浪漢歇腳，因為運河涵洞下有隱蔽的地方，儘管用處不同。不過，貴蘭姆在那個寒冷的夜裡什麼都沒看見。有時有一輛空火車急駛而過，留下一大片空虛。他的神經緊張，心情複雜，一時之間，那天晚上的所有景象竟讓他心中出現了幻覺：鐵路橋上的信號燈成了絞刑架，維多利亞時代的倉房成了龐大的監獄，窗戶釘了鐵條，聳立在多霧的夜空裡。身邊只聽見老鼠的窸窣，只聞到死水的惡臭。這時，客廳的燈滅了，房子陷於一片黑暗中，只有米莉的地下室窗簾兩邊透出

26 百老匯音樂劇《Show Boat》當中的獨唱曲。保羅．羅伯遜是美國黑人歌手，曾因政治立場而在美國麥卡錫主義盛行時期上了黑名單。

一條黃色的燈光。儲藏室那邊有一條細長的手電燈光穿過雜草叢生的花園在對他眨眼。他從口袋裡摸出鋼筆型小手電筒，拔去銀套，向著發光的地方用顫抖的手指發個信號回去。從現在開始，他們只能等待。

•

塔爾把收到的電報扔還給班，又從保險櫃中取出只用一次的拍寫簿，也扔給他。

「來吧，」他說，「該幹活了。把它譯出來。」

「這是給你的私人電報，」班反對，「你看，『艾勒林，私人自譯』。我是不准碰的。這是上頭的電報。」

「班，聽他的吩咐。」麥克爾伏說，同時看著塔爾。

十分鐘內，這三個人一句話也沒有交換。塔爾站在屋子裡另一頭看著他們，等得有些緊張。他的手槍已插在腰帶，槍口朝下，貼著小腹。他把外套搭在椅背上。他的汗浸濕了襯衫，黏在背上。班用一把尺比著念數碼，仔細地把結果寫在面前的電報本上。他專心致志，舌頭頂著牙齒，縮回去時就會發出嘖的一聲。他譯完放下筆，撕下電報紙交給塔爾。

「大聲念。」塔爾說。

班的聲音柔和，不過有一點緊張。「『艾勒林發給塔爾私人電報親啟親譯。我堅決要求你澄清並

（或）交換貨樣後才能答應你的要求。「對保障我處至關緊要的情報」此話不合要求。我要提醒你在無故失蹤後在此造成的不利地位。要求你立即向麥克爾伏報告一切。處長』」

班沒有完全念完，塔爾就開始奇怪地、興奮地大笑起來。

「就是那樣，派西小子——」他叫道，「是，又不是！你知道他為何採取拖延策略嗎，班，好孩子？因為他想從背後開槍打死我！他就是那樣幹掉我的俄國小姐的。又在玩老花樣，這個畜生。」他摸弄著班的頭髮，笑著向他叫道「我警告你，班，我們這個單位裡盡是混蛋，這些人你一個也別相信，我告訴你，否則你永遠成熟不了！」

•

史邁利獨自在漆黑的客廳裡，也在等著，他坐在不舒服的小沙發上，側著頭，夾著電話的話筒。他偶爾低聲說句話，就會聽到孟德爾的回答，但是大部分時間他們都沉默不語。他的心情已經平靜下來，甚至有一點鬱悶。他就像個演員，在幕啟之前就知道即將出現的結局，知道這個結局又小又不重要；在他經過一輩子的鬥爭以後，對他來說，即使死亡似乎也是件不重要的小事了。他沒有他所知的那種勝利感。就在他害怕時，他關心的是人。他沒有特別的理論或看法。他只在想這對大家有什麼影響；他覺得自己有責任。他想到吉姆、山姆、麥克斯、康妮、傑里．威斯特貝，和所有破裂的私人情誼；另外，他也想到了安，還有他們在康瓦爾懸崖上那段無望的談話。他心想，人與人之間究竟有沒有愛，是不是以自欺欺人為基礎。他希望他能在最後一幕演出之前就起身離開，但他不能。他像父親一樣擔心著貴蘭姆，不知最近這種成熟期的緊張他吃不吃得消。他又想起幫老總下葬的那天。他想到背叛，既然有不動腦筋的暴力，那麼不知道有沒有不動腦筋的背叛。令他擔心的是，他覺得一切都破滅了；在他碰到人性難題的此際，他信奉的一點點精神上或哲學上的信仰卻都完全破滅了。

「看到什麼嗎？」他對著電話問孟德爾。

「兩個醉漢，」孟德爾說，「唱著『雨中叢林』。」

「從來沒聽過。」

他把話機夾到左面，從上衣口袋掏出手槍，口袋內上好的緞裡已經磨破了。他摸了一下安全栓，也不知道哪邊算是開著，哪邊算是關著。他取出彈匣，又裝了回去，於是想起戰前在薩勒特沒事可做時，在夜間靶場像這樣取下又放回不知幾次了。他記得總是用兩手開槍，一手握著槍，另一手按在彈匣上。圓場有個傳說，要求你用一隻手指按著槍膛，另一隻手指扣板機。但他試過後覺得很彆扭，也就把它忘了。

「去走走。」他低聲說。孟德爾回答，「好吧。」

他走到儲藏室，手上仍握著槍，留心聽著會不會因為地板的咯吱聲而暴露了自己，然而蹩腳的地毯下是水泥地，就算他大蹦大跳也不會震動。他用手電筒發出兩短閃，過了許久又發了兩短閃。貴蘭姆立刻回了三短閃。

「回來了。」

「聽到。」孟德爾說。

他又坐了下來，悶悶地想到安：做那不可能的夢。他把手槍放回口袋。運河那邊傳來一聲喇叭的呻吟。夜裡？夜裡開船？一定是汽車。要是傑拉德有他的緊急措施，而我們卻一無所知？從公用電話亭打到公用電話亭，半路上汽車接人？要是波里雅科夫確實有個跑腿的，一個助手，但康妮沒有認出來？這些問題他已經考慮過。為了要在緊急情況下會面，這個辦法考慮得很周密，萬無一失。搞聯絡安排，卡拉一向是一絲不苟，絕不馬虎的。

那麼他覺得有人在盯梢跟蹤的感覺呢？這又怎麼解釋？他從來沒看到、但是感覺得到的人影，還有，只因背後有人緊盯，感到背上發癢的感覺，這又是怎麼回事？他什麼也沒看到，什麼也沒聽到，只是感覺到。憑他的年紀和經歷，他不會忽視蛛絲馬跡。未曾咯吱響過的樓梯發出咯吱響，沒有風吹但窗戶有窸窣聲，汽車換了牌照但擋泥板上仍有那條擦痕，在地鐵裡看到一張你知道曾在別處見過的臉……有一段時期，有好多年，他就是根據這些蛛絲馬跡生活的，當中隨便哪個跡象一露頭，就有充分理由得挪地方，換個城市，換個姓名。因為在他這種職業中，沒有巧合這種事。

「有一個走了。」孟德爾忽然說「喂，喂？」

「我在。」

孟德爾說，有人剛踏出圓場。前門，但他說不準是誰。身穿雨衣，頭戴呢帽。身材魁梧，行動迅速。一定是先要計程車開到門口，一出門就上了車。

「向北開，朝你的方向。」

史邁利看一下錶。他想，給他十分鐘。給他十二分鐘，他得在半路上停車打電話給波里雅科夫。接著又想，別傻了，他在圓場早就先打了電話。

「我把電話掛了。」史邁利說。

「祝你好運。」孟德爾說。

在小徑上，貴蘭姆看到手電筒光三長閃。地鼠已在途中。

•

史邁利在儲藏室又檢查了一下他的退路，他推開幾張帆布椅子，在絞肉機上繫了一根繩子，因為他在黑暗中視力特別不好。繩子的另一頭繫在打開的廚房門上，廚房有門通往客廳和餐廳，兩門並列。廚房很長，實際上是這幢房子附加在外面的，後來又添了儲藏室。他想到用餐廳，但太危險，而且他在餐廳裡無法向貴蘭姆發信號。因此他就在儲藏室裡等，光著腳、只穿著襪子感到很不自在，他擦著眼鏡，因為臉上發熱產生霧氣。儲藏室冷得多了。客廳的門關著，暖氣過熱，但儲藏室挨近外牆，而且有玻璃窗和水泥地，使得他的腳感到有點潮濕。他想，地鼠先來，因為地鼠是主，這是禮儀，也是為了假裝波里雅科夫是傑拉德的情報員。

倫敦的計程車快得像枚飛彈。

這個比喻是從他潛意識的記憶深處慢慢出現的。開進弧形的街道時，計程車發出震耳的碰撞聲，低音部分消失後，又發出有節奏的答答聲。接著關掉引擎：車停在哪兒？哪一幢房子前面？我們這些監視的都在黑暗中等著，鑽在桌底，抓住一根繩子，不知它停在哪幢房子前面。接著是車門關上的聲音，爆炸性的反高潮：如果你聽得到，對方就不是要到你這裡。

但是史邁利聽到了，是到他這裡來的。他聽到車道上的腳步聲，輕快有力。腳步停住。走錯門，史邁利胡亂地想著，走開吧。他手中握著槍，打開保險栓。他還在聽著，沒聽到什麼聲音。他心想，傑德，你起疑了。你是隻老地鼠，哪裡不對，你嗅得出來。他心想，一定是米莉：米莉把牛奶瓶拿走了，放了警告的暗號，叫他走開。米莉壞了事。這時，他聽到鑰匙在轉動，一下，兩下，這是一把班漢鎖，他記起來了，天呀，我們以後得幫班漢做生意。當然，剛才的耽擱是地鼠在摸口袋，找鑰匙。要是換做一個神經緊張的人，早就拿出來捏在手中，坐在車裡，手一直插在口袋裡捏著；但地鼠不是那種人。地鼠可能會擔心，但不會神經緊張。就在鑰匙轉動時，門鈴響了，聽得出這又是管理組的規定。高一聲，低一聲，又高一聲。米莉說過，這表示進來的是自己人，她的人，康妮的人，卡拉的人。前門打開了，有人跨進屋內，他聽到地毯上的磨擦聲，關門聲，開燈聲，接著，廚房門下縫裡露出一線光亮。他把手槍放進口袋，手心在上衣擦了一下，又拿出手槍，這時他又聽到第二枚飛彈。又是一輛計程車開到門前，停了下來，腳步急促：波里雅科夫不但準備好了鑰匙，而且準備好了車錢。他心想，不知道俄國人給不給小費，或者給小費是不民主的事？又是門鈴響，前門開了又關上，史邁利聽到兩瓶牛奶放到了門廳桌上的碰擊聲，說明他做事井井有條，符合暗號規定。

史邁利看著身旁的舊冰箱，心裡不禁驚叫，上帝保佑！要是他把兩瓶牛奶放回冰箱裡，那怎麼辦？客廳裡幾盞燈一開，廚房門下的一線光突然更亮了。整個房子異常靜寂。史邁利沿著繩子在冰冷的地板上慢慢向前挪。接著，他聽到說話聲。起先聽不清楚。他想，他們一定還在屋子的那一頭。也有可能他們一直是低聲說話。現在波里雅科夫走近了一些：他在手推餐車前斟酒。

「要是有人闖進來，我們的掩護是什麼？」他用很漂亮的英語問。

史邁利想起來了：聲音悅耳，和你的一樣好聽。我常常把錄音帶放兩遍，就是為了聽他說話。康妮啊，你現在應該過來這裡聽一聽的。

仍舊從屋子那頭傳來一陣悶聲的低語，回答他的每個問題。史邁利聽不清。問題是「我們到哪裡再掛上鉤？」「我們的退路是什麼？」「你身上有什麼東西在我們講話時需要由我帶著，因為我有外交豁免權？」

史邁利想，這一定是老生常談，卡拉訓練班上的玩意兒。

「開關有沒有拉下？請你檢查一下好嗎？謝謝。你喝什麼？」

「威士忌。」海頓說，「滿滿的一大杯。」

史邁利聽著那個熟悉的聲音高聲朗讀著史邁利本人在四十八小時前擬給塔爾發的電報，簡直不敢相信自己的耳朵。

這時，史邁利心中潛伏已久的矛盾就要爆發了。原來在拉孔的花園裡，他曾覺得這件事不可置信，因此很生氣，但又不放心，結果在他的思想中反而形成一股逆流，阻擋他的前進。如今，這股逆流把他沖上了絕望的岩石，又驅使他反抗：我拒絕相信。沒有什麼事值得另一個人的毀滅。痛苦和背叛的道路總有盡頭之處。在到盡頭之前，沒有將來，只有繼續滑入更可怕的現實。這個人是我的朋友、安的情人、吉姆的朋友，甚至也是吉姆的情人；此人的叛國是國家的事。

海頓背叛了。作為一個情人、一個同事、一個朋友，他背叛了。作為一個愛國者，作為安籠統地稱為體制派無可估量的集團的一員……不論作為什麼身分，海頓都是表面追求一個目標，暗地卻實行相反的一套，史邁利很清楚，即使到現在，他也不知道這兩面手法已達到何等可怕的程度。但是他心中已有另一個自我跳出來為海頓辯護。比爾不也是被人家出賣過嗎？康妮的悲嘆仍在他耳邊迴響：「可憐的人兒。為大英帝國受了訓練，為統治海洋受了訓練……喬治，你們是最後幾個了，你和比爾。」他非常清楚、清楚到刺眼地看到，這是一個生來要幹大事業、雄心勃勃的人，生來就是要統治別人、征服別人的人，他的抱負和野心，跟派西一樣，都是以世界大局為目標，在他看來，現實不過是個可憐的島嶼，它的聲音還傳不過海洋。因此，史邁利不僅傷心，而且，儘管在這緊要關頭，對於他要保護的那個體制，他還是感到強烈的不滿。拉孔說：「社會契約有來有往，你明白。」大臣漫不經心的撒謊，拉孔閉緊嘴唇的道德自滿，派西．艾勒林的貪得無厭：這樣的人讓任何契約都無效了。為什麼要人家對我們忠貞呢？

當然，他知道。他打從一開頭就知道是比爾。正如老總知道，拉孔在孟德爾家裡也知道。正如康妮和吉姆知道，艾勒林和艾斯特海斯也知道，大家都默默地心照不宣，只希望這像是一種疾病，可以不藥而癒，不用承認，不用診斷。

那麼安呢？安知道嗎？那天在康瓦爾懸崖上籠罩在他們身上的陰影是什麼？

史邁利這時成了這樣的人：安會說是個肥胖的赤腳間諜，在愛情上受了騙，怨憤之下又束手無策，只能一手握槍，一手捏繩，在黑暗中等著。後來，他握著槍，躡手躡腳地往回走到窗邊，用手電筒光很快地連續發了五短閃的信號。等到對方表示收到信號後，他回到監聽的崗位。

貴蘭姆飛步跑下運河的窄路，手中手電筒飛舞，他一直跑到一座低拱橋，爬上一道鐵梯，到了格羅士打大街。鐵門已關上，他得爬過去，勾破了一只袖子，開口一直開到肘部。拉孔站在公主路的拐彎處，穿著一件舊的休閒大衣，帶著公事包。

「他在那裡，他來了，」貴蘭姆耳語道，「他逮到傑拉德了。」

「我不要見血，」拉孔警告，「我要絕對平靜。」

貴蘭姆連答都不想回答。三十碼外，孟德爾耐心地在一輛計程車裡等著。他們開了兩分鐘，或許還不到兩分鐘，就在快到弧形街道前停了下來。貴蘭姆拿著艾斯特海斯的大門鑰匙。到了五號，孟德爾和貴蘭姆為了避免出聲，都從花園大門上爬過去，走在草地邊緣。他們邊走，貴蘭姆邊回頭看，他覺得彷彿看到有個人影在監視他們，是男是女，他說不準，就躲在馬路對面的門廊裡。但是當他叫孟德爾往那地方看時，又看不到了，孟德爾惡聲惡氣地叫他鎮靜點。門廊上的燈關了。貴蘭姆走上前，孟德爾在一株蘋果樹下等著。貴蘭姆插進鑰匙，轉了一下，輕易打開了。他得意洋洋地想到，傻瓜，連門閂也不閂上！他把門推開一點，猶豫了一下。他慢慢地深吸一口氣，做好準備。孟德爾又挪近一步。街上有兩個孩子走過，他們怕黑，故意縱聲大笑。貴蘭姆又回頭看一眼，馬路上沒有人。他跨進門廳。他穿的麂皮鞋，在拼花地板上發出咯吱聲，因為地板上沒鋪地毯。他在客廳門外聽了一陣子，憤怒填膺。

他想起他在摩洛哥遇害的幾位情報員，他被流放到布里克斯頓，他年歲日長、青春消逝，然而工作卻每天受挫，他覺得自己越來越窩囊，彷彿突然失去了愛、歡笑和享受的能力，他想遵守的平凡而崇高的標準不斷受到侵蝕，他為了獻身事業而把許多清規戒律加在自己身上——這些，他都可以朝著海頓嘲笑的臉上扔過去。海頓一度是他的導師，可以常常在一起喝喝咖啡、說說笑笑的，是他生活的楷模。

不只這些，遠遠不只如此而已。而現在他看清楚了，心裡也就明白。海頓不僅是他的模範，更是他的靈感，某種古老浪漫精神的旗手，英國氣質的象徵，正是因為這種氣質只能意會，不能言傳，使得貴蘭姆至今的生活有了一定的意義。然而現在，貴蘭姆不僅覺得被出賣了，而且成了孤兒。他的懷疑、他的憤懣，長久以來都是向實際世界發洩的，向他的女人、他企求的愛情發洩的，如今卻轉向圓場，轉向那個讓他信仰破滅的理想。他握著槍，使出渾身的力氣推開門，一步竄了進去。海頓和一個額上有一小綹黑色捲髮、體格魁梧的人坐在一張小茶几的兩旁。貴蘭姆根據照片認出他就是波里雅科夫，他吸著一根非常英國化的菸斗。他穿的是一件前胸有拉鍊的灰色羊毛衫，就像賽跑時會穿的運動上衣。貴蘭姆揪住海頓的衣領時，他還來不及拿下嘴上的菸斗。貴蘭姆一下子就把海頓從沙發上拉了起來。他已經丟了手槍，使勁地搖晃著海頓，如同在搖晃一隻狗，嘴裡罵著。但是他忽然覺得這根本毫無意義。畢竟，他是海頓，他們一起幹過不少事。沒有等到孟德爾拉開他的胳膊，貴蘭姆已經先鬆了手。他聽到史邁利一如往常那樣，客氣地請「比爾和維多洛夫上校」——他是這麼稱呼他們的——舉起手，放在頭上，等派西・艾勒林到達。

「外面沒人吧，有嗎，你有注意到嗎？」他們在等著時，史邁利問貴蘭姆。

「靜得跟墳地一樣。」孟德爾回答他們倆。

37

有些時候，事情發生得太迅速，接二連三，令人應接不暇。對貴蘭姆和當時在場的人來說，此刻就是這樣。史邁利繼續心不在焉，不時警戒地往窗外看幾眼；海頓漠然無動於衷；不出意料，波里雅科夫表示憤慨，要求被視為外交人員對待，貴蘭姆毫不客氣地就在沙發上收拾他；艾勒林和博朗德慌忙趕到，又是一陣聲明，接著上樓去聽史邁利放錄音帶，回到客廳就是一陣長久、難堪的沉默；拉孔到達，最後是艾斯特海斯和法恩到達，米莉．麥克格雷格默默地侍候大家喝茶：這些事情全都以一種舞台上的不現實感發生著，就像多年前去阿斯科特一樣，由於是在一天的這個時候發生，因而更顯得不真實。這些事情，包括一開始用體力制服了波里雅科夫，以及因為法恩揍了他——天知道揍在哪裡，儘管孟德爾留神在旁拉開——而用俄語罵人，彷彿是齣無聊的戲中戲，這些破壞了史邁利請大家到場的唯一目的：說服艾勒林，由於海頓被破獲，給了史邁利一個跟卡拉討價還價的機會，可盡量挽救一些被海頓出賣的間諜網，即使不是為了職業之故，至少也為了人道。史邁利無權進行這些交易，他也不想進行；也許他認為，由於他們所處的地位，艾斯特海斯、博朗德、艾勒林知道，就理論上來說，還有哪些情報員仍舊存在。反正他立刻上樓去，貴蘭姆聽到他從一個房間走到另一個房間，從窗口向外監視。

因此，艾勒林和屬下跟波里雅科夫一起退到餐廳單獨談判時，其餘人都默不作聲地坐在客廳，有的看著海頓，有的避開不看。海頓似乎不覺得大家都在那兒。他托著腮幫子，獨自坐在角落，由法恩監視著，看上去很厭倦。會議結束了。與會者從餐廳魚貫而出，艾勒林向不願參加會議的拉孔宣布，已經約定好三天後在這個地點碰頭，以便「上校有時間請示上級」。拉孔點點頭，像是在開董事會。

離別的情況比抵達時更加出奇。尤其是艾斯特海斯和波里雅科夫之間的告別，有一種奇怪的味道。艾斯特海斯一向想充當君子，而非間諜，這時像是決心要做個漂亮的姿態，他伸出手，但波里雅科夫卻無禮地把它推開。艾斯特海斯回過頭哀怨地看了史邁利一眼，也許是想轉而巴結他。他最後聳聳肩膀，手搭在博朗德的寬背上。他們馬上就一起走了。他們沒對任何人說再見，但博朗德的神情極為沮喪，艾斯特海斯像是在勸慰他，儘管此時，他自己的前途也不樂觀。不久後，一輛有無線電的計程車把波里雅科夫送走，他也沒向任何人道別。這時大家都已完全不說話了，沒有那個俄國佬在場，戲已平淡無味。海頓仍保持他那大家都熟悉的厭煩神態，仍由法恩和孟德爾在旁監視著，拉孔和艾勒林無言地尷尬地看著。又打了幾個電話，主要是叫車。史邁利從樓上下來，提到了塔爾。艾勒林打電話到圓場，口授了一封電報給巴黎，說他可以光榮地回來英國，不知他這話是什麼意思。他另外又發了一封電報給麥克爾伏，說塔爾是個可接受的人，貴蘭姆也覺得這個純屬個人意見。

最後，讓大家寬心的是：育成所開來了一輛沒有窗戶的小貨車，車上跳下兩個人，貴蘭姆從來沒見過，一個高個子，腿有點瘸，另一個臉色蒼白，一頭濃密紅髮。他發現他們是訊問員，不禁抖了一下。法恩從門廳取來海頓的大衣，檢查口袋，恭敬地幫他穿上。這時，史邁利溫和地插話，堅持門廳的燈在海頓從門口走到車上時要關上，而且護衛的人要多。他把貴蘭姆、法恩、甚至艾勒林都拉了進去，最後海頓在眾人的簇擁下，走過花園上了車。

「這只是以防萬一，」史邁利堅持。沒有人想跟他辯論。海頓爬上車，訊問員跟在後面，從裡面上了鎖。門關好後，海頓向艾勒林舉起一隻手，雖然親切，卻是一個打發的姿勢。

然而這些事情是後來才在貴蘭姆的腦海中一一浮現，這些人也才各自勾起他的回憶。比如，波里雅科夫對在場的每個人，從可憐的米莉．麥克格雷格開始往上的每個人，都表現出刻骨的仇恨，這讓他的面孔變了形，他嘴角露出凶殘、不可控制的譏笑，臉色蒼白，全身發抖，但不是因為害怕，也不是憤怒。這只是單純的仇恨，這種仇恨是貴蘭姆無法加之於海頓的，但話又說回來，海頓畢竟是他的同類。

至於此刻處在失敗當下的艾勒林，貴蘭姆卻發現有點令人欽佩，他至少表現出一定的氣派。但後來貴蘭姆也沒把握，當初在事實呈現之際，不知派西是不是明白，這些事實究竟是什麼性質，畢竟他還是處長，海頓仍是他的依阿古[27]。

但是在貴蘭姆看來最奇怪、讓他印象深刻，繼而更加深思的，卻是這個：儘管他在闖進去的時候義憤填膺，但要他不帶著愛戴的感情，而是帶著別的心情去看待海頓，需要意志力量，而且是十分暴烈的一種意志力量。也許比爾會說，他終於成熟了。尤其是當晚他上樓回到自己的住所，在樓梯上聽到熟悉的笛聲時。卡米拉那晚已不再顯得神祕，到了早上，他已把她從背叛的陷阱中解放出來，而那陷阱是他自己最近才把她投進去的。往後的幾天裡，他的生活在其他方面也有了些許光明的前景。派西．艾勒林無限期休假去了。史邁利被暫時請回來幫忙收拾殘局。至於貴蘭姆則聽到要把他從布里克斯頓救出來的傳言。只是很久很久之後，他才知道還有最後一幕，於是他明白了那個深夜在肯辛頓街頭尾隨史邁利的熟悉影子是誰，又為了什麼目的。

27　莎劇《奥泰羅》當中，騙取奥泰羅信任的反派人物。

38

接下來的兩天裡，史邁利的日子過得渾渾噩噩。他的鄰居偶爾看到他時，覺得他好像有點失魂落魄。他起得很晚，穿著睡袍在屋裡忙碌地整理東西，撣撣塵土，自己燒飯，卻又不吃。到了下午，他一反當地的常規，點起煤火，坐在壁爐前讀德國詩，或是給安寫信，但是很少寫完，就算寫完也從沒寄出。電話鈴一響，他就立刻接起，結果卻讓他失望。窗外的氣候依然惡劣，少數過路人——史邁利一直在觀察他們——縮著脖子，像巴爾幹人那樣受罪的樣子。有一次拉孔打過來說，大臣要求史邁利「隨時準備幫忙收拾劍橋圓場的殘局」，換句話說就是在找到人接替派西．艾勒林之前先看管一下。史邁利的回答含糊其詞，他仍要求拉孔務必注意海頓在薩勒特期間的人身安全。

「你這樣不是有點大驚小怪嗎？」拉孔反駁，「他唯一能去的地方是俄國，反正我們也打算把他送過去。」

「什麼時候？」

詳細情況需要幾天來安排。高潮已過，史邁利已無多大興趣，他不屑過問審訊工作進行得如何。但是從拉孔的態度來看，答案應該是「很不好」。孟德爾倒是帶了比較清楚的情況過來。

「伊明翰車站已經關閉，」他說，「你得在格林斯貝下車步行，或是搭公車。」

但孟德爾多半也是坐著看著他，像是在看著一個病人。

「你也知道，死等下去是不會讓她回來的。」他說，「現在該是大山去見穆罕默德[28]的時候了。不瞞你說，女人是不喜歡懦夫的。」

第三天早上，門鈴響了，史邁利很快地去開門，以為那可能是安，就像往常那樣忘了鑰匙。結果卻是拉孔。他要史邁利去薩勒特一趟：海頓一定要見他。訊問沒什麼進展，時間不多了。他們的理解是，若是史邁利去當告解牧師，海頓會願意交代一部分。

「他們保證沒有使用脅迫手段。」拉孔說。

薩勒特已失去史邁利記得的光采。大部分榆樹都已病死，板球場上雜草叢生。那幢磚砌的大宅自從歐洲冷戰時代以來已敗落不少，大部分好一點的家具都不見了，他想，大概是搬到艾勒林的幾間房子裡去了。他在樹林間的一個組合屋裡見到海頓。

屋內有一股軍隊看守所的味道，牆壁漆成黑色，高高的窗戶上釘著鐵條。房間兩旁都有警衛看守。看見史邁利，他們態度十分恭敬，叫他長官。看來消息已經傳開。海頓穿著一身斜紋藍布衣褲，發抖著說覺得頭暈。他好幾次因為流鼻血而在床上躺下。他留了鬍子，顯然他們對他能否保有剃鬍刀有不同意見。

「高興點，」史邁利說，「不久就會讓你走了。」

28　傳說穆罕默德曾令大山向他過來，未能如願，因此自己移駕。

他在過來的路上想起普里多、伊琳娜、捷克諜報網，他在走進海頓的房間時，甚至糊塗地想到對社會的責任。他心想，他總得代表正統思想的人狠狠苛責他一頓。然而，最後他卻覺得羞怯，他覺得自己從來不了解海頓，但現在為時已晚。而且他對海頓的健康狀況也感到生氣，但是在他責怪警衛時，他們卻表示莫名其妙。他更氣的是，他發現，他堅持的加強戒備在第一天之後就鬆懈了。他要見育成所的頭子克拉道格斯，但卻找不到人，他的助手裝傻。

他們的第一次談話斷斷續續，不出俗套。

能否請史邁利把他的信從俱樂部轉來這裡，告訴艾勒林趕緊和卡拉談妥交易？他需要面紙擦鼻血。海頓解釋，他的流鼻血習慣和懺悔或痛苦無關，他說這是訊問者問了一些他不屑回答的話所造成的反應，他們以為他一定知道卡拉過去吸收的另一些人的名字，決心要在他走之前打聽出來。還有一種想法是認為，基督教會學院菁英俱樂部的范沙維，除了替圓場物色人才以外，也替莫斯科中心物色人才。海頓解釋：「真的，你能拿這種笨蛋怎麼辦？」儘管他體弱，還是讓人覺得他是這裡唯一頭腦清醒的人。

他們在操場上一起散步，史邁利發現，這周圍已沒有人巡邏，不論是晚上，還是白天，這令他相當驚訝，卻毫無辦法。轉了一圈後，海頓要求回到房裡，他挖開一塊地板，從下面掏出幾張寫滿象形文字的紙，這讓史邁利想起伊琳娜的日記。他盤腿坐在床上翻看，在昏暗的光線中，他長長的一綹捲髮幾乎垂到紙上，那模樣彷彿六〇年代他在老總的辦公室中為了英國的光榮，正提出一個言之成理、但實踐上卻行不通的建議。史邁利沒有記下什麼，因為他們彼此都知道，談話是錄了音的。海頓的聲明一開始就是長篇的辯解，他後來只記得少數幾個片段：

「我們生活的時代，基本問題是……

「美國不再有力量進行自己的革命……

「大不列顛的政治地位在世界事務中沒有作用，也沒有道義力量……」

換一種環境，史邁利也許會同意他的許多論點，但令他反感的是調子，而不是音樂本身。

「在資本主義的美國，對群眾的經濟壓迫已根深柢固，甚至列寧也無法預見。

「冷戰於一九一七年開始，但最激烈的鬥爭還在後頭，因為美國的臨死掙扎使它在國外更加瘋狂……」

他沒有談到西方的衰落，卻談到因為貪婪和停滯而造成的死亡。他說，他痛恨美國，史邁利相信他這句話。海頓也理所當然地認為，特務工作是唯一真正能衡量一個民族政治健康的東西，是它潛意識的真正表現。

最後，他談到自己的問題。他說，在牛津時代，他確實是右派，戰時，只要打德國人，你站在哪裡都無所謂。他說，一九四五年以後，他有一陣子對英國在世界的地位仍感到滿意，後來才逐漸明白英國的地位是何等微不足道。在他自己這輩子經歷過的歷史動亂中，他說不準究竟是哪個具體時機，只知道，即使英國退出，情況也不會有任何改變。他常常在想，要是考驗的時候來臨，自己究竟會站在哪一邊。經過長期考慮後，他最後承認，如果兩個陣營當中總有一個要得勝，他寧可得勝的是東方。

「這完全可說是一種美學上的考慮，」他抬起頭解釋道，「當然，有一半也是道義上的。」

「當然了。」史邁利有禮貌地說。

他說，從那時起，他就在等待時機，要把全副精力放在他信仰的一方。

這是第一天的收穫。海頓的嘴角掛著白沫，他又開始流鼻血了。他們約好隔天同一時間再談。

「要是可以，比爾，最好講得具體點。」史邁利臨走時說

「哦，我差點忘了，通知一下琴，好嗎？」海頓躺在床上，又在堵鼻子，「你怎麼說都行，只要把話說死。」他坐起身，開了一張支票，放在棕色信封裡，「這是給她付牛奶錢的。」

他意識到史邁利對這項差使感到難辦，又說：「我不能帶她走，你說是不是？即使他們同意讓她去，她也會是個極大的累贅。」

那天晚上，史邁利按照海頓的叮囑，坐地鐵到了肯特鎮，在一條沒有改建的小巷子裡找到一間小房子。一個穿著藍斜紋布褲、臉部扁平的金髮小姐來開門，屋內有彩燈和嬰兒的氣味。他不記得是不是曾在貝瓦特街見過她，因此他開口：「是比爾．海頓叫我來的。他很好，但他有信託我帶來。」

「天呀，」那小姐輕聲說，「也該是時候了。」

客廳很髒。他從廚房門看到裡邊有一大堆髒碗盤，他知道她是所有器皿全用完了才會一起洗。地板上沒鋪地毯，但是畫了蛇、花、蟲的長條圖案，令人眼花撩亂。

「這是比爾的米開朗基羅天花板，」她寒暄道，「只是他不會像米開朗基羅那樣會背痛。你是政府派來的嗎？」她點了一根菸問道，「他告訴我，他為政府工作。」她的手在顫抖，眼圈發黃。

「首先，我得給你這個。」史邁利從上衣內口袋掏出信封，將支票交給她。

「麵包。」那小姐說著，把信封放在旁邊。

「麵包。」史邁利說，對她回笑了一下。這時，或許是他的表情，或是他回答的聲音，讓她拿起信

封撕開。當中沒有信，只有支票，但支票已經夠了：即使史邁利從座位上看去，也看得出來是四位數字。

她也不知道自己在幹什麼，走到屋子那頭的壁爐前，把支票和雜貨店帳單一起放進爐架上的一只舊鐵罐裡。她到廚房泡了兩杯即溶咖啡，但只端了一杯出來。

「他人在哪兒？」她站在他面前問道，「大概又是去追那個還流著鼻涕的小水手了，是嗎？這是遣散費，是不是？那麼請你告訴他，我……」

這種場面史邁利以前見過，然而他現在滑稽地想起一些老生常談的話。

「比爾做的工作有關國家大事。我很抱歉不能細談，你最好也別跟別人說。他在幾天前出國去執行一項祕密任務。一時不會回來。好幾年都不會。他奉令不得告訴別人他要離開。他希望妳把他忘掉。我真的很抱歉。」

他只說了這些，她就爆發了。他沒聽清楚她究竟說了些什麼，因為她又哭又鬧，樓上的孩子聽到她哭，也跟著大哭起來。她口裡罵著，不是罵他，甚至也不是罵比爾，只是空口罵著，問現在到底還有誰相信政府？接著她平靜下來。史邁利在四周的牆上看到比爾的其他畫，畫的主要是她，很少有畫完的，與他早期的作品相比，有一種難辨識的無可奈何感。

「你不喜歡他，對吧？我看得出來，」她說，「那麼你為何要為他幹這吃力不討好的差使？」

這個問題似乎一時也無法回答。他在回貝瓦特街的路上，有被跟蹤的感覺，他想打電話給孟德爾，把看到兩次的一輛計程車牌號碼告訴他，要他調查一下。但孟德爾不在家，要到半夜才回來，史邁利睡得很不踏實，五點鐘就醒了。八點又回到薩勒特，發現海頓興高采烈。訊問的人沒來找他，克拉道格斯告訴他已商定好交換計劃，明後天就可以走了。他的要求有一種告別的味道：他剩下的薪水、他的零星物品出售後的所得，由莫斯科國民銀行轉交，他的信件也是。布里斯托的阿諾菲尼畫廊裡有幾幅他的畫，包括幾幅早期大馬士革的水彩畫，他很喜歡。能否請史邁利代辦一下？最後說的是如何掩飾他的銷聲匿跡。

「還是這麼說，」他建議，「說派我出差，弄得神祕一些，過一兩年再說我的壞話……」

「我想我們會有辦法，謝謝你。」史邁利說。

打從認識他以來，史邁利第一次發現他在為自己的衣服操心。他希望在到達時看上去像樣一點，他說第一眼印象很重要。「莫斯科的裁縫沒辦法溝通，做出來的像是當差使在穿的。」

「說得對。」史邁利說，他對倫敦裁縫的評價也不高。

哦，還有，他漫不經心地說著，我在諾丁罕有個水手朋友。「最好給他幾百英鎊封他的嘴。你能不能用公費支出？」

「我想可以。」

他寫了一個地址。海頓就在這種愉快合作的氣氛下，開始談史邁利所謂的具體細節。不過他完全不願意談是如何被吸收，也不願意談他這一輩子和卡拉的關係。「一輩子？」史邁利馬上問，「你們初次見面是在何時？」如果說不久前才認識，那似乎太無聊了，但是海頓不願細談。

如果他說的話可信，大約從一九五〇年起，海頓就開始偶爾挑選一些情報送給卡拉。這些初期的活動只限於那些他認為能暗地幫助俄國勝過美國的事業，「任何對我們自己不利的東西，我是絕對不給他們的，」也不給對我們在當地的情報員不利的東西。

一九五六年的蘇伊士運河事件終於讓他相信英國地位的減弱，英國無力阻擋歷史的潮流，但又不能提升什麼貢獻。美國人破壞英國在埃及的行動，產生火上加油的作用，儘管這說來有些矛盾。因此他要說的是，從一九五六年開始，他成了死心塌地的蘇聯地鼠，再也沒有顧忌。一九六一年，他正式接受蘇聯國籍，在此後的十年中，還接受了兩枚蘇聯勛章——奇怪的是，他不肯說是什麼勛章，但他堅持說是「最高級的」。不幸的是，這段時期他奉派在國外活動，因此得不到多少情報。由於他堅持在得到他的情報後，要盡可能採取行動——「不要放進蘇聯的檔案後就石沉大海」——他的工作不僅不平常，而且是危險的。他回倫敦後，卡拉就派波里（這顯然是波里雅科夫在他們內部的名字）幫他，但是海頓發現他們很難經常祕密會面，特別是考慮到他拍攝的文件數量。

他不願談在倫敦執行巫術計劃之前的相機、設備、暗號等問題，不過史邁利一直明白，海頓告訴他的那一點點，都是從更多的東西、或者完全不同的東西當中仔細挑選出來的一部分，而且為數有限。

卡拉和海頓在這時都收到警告，知道老總已經起了疑心。當然，老總有病在身，但是很明顯，只要他有機會將卡拉作為他在臨別前送給諜報處的贈禮，他是絕對不會放棄領導權的。他的研究調查與健康的惡化情況成正比在進行著。他有兩次幾乎挖到了金礦——海頓又不肯說具體情況——要不是卡拉手腳快，地鼠傑拉德可能早就被逮到。就是因為這種緊張的情況才出現了巫師，最後又出現作證計劃。巫術計劃當初的目的是要安排繼承問題：要讓艾勒林做接班人，並且加速老總的死亡。其次當然是巫術計劃使得中心對於送到白廳的產品有絕對的控制權。第三，這讓圓場成了對付美國的主要武器。海頓堅持認為，就長期而言，這一點最重要。

「有多少資料是真的？」史邁利問

海頓說，顯然，目的不同，標準也不一樣。從理論上來說，偽造相當容易，海頓只要把白廳不知道的範圍告訴卡拉，偽造文件的人就可依此編寫。有、一兩次甚至是海頓自己親自編寫的。接到自己所寫的東西，進行評估，再分發到各有關單位，這件事很好玩。從祕密聯絡的角度來看，巫術計劃的好處當然不可估量。它幾乎讓海頓不受老總的管轄，讓他有充分的藉口可以隨時和波里見面。但是他們常常好幾個月都不見面。海頓在自己的辦公室裡拍攝圓場的文件，名義上是為波里準備雞毛蒜皮的資料，然後再連同許多其他的資料一併交給艾斯特海斯，讓他送到水閘花園的安全聯絡站。

「情況常常是，」海頓簡單地說，「派西在前面跑，我躲在他後面，羅伊和托比做些跑腿的事。」

這時史邁利彬彬有禮地問，卡拉有沒有想過要海頓本人接手圓場，為什麼要有個別人來做掩蔽？海頓遲遲不回答，史邁利忽然想到，卡拉很可能就跟老總一樣，認為海頓更適合當副手。

海頓說，作證計劃是鋌而走險的事。海頓知道老總一定已經越來越有把握。從他抽看的檔案去分析，全是海頓所破壞、或造成破壞的計劃，這就令人不安了。而且老總也把懷疑對象縮小至一定年齡和級別的人……

「我打個岔，斯蒂夫契克原來的建議是真的嗎？」史邁利問。

「當然不是，」海頓說，顯然吃了一驚，「打從一開始就是假的。當然，斯蒂夫契克真有其人，是個很傑出的捷克將領。但他從來沒向誰提出過什麼建議。」

史邁利這時發現海頓說話開始結巴。他似乎首次對自己的行為是否真合乎道德而感到不安。他的態度明顯轉變成是在為自己辯解。

「顯然，我們得確知老總一定會上鉤，他怎麼上鉤……還有，他會派什麼人去。我們不能讓他派個小嘍囉過去，得是個大角色，這件事才顯得當真。我們知道只能選一個主流之外的人，不知巫術計劃的人。如果我們這方是個捷克人，他當然就只能選個會說捷克語的人去。」

「我們要一個圓場老手，能把這大廟稍微拖垮的人。」

「對，」史邁利想起山頂上那個喘氣流汗的人，「對，我明白這道理。」

「他媽的，我不是就把他弄回來了嗎？」海頓忿忿地說。

「是啊，這是你夠朋友地方。告訴我，吉姆去執行作證計劃的任務時，臨走前去看過你嗎？」

「看過。」

「去說什麼？」

海頓遲疑了很久，最後沒有回答。然而答案還是明擺在那裡：他的眼光突然失神，瘦削的臉上掠過內疚的陰影。史邁利心想，他去找你，是因為他愛你。他去警告你，就像他來告訴我老總神經錯亂了一樣，但是他沒找到我，因為我在柏林。吉姆自始至終都在背後掩護著你。

海頓又說道，還有，這還得是最近發生過反革命事件的國家：因此，老實說，捷克是唯一的地方。

史邁利似乎沒有留神在聽。

「你為什麼要把他弄回來？」他問道，「為了友情？為了他沒有多大作用、而你又掌握一切有利的條件？」

海頓說，不是那麼回事。只要吉姆在捷克的監牢裡多待一天（他沒說俄國監牢），就會有人為他說話，把他視為一把鑰匙。但是一見他回了國，白廳裡人人都想封住他的嘴，對遣返回來的人員都是那樣。

「我很訝異卡拉沒把他直接槍斃了事。還是，是因為你的緣故，他才手下留情？」

然而海頓這時又開始漫無邊際地說些半調子的政治理論。

最後他說到自己，在史邁利心目中，他已越來越渺小，變成一個卑鄙小人了。他說，他聽說尤涅斯柯[29]最近答應寫個劇本，劇中主角一言不發，而周圍的旁人則喋喋不休，他聽了很感動。將來心理分析家和當代歷史學家要分析他時，他希望他們會記得他對自己的看法就是這樣。他說，作為藝術家，他要說的話在十七歲時都已經說了。對於後來的歲月，你總得有些作為。他很抱歉，他不能帶一些朋友過去。他希望史邁利想起他時還會對他有點好感。

史邁利那時想告訴他，他絕不會那樣，還會想再說些別的，但是這麼說似乎沒有意義，而且海頓又開始流鼻血了。

「哦，我想起來了，他們要我告訴你避免大肆宣揚。邁爾斯·塞康比很在意這一點。」

海頓這時居然笑了一下。他說，他在暗中已把圓場搞得一蹋糊塗，現在不想在公開場合再搞一遍。

史邁利臨走前，問了一個他仍在意的問題。

「我得把這件事告訴安。你有什麼特別的話要我轉告嗎？」

需要經過一番解釋，才能讓他明白史邁利這問題的意思。起先他還以為史邁利說的是「琴」，不解他怎麼還沒去見她。

「哦，是你的安啊。」他說得像是到處有不少安似的。

他解釋，那是卡拉的主意。卡拉早就意識到，史邁利是地鼠傑拉德最大的威脅。「他說你很了不起。」

「謝謝。」

「不過你有個把柄，就是安。沒有幻想的人的最後一個幻想。他認為，如果大家都知道我是安的情人，那麼你在別的事情上也就無法保持頭腦清醒。」史邁利注意到，他的目光非常呆滯。安說，就像錫蠟。「不要搞得太過分，但是如果可能，也算上一個。懂嗎？」

「懂。」史邁利說。

例如，在作證計劃那晚，卡拉堅持，如果可能，海頓要跟安在一起。作為一種保險。

「當天晚上其實出了個小差錯，對吧？」史邁利想起山姆．科林斯，想起埃利斯是否中了槍的事。海頓同意確實是那樣。如果一切按計劃行事，捷克的第一批新聞消息應該在十點半發布。海頓在山姆．科林斯打電話給安之前，在他到圓場之前，就有機會讀到俱樂部裡的自動收報機。但是由於吉姆中了槍，捷克方面慌了手腳，消息發布時他的俱樂部已經關門了。

「幸好沒有人追究，」他又自己拿了一根史邁利的菸。「我到底是哪個，順便問一下？」他閒聊地問，「我忘了。」

29　俄國劇作家。

「裁縫。我是乞丐。」

史邁利這時已經覺得夠了，他溜出來，沒有道別。他上了車，漫無目的地開了一個小時，每小時八十哩，一直開到前往牛津的一條岔路上，才停下來找地方吃了午飯，而後轉向倫敦。他還是沒有勇氣回貝瓦特街，於是去了電影院，再在外面吃了晚餐，直到半夜才醉醺醺地回家，卻發現拉孔和邁爾斯．塞康比都在門口等著，塞康比的勞斯萊斯就像黑色的便盒，全長五十呎，停在人行道上，礙手礙腳地影響交通。

他們像瘋了似地開往薩勒特。就在那裡，在明朗的夜空下，幾支手電筒的光照著，幾個育成所裡同住的人臉色蒼白地在一旁看著。花園裡的長凳上坐著比爾．海頓，面孔朝著月光下的板球場。他的大衣底下穿著一套睡衣褲，看上去更像囚犯。他的眼睛睜開，頭不自然地垂倒一邊，好像被內行人折斷了頸子的鳥頭。

對於發生的事件，沒什麼可說的。十點半時，海頓向警衛說他睡不著，覺得頭暈，想去呼吸些新鮮空氣。由於他的案件已經結案，沒有人想到要跟著他，他就獨自走進外面的黑暗中。有個警衛還記得他開玩笑說要「檢查一下板球場上的球門」。另一個警衛只顧著看電視，什麼都沒有注意。半個小時後，他們開始擔心起來，因此年紀大的那位就出去檢查，他的助手留下來，萬一海頓自己回來的話。他們發現海頓就在他現在坐著的地方；警衛原本以為他睡著了。他彎下身，聞到了酒氣，他認為那不是琴酒就是伏特加，因此以為海頓喝醉，他覺得奇怪，因為照理說育成所內是禁酒的。他想把他扶起來時才發現他的頭垂下，全身死沉死沉的。警衛嘔吐了一陣（樹旁還有殘跡），把他扶正坐好後就去報警了。

海頓在白天有收到什麼信嗎?史邁利問。

沒有。不過他的衣服從洗衣店送回來,裡邊可能夾帶了信,例如要他到什麼地方與人相會。

「那麼是俄國人幹的,」對著動也不動的海頓,大臣滿意地宣布,「滅他的口,我想是。該死的惡棍。」

「不是,」史邁利說,「他們一向很在意把自己人弄回去。」

「那麼會是哪個王八蛋幹的?」

大家都在等著史邁利的答覆,但沒有等到。手電筒沒電了,這些人遲疑地回到車旁。

「我們還是能犧牲他的吧?」大臣在回去的路上問

「他是蘇聯公民。就讓他們把人帶走吧。」拉孔說,仍看著黑暗中的史邁利。

他們都同意這對諜報網相當不利。不知卡拉是否還願意繼續執行原來的協議。

「他不會願意的,」史邁利說。

•

獨自坐在頭等車廂裡回想這一切時,史邁利有一種奇怪的感覺,彷彿是把望遠鏡倒過來看著海頓。

他從昨晚到現在什麼都沒吃,儘管沿路上酒吧都開著。

離開國王十字車站時,他有一種喜歡海頓的懷戀之感,甚至是尊敬:畢竟,海頓是個大丈夫,他有他的看法，而且把這種看法說了出來。但是史邁利內心拒絕了這種感受，認為這種簡化的想法未免太方便了。他越是考慮海頓凌亂的自述，越覺得這個人充滿矛盾。他開始把海頓看成是報上那種有些浪漫味道的三〇年代知識分子，莫斯科是他們自然而然的聖地。他對自己說：「莫斯科是比爾師法的模範。他需要一個解決歷史和經濟問題的周延答案。」他又覺得這太乾巴巴，於是加進他試著去喜歡的那種人的性格：「比爾是個浪漫派，是個虛榮者。他要躋身先進的行列，引導群眾走出黑暗。」這時他想起肯特鎮那個小客廳裡那些未完成的畫：難以辨認，過分做作，沒有希望。他也想起比爾專制的父親的鬼影——安甚至就稱他為魔鬼——他覺得比爾信奉馬克思主義，是為了彌補自己作為藝術家的不足，是因為他缺少慈愛的童年。到後來，這種理論是不是再起作用，當然無關緊要了。比爾已陷得太深，卡拉知道怎麼能讓他脫不了身。史邁利認為，背叛在很大程度上也是習慣問題，他彷彿又看到比爾躺在貝瓦特街的地板上，安在旁邊的唱機播著音樂。

比爾也是喜歡那樣的，對此，史邁利從來沒有懷疑過。站在一個祕密舞台的中央，讓大家你爭我鬥，他既是主角，也是劇作家，合二為一：唉，沒有問題，比爾喜歡那樣。

史邁利聳聳肩，把這些想法全撇在一邊，仍跟過去一樣完全不相信人類行為動機的標準答案，相反的，卻相信有那麼一個俄羅斯娃娃，打開來裡面又是一個娃娃，再打開來裡面又一個。在所有活著的人當中，大概只有卡拉見過比爾．海頓身上最後一個小娃娃了。比爾是何時被他吸收過去的，怎麼吸收的？他在牛津時代的右傾立場是一種假裝，還是一種罪惡，反而是卡拉把他從這罪惡中拯救出來？去問卡拉吧：可惜我沒有問過。

去問吉姆吧：我永遠不會。

英國東部的景色在車窗外飛逝而過，卡拉毫不退讓的臉取代了比爾．海頓歪倒一邊的死去面容。「不過你有個把柄，就是安。沒有幻想的人的最後一個幻想。他認為，如果大家都知道我是安的情人，那麼你在別的事情上也就無法保持頭腦清醒了。」

幻想？這真的是卡拉對愛情的稱呼嗎？比爾對愛情也這麼稱呼嗎？

「到站了，」乘務員大聲說道，也許已是第二次了，「準備下車吧，您不是要到格林斯貝嗎？」

「不，不，我到伊明翰。」這時他想起孟德爾的話，於是下了車到月台上。看不見有計程車，因此他到售票口打聽後，走過空蕩蕩的前院，來到一塊「在此排隊」的綠色牌子旁。他希望她會來接他，但也可能她沒收到他的電報。唉，耶誕節前的郵局，誰能怪他們呢？他不知道得知比爾的消息後她會怎麼想，但是他想起了她在康瓦爾懸崖上驚懼的臉，他這才明白，那時，比爾在她心中早已死了。她已經感覺到他手腳冰冷，猜到是什麼緣故。

幻想？他重複地自言自語。沒有幻想？

天氣冷得刺骨；他真希望她那個卑劣的情人另外給她找個暖和的地方。

他後悔沒從樓梯下的鞋櫃裡把她的毛靴帶來。

他想起那本格林美爾斯豪森，仍忘在馬丁台爾的俱樂部。

這時，他看到她了：她那輛邋遢的車在一條標著「只准公車通行」的車道上，向他直衝過來，安在車中看著另一邊。他看到她下車，車上的指示燈還在閃著光，她就走到車站去打聽：身材修長，步伐輕捷，本質上是一個別的男人的女人。

•

在那個學期剩下的時間裡，在羅契眼中，吉姆．普里多的行為舉止就像他母親在他爸爸離開之後的那個樣子。他花了很多時間在一些小事情上，像是為學校的戲劇表演布置燈光，用繩子修補橄欖球網，上法語課時細心糾正小錯誤。但是大事情，比如散步和單獨打高爾夫球，卻完全放棄了，晚上深居簡出，不去村裡。最糟糕的是羅契在他冷不防的時候，發現他眼神呆滯而空虛，在班上丟三忘四，甚至忘記給成績，羅契還得提醒他每週交上去。

為了幫助他，羅契承擔了調整舞台時的工作。因此在排練時吉姆要給他一個特別信號。只給比爾一人，不給別人。在燈光要變暗時，他要把手舉一下。

不過吉姆似乎慢慢好些了。隨著他母親死訊的影子逐漸淡薄，他的眼神又開始清晰起來，精神也變好了。到了演出當晚，他愉悅的神情是羅契從沒見過的。他們在演出之後又累又高興地回到大樓去時，他大聲說，「喂，大胖，你這個傻蛋，你的雨衣呢，你沒看到就在下面嗎？」他聽見他向一位來看戲的家長說：「他的真名叫比爾，我們倆是同時來到這裡的。」

比爾．羅契終於相信，那把手槍終究是個幻覺。

《導讀》

勒卡雷．不止是間諜小說的第一人而已

唐諾

在閱讀勒卡雷小說之前，我們先來看一個真實人物，這人名叫亞倫．圖靈，天才的數學和密碼分析專家，二次大戰時間的英國知識分子。

圖靈原本是劍橋大學裡學術界的一員，二戰期間他做了一件最特別的事，那就是應英國政府的祕密徵召，進駐白金漢郡的柏雷屈里園，負責德軍作戰密碼的破譯工作，其中最精采的成就，是圖靈和他一群來自五湖四海的奇形怪狀夥伴（有瓷器權威、有博物館研究主任、還有全英西洋棋冠軍以及一堆橋牌頂尖高手云云），在二戰進行不到一半，即神不知鬼不覺破解了德軍的神奇密碼機「奇謎」。這不僅在往後每一處戰場、每一次重大戰後幫助盟軍化險為夷，它的威力還一路貫穿到最終決定性的諾曼第登陸一役，幾近完全透明地準準研判出彼時德軍所屬五十八個師的數量、身分和位置（只誤差了兩處），從而即時修改了最後 D-DAY 的登陸作戰計畫，所以亨利．興斯里爵士說：「倘若政府代碼暨密碼學校（即柏雷區里園）未能解讀『奇謎』密碼」，收集『終極』情報的話，這場戰爭將遲至一九四八年，而非一九四五年才結束。」

所以說圖靈和他這群被邱吉爾稱之為「會下金蛋，但從不咯咯叫的雞」的密碼夥伴從此成了英雄是嗎？很抱歉還沒有，只因為英國政府要持續保有這個祕密優勢，不僅不願公開「奇謎」機已被破解的真相，而且還把大戰期間擄獲的數千台「奇謎」機送往各殖民地去，藉此監視戰後風起雲湧的各殖民地一舉一動；同時，柏雷屈里園亦正式關閉，相關資料全數封存或直接銷毀，除了少數人轉入政府常規情報機構之外，大部分人哪裡來哪裡去放回民間，當然，每個人都得宣誓守密。

這個祕密整整被保護了三十年之久。在這三十年的漫漫時光之中，我們差不多可想像這批曾為大英帝國和女王陛下立下不可抹滅功勛的人的尷尬甚至說悲傷處境——對英國政府而言，英不英雄再說，當務之急在於他們是一群「知道太多」的麻煩之人，得防賊般嚴密監視每一個人；同時，這些人還得時時面對各自身旁之人的詢問、質疑和公開指控；當大家都在為國家存亡流汗流血奮戰時，你在哪裡；你做過什麼？你要不要自己說說看？

三十年太長的時間，所謂的真相、功勛、正義云云，在揭曉並褒奬那一刻來臨時早已失去了實質意義，只像是噩夢醒來終於可放心呼口大氣的慰藉而已；而且你可想而知的，很多人等不起這三十年，錦衣夜行早把所有祕密帶往天國上帝的正義法庭去了。

其中，功勛最大的亞倫．圖靈是等不及的人之一，也是下場最悲慘的人之一。一九五二年，他在報告一宗竊案時，居然向警方坦承當時他正和自己同性戀伴侶相處一室的事實，遂以重大猥褻的罪名遭起訴並定罪。他從此身敗名裂，已批准的研究計畫被取消，還得接受荷爾蒙治療成性無能而且變得癡肥，如此兩年，圖靈終於以一顆注射了氰化物的毒蘋果自殺，當然不會有英國王子他日來吻醒他，才四十二歲。

勒卡雷一定知道圖靈的故事，他沒有寫圖靈的真人真事，然而他的間諜小說中始終有著這樣子那樣子的不同亞倫．圖靈，以及其悲傷孤寂荒謬的處境。

行內人的小說

有關勒卡雷和間諜小說，至少對我個人而言，其實可以用很簡單、甚至就是一句話來充分說明：勒卡雷就是間諜小說家的第一人，而且第二名可能還沒有出生。

這樣子講話，乍聽之下不敬，也不妥，而且不全然完全合於事實，我想我們可以解釋一下——不敬，是因為如此的實話實說可能冒犯了其他勤勤懇懇的間諜小說書寫者很抱歉，我們曉得，不管在虛幻的間諜世界或我們硬碰硬的現實人生裡，實話，差不多永遠是最傷人、最具破壞力量的；不妥，是因為書寫創作不是比百米賽跑不是打一場籃球，正常狀況下理應沒有第一名第二名這類童稚遊戲的勝負排名，除非有近乎奇蹟的事發生了，而不巧勒卡雷正是此一書寫領域的如此奇蹟，他的規格、視野、深度和情感完全超越了所有間諜小說書寫者甚至這類型小說基本框架所能擁有的，他彷彿獨自在另一個層面書寫，獨自探向只屬於他一個人的遼闊天空；不全然合於事實，是因為我們並非沒讀過可堪比肩或甚至更勝一籌的間諜小說，比方說台灣現階段有中譯本可讀的，《哈瓦那特派員》，或《沉靜的美國人》（《喜劇演員》可不可以也劃進來呢？），但這麼說來我們就更明白了，上述這些作品全出自小說家格雷安．葛林之手，一般我們並不以間諜小說來辨識它們，一如我們不把杜斯妥也夫斯基的《卡拉馬佐夫兄弟們》和《罪與罰》併入推理犯罪小說一般，這差不多已直接告訴我們，勒卡雷小說「不僅僅」是間諜小說而已，說勒卡雷是間諜小說世界的只此一人，說真的也並不是多高的一種讚譽，有一大部分的勒卡雷應該被正確置放到小說整體的經典世界才公允。

葛林本人很喜歡勒卡雷小說，至少從《冷戰諜魂》這部成名作開始，他的慧眼和慷慨引介對勒卡雷的崛起乃至於今天的超越類型地位助了可不止一臂之力；同樣的，勒卡雷亦一直真心推崇葛林，畢竟他看待世界和情感關懷的方式本來就和葛林有驚人的相通之處，他的小說也始終有著濃郁的葛林氣味，事實上，這兩位英籍作家幾乎可自成一個譜系來讀。

像亞倫．圖靈的悲劇，我們首先會驚覺到，間諜世界是多麼奇怪、多麼悖於我們「正常人性」的一個世界，它好像獨立於我們的現實人生之外，單獨封閉起來，用完全不同的情感、信念和遊戲規則進行，很多我們在現實人生中堅信的、視為珍貴的、乃至於已習焉不察鑄成我們自然反應的東西，在這個詭異的世界中都得去除，比方說信任、誠實、善意和悲憫云云；但要命的是他們仍都是人，和我們一樣擁有著共通的、而且並非有彈性到可任意扭曲折弄的根本人性和需求，我們喜愛的他們一樣有反應，我們會悲傷的他們一樣有感覺，一樣渴求有個家可回，有朋友在的小酒館可去可交談，有親密可放鬆一切警戒的人可講最心中的話，有一個同樣有限因此得弄清所為何來的生命本身，這些被用進力氣壓制下去的東西不可能就此消失，它們只是黯淡了，但也因此更尖銳更蠢蠢欲動。

這樣一個（被強迫）隔絕的異樣世界，於是對你我這樣的正常人便極難以憑空想像並有效掌握，遂使得間諜小說的書寫一樣呈現了相應的詭異封閉氣息——做為一種類型小說，間諜小說的總量相對來說並不大，卻奇峰突起般有不成比例的醒目作品乃至於像勒卡雷這樣的人冒出來；而且它的書寫者，似乎一直有著某種森嚴的資歷限制，得多少是浸泡過這個世界的「行內人」（勒卡雷和葛林都有這個他們日後不太願意提起的資歷），而不是先靠門外的破碎資訊和純粹想像瞻望所可替代，舉個最刺激的實例是推理小說一代女王的阿嘉莎．克莉絲蒂，她有縝密的清楚腦子這完全不必懷疑，有豐富到難以比擬的書寫實戰經歷這也路人皆知，事實上她還多少有二手的間諜世界經驗來源，但她偶爾伸腳進去寫的間諜小說卻令人駭異的只能用一蹋糊塗來形容，《四大天王》（The Big Four）是神奇的白羅系列直跌谷底的敗筆，《七鐘面》（The Seven Dials Mystery）則是一場小學生式的可笑兒戲，間諜小說書寫的獨特嚴苛資料要求由此可見一斑。也因此，很長一段時間間諜小說一直「不正常」地被英籍作家所壟斷，這當然不可能跟什麼神祕的民族心性有關，純粹是歷史偶然，只因為英國這個老帝國長期壟斷著跨國的間諜事務，而且大量使用半業餘的工作人員，包括駐外的知識分子和新聞工作者，以及旅居的作家或一般商人云云，這中間原本就有筆在手卻奉女王陛下榮光之命誤闖間諜世界的文人遂成為間諜小說書寫的最大供應商來源。

這裡，我們再進一步把間諜小說置放到真實的時間之流裡。現代間諜小說是冷戰時期的產物，東西冷戰是什麼東西？是一長段不能戰也不能和的外弛內張或外張內弛的可怖武力和意識型態對峙，是一頁他日回顧起來全世界人僵在那裡的荒謬歷史，人類世界硬生生被一刀劃開為兩個陣營，所有人都同時擁有正常人和魔鬼兩種身分，當我們用人的角度去思考時，世界什麼事也沒發生而且實在沒道理發生，當我們以惡魔的角度看事情時，世界登時危險一如纍卵極可能旦夕間化為一個大爆竹。如此詭譎幾無交集的冷戰二元背反面貌，直接轉入間諜小說書寫，便把間諜小說裂解為涇渭兩種書寫方式及其成品。其一是惡魔角度的，可以伊安．佛萊明為代表，或直接講就是他筆下反覆拯救世界不休的〇〇七情報員詹姆士．龐德，在這組小說中，善惡兩方已然分明到電燈開關般不必勞神多想下去，間諜世界剩下的只是行動，或專業些稱之為任務吧，由他的上司M下達，用龐德的手來完成，因此，我們可以讓思維休息而交由感官來和這組小說相處，是一種享樂，坐雲霄飛車或高空彈跳那種腦子一片空白的享樂。另一是正常人角度的，代表人物當然就是勒卡雷，正常人太複雜了善惡永遠在相互討價還價之中，塞不進冷戰那種索羅亞斯德式的簡易框架之中，當人不再只是單維度的間諜，而同時也是個人時，冷戰的核心荒謬性不可避免地暴露出來，順此善惡二分原則所建構成的秩序也骨牌般一個一個倒塌下來。想想，相隔數千哩的素昧不識之人彼此何來深仇大恨？這不是太奇怪了嗎？就算敵對是可能的、習焉不察承繼下來的，又如何能說就是至善至惡之別呢？而既然不是至善至惡之爭，這樣的不惜以死相搏又所為何來呢？當這組小說通過書寫重建起具體的人、具體的實物世界時，光是常識就可以輕易看穿冷戰封閉間諜世界的扭曲和變態，那種自以為一舉一動事關天下人的安危、那種願意拚死阻止世界毀於一旦（不管是遭敵方滲透破壞征服的敗戰形式，抑或大戰引爆萬劫不復的同歸於盡方式）的信念怎麼看都只是幻覺，真正傷害人折磨人的，不是未來式，而是進行式，不必等那個甚至永不發生的終極性毀滅，倒是當下且已持續相當時日的人性和道德扭曲，是人被此種神聖幻覺催眠擺佈的必然又可悲又可笑樣態，也就是說，真正的敵人極可能不是你要殺他他也要殺你那些敵對間諜，他們其實只是你意識形態背反、但處境雷同的相濡以沫可憐蟲，而是整個荒唐間諜世界的構成，它是個太小的囚牢，不僅禁錮人，還把人硬生生扭折成各種可怖的樣態。

從同情到背叛

老實說，如果我們跳出冷戰的意識形態泥淖、跳出間諜的封閉世界之外，純粹從理論思辨的層面來理性地說明間諜世界的荒謬本質並不難，要用道德來質疑它攻擊它那更容易，畢竟，間諜這個古老的行業本來就冒犯了一堆人的基本道德信念，其道德正當性自始至終孱弱不堪，事實上它的存在理由也不靠這個，人們之所以忍受它，最終仍是某種實然的無奈，它是依附在戰爭衝突下一個偷偷摸摸的次等惡棍，偶爾戰爭衝突取得某種神聖正義光環，它雞犬升天般跟著神氣，而人類一天沒辦法根除彼此間的戰爭衝突，我們也就只能看著間諜黴菌在這上頭繼續生存並代代繁衍。

但這不是勒卡雷的方式及其真正價值所在。勒卡雷用的是小說而不是理論；勒卡雷是站進間諜世界之內而不是在外頭指指點點；勒卡雷也不是打開始就清楚豁脫於冷戰兩造的意識形態之上，事實上，做為一個相當典型的英式知識分子，勒卡雷是有他基本位置的，他大體上仍站在所謂自由民主和歐洲基督教文明這一側，包括像《女鼓手》這部小說，當他把筆鋒轉向以色列和巴勒斯坦的衝突時，他還是把回教徒劃到對立的那一面。這樣的基本位置本來會侷限他，但勒卡雷以他的誠實、不受催眠的清醒洞察力和同情心，以及他無與倫比的小說書寫技藝擊敗了這個限制。

也許就像葛林講的，人不得已總是有一邊要站的，但如果我們能把基本位置的選定當成開始，而不是完成，超越其實是可能的，而且還會是一種較有真實質地的超越，只因為那種極不舒服的拘限，往往讓你更警覺到自己讓步了什麼省略了什麼，而且你也因此更深刻了解這個基本位置的弱點和漏洞，這通常不是一開始就擺出敵意姿態的門外之人看得到，尤其是感受得到的。

勒卡雷從間諜內部來，不管是《冷戰諜魂》那樣令人心痛的冷血成功，或如《鏡子戰爭》那樣一敗塗地的荒唐，勒卡雷總是同情先於批判，他對自己筆下這些間諜不是打開始就準備好用一句生冷的話來結論他們打殺他們，而是耐心地、深情款款地進入他們，包括他們間諜任務外的下班時光和家居生活，包括他們的彼此閒談和牢騷，包括他們被擠壓被擱置的情感和其他但凡誰都有的計畫夢想，包括他們內心最深處偶爾冒出來的某個短暫或從此揮之不去的念頭云云，當他們不再只是個名字、是個職稱或代號，而是個完完整整的正常人時，某種被延遲下來的批判、被延遲下來的憤怒和哀傷就蓄滿了情感的風雷出現了——這個憤怒和哀傷由同情轉換而生，用最普遍素樸的人性支撐起來。

也就是說，勒卡雷是同時寫兩部小說的，類型的間諜小說和開放深沉的一般小說，同時創造出兩個世界，間諜世界和正常人的世界。這兩個世界既彼此暴烈衝撞又相互曖昧滲透，機智與無能，偉大與細瑣，忠貞與懷疑，信任與背叛，陌生與熟稔，遙遠但熱血沸騰的異國城市與每天回去但陰冷的家……勒卡雷小說的豐饒漁場便如此由兩股不同顏色和不同溫的洋流匯集糾纏成駐留的漩渦，他更耐心地記錄著他們的遭遇並等待他們的命運和抉擇，有時，間諜世界的神聖幻覺和森嚴秩序會暫時獲勝，像《鍋匠裁縫士兵間諜》那樣，把人內心的聲音和渴求給壓回去，成為某種永恆的疑惑和蠢蠢欲動的不安，然而勒卡雷也容許人性衝決而出，放任他背叛，甚至還讓背叛坦蕩而且熠熠發光，最清楚的莫過於《蘇聯司》裡那位得以滿懷希望、等在伊斯坦堡港邊窗口守候他因此換得蘇聯愛人一家子自由那艘船的英籍中年書商，奇怪反而是勒卡雷小說最令讀者舒服到不敢置信的太快樂結局；或者像《女鼓手》，情節上的勝利儘管屬於用盡一切心機手段包括感情陷阱的以色列可惡特工，但真正讓人同情、在人性上獲勝的卻是那桀傲但神祕的死去巴勒斯坦年輕人。

差不多等於是說，每當勒卡雷越「叛離」自己西歐基本位置一分，他的小說似乎就獲得了多一分的自由和歡愉（某種一無所有但贏回自己的歡愉），饒富深意。

也因此，只用「批判」兩字來說勒卡雷小說和間諜世界的關係是不準確而且明顯不足夠的，他更正確的型態不是薄薄一層的某個結論，而是一個豐饒的旅程，一個有時間厚度的歷程，一個包括作家本人和讀者緩緩思索並且發現的過程。勒卡雷通過小說重建了一次又一次的具象情境，重建了一個又一個具體完整的人及其獨特遭遇，這不僅賦予了概念性批判通常不具備的可感形式，還容受著批判所攜帶不了的更寬闊也更深沉心思，包括這一端更柔軟的同情不忍，也包括另一端更深沉的悲慟和絕望。我們讀小說的人幾乎什麼都看到都參與了，獨獨更弄不清什麼是成功什麼是失敗，何謂喜劇何謂悲劇，而這樣缺乏明白勝負判決的曖昧感受其實就是我們所熟知的正常人生基本樣態不是嗎？不恰恰好說明了我們跟隨勒卡雷進入後又穿透出封閉陰濕的間諜世界，歸回生命現場，是如此一趟恍如隔世的旅程，得失細碎遍存於我們一言難盡的感受之中？

甚至，從人性而不是間諜遊戲的判準來說，我們讀到的總是某種「失敗」可能是人明顯的失敗和毀滅，也可能是人短暫勝利底下「更深刻的意志消沉」——這是華特・班雅明的說法。

池塘結冰了的間諜世界

一九九〇年柏林圍牆拆除前夕，我個人恰好去了德國一趟，那是個二月裡不下雪不積雪的暖冬，我們穿越著名查理檢查哨進入彷彿永遠陰天的灰撲撲東柏林，依舊全副武裝的守兵沒有開槍，只要求我們依規定至少先換六馬克東德貨幣以為買路錢。我們走的是間諜小說中（通常是結尾）的驚險換俘之路，幹的卻是不知死活的觀光客之事——午餐吃了一客就是那麼回事的德式烤豬腳，逛去跳蚤市場花十馬克買了一枚一次世界大戰期間頒出的鐵十字勛章，還到柏林圍牆邊租榔頭和鑿子敲噴滿各種顏色塗鴉的圍牆石頭當紀念品帶回家。這座冷戰的象徵長城完全沒有偷工減料，硬到人虎口快裂傷了就是剝落不下一小方有意義的水泥來，因此很多人乾脆花小錢買現成的，一塊兒拳大小的圍牆石叫價六馬克，還有綴成耳環和項鍊的供女生挑挑揀揀。

柏林圍牆倒下來是歷史大事，但倒塌之後跟著來的卻是麻煩事。彼時經濟力正處巔峰的西德政府尤其緊張得不得了，他們慷慨的讓東西馬克以一比一兌換，更是加重了統一重建的負擔。

柏林圍牆倒塌也在間諜小說世界引起生死存亡的緊張討論，很多人以為這就是間諜小說到此為止的判決時刻了。

當然也很多人不這麼想，勒卡雷大概是其中態度最堅決的一個，他的回應不斷被引述至今已近乎宣言：「間諜小說不因冷戰而興，也就不因冷戰而廢。」

我想，勒卡雷不是光憑意志做此豪勇宣告，他是有自己書寫的實際而且嚴肅裡由講這話。我們曉得，軍事對峙、政權乃至於政治制度這一類東西可能一夕改變，但社會不如此，人心更不如此，這部分是連續的而且會持續餘波盪漾很長一段時日的。也就是說，如果間諜小說和冷戰的關係只是題材，那的確會因敵人的消失，柏林、維也納、日內瓦、伊斯坦堡這些交界城市不復諜影幢幢而終結；但如果你是勒卡雷，你關懷的是人心，那事情當然還沒結束，甚至短期來說更暴烈更尖銳，包括一群失業的間諜、失業的技藝、失業的神聖幻覺、失業而且極可能已來不及轉行的半輩子志業云云。這裡有一個忽然拔根而起的猛爆性危機，一個早已預期但居然就來了的措手不及噩夢成真。

「公園水池結冰了，野鴨子要往哪裡去？」——這個小說家沙林傑昔日在紐約中央公園問的傻問題，如今拋擲到勒卡雷手中了。

當然，除了寫出《祕密朝聖者》等這樣的後冷戰小說孤獨留在歐陸的間諜戰場廢墟上數屍體，勒卡雷也被逼出走歐洲，像他尊敬的前輩葛林一樣。到猶有戰火猶有衝突鬥爭猶有間諜在其中偷雞摸狗的所謂第三世界去——從勒卡雷的寫作年表來看，這個出走早在冷戰正式告終就已展開，這是理所當然的，他比任何人，甚至包括美蘇兩方的政治軍事高層，更有資格提前看到冷戰的終點。一九八三年的《女鼓手》，整整比柏林圍牆拆除作業早七年時間，便開啟了勒卡雷小說的出走序幕。

因此，有意義的改變不是對抗的終結，不是間諜此一古老行業的就此消失，人間沒這等美事，地球之上，比冷戰更熾烈更狂熱的戰爭仍此起彼落，人們仍舊荒謬地仇視並狙殺陌生的彼此；有意義的改變遠比這個深沉而且可能更黯然些，比方說少了冷戰那種不戰不和虛張聲勢的奇怪大氛圍，間諜世界有更多迫在眉睫的滲透追獵而少了迴身思省的空間；比方說戰爭配備及其形態的變化，間諜的身分及其工作方式是否相應的變化或進一步更非人性化，失落了一部分信仰和志業的幻象，更像個訓練有素的殺人傭兵，或更像個操作精密機器的朝九晚五高科技上班族云云。這才是後冷戰間諜小說家得面對的。最重要的，是踽踽於倫敦市街那些潦倒虛無但不失優雅的老式英國間諜可能得從此凋零，默默隱入他們非得適應卻永遠適應不良的廣漠正常人世界從此消失，這則是勒卡雷終究要去面對的。

我個人不是個重度間諜小說讀者，小說的世界中，我總有一個反數學的想法，那就是部分能大於整體。一個頂尖的小說家，對我而言，也比十個廿個二流小說家乃至於整個書寫領域的成敗更重要，因此我關心並樂意持續追蹤勒卡雷，優先於我對間諜小說未來書寫的關注。

今天，勒卡雷猶無恙，二〇〇四年此時此刻他仍交出《摯友》一書，這樣，間諜小說是否隨冷戰終結這個問題我便可當它不存在了。我們仍可幸福的閱讀勒卡雷，並安心的靜靜等待他日下一個勒卡雷的出現。

（本文原載於二〇〇四年初版）

《導讀》

寓批判於間諜小說中

南方朔

二〇〇三年底，以冷戰時代間諜及叛國故事為材料的英國名作家約翰・勒卡雷再出新著《摯友》。他的「間諜小說作家」身分未變，但背景已延伸到了後冷戰時代，而美國的軍事間諜活動則成為心的主要背景。

《摯友》在美國評論界反應非常兩極，由於勒卡雷的間諜小說從來即不是單純而狹義的消遣式間諜小說，而是要藉著間諜小說來呈現世界的真實，間諜官僚體制的腐化，以及間諜的人性荒蕪，因而在這部新著裡，遂出現了這樣的夾敘夾議：「任何人看看發生在伊拉克的事情好了，它只不過是一場為了奪取石油的殖民征服戰爭而已，但卻包裝成好像是宣揚西方式生活與自由的十字軍。而這場戰爭的發動者，則是一小群對戰爭充滿了飢渴的猶太基督教地緣政治狂熱分子，他們綁架了媒體，剝削著美國人在九一一之後的心理創傷。」

勒卡雷這種議論，在好戰右派當道的此刻，當然是不會被容忍的，當然，對他的撻伐也隨之而至。勒卡雷要把他的間諜小說時代背景由冷戰推向後冷戰，勢不可免地將會衝撞到美國軍事特務的霸權意識型態，這對他那種寓批判於間諜小說的寫作風格，已注定將是一條崎嶇坎坷的路，但如果路不崎嶇，又怎麼可能造就出勒卡雷這個「間諜小說泰斗」的名號呢？

間諜小說，乃是大英帝國高峰的維多利亞時代精神的延長。它讚揚英國式仕紳官僚的能力與價值，並將它投射到大英帝國擴張之後的那個間諜戰的戰場。在廿世紀裡因而出現許多傑出的間諜小說家，如布強（1875-1940）、毛姆（1874-1965）、安伯勒（1909-1998）、佛萊明（1908-1964）、葛林（1904-1991）、戴頓（1929-）等。而在些作家裡面，本身就曾當過間諜的，以毛姆為始，接著是安伯勒、佛萊明、勒卡雷。

勒卡雷乃是筆名，他的本名是大衛・康威爾。他的父親曾是一個非常精明、浮華、紈絝的商人，在他五歲時，因破產背信而入獄，他出獄後曾經再婚與再度經商，但仍延續著過去的浮華作風，一九七五年在看電視時死亡，他當年積欠英格蘭銀行相當三千萬美元的債務，始終未曾清償。有關勒卡雷的「父親意象」，在他第十一本具有半自傳性的小說《完美的間諜》裡，有著隱誨的透露。

有關勒卡雷自己的間諜經驗，開始得極早，一九四八年當他十八歲時，進入陸軍服役，駐紮維也納，就已替陸軍情報處工作。根據《完美的間諜》所說的情節，人們也認為他在牛津念書時也曾繼續間諜工作。牛津畢業後，他到著名的統治者預備學校「伊頓公學」任教十二年，而後轉入外交部工作，在這樣的生涯過程裡，使他對間諜這個領域有著最本質性的理解。間諜、背叛以及間諜變成追查同僚背叛等題材，因而成了他作品的最主要特色，也就是說，他的間諜小說接上了英國文字裡更大的那個批判傳統，因而他的小說遂和別人的極為不同。甚至我們可以說，他最重視的，乃是間諜世界的內在精神分裂症。

因此，勒卡雷的間諜世界與早了他至少一個世代的佛萊明「〇〇七龐德系列小說」可說是完全不同的對比，在佛萊明的間諜世界裡，善惡分明，它是在替剛剛興起的冷戰時代打造大眾的意識型態，並且藉此創造新的「大眾英雄」。而除了冷戰意識型態外，「〇〇七龐德系列小說」最明顯的特色，是它把新的「大眾英雄」放到了一個新的消費文化脈絡裡，於是俊男美女、高度的物質講究、軟性情色、正義的暴力、炫耀式的間諜科技，以及彷彿觀光度假的場景，還有各式各樣的異國情調等，遂做了萬花筒式的大會串。

但勒卡雷的間諜世界卻顯然完全不同。他曾經說過：「所謂間諜，就是在扮演自己時，也同時扮演著『外在的自己』」。這是間諜自我的內在分裂性，而顯露於間諜體制上的，則是就在那個爾虞我詐的世界裡，忠貞、愛國、勇敢、獻身等又和貪婪、權力、腐化、敗德、出賣、背叛等相互疊映，造成了另一種精神和體制的荒蕪。勒卡雷自己就說過：我們在以自由為本的前提下所做的間諜工作，其實經常是反正義的。而這樣的間諜活動也因而反饋到我們社會本身。也正因此，他的間諜小說遂不像「〇〇七龐德系列小說」那麼鮮亮，反而充滿了破碎，無奈與荒涼。但也正因此，它反而能給人更大的思考空間。有些評論家認為，勒卡雷的作品注解的，是大英帝國沒落，因而它的間諜世界也反映各類病灶叢生的新階段。這樣的評價或許不無道理。但這並不意謂強盛的帝國即無間諜這樣的病灶。當代美國最重要的間諜與特務問題專家大衛．懷斯（David Wise）著作等身，反對間諜與特務也最力。他即一再指出，間諜是一種制度與心靈之癌，用它來針對數人時，自己也被下了蠱。

就以這本《鍋匠裁縫士兵間諜》為例，即可舉一反三看出勒卡雷筆下間諜世界的荒涼。在他的作品裡，以史邁利為主角的自成一個小系列，這本即是最主要的核心之作。

小說以一個第一線索與行動的間諜吉姆．普里多被出賣受傷，幸而逃過一劫，被勒令退休開場。接著，由另外的案件察覺間諜機構上層有臥底的對方間諜，於是已退休的史邁利被找回來清查，他透過檔案整理及閱讀，抽絲剝繭，終於得到了答案。

然而，儘管情節看似簡單，但它的整個故事被鑲嵌在有如拜占庭式的國際間諜背景和眾多間諜案例中，因而它整體就彷彿像座迷宮，顯得撲朔迷離。而除了這些基本大綱外，真正重要的，乃是他對這些間諜人物，間諜官僚體系所做的敘述。他們並不是什麼三頭六臂，彷彿〇〇七的英雄人物。他們平凡一如其他眾生，各有其弱點與問題，而間諜官僚體系裡則在爭權奪利中又有許多隨興和本身的運作邏輯，而出賣與背叛也就自動地存在其中。像普里多這樣的外勤工作者被出賣，當然也就不足訝異了。而外勤工作者的被出賣，也是勒卡雷長期關心的課題。

本書中最獨特的，當然仍是主角史邁利，他長得平凡，甚至妻子也跟人跑了，做為一個後中年但退職的老間諜官僚，他毫無任何可以成為「英雄」的性質，但這麼一個不起眼的人物，當他受命為事，那種老派的精明、幹練、在檔案文件裡追查線索的能力與聰慧，卻無疑顯示出他才真是完美的「間諜」。像他這樣的間諜與任事態度，或許也就是大英帝國黃金時代最後一抹殘舊的斜陽。

閱讀勒卡雷的間諜小說，不像閱讀佛萊明的「〇〇七龐德系列小說」那麼輕鬆，勒卡雷的間諜小說深沉有味，他的人物沒有被卡通化，因而顯得更加實在。那一個破碎殘缺的人物，濃縮著間諜世界的破碎荒涼。這或許乃是他富批判於小說中的本意吧！

（本文原載於二〇〇四年初版）

《導讀》

關於《鍋匠裁縫士兵間諜》

郭重興

《鍋匠》完成於一九七四年，那還是冷戰方興未艾的時代。當時全世界的讀者，以英美為主，當然都把他的書當作是東西方間諜之間爾虞我詐的真實寫照。這一方面是因為小說寫得太精彩了，不管是情節布局、人物刻劃、間諜世界裡的行話，還有情報機構裡的擺設細節、公文流程等，都讓人無法不信以為真。而更令讀者著迷的是作者本身的背景，他出身牛津大學，在伊頓教過書，真的在情報機關待過，也在外交部任職過。許多讀者相信，這多少解釋了為什麼他的間諜都有濃厚的英國菁英階層的優雅氣氛。

但，令人意外的是，勒卡雷不只一次宣稱他的小說都純屬虛構，人生和小說中的間諜世界是一樣的，謊言充斥，而寫作者更是說謊高手。這樣的告白至少提醒我們，勒卡雷的間諜小說，本本都是辛勤創作的結果，而不是作者信手拈來，從回憶拼湊而成。

《鍋匠》就是一本集謊言大成的小說。蘇聯格別烏的頭子卡拉在英國情報局（簡稱圓場）高層內暗藏了一個雙面間諜（代號地鼠），把圓場搞得天翻地覆，不僅海外各機關都損兵折將，連苦心要追索地鼠的老總也栽了大跟斗，把命都賠了。

於是退休的老間諜史邁利再度出馬。如果說文學裡的間諜世界有一個最虛構、最不具說服力的角色，那就非喬治．史邁利莫屬了。且看他：牛津大學的高材生，矮胖、掛一副眼鏡，衣料昂貴卻總不合身，靦腆、寡言，當了二十多年間諜卻還以研讀德國文學為樂。幾乎不會或忘了怎麼用槍。而且還有個美若天仙、出身政治世家的妻子安不斷和每個要她的人上床，連那隻地鼠都是入幕之賓。

因為老總出糗，史邁利也跟著遭殃。然而時隔多時，史邁利卻又受命要把地鼠揪出來，從圓場的外部當個間諜中的間諜。

勒卡雷的小說向來以情節複雜、人物繁多著稱。他尤其善用倒敘手法，從一個節點開始，忽前忽後，引領讀者走進一個又一個光怪迷離、充滿欺詐、貪婪、自私情慾和道德衝突的世界。史邁利從偷出來的圓場舊日檔案著手，也探訪當時參與其事，而今都已遭圓場革除的老戰友。就在他從外而內，點點滴滴重建事件的真相時，他所逼近的除了是層層揭開地鼠的面具外，更多的其實是他頗不堪回首的生涯。他不幸的婚姻，他與奇才比爾．海頓的相互糾葛的痛苦關係。

這個海頓亦是間諜世界的另一個異數。和史邁利一樣，也出身牛津，而且更鋒芒畢露。海頓高大、瀟灑、身邊總不缺女人，偶爾也有男的，是牛津「菁英中的菁英社團」的明星，學生時代就辦過繪畫個展，早就被期待為「帝國與海洋的統治者」。「我們很想念他」，他的一位已有一百多歲的現代史教授感慨，「他們再也教不出這種人了。」在圓場，海頓也是眾人仰慕的對象，二戰時負責建立中東地區的諜報網，表現優異，贏得「當代的阿拉伯勞倫斯」的美稱。老總死後，表面上的主管另有其人，但其實是被海頓玩弄於股掌間，而在海頓後頭操控線頭的，則是莫斯科的卡拉。

但是最令史邁利無法原諒海頓的，倒不是因為海頓讓他多戴了一頂綠帽，使他成為圓場的笑柄，而是他徹底傷了安的心。安從不明說為什麼海頓讓她心碎，她的痛徹心扉是在他倆一次到海邊度假時爆發出來的。那時史邁利已經離開圓場，老總也下葬了：

「如果死的是我，」她突然問，「而不是老總，那麼你對比爾有什麼想法？」

史邁利的回答不能讓安滿意。

……

「那麼他到底是不是更好一些？比你的成績好，比你的數學好？告訴我，請你告訴我。你一定要告訴我。」

她神態興奮，有些奇怪，她那雙因為海風而流淚、晶晶發亮的眼睛絕望地看著他，她抓住他的胳膊，像個孩子似地要他答覆。

「妳總是告訴我，男人不宜比較，」他尷尬地回答，「妳總是說，妳不相信這種比較。」

「告訴我！」

「好吧，我的答覆是『不』。他沒比我好。」

「那麼一樣好？」

「不。」

比爾．海頓，你千不該萬不該，傷了安這點最不應該。

小說中這種角色的對立並不罕見，但能夠像《鍋匠》把海頓和史邁利兩個截然不同的個性擺在一起，彼此又敬、又愛、又恨，其成就恐怕未見匹敵。喬治與比爾的悲劇絕對是《鍋匠》中最深刻、最觸動人心的部分，也是《鍋匠》問世近五十年來一直廣受讀者歡迎的基本原因。

所以當一切終於水落石出，眼看勝利果實就要到手時，史邁利卻絲毫感受不到成功的喜悅，心境反而如許悲涼：「他的心情已經平靜下來……就在他害怕時，他關心的是人……他覺得自己有責任……和所有破裂的私人情誼……。他心想，人與人之間究竟有沒有愛，是不是以自欺欺人為基礎……他想到背叛。令他擔心的是，他覺得一切都破滅了；在他碰到人性難題的此際，他信奉的一點點精神上或哲學上的信仰卻都完全破滅了。」

肅清後的圓場自是百廢待舉，史邁利在走馬上任前搭火車到安與她失業的新歡棲息的小鎮接她回家，因為那個新歡已經有了工作，人走了。天氣刺骨的冷，史邁利後悔沒把安的毛鞋帶來。安開著一部邋遢的車子出現，還沒看到史邁利。她走下車，「身材修長、步伐輕捷，貌如天仙，基本上是一個別的男人的女人。」文字魔法師勒卡雷用短短數語所道盡的，不就是老間諜史邁利一生的滄桑？

勒卡雷 作品集 07

鍋匠 裁縫 士兵 間諜
Tinker Tailor Soldier Spy

作者　約翰・勒卡雷 John le Carré
譯者　董樂山
副社長　陳瀅如
總編輯　戴偉傑
編輯　林家任
行銷　陳雅雯、趙鴻祐
封面繪圖　Emily Chan
封面設計　井十二設計研究室
排版　宸遠彩藝
印刷　通南彩色印刷股份有限公司

出版　木馬文化事業股份有限公司
發行　遠足文化事業股份有限公司（讀書共和國出版集團）
地址　231 新北市新店區民權路 108-4 號 8 樓
電話　（02）2218-1417
傳真　（02）2218-0727
客服專線　0800-221-029
Email　service@bookrep.com.tw
法律顧問　華洋法律事務所 蘇文生律師

出版日期　2021 年 3 月二版一刷
出版日期　2024 年 1 月二版二刷
定價　450 元

Tinker Tailor Soldier Spy

Copyright © le Carré Productions 1974
This edition is published by arrangement with Curtis Brown Group Limited through Andrew Nurnberg Associates International Ltd.
Complex Chinese translation © 2021 by ECUS Publishing House Co.

中文翻譯版權所有，翻印必究 ALL RIGHTS RESERVED
本書中言論內容，不代表本公司 / 出版集團之立場與意見，文責由作者自行承擔。

國家圖書館出版品預行編目

鍋匠裁縫士兵間諜 / 約翰 . 勒卡雷 (John le Carré) 著 ; 董樂山譯 . -- 二版 . -- 新北市 : 木馬文化事業股份有限公司出版 : 遠足文化事業股份有限公司發行 , 2021.03
424 面 ; 14.8×21 公分 . --（勒卡雷作品集 ; 7）
譯自 : Tinker Tailor Soldier Spy
ISBN 978-986-359-865-7（平裝）

873.57　　109022042